"Rosebud"

Paul Bonnecarrère
Joan Hemingway

"Rosebud"

NUEVA
FONTANA

Ediciones Martínez Roca, S. A.

Título original: **"Rosebud"**

Traducción de R. A. A.

Avda. José Antonio, 774, 7.º, Barcelona-13

PRINTED IN SPAIN
IMPRESO EN ESPAÑA

ISBN: 84-270-0245-9
Depósito legal: B. 21.835-1975

Impreso en Gráficas Román, S. A. — Casa Oliva, 82-88 — Barcelona-5

Dado que en este libro se aborda un tema de candente actualidad, en ocasiones salen a relucir personajes y organismos oficiales. Los autores están convencidos de que los hechos que se relatan podrían producirse en cualquier momento. Las indagaciones que, porfiadamente, han llevado a cabo en Europa y Estados Unidos, les inducen a creer que, llegado el caso, los gobiernos actuarían tal como se muestra en el libro. No obstante, las iniciativas, objetivos y opiniones de los poderes públicos involucrados son fruto de la creación novelesca, y como tal, la responsabilidad por los mismos es única y exclusivamente de sus autores.

P.B. y J.H.

Prólogo

1

Beirut. Domingo, 29 de octubre de 1972.
Las cinco de la madrugada

Hacam y Kirkbane obedecieron al pie de la letra las instrucciones que la dueña de la pensión Tosbath les había dado la víspera por la noche; o sea, bajar las escaleras haciendo el menor ruido posible, descorrer el pasador de la puerta doble de la entrada y dejar los batientes entreabiertos después de haber salido.

Cada uno de los dos jóvenes palestinos portaba un liviano maletín, imitación piel, desgastado por el uso. En la capital del Líbano empezaba a despuntar el alba. La atmósfera era tibia y las calles se hallaban prácticamente desiertas. Los dos hombres avanzaron con paso resuelto por la calle Emir Bechir, hasta llegar a la plaza de los Mártires. Tal como habían previsto, Massoud abría en aquel preciso instante el tabernucho que poseía casi enfrente del Parlamento, algo más a la izquierda. Hacam y Kirkbane depositaron el sumario bagaje en el suelo, junto a sus pies, evitando los montoncitos de serrín que todavía ensuciaban el piso del establecimiento. Eran los primeros clientes. Massoud encendió el hornillo a gas butano, sobre el que descansaba una enorme cafetera. Tras corresponder vagamente al saludo de los dos palestinos, a los que veía por vez primera, manifestó escuetamente:

—Cinco minutos para el café.

Hacam y Kirkbane asintieron con una inclinación de cabeza.

De mediana estatura, macizo y recio, Hacam parecía un gigante al lado de su camarada, bajito y endeble, cuya osamenta se perfilaba en la cara y el cuerpo. Hacam lucía un bigote muy poblado. En cambio, el rostro de Kirkbane, que sólo contaba veintitrés años, era casi el de un muchacho imberbe. La tersa piel, fina como el pergamino, parecía que iba a rasgarse de un momento al otro bajo la presión de los prominentes pómulos.

—¿Para aquí el coche de la compañía aérea? —preguntó Hacam.

—Allí enfrente, delante del Parlamento —repuso Massoud—. ¿Cogen el avión alemán?

—Sí; nos dirigimos a Turquía.

—Entonces está bien. Pasa sobre las seis y cinco. Tienen tiempo.

Massoud sirvió un café muy espeso en sendas tazas desportilladas, a la vez que empujaba hacia sus clientes un cuenco lleno de azúcar pegajoso.

A las seis, la furgoneta Volkswagen asomó por la calle El Arz y se detuvo a una señal de los palestinos, los cuales subieron al interior y pagaron el importe del billete. Todavía no habían transcurrido diez minutos cuando ya el minibús azul se detenía en el vestíbulo del aeropuerto de Khaldé.

Sólo seis ocupantes descendieron del vehículo: tres libaneses, un europeo, Hacam y Kirkbane. El grupo se dirigió al mostrador de la Lufthansa, donde un soñoliento empleado facturó los equipajes, entregó la tarjeta de embarque e indicó con un gesto la puerta que conducía al control de aduana y a la policía. Los pasajeros tuvieron que aguardar varios minutos ante el mostrador de los servicios de aduanas, hasta que apareció un obeso empleado empujando la carretilla con los equipajes.

El aduanero examinó con detenimiento las respectivas bolsas y maletas. Acto seguido, tres agentes auscultaron y palparon las ropas de los viajeros. Luego, cada uno de ellos tuvo que soportar el enojoso trámite de una minuciosa inspección corporal al relativo abrigo de un espacio acotado con cuatro cortinas colgadas de una estructura tubular.

Así pues, Hacam se vio obligado a desvestirse y sus ropas fueron objeto de un cuidadoso examen. Luego se le ordenó levantar la pierna derecha, apoyar el pie en un taburete e inclinar el cuerpo hacia adelante. El agente, que iba provisto de una linterna, le indicó que tosiera un poco. Hacam se avino a ello de mala gana y preguntó con sorna:

—¿Busca una metralleta?

—Mira, yo sólo cumplo instrucciones de la Lufthansa; y no te quejes, porque tienes hemorroides. Será mejor que te lo hagas ver antes de que empeoren.

—Gracias, doctor, pero ya lo sabía.

Una vez concluido el registro, Hacam y Kirkbane se sentaron aparte en uno de los bancos de madera situados en el exterior de la sala de espera, frente a la pista de aterrizaje. Habían pasado el control de sus falsos pasaportes sin la menor dificultad.

—¿Te han registrado a ti también?

—Pues claro; lo hacen con todos.

—¡Los muy cerdos! ¡Hijos de perra!

Ambos dirigieron la mirada hacia el Este, donde los primeros rayos del sol reverberaban en las cumbres de las montañas, inundando con su luz el pueblo de Mkallès. Poco después llegó a sus oídos el zumbido lejano, sordo y sostenido de un reactor.

El Boeing 727 fue perdiendo altitud sobre el valle de

Nahr Beirut. Sobre la vertical de las «Tumbas de los Pachás» describió un amplio viraje que acabó de rizar sobre las aguas del mar. Sacó luego el tren de aterrizaje y enfiló el eje de la pista. Hacía menos de un cuarto de hora que el aparato había despegado de Damasco, por lo que la escala en Beirut no era de avituallamiento. La tripulación del reactor permaneció en sus puestos.

Los pasajeros que subieron al avión, en conjunto no pasaban de trece: nueve árabes y cuatro europeos, entre los cuales se contaba una mujer con su hija; pero ni Hacam ni Kirkbane estaban muy al corriente de las supersticiones occidentales. Ambos se acomodaron en la parte delantera, situándose Hacam junto al óvalo de la ventanilla. El árabe descorrió las cortinillas de color gris azulado que lo cubrían.

El comandante de vuelo, Klaussen, aceleró los reactores con gesto rutinario, repitiendo la operación por tres veces consecutivas al tiempo que con mirada experimentada controlaba el tablero de mando. Luego estableció contacto con la torre de control. Pura rutina, puesto que el Boeing de la compañía alemana era el único aparato que evolucionaba en el aeropuerto de Khaldé. El piloto recibió autorización para despegar, maniobra que el aparato realizó en sentido norte-sur. Al llegar a la altura de Boabda escondió el tren de aterrizaje. El ala izquierda del aparato se inclinó hacia tierra mientras la derecha apuntaba al cielo. El comandante Walter Klaussen realizó el largo viraje sobre un ángulo de 90 grados. En la vertical de Damour enderezó el aparato y, tras situarse en el rumbo previsto, tiró lentamente hacia sí de la palanca de mando. Cinco minutos más tarde había alcanzado la altitud y velocidad de crucero. Sólo entonces bloqueó el dispositivo del piloto automático y encendió un cigarrillo mentolado.

Entre tanto, Marika, una de las tres azafatas, concluía en la cabina del pasaje la tediosa demostración del funcionamiento de los dispositivos de seguridad. Como de costumbre, nadie prestaba la menor atención, pese a que la cinta magnetofónica transmitía las instrucciones en alemán, inglés y turco: «Como en el trayecto Beirut-Ankara sobrevolaremos algún tiempo el mar...»

Minutos después se dejó oír la voz del comandante formulando algunos comentarios optimistas en torno a las condiciones del vuelo. Concluyó su breve información con la indicación de que los pasajeros podían ver a la derecha del aparato la ciudad de Trípoli y el morro de El Mina.

Hacam consultó el reloj: eran las siete y un minuto. Librándose del cinturón se encaminó al lavabo, situado en la parte trasera del aparato. Se encerró en la cabina de la izquierda, echó el pestillo y empezó a orinar tranquilamente; para no caer se apoyó en el agarradero de plástico. Apretó luego con el pie el pedal para la evacuación del retrete —cuyo tazón formaba una cubeta de acero inoxidable—, provocando al propio tiempo la salida del agua de metileno destinada a la limpieza del mismo. Acto seguido se agachó y sus dedos palparon debajo de la palanca del pedal de evacuación, descubriendo allí el destornillador. Le bastó un simple tirón para despegarlo, pues había sido fijado mediante dos pequeños rectángulos de cinta adhesiva. Con gestos tranquilos y precisos, Hacam quitó los cuatro tornillos que sujetaban la plancha del bastidor de las toallas de papel, deslizó la mano izquierda por debajo del montón de papel doblado en forma de acordeón y lo alzó un poco para poder introducir la derecha hasta el fondo, de donde extrajo una bolsa de plástico. Luego afianzó de nuevo el aparato distribuidor, no sin tomar antes la precaución de introducir la primera toalla por la hendidura externa.

Hecho esto, se sacudió las manos humedecidas y tiró de una toalla, a la que en seguida sustituyó otra. Secóse las manos, arrojó la toalla estrujada en la saca de tela dispuesta al efecto, y descorrió el cordón de la bolsa de plástico, extendiendo el contenido de la misma sobre el lavabo: 2 pistolas P 38 de 9 mm, con culata de baquelita, y dos granadas «Stasi» de fabricación checa. Luego se desprendió de la bolsa, que arrojó también en la saca semihermética. Hacam inspeccionó las armas. Presionando con el pulgar, hizo saltar los cargadores de las pistolas. Correcto: estaban llenos. Desplazó el mecanismo de carga e introdujo una bala en el cañón del arma, sujetó las pistolas a la cintura, a la altura de las caderas, e introdujo las granadas en los bolsillos de la americana. Después levantó el pestillo de la puerta y salió del lavabo.

Una mujer europea, que daba la mano a una niña de unos diez años, le lanzó una mirada despreciativa. La chiquilla se entretenía poniendo un pie encima del otro. Al ver salir a Hacam, hizo ademán de precipitarse al interior, pero la madre la contuvo, entró en el lavabo, extrajo un Kleenex, lo empapó con colonia de tocador Orsay, puesta a disposición de los pasajeros, y frotó la superficie superior del retrete. Sólo entonces hizo señas a su hija para que acudiera, visiblemente satisfecha de que Hacam hubiera asistido a la demostración. El palestino no pudo reprimir una sonrisa ante la mirada altiva y despreciativa de la mujer.

—Dentro de muy poco podrán ver ustedes las costas de Turquía —anunció el altavoz.

Eran las siete y nueve minutos. Dos nuevas azafatas hicieron acto de presencia; la segunda de ellas empujaba una mesilla de ruedas cargada de zumos de fruta de diversos colores. Hacam acababa de entregar a Kirkbane una pistola y una granada de mano, que el pequeño palestino ocultó bajo la chaqueta y en el bolsillo de la misma respectivamente. Con una sonrisa, los dos hombres rechazaron la bebida que les ofrecían. Ann Lise, la azafata que caminaba delante, avanzó hacia los pasajeros de las plazas posteriores, mientras que Gertrude, la segunda azafata, iba en pos de ella empujando el carrito. Era una mujer morena, de tez color caoba, y llevaba los cabellos ceñidos con una cinta elástica, formando una corta cola de caballo.

Kirkbane dio un súbito salto y con la mano izquierda

agarró la mata de pelo de la muchacha. Tiró de ella hacia atrás con una sacudida, a la vez que hundía sin miramientos el cañón de la P.38 en la carótida de la azafata, que había quedado como petrificada a causa de la sorpresa y el miedo. Con el pie derecho, el pequeño fedayin propinó un patadón al carrito, enviándolo a la cola del Boeing. El reborde opuesto golpeó a Ann Lise a la altura del pubis y la muchacha cayó de espaldas al suelo. Por su parte, Hacam se precipitó al interior de la cabina del piloto.

El hecho de que el secuestro de aviones se hubiera convertido en una especie de rito a escala internacional, simplificaba en gran manera la «tarea» de los piratas del aire: en circunstancias como aquélla sobraban las explicaciones. Lo único que variaba en cada caso eran las instrucciones de los secuestradores, las cuales eran obedecidas sin pánico; inclusive aquellos pasajeros de ánimo más templado reconfortaban a los viajeros más excitados de la cuenta.

Kirkbane bramó en inglés:

—¡Todos al fondo del avión! ¡Átense los cinturones! ¡Tú también! —gritó, soltando a la azafata que mantenía como rehén, la cual se apresuró a obedecer en silencio.

Sin dejar de apuntar con la pistola, Kirkbane blandió con la izquierda la granada, conminando:

—Un gesto en falso y saltaremos todos por los aires. Tengan calma y aterrizarán todos sanos y salvos.

Luego, dirigiéndose a sus correligionarios, repitió la orden en árabe. Uno de ellos le contestó:

—No te preocupes; cumpliremos tus instrucciones.

Hacam, situado tras la cortina que separaba ambas cabinas, gritó:

—¿Todo bien?

Kirkbane saltó ágilmente y se deslizó por entre dos hileras de asientos vacíos, vigilando al propio tiempo el fondo del aparato y el acceso a la cabina. Luego contestó a su compañero:

—¡Listo! Puedes enviármelos.

Pálidos, los miembros de la tripulación fueron saliendo uno tras otro con las manos en la nuca. El copiloto, el radiotelegrafista, el navegante y la tercera azafata llegaron a la cola del avión, se sentaron y afianzaron sus cinturones de seguridad.

La cabina de los pasajeros estaba integrada por veintidós hileras de cinco asientos, dispuestos tres a la izquierda y dos a la derecha. Los seis miembros de la tripulación y los once pasajeros, agrupados en las cuatro hileras del fondo, se encontraban separados de los fedayin por dieciocho hileras de asientos vacíos. Kirkbane ordenó entonces:

—Tú, la rubia, ¡ven aquí!

Ann Lise obedeció aterrorizada, deteniéndose a un metro del hombre que empuñaba el arma.

—Coge el cinturón que tiene la hebilla, en el asiento de la derecha... y ahora el de la izquierda, el que no lleva hebilla. Bien. Ahora anúdalos. Eso es. Haz lo mismo con todos los demás hasta que llegues a tu sitio.

Ya más sosegada, Ann Lise obedeció, formando de este modo dieciocho tiras a lo largo del pasillo.

—Ahora vuelve aquí.

Para obedecer la orden, Ann Lise tuvo que levantarse la falda hasta la mitad del muslo.

—El carrito —indicó Krikbane—; ponlo entre dos hileras de cinturones. Así. Bien fuerte, ¡demonios! Bueno, lárgate a tu sitio, abróchate el cinturón y quietecita.

El pequeño palestino limpió el carrito de un manotazo, dando al traste con los vasos llenos de zumo de fruta que habían quedado encima y, de un salto, se instaló en el, con las piernas cruzadas, frente a sus víctimas. Para dar mayor veracidad a su actitud, se colocó al lado la granada de mano. Sin abandonar la pistola, cogió un botellín de whisky del anaquel inferior de la mesilla, lo desprecintó con los dientes y lo vació de dos tragos.

En la cabina del piloto, Hacam ocupaba el lugar del navegante. El comandante Walter Klaussen podía imaginar perfectamente el arma que le apuntaba desde atrás. Había reaccionado con sangre fría ante el ataque, ordenando a su tripulación que se atuviera estrictamente a las instrucciones de los piratas.

—Vamos; cambio de rumbo —ordenó con suavidad Hacam—. Dirección Munich.

—Imposible, nos quedaríamos sin carburante a mitad de vuelo. Teníamos previsto aprovisionarnos en Ankara.

—¿Piensa de veras que no lo sé? Haremos escala en Nicosia. Voy a conectar la radio con su casco de escucha. Explíquese con los de tierra y comuníqueles que sólo quiero ver dos hombres en el camión cisterna. Que Nicosia transmita nuestro mensaje a Bonn. Exigimos la liberación de los tres palestinos detenidos en Alemania Federal: Ed Denaoui Abdel Kheir, Samer Mohamed Abdallah e Ibrahim Mahmoud Badran. Que les conduzcan al aeropuerto de Munich-Riem. Subirán a bordo cuando hayamos llenado los depósitos de combustible.

—¿Conoce el funcionamiento y los indicativos de la radio?

Hacam, que manipulaba hábilmente las clavijas y botones del equipo radiotelegráfico, por toda respuesta dijo:

—Está usted en contacto con la torre de control de Nicosia. Espabile.

A las siete cuarenta, el comandante Klaussen emitía su mensaje. Media hora más tarde, el mundo entero seguía por radio las vicisitudes de la tentativa de liberación de los tres supervivientes del comando palestino de los Juegos Olímpicos de Munich.

2

Bonn. Domingo, 29 de octubre.
Las 6 de la madrugada

Desde medianoche hasta las siete de la mañana, Karl tenía a su cargo el servicio de las habitaciones del tercer piso del hotel Steinenberger. A las 5,30 había llevado el desayuno a los americanos de la 312, luego dispuso de media hora de reposo, y a la sazón caminaba por la gruesa moqueta con una bandeja para el cliente de la habitación 312, que había pedido se le despertara a las seis. Tras pulsar tres veces consecutivas el timbre de doble modulación, Karl introdujo la llave maestra en la cerradura y empujó la puerta del pequeño pasillo que conducía a la habitación. El camarero anunció:

—Las seis, señor. Té, limón y tostadas.

—Adelante —repuso Hans Schloss—. Déjelo aquí, gracias.

De haber sabido cuáles eran las actividades de su cliente, a buen seguro que Karl se hubiera sentido realmente sorprendido de no encontrar el cerrojo echado ni armas, ni emisor de radio en el desorden que reinaba en la habitación. Hans Schloss era uno de los jefes del «Hauptabteilung I», la sección más operacional del «Bundesnachrichtendienst» (BND), o sea, de la Agencia Federal de Información de la Alemania Occidental. Era un hombre de unos cincuenta años, rostro corriente y estatura media. Desde su participación en el asedio de Stalingrado la simple visión de una pistola le producía náuseas.

Una vez el camarero se hubo retirado, Hans Schloss se levantó, enfundóse en un batín de seda de Cachemira, de tonos oscuros, y se caló unas pesadas gafas de miope, con montura de concha. Acto seguido vertió un poco de té en la taza, lo degustó, y como estimara que la infusión todavía no estaba lo bastante concentrada, volvió a echar el líquido en la tetera. Luego se dirigió al baño. La intensa luz que despedía el neón le hizo parpadear. Se cepilló los dientes a conciencia y, por último, cogió la máquina de afeitar y presionó con ella sobre las mejillas. Después volvió a la habitación y se dispuso a desayunar, tras comprobar que el té se hallaba ya en su punto.

Mientras preparaba un baño muy caliente, sonó el timbre y apareció de nuevo el camarero con los periódicos que Hans Schloss le había solicitado: el «New York Times», el «Daily Telegraph» y «Le Monde» de la víspera, así como el «Sontag Zeitung», cuya primera edición acababa de salir a la calle. Como tenía por costumbre, Schloss hojeó los periódicos en el baño.

A las 7,16, tras ceñirse el nudo de su corbata y ponerse una americana de color oscuro, encendió la radio, que se hallaba sintonizada con la emisora federal. Soportó con impaciencia un programa musical hasta que a las 7,30, por fin, sonaron los compases del indicativo musical, preludio del cuarto boletín informativo de la mañana.

Los temas de política interior giraban en torno al discurso que Walter Scheel había pronunciado el día antes en Bremen, en el marco de su campaña electoral. Seguidamente se aludió a la cuestión del precio de intervención del trigo fijado para el mercado de Duisburg, a las elecciones canadienses y al triunfo que se preveía en favor de Trudeau en el curso de la jornada electoral que debía celebrarse al día siguiente. El boletín pasó luego revista a las huelgas en Chile, al acuerdo Roma-Moscú y a la dimisión de tres ministros uruguayos. Cinco familias de universitarios soviéticos habían abandonado la Unión Soviética con destino a Israel, sin tener que pagar impuestos. En Zurich se había cometido un atentado contra la oficina de turismo española y, por último, en Stuttgart había sido hallado el cuerpo de otra joven —la séptima— estrangulada, y violada después de muerta.

Finalizado el despacho informativo de la radio se puso de nuevo en antena el programa musical: a base de música moderna y canciones harto conocidas, salpicadas con comentarios de banal optimismo.

A las 7,53, el cuerpo de Schloss se tensó. La difusión del último L.P. del grupo Pink Floyd se había interrumpido para radiar un breve comunicado. En él se daba cuenta del secuestro en pleno vuelo del Boeing 727 de la Lufthansa, mientras sobrevolaba territorio turco: «Según parece —precisó el locutor—, el móvil de este acto de piratería aérea es el canje de los pasajeros del avión, entre los que figuraban cuatro ciudadanos alemanes, por los tres supervivientes del comando palestino de Munich. Dentro de breves minutos, en el boletín de las 8, confirmaremos el suceso y ofreceremos más detalles.»

Hans Schloss apagó la radio, tomó asiento en el borde de la cama, descolgó el teléfono y solicitó un número a la telefonista.

A unos tres kilómetros del hotel, en la otra orilla del Rin, sonó el timbre en el teléfono de la residencia particular del general Wilhelm Norddeich, jefe del gabinete militar del canciller Willy Brandt. El general recogió la llamada en su habitación. Cuando supo quien era el que estaba al otro extremo del hilo le rogó que marcara otro número. Envolviéndose en una bata, el general bajó las escaleras que conducían a su despacho. Al entrar en él, sonaba ya el teléfono.

—No sabía que se encontrara en Bonn, Schloss —gruñó—, aunque no hay duda de que ello entra dentro de sus atribuciones.

El general no podía ocultar la antipatía que sentía hacia los miembros de los servicios especiales.

—¿Ha escuchado usted las noticias de esta mañana, mi general?

—No.

Schloss le puso al corriente del secuestro del Boeing.

—Debo consultar algunos detalles con el canciller —añadió—. Es sumamente importante que me consiga una audiencia inmediata.

Un silencio profundo siguió a la petición de Schloss. El general dijo por fin:

—¿Dónde está usted?

—En el Steigenberger.

—¡Vaya! Aquí en la Bundeskanzlerplatz; a sólo cien metros de la sede federal. Realmente, el azar hace bien las cosas. Conforme. Nos veremos dentro de veinte minutos, en mi despacho.

En el momento de colgar el auricular, Hans Schloss se dijo que había minusvalorado la sutileza del oficial de alta graduación. Descolgó el teléfono y pidió la cuenta.

Era una mañana gris. Sólo los árboles de la Bundeskanzlerplatz formaban una mancha de color rosáceo. Schloss atravesó la plaza y se encaminó por la Adenauer Allee, siguiéndola hasta la entrada de los jardines del palacio de Schaumburg, sede de la cancillería federal. El Mercedes 300 SL del general le alcanzó antes de llegar al primer puesto de guardia. El oficial le invitó a subir, pero no abrió la boca hasta que no hubo cerrado tras de sí la puerta de su despacho.

—Le escucho, Schloss —conminó, sin ocultar su hostilidad.

—Disculpe, mi general, ¿de veras piensa limitarse al papel de simple intermediario? Yo me atrevería a sugerirle más bien el de testigo.

Norddeich oprimió con sus dedos el filo de la nariz, en un gesto instintivo que solía realizar en los instantes de reflexión. Luego, sin proferir palabra, desplazó la palanquita de un interfono.

—General Norddeich. Solicite del canciller una audiencia inmediata. Me acompañará Hans Schloss. Recuérdele al canciller que es uno de los jefes de la central de Pullach. Es a propósito del secuestro del Boeing de la Lufthansa.

Cuatro minutos más tarde el interfono emitió una vibración y el altavoz anunció:

—El canciller le espera, mi general.

Willy Brandt estaba de pie, con las manos en los bolsillos. Vestía pantalones de pana, jersey de cuello alto y una americana deportiva de tonos verdes. Acababa de anular la partida de caza, prevista para aquella mañana de domingo, en el parque natural de Kottenforst.

Brandt correspondió a las fórmulas convencionales de respeto con que los visitantes le saludaron con un gesto indicando los sillones; pero el canciller continuó de pie.

—Señor canciller —principió Schloss—. Quiero informarle sobre los resultados de una investigación que estamos llevando a cabo desde hace casi dos meses, en colaboración con el SDECE francés y el SIS británico.

—Vaya directo a los hechos, por favor.

—Señor canciller, tenemos la certeza de que la tentativa de chantaje de que ahora somos objeto no es más que la primera fase de un plan más vasto. La Organización para la liberación del pueblo palestino está dispuesta a todo para rescatar a los tres prisioneros que tenemos en nuestro poder. Caso de que fracasara esta primera tentativa, una decena de comandos suicidas de «Septiembre Negro» están preparados para secuestrar, en diversas capitales, nuestros aviones y raptar a nuestros diplomáticos.

—¿Son seguras sus fuentes de información, Schloss?

—Completamente, señor canciller.

—¿Qué piensa usted de todo eso, Norddeich?

—La presencia de Schloss en Bonn, precisamente esta noche, me parece extraña, por no decir sospechosa.

Willy Brandt hizo un gesto con las manos, que tanto podía significar impaciencia como fatalismo.

—Ustedes, los militares, siempre están buscando argumentos y explicaciones a las cosas. Si Schloss está aquí, ¿qué importan los motivos que le han inducido a venir? Su presencia refuerza la credibilidad de sus informaciones respecto a la resolución de los terroristas palestinos. En consecuencia, cederemos al chantaje. Schloss, regrese inmediatamente a Munich y póngase en contacto con el subjefe de policía, Georg Wolf. Yo adoptaré las medidas necesarias para que se atenga en todo a sus instrucciones.

—Dentro de un cuarto de hora tendré a punto a un hombre del BND, señor canciller.

—Un engranaje perfecto —ironizó Norddeich.

—General, empieza usted a ponerse pesado —le reprendió Brandt—. Hay verdades que es mejor callar. Schloss, tiene usted carta blanca. Organice el canje de los tres prisioneros palestinos por la tripulación, pasajeros y el avión de la Lufthansa. Evite a toda costa que se produzcan derramamientos de sangre como los que cubrieron de luto los Juegos Olímpicos en septiembre último.

Con un ligero movimiento de cabeza, Willy Brandt dio por terminada la entrevista. Acompañó a sus visitantes hasta la puerta y, ya en el umbral, añadió:

—No hay otra solución, señores. Ya lo dijo Napoleón antes que nosotros: «La retirada es una forma de valor.»

3

Tel Aviv. Domingo, 29 de octubre.
Las 8 de la mañana

El joven teniente cayó en la cuenta un segundo demasiado tarde. Cuando la pelota de tenis hubo alcanzado el punto álgido en su parábola, comprendió que corría el riesgo de que cayera en los límites de la pista, lanzándose entonces a una carrera desesperada.

—Juego, David —anunció el árbitro—. Cinco a cuatro en el segundo set.

Al otro extremo de la pista, el coronel David Fulham disfrutaba enormemente. Aquella mañana se sentía en plenitud de forma. Por primera vez en un año estaba seguro de mantener a raya al joven y arrogante paracaidista, tan seguro de sí mismo que iba a convertirse en su yerno sin haber tenido la delicadeza de dejarse ganar ni tan siquiera una sola vez.

Pero las esperanzas de Fulham se vinieron abajo. Desde la terraza del club, el subteniente Rabbi acababa de atraer su atención con el grito de *¡Bévakkasha!* Acto seguido, el ayudante de campo inició la parodia mímica que tanto temía el oficial de alta graduación: con el puño izquierdo puesto sobre la oreja fingía sostener un teléfono imaginario, mientras con la palma de la otra mano se cubría el ojo derecho. Para el coronel, esta irrespetuosa fantasía tenía un significado clarísimo: quería decir que el general Moshe Dayan le estaba llamando por teléfono.

Un cuarto de hora más tarde descargaba su rabia en el motor de su automóvil. Llevaba la radio a todo volumen, emitiendo las últimas informaciones recibidas en torno al secuestro del Boeing alemán. Fulham entró en Tel Aviv por la puerta de Petah Tiqva y enfiló el Ford Taunus oficial por la Rehoy Arlozoroff, haciendo sonar sin interrupción el claxon detrás de un camión militar que avanzaba pausadamente por el centro de la avenida, desierta al máximo la segunda; luego, sin pisar el freno, torció velozmente a la izquierda, por la calle Ben Yehuda, y detuvo bruscamente el automóvil frente al vetusto inmueble del «Sherout Ha Bitachou», los servicios del contraespionaje israelí, conocidos en todo el mundo como el «Shin Beth».

Desdeñando el anticuado ascensor, Fulham subió de dos en dos los escalones de madera que conducían a las diversas plantas. Al llegar al tercer piso, en el extremo de un estrecho pasillo, golpeó con los nudillos una puerta. Sin esperar respuesta, irrumpió en la oficina del consejero Yefet Hamlekh, el número dos de los servicios especiales israelíes.

—¡Es preciso que los alemanes no cedan bajo ningún pretexto! —gritó, exaltado, el coronel Fulham.

La ruidosa entrada del coronel no pareció impresionar a Yefet Hamlekh.

—¿Y qué quiere que hagamos? —repuso éste, con sorna—. No pensará que voy a llamar a Willy Brandt y decirle: «Señor canciller, le ruego que permita a los palestinos jugar un ratito con su Boeing. Deje que lo hagan saltar por los aires y que acaben con los pasajeros. ¡Nos haría tan felices a los del "Shin Beth"!»

Las relaciones entre ambos eran un tanto ambiguas. En principio, Hamlekh no tenía por qué rendir cuentas de sus actos al coronel Fulham, jefe de las operaciones paramilitares de los servicios especiales; pero el número dos del «Shin Beth» había podido comprobar en varias ocasiones el apoyo que, gracias al coronel, había obtenido de Moshe Dayan en ciertos asuntos que los «políticos» del gobierno trataban de «camuflar». Ello le movió a poner a Fulham al corriente de la situación:

—Como sabe, Fulham, nosotros los israelíes estamos relativamente a salvo de cualquier tentativa de chantaje, por la sencilla razón de que nunca, y bajo ningún pretexto, cederemos ante la emergencia. Nuestro pueblo sabe que le va en ello la supervivencia. Aunque mañana los fedayin consiguieran raptar a Golda Meir o a la hija del general Dayan, y amenazaran con cortarles en rodajas si nos negábamos a mandarles un kilo de naranjas, le aseguro, Fulham, que nos quedaríamos las naranjas a cambio de las muy honorables rodajas de nuestros ilustres conciudadanos. Ciertamente, celebraríamos en su honor exequias fúnebres a escala nacional, y les tributaríamos todos los homenajes propios de nuestros mártires ilustres. En cambio, la actitud de los países occidentales es muy distinta. Allí la que manda es la opinión pública, y aunque aturdida y embrutecida por años y años de facilidades, continúa determinando la reacción de los poderes públicos.

—Sin embargo, cuando el asunto de los Juegos Olímpicos, Brandt actuó como un jefe de Estado.

—Sí, y ello le acarreó bastante impopularidad. No olvide, Fulham, que ahora los alemanes están en plena batalla electoral, y que lo que está en juego no es la piel de nuestros atletas.

Fulham se dejó caer con aire de reflexión en una butaca. Desde que fuera asignado al «Shin Beth», donde las malas lenguas decían que era el ojo tuerto de Moshe Dayan, aquel antiguo comandante de un regimiento de carros blindados —héroe de la guerra de los Seis Días, en posesión de la DSD, conquistada en el ejército británico durante la segunda guerra mundial—, exageraba su faceta de hombre de acción, como si los servicios secretos fueran una especie de microbio del que era preciso protegerse. No obstante, había podido apreciar la capacidad de Hamlekh demasiadas veces para no estar convencido de que una vez más el consejero escondía algo en la manga.

—¿Posee usted más información?

—Por desgracia, sí. Desde que se pusieron de moda los secuestros aéreos me dediqué a estudiar las medidas de seguridad adoptadas en todos los aeropuertos del mundo, y puedo garantizarle que en Beirut, la Lufthansa no se anda con chiquitas. Ya conoce a estos alemanotes: cuando algo está *verboten,* lo está para todos. Son capaces de confiscar una pistola de agua a un niño de tres años. Pero he aquí que, así por las buenas, los fedayin esgrimen todo un arsenal en pleno vuelo.

—¿Piensa acaso que el comando de «Septiembre Negro» contaba con unos cómplices lo bastante poderosos en el seno de la compañía como para esconder las armas a bordo?

Hamlekh no respondió; se levantó del sillón y se agachó junto a la vetusta caja fuerte, que destacaba feamente en un rincón de la oficina. Sacó del bolsillo una llave plana y manipuló la combinación, produciendo un sonido metálico con cada gesto de la mano.

—Lea esto —dijo, a la vez que sacaba de la caja un telegrama estampillado con varios membretes, en los cuales figuraba la indicación de «muy secreto», «no abrir», «información de particular interés».

Fulham cogió el documento con recelo. Por un momento tuvo intención de ponerse las gafas, pero la sonrisa maliciosa del consejero se lo impidió. Manteniendo el papel a cierta distancia, dio lectura al mismo:

DEL MINISTRO RESIDENTE EN BONN. FUENTE SARAH B EN CUMPLIMIENTO INSTRUCCIONES INVESTIGACIÓN F 33. STOP. SEÑALAMOS MARCHA INMINENTE AGENTE ESPECIAL FRANCÉS LAURENT MARTIN, DESTINO BEIRUT, TRAS REUNIÓN EXTRAORDINARIA 1 DICIEMBRE 1972 ENTRE DELEGADOS CIFRADOS CATEGORÍA CERO CERO DE LA SDECE, PARÍS, Y BND, BONN. STOP. TRATAREMOS OBTENER MÁS DETALLES SOBRE MISIÓN MARTIN EN BEIRUT. VIGILAMOS AERÓDROMOS. STOP. TRANSMITIREMOS INFORMACIÓN VUELO POR CONDUCTO PRIORITARIO. STOP Y FIN.

El coronel Fulham volvió a dejar el mensaje sobre la mesa. El galimatías de que se servían los servicios oficiales le sacaba de quicio; sin embargo, no se le ocultaba la importancia del hecho: una conferencia en la cumbre entre los servicios especiales franceses y alemanes, la víspera del viaje de uno de sus agentes, no parecía presagiar nada bueno.

—¿Quién diablos es ese Laurent Martin? —gruñó.

Hamlekh vaciló unos instantes antes de responder:

—Nacido en 1934. Diplomado en la Escuela Nacional de Administración. Muy pocos saben de su existencia. Digamos que es un mediador, una especie de negociador a escala mundial en asuntos de alto secreto.

Fulham se encogió de hombros y Hamlekh hizo como si no hubiera advertido el gesto. Sabía que esta faceta del personaje irritaría a Fulham, y disfrutaba anticipadamente ante la expectativa de exponerle otra que a no dudar excitaría su curiosidad.

—Nuestros servicios empezaron a interesarse por él a raíz de los sucesos de mayo de 1958 —dijo—. Por aquel entonces Martin estaba muy vinculado al reducido grupo: Chaban-Delmas, Michel Debré, Georges Pompidou... que preparaba el retorno del general De Gaulle al poder. Era su antena en Argelia.

Hamlekh guardó silencio unos instantes a fin de subrayar el efecto de sus palabras.

—En aquella época, Martin era capitán del primer regimiento extranjero de paracaidistas.

El coronel Fulham reaccionó en el acto.

—¿La Legión Extranjera? ¡Así pues, estaría en Suez!

—No; entró en la legión en 1959. Martin sólo tiene treinta y ocho años, Fulham. Pero sus avatares militares carecen de interés para nosotros.

Fulham se disponía a rebatir esta afirmación, pero Hamlekh no le dio tiempo:

—Durante la guerra de Argelia, Martin se mantuvo fiel a De Gaulle, sin perder por ello sus relaciones, hecho en verdad asombroso, con la flor y nata del ejército francés. En 1962 se le asignó un puesto destacado y ambiguo. Oficialmente no depende ni del SDECE ni del DST, ni tampoco del ministerio de Asuntos Exteriores, lo cual no le impide utilizar en su favor los servicios de todos ellos, que jamás le niegan su colaboración; y lo mismo ocurre, cosa aún más extraña, con los servicios paralelos de Gran Bretaña, Alemania Federal, Países Bajos, Bélgica, Suiza, Dinamarca e Italia.

—Vamos, una especie de mercado común del contraespionaje, ¿no?

—Más o menos. La sombra de Martin se proyecta invariablemente en todos los acontecimientos trascendentes, siempre que son precisas negociaciones secretas que se pretende causen un gran impacto. Así, un mes antes de anunciarse la apertura de las negociaciones entre americanos y norvietnamitas en la avenida Kléber de París, realiza cuatro viajes entre París, Hanoi y Washington. Tres semanas antes de que se conociera el viaje de Nixon a China, Martin pasa once días en Pekín. Cuando lo de Biafra, el agente francés aparece en África. Con motivo de la entrada de Gran Bretaña en el Mercado Común Martin visitó tres veces a Heath.

—¿Un chantajista a escala internacional?

—Digamos que se trata de un diplomático sutil que sabe presentar las exigencias en forma de consejos.

—¿Algo así como un Kissinger europeo?

—Mucho más y, a la vez, mucho menos. Cuando los sucesos de Munich, se desembarazó de uno de nuestros agentes en Bonn atrayéndolo hasta los sótanos del hotel Schlosspark, donde le puso fuera de combate en veinte segundos, aplicándole algunos golpes poco ortodoxos. Hay que reconocer en su favor que luego avisó a los servicios médicos de la policía, aunque sin identificarse, por supuesto. Nuestro agente tuvo que ser conducido al hospital, donde permaneció por espacio de dos semanas. La verdad, no me imagino a Kissinger en este papel.

La evocación de Munich ensombreció de nuevo el rostro de Fulham.

—¿Tiene idea de lo que ha llevado a Martin a Beirut?

Hamlekh cogió una cajetilla de tabaco que había encima de la mesa y se la tendió a Fulham. Éste declinó con un ademán: el coronel no fumaba. Hamlekh lo sabía, pero quería concederse unos instantes para reflexionar antes de abordar un terreno por el que Fulham tal vez no pudiera seguirle. Con gesto sosegado, el agente israelí encendió un «Players».

—El cable de nuestro representante en Bonn alude a la convocatoria de una reunión extraordinaria entre los responsables del SDEC y del BND antes de que Martin saliera hacia el Líbano. De ello puede inferirse que, probablemente, en la asamblea se trataron aspectos relacionados con el problema del terrorismo palestino. Ahora bien, los altos cargos de los servicios especiales no se valen de mediadores de la categoría de Martin simplemente para reforzar las medidas de seguridad en las líneas aéreas o en las embajadas. Por contra, si lo que pretenden es asestar un golpe en vez de rehuirlo, entonces la presencia de Martin y su viaje a Beirut cobran pleno sentido.

—¿No cree que va demasiado lejos?

—Por supuesto que no. La idea de procesar a tres fedayin en el curso de un juicio, del que estaría pendiente el mundo entero, constituye una verdadera obsesión para el gobierno de Bonn. Si sólo se tratara de un prisionero podría apostar el sueldo a que oiríamos hablar de un suicidio; pero tres suicidios resultaría demasiado ostentoso. En vista de ello, los servicios especiales alemanes deciden cortar por lo sano, y en vez de esperar a que los palestinos adopten alguna iniciativa desesperada de consecuencias imprevisibles, optan por planear ellos mismos un secuestro aéreo de modestas proporciones que les permita ceder a las presiones palestinas y decir a la opinión pública: «Ante todo hemos tenido en cuenta las vidas de los pasajeros del avión. Preferimos entregar a los "asesinos" palestinos antes que exponer la vida de unas víctimas inocentes.» Y todos contentos, excepto los salvajes israelíes, claro.

—Así pues, ¿piensa que Laurent Martin se trasladó a Beirut para negociar con «Septiembre Negro» el secuestro del Boeing alemán?

—Es un cometido que le cuadra a las mil maravillas.

El coronel Fulham se levantó rabioso del sillón.

—Está bien —dijo, tajante—; informaré sin demora a nuestro grupo «Acción», de Munich. Bastará con un tirador de primera situado en algún punto estratégico del aeropuerto para dar al traste con esta maquinación.

4

Munich. Domingo, 29 de octubre.
Las 11,30 de la mañana.

Hans Schloss franqueó una de las portezuelas del vestíbulo del aeropuerto Munich-Riem, por las que afluían los pasajeros de las líneas interiores provenientes de Bonn. No tardó en descubrir a la persona que buscaba. Bajo el panel de horarios de las compañías se encontraba un hombre corpulento, de elevada talla, cabellos castaños muy cortos. Iba vestido con una chaqueta de *tweed*, de corte holgado, camisa de lana color mostaza, una corbata de trencilla, de las llamadas «cabeza de negro», y pantalones de franela gris sin dobladillo que caían sobre un par de zapatos marrones que sólo podían provenir de «Clarck», en Bond Street. Aun cuando era la primera vez que lo veía, Schloss supo en seguida de quién se trataba.

—Laurent Martin, ¿verdad? —inquirió.

Los dos hombres se estrecharon la mano y con paso

vivo se dirigieron hacia la puerta de salida, provista de célula fotoeléctrica.

El coche NSU, modelo RO-80 azul metálico, esperaba en una zona de aparcamiento prohibido. Schloss alargó al chófer su billete de avión, que llevaba cosido con una grapa el resguardo del equipaje.

—Yo conduciré, Kurt. Vaya a por mi equipaje y regrese a Pullach en taxi.

Schloss conducía con rapidez y pericia. El RO-80 enfiló la carretera número 12, que conducía al cruce esteoeste de la capital bávara. En sentido contrario la circulación era excesivamente densa, y es que los habitantes de Munich aprovechaban aquel domingo de otoño para ir a almorzar al bosque de Ebersberger. En cambio, en la dirección Riem-Munich el automóvil NSU circulaba a ciento cuarenta kilómetros por hora sin encontrar obstáculos. Cuando Schloss veía a lo lejos a un coche que venía en sentido contrario y que trataba de adelantar a otro vehículo, con una simple presión del pie ponía en marcha toda la batería de luces a yodo, y el coche en cuestión, atemorizado, no tardaba en reintegrarse a la caravana de automóviles.

—¿Qué se sabe del avión? —interrogó Schloss, sin dejar de vigilar la carretera.

—El viento soplaba en contra y han tenido que hacer nueva escala en Zagreb. Han llenado los depósitos de combustible y a las 11,02 despegaron de nuevo. En menos de un cuarto de hora los tendremos encima de Munich.

—¿Algún incidente?

—Los piratas intentaron imponer la idea de un aterrizaje en el aeropuerto civil de Riem. Uno de los fedayin maneja la radio perfectamente y habla sin acento francés e inglés. He permanecido varios minutos en contacto con él y por fin han aceptado realizar el canje en el aeropuerto militar de Fürstenfeldbruck.

Laurent Martin hablaba alemán sin ningún acento que pudiera delatar su origen. Sacó del bolsillo una cajetilla metálica de «Benson and Hedges» y, tras encender un cigarrillo, preguntó a su vez:

—¿Y el canciller?

—Ningún problema. Se ha hecho cargo de todo, aunque no lo ha dado a entender ni con un simple guiño de complicidad. El militar que asistió a la entrevista no era tan listo. También él lo entendió, pero estaba tan contento de haber podido asimilar algo en su vida, que pretendió dárselas de agudo metiendo las narices en el asunto. El canciller tuvo que echarle un bufido sin contemplaciones. Así pues, ningún obstáculo; tenemos carta blanca.

—¿Y los prisioneros palestinos? —continuó preguntando Martin.

Schloss consultó el reloj.

—Ya deben estar en Fürstenfeldbruck. Una sección de paracaidistas monta guardia en las celdas de la base. Cuando nos parezca oportuno un helicóptero iniciará la maniobra de distracción.

Ya en los arrabales de la ciudad, Schloss dirigió el RO-80 por la Töginger Strasse. Las calles estaban prácticamente desiertas. Sin aminorar la marcha, contorneó la Max Weber Platz, atravesó el Isar y llegó a la estación siguiendo la Maximiliam Strasse.

—Dentro de una hora todo tiene que estar listo —dijo Schloss—. Los prisioneros suben al Boeing; luego los fedayin hacen bajar a los pasajeros y a la tripulación, excepto el piloto y el navegante. Se llenan los tanques de combustible y el aparato pone rumbo a donde ellos digan.

Martin no respondió, y Schloss se volvió hacia él con aire inquisitivo. Laurent aspiró el humo del cigarrillo: la arruga que surcaba su frente acentuaba todavía más las enérgicas facciones.

—¡Ojalá tenga usted razón! —repuso al fin—. Es indudable que «Septiembre Negro» no ha informado a su comando de que desempeñan el papel de simples monigotes y, por lo tanto, van a tomarse las cosas en serio.

No olvidemos que llevan armas y munición. Harán cualquier desatino con tal de demostrarnos que tienen la sartén por el mango. Será preciso actuar con prudencia.

El automóvil tomó la autopista de Augsburg, desviándose de la misma en la salida de Geiselbullach. Lanzado a ciento veinte por hora, avanzó por la carretera 471, que conducía al aeródromo militar de Fürstenfeldbruck.

Antes de poder franquear las alambradas eléctricas que se extendían paralelas a las pistas, tuvieron que exhibir sus salvoconductos en tres ocasiones. Por todas partes se divisaban policías y soldados. En la divisoria del lado izquierdo veíanse grupos de camiones, y gran número de policías y soldados aparecían armados con fusiles de mira telescópica.

—Pero, ¿qué significa todo esto? —preguntó Martin, sorprendido—. Creía que Brandt deseaba que todo se llevase a cabo con naturalidad y sin estridencias.

—Y así es —asintió Schloss, con el ceño fruncido—. Todo eso parece una iniciativa personal de Kallenberg, el adjunto del subprefecto. Debe de estar esperándonos en la central de transmisiones.

Schloss pisó el pedal del freno junto a la torre de control de radar. Los dos hombres se introdujeron en el ascensor, que llegaba hasta el cuarto piso y desembocaba directamente en la inmensa sala circular de la que emanaban todas las órdenes relativas al tráfico aéreo de la base militar. Se aproximaron a la pantalla del radar: el recorrido circular del rayo luminoso se quebraba regularmente al completarse cada vuelta. El Boeing estaría al alcance de la vista en menos de diez minutos.

El comisario Kallenberg se unió a Martin y al agente del BND.

—Hay novedades —aclaró—. Sabemos de buena tinta que los agentes del «Shin Beth» tratan de llevar a cabo un intento desesperado para evitar la salida del avión. Mientras les esperaba a ustedes he asumido la responsabilidad de ordenar al ejército y a la policía que registraran el terreno en un radio de tres kilómetros.

Laurent Martin frunció el entrecejo. Ahora todas las miradas de los presentes confluían en él, inquietas e interrogantes. Con expresión de crispada reflexión, encendió un cigarrillo:

—¿Siguen en contacto con el avión?

Kallenberg señaló la central de radio.

—Estamos en doble escucha permanente, exactamente igual que cuando mantuvo usted su primera conversación con ellos, señor. El palestino sigue manipulando con habilidad las frecuencias de la radio, y el comandante Klaussen recibe la comunicación a través de sus auriculares.

Con una ligera presión en la espalda del sargento encargado de la radio, Martin pasó a ocupar su sitio. Calándose los enormes auriculares de escucha, estableció contacto y habló en alemán:

—¡Klaussen! ¿Me oye? Aquí el jefe de vigilancia. ¿Cómo está de carburante? Cambio.

La voz del comandante del aparato llegó con un timbre nasal, amplificada:

—Le escucho. Comprendido. Nos quedan tres horas cincuenta minutos de autonomía, a velocidad de crucero y respetando el margen legal de seguridad. Terminado. Cambio.

Pero Hacam terció entonces en inglés:

—Hablen en francés o en inglés; es una orden.

Obediente, Martin reanudó la conversación en inglés.

—Las consignas que voy a transmitir les afectan a ambos. No aterricen bajo ningún pretexto y sobrevuelen el campo. El canciller Brandt ha dado instrucciones formales y se aviene a sus exigencias. Esta espera que ahora les exijo es un factor suplementario de seguridad. ¿Han comprendido? No aterricen en ningún caso.

Ahora fue Hacam quien, en francés, respondió:

—A la primera señal de una trampa haré saltar el

avión por los aires. Acepto permanecer a la espera hasta nueva orden, pero les doy una hora como máximo.

—Conforme. Cambio —concluyó Martin.

Schloss intervino:

—Por lo menos que le digan cómo se encuentra el pasaje.

Con un encogimiento de hombros, Martin estableció nuevo contacto y habló de nuevo en inglés:

—Llamando al comandante Klaussen. ¿Puede decirnos cuál es el estado de los pasajeros?

—Klaussen a torre de control. Recibido y comprendido. Los fedayin tenían previsto distribuir comprimidos de Valium 10. Todos los pasajeros han tomado una dosis masiva de tranquilizante. ¿Me han comprendido? He aceptado y aconsejado la distribución de tales comprimidos. Cambio.

Martin cerró el contacto y silbó admirativamente.

—¡Cuánta delicadeza! ¡Estamos ante unos *gentleman-fedayin*!

Schloss intervino secamente:

—Déjese de humoradas. No me gustaría verlas como titulares en la cabecera del «Stern». ¿Qué piensa hacer?

—Hay que desviar el Boeing a otro aeropuerto y hacer que aterrice aquí un avión rápido, para embarcar en él a los tres prisioneros. Luego será preciso organizar un aterrizaje simultáneo en cualquier otra parte.

—¿Dónde?

—Es indiferente; Nuremberg, Stuttgart. No, espere, mejor Salzburg, ya que está en la ruta del aparato.

—Debo comunicar con Bonn. No puedo asumir esta responsabilidad.

—Espere un segundo, Schloss —cortó Martin—. El sitio ideal sería Zagreb, el punto de procedencia del avión. Si el canciller se muestra conforme, que realice las gestiones pertinentes ante el mariscal Tito. Por nuestra parte dejaríamos filtrar la información de que el canje va a tener lugar en Salzburgo. Zagreb nos ofrece las máximas garantías. La escala que acaban de efectuar allí fue debida únicamente a las condiciones atmosféricas; no estaba prevista, y a pesar de ello pudo realizarse sin dificultad. ¿Podríamos disponer de algún avión militar que esté en condiciones de despegar rumbo a Zagreb para dentro de una hora?

Kallenberg terció en la conversación:

—Tendríamos que avisar al comandante en jefe del ejército del Aire.

El coronel Markt, comandante de la base, indicó a su vez:

—El general está en visita de inspección en Oldenburg. Siendo hoy domingo, es casi seguro que habrá salido a la caza del ciervo en helicóptero. De todos modos, no hay ni que pensar en que uno de nuestros aviones sobrevuele el territorio yugoslavo, y menos todavía en que aterrice en Zagreb dentro del plazo requerido.

—En tal caso, trate de encontrar un avión civil.

—Eso tiene que ser factible —aprobó Schloss—. Voy a llamar al palacio Schaumburg. Kallenberg, empiece a ver si puede dar con el director de alguna compañía privada.

Willy Brandt dio su plena aprobación. Su primera reacción fue la de reprochar a Schloss la pérdida de tiempo en consultarle. Éste objetó que sólo el canciller tenía influencia suficiente para hacerse escuchar del mariscal Tito. Brandt aseguró que en seguida se ocuparía del asunto, añadiendo que en el caso de no poder localizarse un avión privado en el plazo de tiempo necesario, ordenaría a la tripulación de su avión personal, estacionado en la base militar de Baden-Baden, que estuviera dispuesta, no sin antes dejar bien sentado que consideraba esta eventualidad como una solución de urgencia que implicaba una repercusión política negativa frente a la opinión pública israelí.

Schloss abandonó, sudoroso, la cabina telefónica, y resumió su larga conversación con el canciller diciendo:

—Carta blanca. Va a prevenir a los yugoslavos.

Kallenberg reapareció menos optimista. Hasta el momento sólo había podido dar con un vetusto aparato de la compañía de vuelos charter «Condor». El director se llamaba Herman Zeisskam y era un antiguo *Ober-Leutnant* de la Luftwafe. Kallenberg logró al fin comunicar con Zeisskam, que estaba pasando el fin de semana en una propiedad que poseía cerca de Uberlingen, en el lago Constanza. El antiguo piloto había prometido llamar en menos de un cuarto de hora, y, en efecto, así lo hizo al cabo de diez minutos. Explicó que había podido ponerse al habla con el piloto y el navegante de uno de sus aparatos. Dicha tripulación tenía que transportar a un grupo de hombres de negocios escandinavos y luego despegaría hacia Zurich, sin pasaje, al objeto de regresar a su base, en Coblenza. Zeisskam se comprometió a ordenar la alteración del plan de vuelo, y para dentro de cincuenta y cinco minutos el aparato estaría encima de Fürstenfeldbruck. Se trataba de un birreactor Hawker-Siddley 125. Si llenaba los depósitos de combustible en la base militar, su autonomía de vuelo sería de mil ochocientos kilómetros, respetando el margen de seguridad.

Eran las 13,26. Martin lanzó un suspiro. Volvió a ocupar el lugar del sargento encargado de la radio. El Boeing 727 estaba describiendo el quinto y amplio círculo sobre la vertical del antiguo campo de Dachau y, luego, al oeste de Mering.

Hacam y Klaussen respondieron que tenían establecido contacto. El fedayin conservaba una calma y una sangre fría desconcertantes. Martin optó por emitir sus instrucciones en francés, y con tono claro y preciso explicó:

—Hemos arbitrado un plan de liberación que presenta un riesgo mínimo. Tienen que regresar a Zagreb. Estamos a la espera de un birreactor privado que aterrizará aquí a las 14,28. Los prisioneros subirán a bordo mientras se llenan los tanques, operación que se efectuará en menos de un cuarto de hora. El aparato despegará entre las 14,35 y las 14,40 y alcanzará la vertical de Zagreb entre las 15,30 y 15,45. Ustedes pueden anticiparse en tres cuartos de hora y aprovechar para repostar el Boeing en

Zagreb. Seguidamente se dirigirán al extremo de la pista, junto al punto de salida. Allí se les acercará el avión privado tan pronto aterrice. Sus camaradas subirán entonces a bordo. Informe de ello a Klaussen, por si no comprende el francés.

—He comprendido perfectamente —intervino el comandante del aparato en francés.

Pero Hacam empezó a gritar como un energúmeno a través del micrófono:

—¡Ni hablar! ¡Quieren tendernos una trampa! Ya he tenido una hora más de la cuenta de paciencia y voy a dar orden al comandante de que aterrice. Que nuestros camaradas se preparen a subir a bordo. Cambio.

Martin suspiró. Una vez más maniobró con el alternador de la radio.

—¿Sigue a la escucha?

Se oyó una respuesta afirmativa.

—Empecemos de nuevo. A buen seguro que no es usted ningún imbécil ni un exaltado, al menos así lo ha demostrado hasta el momento. Quiero que reflexione bien y sin demora. Sabemos que tiene dos granadas para hacer estallar el aparato por los aires. Esté volando o en tierra, se encuentre en Munich o en Zagreb la potencia explosiva de las granadas sigue siendo la misma. ¿Entiende lo que trato de decirle? Le doy un minuto para pensarlo. Permanezco a la escucha.

Fueron suficientes menos de veinte segundos. Martin no apartaba la vista del amplificador, a través del cual percibía con claridad la respiración del fedayin. Imaginó sin esfuerzo la tensión interior del árabe. Por último, Hacam exclamó:

—De acuerdo. Volaremos rumbo a Zagreb.

—Una cosa más —añadió Martin—. Yo personalmente acompañaré a los prisioneros a bordo del Boeing y realizaremos juntos la última escala. Cambio.

—¡Ni hablar! —bramó Hacam—. Sea usted quien sea, no necesitamos de su presencia. Le prohíbo que se acerque al avión.

—Considero mi presencia indispensable. No discuta. Estaré allí. Tómese tiempo para reflexionar. Usted va armado con una pistola y yo no llevaré armas. Haré que sus camaradas me registren previamente y ellos le garantizarán que no voy armado. Si lo desea, podrá matarme tranquilamente cuando suba la escalerilla.

Por toda respuesta, Hacam lanzó una imprecación en árabe. Martin devolvió la palanquita a su posición. Una amplia sonrisa le surcaba el rostro.

—¿Entiende usted el árabe? —preguntó Schloss.

—Un poco.

—¿Y qué es lo que ha dicho?

—Ha sido una especie de perífrasis un tanto vulgar sobre mi ascendencia materna.

El Hawker-Siddley se posó graciosamente en el aeropuerto dentro del plazo previsto. Era un avión mixto de gran turismo y bello diseño, con las alas y el fuselaje de inmaculada blancura. Una franja horizontal de color rojo se extendía de un extremo al otro del aparato, desde la cabina hasta la cola, serpenteando armoniosamente a la altura de los reactores y prolongándose hasta el centro de los mismos. El aparato se deslizaba, lento y majestuoso, por los bloques de asfalto ensamblados, sacudido por el estridente zumbido de sus propulsores. Cuando se hubo detenido, un camión cisterna Mercedes, pintado con los colores verdosos de la *Bundeswehr,* se situó paralelamente a la cabina del piloto. Dos bastidores móviles afianzaron el tubo metálico de inyección y, sin más, los depósitos empezaron a llenarse de queroseno.

Once minutos más tarde, el camión cisterna se cruzaba con el Opel que transportaba hacia la libertad a los tres palestinos supervivientes del atentado en los Juegos Olímpicos. El coche se detuvo junto a la pasarela incorporada del Hawker y los fedayin ascendieron a la cabina bajo la amenaza de las armas de cuatro paracaidistas apostados al pie de la escalerilla.

Siempre conducido por Schloss, el RO-80 se alejó de la torre de control. Sentado en la parte delantera, Martin conservaba el aire de serena despreocupación de un viajero que se dispone a disfrutar de su fin de semana.

—¿Y a qué se debe este interés en acompañarles? —preguntó Schloss.

—Es preciso que oriente el testimonio de Walter Klaussen y de la tripulación. Conviene que su versión de los hechos resulte plausible.

—¿Confía en convencer a los israelíes?

—Por supuesto que no, y se me da un comino. Lo más probable es que ya hayan tomado una decisión, pero no podemos permitir que esgriman argumentos demasiado obvios en su favor. Que se desgañiten, que formulen cuantas hipótesis les venga en gana, que descarguen su bilis en los campos de refugiados de la frontera libanesa. Hasta cierto punto, serían reacciones naturales. Pero no podemos permitir que sus periódicos publiquen incongruencias notorias en nuestra versión de los hechos; y eso en buena parte depende de lo que diga Klaussen.

—Entendido; buen viaje.

El RD-80 se detuvo junto al Hawker. Laurent Martin ascendió la pequeña escalerilla seguido de dos paracaidistas armados. El mecánico esperaba el momento de apartar la pasarela y cerrar la puerta. Luego, indicó:

—Listo, Sigmund.

Inmediatamente se oyó el silbido estridente de los reactores.

Ed Denaoui Abdel Kheiz, Samer Mohamed Abdallah e Ibrahim Mahmoud Badran volvieron la cabeza. Visiblemente aturdidos, contemplaban al recién llegado. Cumpliendo las instrucciones del navegante, se abrocharon los cinturones de seguridad. Sus rostros descompuestos ponían en evidencia hasta qué punto se hallaban superados por los acontecimientos.

—¿Alguno de vosotros habla inglés, alemán o francés? —preguntó Martin, en inglés.

—Yo hablo francés —balbuceó Abdel Kheiz—. Mis hermanos sólo entienden el árabe.

Martin se sentó en el sillón vecino. El navegante había ocupado su sitio en la cabina de mando. El Hawker tomó velocidad y empezó a ganar altura rápidamente. Tenía capacidad para dieciocho pasajeros.

—Yo y mis hermanos estamos dispuestos a morir —declaró Abdel Kheiz, con solemnidad—. Díganos la suerte que nos espera y el tiempo que nos queda de vida. Sabíamos que Alemania había abolido la pena de muerte y que nos matarían discretamente, como a chacales.

—¡No me vengas con monsergas, amigo! —le espetó Martin—. Esta noche cenaréis en vuestra patria o en un país amigo. De hecho, puede decirse que ya estáis libres.

Laurent volvió a la cabina de mando y se dirigió al piloto.

—¿Algún problema?

—No, en lo referente a mí. Llegaremos a Zagreb dentro de cuarenta minutos.

El pequeño avión rebotaba ya sobre la pista del aeropuerto de Zagreb cuando Martin reanudó el diálogo con Abdel Kheiz. Había renunciado a convencerle durante el vuelo, dejando a los prisioneros sumidos en la piadosa lectura de un ejemplar de bolsillo del Corán, puesto a su disposición.

—Mira, ahora vas a registrarme —explicó—. Asegúrate de que no llevo armas porque tendrás que confirmarlo ante tu camarada para que me permita subir al otro avión. ¿Empiezas a comprender?

Cada vez más estupefacto, Kheiz ejecutó las órdenes sin demasiada convicción y afirmó:

—No, no lleva usted armas.

Laurent se encogió de hombros.

—Ya lo sabía. No es a mí a quien tienes que decirlo.

El traslado de los prisioneros a bordo del Boeing se efectuó tal como se había previsto. Laurent Martin fue el primero en subir al enorme avión de la Lufthansa, seguido de los tres prisioneros, que ascendieron por la escalerilla brutalmente empujados por los fusiles de los paracaidistas, visiblemente contrariados ante los hechos. Luego, los soldados regresaron al Hawker.

Por fin, los tres fedayin comprendían lo que estaba sucediendo. Su primera reacción fue precipitarse en brazos de Hacam, pero éste les contuvo con gesto terminante. Ordenó cerrar la portezuela y Walter Klaussen aceleró los reactores. A más de ochocientos metros de distancia, siete representantes de la prensa, apostados en el techo del aeropuerto, siguieron la escena con unos prismáticos. Pertenecían a las delegaciones locales de la UP, Reuter, AFP y la agencia soviética Tass. Todos los despachos que remitieron minutos después aludían a la presencia de un cuarto personaje que, tras descender del Hawker-Siddley, subió a bordo del Boeing. La prensa y la radio yugoslavas también difundieron la noticia. El detalle pareció intrascendente a los jefes de redacción de los periódicos de todo el mundo. Sólo «Le Monde», en el número del martes, 31 de octubre, puesto a la venta en París el lunes 30, a las 15 horas, mencionaba en el artículo de su corresponsal en Belgrado, Paul Yankovitch, el embarque de una «personalidad de la Alemania occidental» cuya identidad no había sido revelada.

Antes de que el Boeing alcanzara la altitud y velocidad de crucero, Hacam había dado instrucciones al piloto.

—Rumbo a Tirana. Ya le facilitaré más indicaciones.

Walter Klaussen, que se sentía agotado, repuso:

—Escuche, ahora ya se han salido con la suya; no me obliguen a volar dando rodeos. No me cabe duda de que su deseo es aterrizar en el Próximo Oriente; pues bien, señáleme otro rumbo más alejado que me permita utilizar el piloto automático.

Hacam cedió ante el argumento.

—De acuerdo. Ponga rumbo a la punta Este de la isla de Creta. Ya le daré nuevas instrucciones.

En la cabina, Laurent Martin cogió el micrófono y pronunció unas palabras para tranquilizar al pasaje y a los miembros de la tripulación.

—No teman. Están ustedes completamente a salvo. Ahora regresamos al Próximo Oriente, pero mañana podrán ustedes alcanzar sus respectivos destinos a través de distintos vuelos regulares. Por otra parte, me complace anunciarles que la Compañía Lufthansa ha decidido conceder a cada uno de ustedes una importante cantidad en concepto de indemnización, a fin de compensar en cierto modo los incidentes de esta aventura. Manténganse tranquilos y consideren esta última parte del vuelo como un simple paseo.

Martin supo dar a sus palabras un tono convincente y los pasajeros se relajaron en sus asientos, entablando mutuo diálogo acerca del hipotético importe de la prima. Laurent volvió a la cabina de mando. Hacam seguía en su interior, empuñando la pequeña pistola, aparentemente inofensiva.

—Tengo que hablar con la tripulación —indicó Martin, con firmeza—. Haga que vengan todos a la cabina.

—Converse en inglés y en mi presencia —precisó Hacam.

—No hay inconveniente.

Los miembros de la tripulación se amontonaron en la cabina. Hacam no les perdía de vista; mantenía el arma apuntada y la espalda apoyada en la puerta del lavabo delantero, destinado a los tripulantes del aparato.

—Me llamo Martin —comenzó diciendo Laurent—. Laurent Martin, y estoy a bordo siguiendo instrucciones comunes de su gobierno y de la compañía Lufthansa para darles algunas indicaciones de importancia capital. Me interesa de modo especial la versión de los hechos que les pedirán los representantes de la prensa.

—Diremos la verdad —interrumpió Klaussen—. Se hubiera podido ahorrar el viaje.

—Esta reacción le honra, capitán Klaussen. Sin embargo, confiamos en que acepten alterar un tanto la verdad de lo ocurrido. Conviene que la opinión pública ignore que el canje se ha efectuado al fin en Zagreb, a instancias de las autoridades de tierra; es decir, del Gobierno de la Alemania Federal. Sería mejor una versión en la que fueran los piratas del aire palestinos los que exigieron en el último instante la modificación del plan inicial. El canje en el aeropuerto militar de Munich entrañaba un riesgo, y aunque mínimo, el canciller Brandt no ha querido asumirlo. Sólo le preocupaba la seguridad de todos ustedes y de los pasajeros. No obstante, algunos medios informativos tal vez se atrevieran a insinuar que el lujo de precauciones adoptadas por el gobierno alemán radica en el peso que se sacudiría de encima librándose de los prisioneros del comando árabe de los Juegos Olímpicos, de Munich, para, de esta forma, evitar un espinoso proceso político.

—¿Y no habrá algo de verdad en eso? —preguntó con malicia Klaussen.

—Lo ignoro —mintió Laurent con descaro—. Ahora ustedes saben tanto como yo. Cuando se me rogó que tratara de convencerles no me pareció necesario profundizar más en el asunto.

—Por mí, de acuerdo —asintió Klaussen—; siempre que mis compañeros también se muestren conformes.

Todos dieron su beneplácito.

—Otra cosa —insistió Klaussen—. ¿Qué ocurrirá si los dos piratas exponen su propia versión de lo sucedido y cuentan la verdad?

Laurent ni siquiera se dio la vuelta para mirar a Hacam; se limitó a declarar con una sonrisa:

—No lo harán, porque no les conviene. Cuanto más audaces parezcan sus acciones, mayor será la aureola de que disfrutarán ante sus aliados. ¿Me equivoco, camarada pirata?

—Tu versión me parece bien y será también la nuestra, camarada espía.

—Nos acercamos a la punta Este de Creta —anunció Klaussen—. ¿Qué hago ahora?

—Ahora rumbo a Trípoli —indicó escuetamente Hacam.

Tras haber solventado la papeleta, Laurent Martin sintió que sus nervios se relajaban. Desplomándose en un asiento, al lado de una de las ventanillas del avión, se sumió con expresión soñadora en la contemplación del abigarrado curso de las nubes.

«¡Vaya porquería de misión! —dijo para sí—. Nunca hay que jugar con fuego. El día que alguien verdaderamente inteligente se dé cuenta de que el chantaje es el arma más poderosa del siglo veinte, nos encontraremos todos en paños menores.»

Primera parte

5

El «Corsica Express», el vaporcito italiano que asegura el enlace entre Génova y Bastia desde la primavera hasta el otoño, estaba atracando en el lugar del muelle que tenía asignado. Los pasajeros, hacinados en las cubiertas de estribor, seguían el curso de la rutinaria maniobra que la marinería realizaba con pericia. Algunos grupos se amontonaban cerca de las tres puertas de desembarque, con la idea de ser los primeros en abandonar el buque. Entre ellos se encontraba Hacam.

El joven palestino vestía un raído traje, desgastado por el uso. La camisa, comprada en un *Prisunic,* aparecía llena de remiendos, y la arrugada corbata de seda artificial no llegaba a cerrar el cuello de la misma. Su aspecto era de absoluta indigencia. Viéndole bajar la pasarela, empujado sin miramientos por una nube de veraneantes que formaban un abigarrado conjunto multicolor, nadie habría reconocido en él al militante decidido y cultivado del comando palestino de octubre. Su andar era el de los eternos vencidos: cabeza baja, espaldas encorvadas; un emigrante «árabe» * que iba a sumarse a uno de los numerosos grupos empleados en alguna granja de la costa oriental, los cuales formaban una masa de trabajadores agrícolas que no había dejado de acrecentarse desde los días de la independencia de Argelia.

Ya en el muelle, el fedayin se alineó sumisamente en la cola que se había formado ante una mesa de madera pintada de blanco, en la que dos CRS visaban con premura los pasaportes y carnets de identidad de los pasajeros.

Una familia provocó una pequeña avalancha, a resultas de la cual se situaron por delante del árabe. Como éste no reaccionara, otros cuatro turistas siguieron el mismo ejemplo. Cuando, por último, Hacam llegó ante el puesto de control, tendió a los representantes del orden un mugriento pasaporte tunecino. El agente examinó una por una, minuciosamente, las páginas del documento falsificado. Luego exigió:

—¡El certificado de trabajo!

Hacam sacó del bolsillo trasero del pantalón una gruesa cartera imitación piel, deformada por la curva de la nalga, y extrajo de ella una hoja plegada en cuatro, que tendió al agente.

—¿Es que no sabes desdoblarla? —bramó agresivo el agente del CRS—. ¿Me tomas por tu lacayo?

—Perdone usted —balbuceó Hacam, con el peculiar acento de todos los miembros de su raza, al tiempo que se apresuraba a obedecer al policía.

El agente le arrancó el papel de las manos y empezó a leerlo palabra por palabra, buscando con avidez un error. Pero todo estaba en regla. El funcionario estampilló de mala gana el documento, luego el pasaporte, y los tendió al «ratón»,** con la mirada puesta ya en el siguiente de la fila.

* En Francia, y según el contexto, el término puede tener un matiz peyorativo, como sucede en el pasaje de referencia (*N. del T.*).

** En Francia, designación peyorativa alusiva a los miembros de raza árabe (*N. del T.*).

En el barracón de madera que cobijaba a los aduaneros, Hacam no fue mejor recibido, viéndose obligado a desanudar el cordel que compensaba el deficiente cierre de la maleta de cartón prensado. Con una mímica que denotaba su repugnancia, y negándose a utilizar sus manos, el aduanero le ordenó vaciar la maleta llena de ropa mugrienta, y concluyó diciendo:

—¡Anda ya! ¡Guarda otra vez tus piojos y lárgate!

Hacam reconoció desde lejos a Ahmoud, pero simuló vacilación y dejó que fuera el capataz de la hacienda Tardets quien se le acercara.

—¿Eres el peón que va a Prunelli?

Hacam asintió y Ahmoud le precedió hasta el 4L. El capataz sacó el viejo Renault, situado entre un Mercedes matrícula de Zurich y un DS 21 de París, del aparcamiento reservado a los turismos y enfiló la carretera que iba en dirección Sur. A la altura del aeropuerto, la circulación era más fluida. Al cabo de doce kilómetros, al llegar a Casamozza, torció a la derecha, apartándose de la carretera de Corte y tomó la nacional 198, la única que en línea recta bordea el litoral Este hasta Porto-Vecchio.

Durante el trayecto hasta el cruce, los árabes sólo intercambiaron algunas impresiones triviales sobre el incremento turístico. Por último, Hacam preguntó:

—¿Algún imprevisto?

—Ninguno en lo que a nosotros concierne. El viejo está nervioso, pero decidido. No se volverá atrás.

—No le queda otro remedio.

—Es verdad; pero controla sus nervios, y esto es lo que importa.

Atravesaron Ghisonaccia tras casi una hora de camino. El pueblo se había convertido en el núcleo de la comunidad *pied-noir;* en la aglomeración humana más importante de aquella inmensa llanura, que los colonos repatriados de Argelia, diez años antes, habían logrado transformar completamente a fuerza de trabajo y porfía, convirtiéndola en una tierra feraz y productiva. Al llegar a Migliacciar, el 4L torció a la derecha para enfilar la sinuosa carretera comarcal que termina por estrellarse, vencida, contra la muralla montañosa que se yergue después del pueblecito de Prunelli di Fiumorbo. Sin embargo, Ahmoud se había desviado a la izquierda mucho antes de llegar a él, y el automóvil rodaba por la pista de tierra que conducía hasta la entrada de la finca Tardets. Un portal obstruía el camino. El árabe que montaba la guardia lo abrió, y lo volvió a cerrar tras permitir el paso del vehículo.

Durante siete kilómetros circularon por entre viñedos. Desperdigados aquí y allá, grupos de campesinos árabes volvían la cabeza y seguían con la vista el curso del 4L. Cruzaron luego el pueblecito árabe donde residían más de treinta familias de esta raza, constituidas en una comunidad autónoma. Por fin, el Renault se detuvo ante el jardín de la residencia, donde tuvo que salvar otro portón situado entre dos elevados muros, lo suficientemente altos para ocultar la mazica planta de la vivienda.

El viejo les aguardaba en el porche.

Adrien Tardets era un hombre calvo, macizo y corpulento. De su rostro, un tanto sombrío, emanaba un aire de concentrada energía. Hablaba poco y sin circunloquios, con rotundidad. Había nacido hacía ahora sesenta y dos años en la propiedad familiar de Vialar, en los Ouarsenis. Huérfano a los diecinueve años, sustituyó a su padre en el puesto y trabajó duramente las tierras que había heredado, convirtiéndolas en suelo productivo. Tardets pertenecía al género de colono para el que la tierra argelina es, desde su nacimiento, una especie de herramienta resistente pero sin alma, una vaca que produce leche de oro y de la que puede obtenerse el máximo beneficio sin prodigarle a cambio afección ni ternura.

Cuando en 1954 acaecieron los primeros conatos de la rebelión, Tardets comprendió que el cuerno de la abundancia no tardaría en resquebrajarse. Los acontecimientos se sucedían con rapidez y el colono se dio cuenta de que si quería estrujar la esponja antes de abandonar el terreno, le convenía más pactar con el FLN, y por ello no dudó en acceder a las cada vez mayores exigencias de los rebeldes, con tal docilidad que no tardó en ser requerido para prestar servicios más concretos que la simple prestación económica. El viejo escondió primero armas y luego hombres. Creía de buena fe que su temprana colaboración con los insurrectos le aseguraría más tarde, en el momento de la independencia, la posesión de sus tierras. Pero en 1961 se le hizo una proposición de muy distinta índole, directamente auspiciada por el estado mayor del GPRA. Un plenipotenciario venido de Túnez le expuso un plan de la Liga Árabe a largo plazo. La organización deseaba contar en Europa con una serie de enclaves seguros, lugares donde la agrupación de súbditos de países árabes pareciera no sólo natural, sino indispensable, con lo que servirían de refugio ideal a los que militaban en la causa árabe. La Liga había pensado en él para crear una vasta explotación agrícola en Córcega. Allí no despertaría sospechas. Se sabía que era hombre adinerado, aun cuando la gente ignorara que distaba mucho de poder sufragar los gastos de un proyecto de tal envergadura. A cambio de ello, la Liga Árabe elegiría a los peones agrícolas de la explotación. Según lo requirieran las circunstancias, Tardets tenía que cerrar los ojos y obedecer ciegamente las consignas que recibiera. Adrien aceptó la propuesta y creó la «explotación agrícola Tardets» sobre una superficie de más de ochocientas hectáreas. La continuada afluencia de fondos árabes le permitió fertilizar el suelo en plazos excepcionales, y el crecimiento espectacular de su fortuna jamás despertó la menor sospecha. Así, a nadie sorprendió que en 1968 Tardets adquiriera en los astilleros de Livorno un yate tipo Baglietto, de dieciocho metros, que entre crucero y crucero recalaba en el puerto turístico de Bastia. El yate, de apariencia inofensiva, era utilizado varias veces al año para transportar armas al Oriente Medio.

La vivienda era una maciza y sobria edificación de una sola planta. Cuando se compraron las tierras, allí sólo quedaban las ruinas de la primitiva construcción; pero Tardets edificó la casa respetando el estilo de la anterior, al igual que el tamaño de las piedras y la distribución de las habitaciones. El interior era de una sola planta y estaba formado por un gran salón, un espacioso despacho y cuatro dormitorios. No había comedor. Tardets realizaba sus ágapes en una enorme y pesada mesa colocada en el interior de la espaciosa cocina. Un matrimonio árabe de toda confianza se encargaba de la limpieza y de la comida, pero no habitaban en el edificio, sino que, llegada la noche, regresaban a la aldea en bicicleta.

Marta, la esposa de Tardets, sólo salía de su habitación a las horas de comer. El 1952 el matrimonio perdió a sus tres hijos varones y a su hija, que perecieron carbonizados en un accidente de automóvil ocurrido en la carretera de Orleansville. Desde aquel día la mujer había quedado prácticamente muda, y vivía meramente a impulsos de los acontecimientos. A los sesenta y un años apenas era otra cosa que una sombra frágil, una simple forma. Nunca salía ni tampoco compartía la habitación con su marido.

Adrien precedió a los dos árabes hasta la cocina. Con un gesto despidió a Luala y Balir, los sirvientes. Antes de retirarse, Marta había dejado sobre la mesa una gran sopera humeante y dispuesto en uno de los extremos de aquélla tres cubiertos, así como un surtido de charcutería del país y queso.

—Ahora comamos; luego hablaremos —dijo Adrien.

El propio Tardets sirvió la espesa sopa, hecha a base de verduras y grasa de cerdo.

—Ahmoud me dijo que no eras practicante —volvió a decir Adrien—. En casa, el cerdo es el alimento básico.

Hacam confirmó sus palabras con un ademán. Adrien cogió una botella de vino muy denso y preguntó:

—¿Un poco de vino en la sopa?

Los dos comensales respondieron con una negativa.

—Vosotros os lo perdéis —se lamentó el viejo, regando abundantemente la sopa con vino corso.

Después de la cena cambiaron impresiones durante más de tres horas. Hacam volvió una y otra vez sobre cada detalle, con minuciosidad artesana, para concluir que en su opinión no veía el menor fallo. No obstante, antes de acostarse solicitó:

—Me gustaría echar un vistazo a la cueva.

—Claro; pensaba enseñártela mañana por la mañana, ya que no te vas hasta las diez.

—Bien, pero, de cualquier forma, me gustaría verla de noche —insistió Hacam.

El acceso por la escalerilla de piedra que conducía a la cueva se hallaba obstaculizado por una pequeña puerta ojival situada en el despacho de Adrien Tardets. Los macizos goznes estaban empotrados en la misma piedra y la madera de roble de la puerta tenía casi tres centímetros de espesor. Un moderno sistema de cierre, formado por unas barras de acero que se entrecruzaban, impedía el paso por la obertura, pues aquéllas penetraban horizontal y verticalmente en las paredes de la roca.

—No hubo necesidad de realizar obras de cimentación. Todo está tal como fue construido, excavado en la roca viva, y cuando todavía no se conocía la dinamita.

Hacam contó cuarenta y seis peldaños; o sea, una altura algo superior a dos pisos. Luego se toparon con una segunda puerta, tan maciza como la anterior, aunque más baja, provista con el mismo sistema de cierre. Adrien y los árabes tuvieron que aunar fuerzas para poder abrirla. Tardets encendió la luz y explicó:

—Ciento cincuenta metros cuadrados distribuidos en tres estancias. Atmósfera sana: sin humedad.

Pasó la palma de la mano por las fragosidades de una de las paredes rocosas y mostró la mano perfectamente seca, como prueba de su afirmación.

—¿Y la ventilación? —quiso saber Hacam.

—Cuatro conductos de origen, perforados en la roca.

Uno de los orificios se encuentra encima vuestro. El diámetro es irregular, pero calculo una media de cinco centímetros. Esta gruta fue excavada hace más de dos siglos y estaba destinada a facilitar la coagulación y fermentación del *bruccio,* un queso de oveja tan antiguo como la propia Córcega. Ello explica el porqué de estos respiraderos. En estas cuevas se elaboraban hasta cinco mil quesos. Creedme, si la renovación de aire permite la maduración de cinco mil quesos *bruccio,* cien hombres podrían vivir aquí sin que percibieran el menor enrarecimiento de la atmósfera.

Hacam asintió. Los tres hombres prosiguieron la visita. Cinco literas de campaña ocupaban la pieza más espaciosa; sobre cada una de ellas se encontraba un saco de dormir relleno de plumón de ave. Además, había en la estancia tres sillas y dos mesas de madera blanca; y en dos de las esquinas un lavabo rudimentario.

—Yo mandé instalar el agua y la electricidad —añadió el viejo—, pero vosotros tendréis que ocuparos de los excrementos.

Adrien Tardets jamás profería palabras groseras. Buscaba en el viejo Larousse de su padre equivalencias que a menudo eran demasiado técnicas e inusitadas, y ello confería a su francés áspero, matizado por un bello acento *pied-noir,* extrañas calidades vocales.

—Pierda cuidado —repuso Hacam—. Mis hombres se turnarán en la tarea. Bastará con un cubo. Continúan preocupándome los conductos de aireación. ¿Qué pasa si uno grita junto al orificio?

Adrien sonrió.

—Ningún sonido llega a la superficie, por estridente que sea. Los conductos serpentean en la roca. A modo de prueba, mandé disparar un 11,43, y yo, desde arriba, no oí absolutamente nada. De todas formas, nadie entra en la casa o en el jardín sin que yo lo sepa.

—Bien; el lugar parece adecuado —concluyó Hacam.

—Lo es, y si algo falla no será aquí dentro.

—Ni en ninguna otra parte. Nada debe fallar.

6

El tren expreso París-Ventimiglia hizo su entrada en la estación de Cannes. Patrice Thibaud fue el primero en abandonar el compartimento de segunda en que viajaba. Su único equipaje lo constituía un pequeño bulto en el bolsillo de la izquierda, formado por una máquina de afeitar y un cepillo de dientes, todo ello envuelto en tres Kleenex introducidos en el bolsillo de sus pantalones tejanos. Dondequiera que se encontrara, siempre tenía a mano un trozo de jabón que cumplía perfectamente la doble función de crema de afeitar y de dentífrico. Por toda indumentaria una camisa azul marino, con dos listas grises en el cuello. Era una camisa limpia y nueva, pero el modelo databa de diez años atrás. Patrice la había comprado el día antes, en el mercado de Aix-en-Provence. Calzaba unas alpargatas.

A la salida tendió el billete de cartón marrón al funcionario de la SNCF y se encontró en la plaza de la estación. Tenía la sensación de encontrarse dentro de un horno. El cielo sin nubes mostraba un tinte pálido, y la humedad, convertida en bruma, flotaba sobre el asfalto. La temperatura debía de estar próxima a los treinta grados. Con paso vivo y ágil llegó a la calle Antibes y optó por atravesar la ciudad siguiendo aquella vía, en vez de hacerlo por la Croisette.

No resultaba fácil adivinar la edad del joven. Aun cuando Patrice todavía no había cumplido los veintiséis años, sus sienes ya empezaban a teñirse de gris. Los negros cabellos, abundantes, lisos y suaves no eran exageradamente largos. El grueso mechón que con frecuencia le caía sobre la frente volvía a su sitio siempre que el joven, en un movimiento maquinal, sacudía la cabeza. Sus facciones conferían al rostro matices paradójicos. Los rasgos, suaves y regulares, poseían un encanto casi femenino y, sin embargo, a pesar de las grandes y pobladas cejas negras, la mirada taciturna de Patrice fulguraba con exaltada pasión. Eran unos ojos que plasmaban en todo momento el fanatismo intelectual que devoraba al joven. Su estatura era algo superior a lo normal y poseía unos miembros esbeltos y nerviosos. Las estilizadas manos semejaban las de una muchacha.

Tras caminar unos ochocientos metros, se cansó de andar por la calle Antibes y se dirigió hacia la Croisette. Atravesó la calzada doble y el terraplén central y prosiguió la marcha por la acera que dominaba la playa, hasta llegar a «Port Canto» cuando faltaban unos minutos para las ocho. El vigilante todavía no se hallaba en su puesto y Patrice Thibaud penetró sin dificultad en el recinto del puerto artificial, donde recalaban los más espléndidos palacios flotantes de la Costa Azul. El puerto parecía desierto. Sólo un camarero barría con desgana la terraza del «Moby-Dick», el bar-restaurante reservado para los propietarios del yate. Patrice Thibaud se aproximó a él, y le preguntó:

—¿Podría indicarme dónde se encuentra un barco llamado «Rosebud»?

Visiblemente satisfecho de encontrar un motivo para detener sus cansinos movimientos con la escoba, el camarero repuso con aire jovial impregnado con el acento del Midi:

—¡Muy fácil! Es el más bonito, el más grande y el más lujoso (pronunciaba «mase» en vez de «más»). Su sitio es el E.26, pero desde aquí puede verlo. Es aquél, todo blanco y limpio como el velo de Nuestra Señora. Diez tipos como yo trabajando durante cinco siglos sin gastar ni cinco no podrían pagar un barquito como ése.

El camarero no podía imaginar lo mucho que había complacido a Patrice esta comparación. El joven volvió a preguntar:

—¿Dónde podría afeitarme y lavarme un poco?

—En el «Rosebud» tiene usted cuatro baños.

—Sí, pero no son para mi uso particular.

—Bien; he preferido decírselo por si acaso era usted de la familia Fargeau. Hoy en día, uno no sabe qué pensar; los millonarios se visten como vagabundos y los vagabundos como chulos. Detrás del «Moby-Dick» tiene las duchas del personal.

Patrice le dio las gracias y llegó ante la bóveda de cemento gris, en la que habían tres duchas. Un lavabo perdía agua por el grifo y el espejo colocado encima presentaba una hendedura que lo cruzaba en diagonal. Bajo la plataforma de madera de una de las duchas el joven dio con los restos de una pastilla de jabón, medio podrida por la humedad. Diez minutos más tarde se sentía como nuevo. Al pasar por delante de la cristalera del bar, el camarero, sin soltar el mango de la escoba, le hizo señas de que se aproximara.

—¿No buscaba al «Rosebud»? Pues aquí está su capitán.

Patrice dirigió la mirada a un hombre entrado en carnes y de baja estatura, que le saludó con prudente reserva.

—Brian Jhosman. ¿En qué puedo servirle?

—Thibaud —repuso Patrice—. Busco a la señorita Sabine Fargeau, aunque imagino que todavía estará durmiendo.

—Yo también, pero no en el barco —repuso Jhosman—. La señorita Sabine y sus amigas llegaron a la conclusión de que se aburrían y se fueron a Saint-Tropez por carretera. He de pasar a recogerlas al mediodía.

Un velo de tristeza nubló la mirada del joven.

—Ha de partir usted mañana a primera hora, ¿me equivoco? —adivinó Jhosman.

—Supongo, además, que esta noche la señorita Fargeau cenará con su abuelo en Saint-Tropez.

—Veo que está usted muy al corriente. En efecto, ese es el programa. De momento, el único cambio ha sido la inesperada partida de la señorita y de sus amigas. Tenían que haber llegado esta mañana a Saint-Tropez en el «Rosebud». Encontrará al señor Charles André Fargeau en el hotel París de Montecarlo. Saldrá del principado hacia Saint-Tropez después de la siesta, hacia las cuatro de la tarde.

—¿Sabe dónde se encuentran en Saint-Tropez?

—Claro; están en el Byblos.

—¿Podría llamar por teléfono?

—El número es el 972121. Las cabinas están en la parte de atrás.

Patrice pidió a la telefonista de aquel auténtico palacio que era el hotel Byblos de Saint-Tropez comunicación con Sabine Fargeau. Pero fue Elena Nikolaos la que se puso al teléfono.

—¡Patrice! ¿Dónde estás?

—¿Y Sabine? Estoy aquí, en Cannes, muerto de asco.

—Aguarda, voy a despertarla. ¡Ayer nos acostamos tarde!

Sabine dormía boca abajo, desnuda, en la cama vecina. Elena se levantó y puso el auricular junto a la oreja de su amiga de la infancia, al tiempo que le propinaba unas palmaditas en las nalgas. Un gruñido de reprobación fue toda la respuesta que obtuvo.

—Despierta, Sabine. Tu amor está lloriqueando en Cannes. La joven dio un respingo.

—¿Patrice?

—¿Es que hay otro?

Sabine tomó conciencia de la voz que resonaba metálicamente junto a su oreja, a través del auricular.

—¡Amor mío! ¡Qué contenta estoy de oírte! ¿Qué haces en Cannes?

—Suponía que estarías aquí. Quería decirte adiós y regresar a Aix en tren después de tu partida.

—Corre, Patrice; ven, ven en seguida a Saint-Tropez. Mi abuelo no llega hasta la noche. Tendremos todo el día para los dos. Estoy muy contenta, Patrice. Te espero; métete en un taxi y ven sin tardanza.

—Sabine, ¿tendré que recordarte una vez más que no cuento con los mismos medios que tú?

—No seas ridículo. Diré a la recepción del hotel que paguen el taxi; luego me devuelves el dinero.

—Mira, Sabine, sabes que no puedo devolverte ese dinero.

La muchacha se mordió los labios hasta que, de repente, se le ocurrió una solución.

—Atiende; ve a Port Canto y busca el barco de mi abuelo. El capitán se llama Brian Jhosman. Dile que me llame. No tendrás más que subir a bordo. El «Rosebud» tiene que pasar a recogernos en Saint-Tropez.

—Sabine, despierta de una vez. Te llamo desde Port Canto y Brian Jhosman está lo bastante cerca para oír nuestra conversación. Fue él quien me dijo que estabas en el Byblos.

—¡Naturalmente! Ponme con él.

Jhosman se limitó a responder: «Bien, señorita», «claro, señorita», «comprendido, señorita», «no, no, ayer llenamos los depósitos e hicimos acopio de provisiones. Estamos listos para aparejar. Atracaremos en Saint-Tropez en menos de dos horas. Hasta luego, señorita.»

El «Rosebud» bordeaba la costa de Esterel a la velocidad de crucero de dieciséis nudos. Al salir del puerto de Cannes, Brian Jhosman tomó el largo durante cuatro millas y, tras haber trazado con premura una línea a lápiz y superpuesto la escuadra transparente de modo que la punta central coincidiera exactamente con dicha línea, entonces rectificó el rumbo ochenta y cinco grados oeste. Jhosman leyó con mirada experta el resultado de la escala graduada, en el punto de intersección con una de las líneas de latitud del mapa. Variando la caña del timón un cuarto de rueda, orientó el yate hacia el rumbo que lo llevaría hasta el cabo Camarat. Acto seguido puso en marcha el sistema de pilotaje automático.

Patrice no tenía la menor idea de todo lo referente al mar y a la navegación.

—Una vez estemos a la altura de los «Sardinaux» le quitaré su autonomía —explicó Jhosman—. Todavía no han encontrado el medio de que estos corchos atraquen ellos solitos, pero también llegaremos a eso.

Patrice Thibaud sentía gran curiosidad por conocer cosas de la mar, y Jhosman experimentaba pareja complacencia en enseñarlas, y así, disertó en torno al «Rosebud» con la misma pasión que si lo hubiera diseñado él.

—Es el yate más hermoso de cuantos surcan los mares. El señor Fargeau lo encargó en 1967 a la oficina de estudios «Navigation» de Mónaco. Los cuatro mejores ingenieros navales del mundo trabajaron en los planos casi todo un año. Luego se encargó la construcción a los astilleros Van Lent y Zonen de los Países Bajos. El barco tiene una longitud de treinta y seis metros, toda la estructura es de aluminio y va impulsado por dos motores diesel Caterpilar de dos mil seiscientos caballos cada uno.

—Lo que más me asombra —interrumpió Patrice— es el mecanismo de pilotaje automático.

—Hoy en día es de uso corriente. La originalidad de éste reside en un sistema de doble seguridad basado en la acción conjunta del giroscopio y uno de los compases magnéticos.

No quedó ningún detalle pendiente de explicación ni lugar por visitar: los camarotes, el «puente móvil» y los pañoles impulsados a motor; explicaciones relativas al sonar, al radioteléfono BLU y VHF, los estabilizadores Maxi-Fin Wosper... Patrice Thibaud tenía la impresión de estar preparándose a fondo para el examen de ingreso en la Escuela central de la Marina mercante.

Cuando el «Rosebud» llegó a la altura de Saint-Raphaël, el joven ya no sabía que otra cosa preguntar. A falta de algo más consistente optó por decir:

—¿Y por qué el nombre de «Rosebud»?

Jhosman sonrió:

—¡Ah! ¿No está enterado? Al viejo Fargeau le fascina la extravagante escalada profesional de Hearst. Ha visto *El ciudadano Kane* más de diez veces.

—¡Ah, ya recuerdo! La palabra mágica y misteriosa que pronuncia Kane antes de morir. Para un millonario, estas tres sílabas deben de simbolizar todo el poder de la tierra... Sin embargo, ni el capullo de una rosa ni el pezón de un seno * constituyen el fin del mundo.

Encogiéndose de hombros, Patrice se dirigió a la espaciosa cubierta de popa y se dejó caer en un mullido canapé circular, con la mirada perdida en la larga y bullente estela que iba a morir al infinito. Sus pensamientos se concentraron en Sabine.

Patrice Thibaud la había conocido cinco años antes, a raíz de los turbulentos sucesos del mes de mayo de 1968, en París. De inmediato quedó seducido por aquella adolescente que todavía no había cumplido los dieciséis y que parecía descubrir la vida al contacto con la violencia. Jamás olvidaría la escena que se presentó a sus ojos, súbitamente, en el cruce del bulevard Saint-Germain con el de Saint-Michel. Detrás de una endeble barricada, dos muchachas lanzaban adoquines que describían una parábola simbólica, pucsto quc iban a caer a más de veinticinco metros de su objetivo. Pese a la agitación que las

* Las dos posibles significaciones del término *rosebud* en inglés (*N. del T.*).

poseía, los gráciles movimientos de sus cuerpos, flexibles y sincronizados, no conseguían sugerir una imagen de hostilidad. Creían entregarse a gestos de violencia y sólo conseguían ofrecer un emotivo espectáculo coreográfico. Ambas muchachas se cubrían el rostro con un paño de fina seda. Los grandes ojos malva de Sabine y los ojos verdigrises con reflejos de ostra, de Elena, brillaban anegados en gruesos lagrimones —que no eran producto de la aflicción—, impregnando el velo que las protegía.

Frente a las muchachas, la brigada de agentes del CRS no parecía muy sensible a la belleza. Un oficial bramó una orden, y el compacto grupo de guardias encasquetados se precipitó hacia el cruce, provocando la inmediata y ágil estampida de los estudiantes; una retirada sin fanfarrias ni timbres de gloria.

Con la mirada fija en la perfecta curva de aquellos cuerpos, Patrice se encontraba a unos diez metros detrás de ellas, desconcertado ante la actitud de aquellas dos adolescentes plantadas en medio de la calle. Cimbreándose de las caderas a los tobillos, enfundadas en unos tejanos desgastados por el uso, permanecían allí, inmóviles, solas, con las piernas entreabiertas y blandiendo sendos adoquines, esperando resueltas a que los agentes estuvieran a tiro. Patrice, sin pensarlo dos veces, corrió hasta las muchachas y, agarrándolas, las obligó a darse la vuelta, devolviéndolas a la realidad con la rudez del gesto. Ambas corrieron delante suyo por el bulevard Saint-Michel. Las granadas lacrimógenas estallaban a su alrededor. Al enfilar la calle Serpente, Patrice las rebasó gritando:

—¡Seguidme!

El joven torció por la calle Hautefeuille y penetró en un portal anodino, sin portería. Los tres sentían vértigo. Patrice acertó a decir:

—¿Dónde diablos creéis que estamos? Un poco más y os aplastan.

Las dos jóvenes se libraron del pañuelo de seda que les cubría el rostro.

—Subamos —dijo él—; vivo aquí, en el altillo.

Las dos adolescentes le siguieron en silencio, subiendo con dificultad los carcomidos peldaños de la escalera de madera. Patrice vivía en un apartamento de tres habitaciones que comunicaban entre sí, pues carecían de puertas. Las muchachas descubrieron con ingenuidad aquel «antro revolucionario», los innumerables estantes de madera, de ensamblaje casero, que soportaban el peso de montones de libros; las paredes cubiertas de carteles y consignas... En la repisa de la chimenea había un busto de Diderot, colocado frente a otro del marqués de Sade. Patrice había dispuesto las dos esculturas de modo tal que Diderot parecía absorto en la contemplación de un gran dibujo de Justine, mientras el marqués parecía seguir atento la escena. Las múltiples máximas pintadas con rabiosas pinceladas en las paredes estaban entresacadas en buena parte de la obra de Sade:

«La tolerancia es la virtud del débil.»

«La insurrección no es un estado moral, y sin embargo debiera ser el estado permanente de la república.»

«La guillotina sería para mí el trono de mis voluptuosidades. Afrontaría la muerte disfrutando del placer de expirar víctima de mis delitos.»

Otros dos paneles aparecían cubiertos con ampliaciones fotográficas de unas páginas de Budé en torno a la República de Platón. Decenas de libros se hallaban esparcidos por el suelo, la cama y la mesa de trabajo.

Elena y Sabine vagaban, aturdidas y fascinadas, por entre aquella panoplia libresca que colmaba todo el abanico de sus sueños.

—¿Lees todo eso? —inquirió Sabine.

—Lo aprendo y, además, lo enseño.

—¿Eres profe?

—Sí, en el instituto de Beauvais. Sólo vengo a París dos veces por semana.

—Eres tremendamente joven para ser profe.

Patrice Thibaud tenía veintidós años recién cumplidos cuando se presentó, el año anterior, a las oposiciones de agregado de filosofía. Quedó en segundo lugar.

—Tengo veintitrés años —dijo sonriendo.

Aquella noche se convirtió en el amante de Sabine Fargeau. Era la primera vez que desfloraba a una chica.

Durante tres semanas, las muchachas andaron siempre tras él, subyugadas y llenas de admiración, de la Sorbona al Odeón, asistiendo como espectadoras apasionadas a sus múltiples intervenciones oratorias, sus panegíricos en pro de la revolución y sus arengas implacables, en las que sabía poner el acento arrebatado de los grandes tribunos.

Patrice Thibaud sólo se enteró del parentesco que unía a su nueva amiga con «el hombre más rico del mundo» a primeros de junio, cuando París hubo emergido de aquella insólita insurrección. Sabine y Elena eran alumnas de último curso en el instituto Fénelon. Durante la semana, la joven heredera habitaba en casa de los Nikolaos, padres de su íntima amiga y gente de escasos recursos económicos. Georges, el padre, era un exiliado griego que vivía de los conocimientos que poseía de diversas lenguas extranjeras, y ganaba su vida como traductor para diversas editoriales. En cuanto a Federica, la madre de Elena, había roto con su familia, perteneciente a la rica burguesía católica, y a la que este matrimonio escandalizó en gran manera. La vida bohemia que llevaba no logró borrar por completo la huella dejada por su nacimiento y educación. Su belleza y elegancia eran innatas.

Elena jamás ocultaba nada a sus padres, de modo que éstos no tardaron en tener conocimiento del amigo de Sabine. Patrice echó raíces en el vasto apartamento de los Nikolaos, en la calle Guynemer. El exiliado griego había acogido con complacencia al joven y apasionado filósofo, cuyas argumentaciones escuchaba con divertido escepticismo.

Charles-André Fargeau detestaba a su hijo y a su nuera. Cuando Sabine le contó, dos años atrás, su proyecto de irse a vivir con los Nikolaos, el anciano millonario cuidóse de obtener informes sobre la familia de Elena. Su intuición le permitió llegar a la conclusión de que aquel ambiente «bohemio» de irreprochable moralidad redundaría en beneficio de la educación de su nieta. Por otra parte, el anciano estaba decidido a todo con tal de que la muchachita se alejara del ambiente de mundana frivolidad en que vivían los padres de la chica. Tras una conversación con los Nikolaos, decidió que el pequeño apartamento de tres piezas que estos habitaban en la plaza Monge, y en el que su nieta deseaba pasar parte de su vida, no era apropiado para admitir a una nueva inquilina. Una de sus secretarias se encargó de buscar un piso de ocho habitaciones en la sexta planta de un edificio de la calle Guynemer, y Charles-André Fargeau estampó con gesto indiferente su firma en un talón bancario por valor de un millón doscientos cincuenta mil francos contra un contrato de propiedad a nombre de Georges y Federica Nikolaos. Luego sostuvo una nueva entrevista con los padres de Elena, pero se equivocó al prever la reacción de éstos.

Es probable que fuera aquel el único asunto en su vida que el anciano millonario llevó con flexibilidad y tacto. En primer lugar, quiso excusarse ante el riesgo de herir la dignidad de aquellas gentes a las que tenía intención de ofrecer un valioso regalo. Pero Georges Nikolaos le interrumpió con gesto sonriente:

—Sea sincero consigo mismo, señor Fargeau. A usted le importa un bledo mi dignidad, y lo comprendo. Pierda cuidado; acepto encantado y sin aspavientos su obsequio. Creo que no tiene sentido hacer comedia cuando, por razones diametralmente opuestas, ni usted ni yo damos importancia al dinero.

—Les enviaré a mi decorador.

—Preferiría que fuera mi esposa quien se encargara de arreglar la casa.

—Bien; en tal caso no tienen más que remitirme las facturas.

—Eso pensaba hacer.

Charles-André Fargeau nunca había sonreído tanto tiempo. Al fin concluyó diciendo:

—Se lo agradezco, Nikolaos. Si algún día busca usted trabajo, le ruego que no venga a verme. Es usted demasiado inteligente para que yo pueda confiarle una responsabilidad.

—Tomo nota de ello, señor. ¡Ah! Una cosa más. Queremos de veras a Sabine.

—Jamás he dudado de ello.

Y ya nunca volvieron a verse; ni siquiera hubo entre ellos llamadas telefónicas o envío de tarjetas de Navidad.

Nacido en un clima de exaltación, el amor de Patrice y Sabine resistió la vuelta a la normalidad. La sola mención de la palabra matrimonio estremecía al joven agregado; pero ambos, de común acuerdo, decidieron compartir su vida tan pronto Sabine alcanzara la mayoría de edad.

En 1969, Patrice Thibaud, que desde el inicio de los estudios superiores se contaba entre los discípulos del profesor Althusser, consiguió una plaza de asistente en el «pandemonio experimental» creado por Edgar Faure en Vincennes. Allí, «mano a mano», se hizo cargo de una clase de jóvenes exaltados, de largos cabellos y descuidada vestimenta, que se suponía estudiaban el programa del primer ciclo de licenciatura.

El joven profesor esperaba que el ímpetu y los exaltados ánimos de sus alumnos le ayudaran a preparar una tesis que había empezado en torno al pensamiento de Marcuse, y que llevaba por título: «Importancia del Eros en el sociopsicoanálisis de la contestación.» Pero muy pronto tuvo que rendirse a la evidencia. El ambiente de aquel «sumidero experimental» de Vincennes constituía un freno a su tarea. Sus alumnos no eran más que una pandilla de exaltados vocingleros, y la mayor parte ocultaban bajo el disfraz contestatario unas raíces burguesas indestructibles. A la postre, su actitud se manifestó en una mentalidad claramente reaccionaria y conservadora.

Desanimado, Patrice solicitó una plaza de profesor de conferencias fuera de París, y en 1971 se le asignó un puesto en la universidad de Aix-en-Provence. Hacía casi dos años que apenas veía a su amiga, lo que explicaba su presencia, un tanto insólita y furtiva, a bordo del yate de Charles-André Fargeau.

7

El «Rosebud» entró en el muelle a las 11,45. Brian Jhosman había recibido instrucciones de la comandancia de marina sobre el lugar de fondeo asignado. El yate se situó paralelo al muelle, cerca de la boca del puerto, a lo largo del dique opuesto a la población. Dos marinos instalaron la pasarela de desembarco y Patrice se precipitó en los brazos de Sabine, que brincaba impaciente en el muelle.

Desde la habitación que ocupaba en el segundo piso del hotel Sube, Hacam siguió atentamente, con ayuda de unos prismáticos, la maniobra de atraque y amarre.

A las dos de la tarde el café de las Artes se hallaba prácticamente desierto. El pequeño Kirkbane se sentó en el taburete, apoyó los codos en la barra, y pidió una Orangina. Iba vestido con un pantalón de fina tela de algodón y una camiseta marinera de inmaculada blancura. En uno de los extremos del local había un marino que llevaba la misma indumentaria, con la diferencia de que impreso en la camiseta lucía el nombre del «Rosebud» formando un semicírculo. Con los labios avanzados, degustaba un café y no pareció prestar la menor atención al recién llegado.

Kirkbane preguntó dónde se hallaban los lavabos.

—Al otro extremo de la cocina, la escalera de la derecha.

El pequeño árabe descendió por una escalerilla recta de altos peldaños. Acto seguido se cercioró de que los lavabos de los caballeros y los reservados a las damas estaban desocupados. Abrió el grifo del agua fría del lavabo color rosa y se lavó cuidadosamente las manos.

Sam Glotz, segundo camarero del «Rosebud», se reunió con el árabe, quien por señas le dio a entender que estaban solos.

—Todo en orden —anunció Glotz—. Las cosas marchan bien para nuestro plan; esta noche estoy de guardia.

—¿Sabes a qué hora regresarán las chicas al barco?

—No puedo asegurarlo. Hoy las cinco cenan con el viejo Fargeau, en el Byblos. Ayer por la noche estuvieron de juerga por ahí, probablemente se acostarán a medianoche.

—¿Y la tripulación?

—En este punto, certeza absoluta. Aparejamos mañana a las cinco de la madrugada, como de costumbre. El capitán Jhosman cenará en tierra con su esposa, que ha venido desde Toulon. Yo prepararé la comida para el primer mayordomo y los tres marineros. Antes de las 11 de la noche, hora en que empieza mi turno de guardia, todos estarán de vuelta.

—¿Quién es el tipo que bajó del barco y al que abrazó la chica Fargeau?

—Bueno; no contábamos con él, pero de todos modos la cosa no tiene importancia. Embarcó en Cannes. Jhosman no ha registrado su nombre en el libro de a bordo. No participa en el crucero.

—De acuerdo. La señal será la convenida: tu enciendes un cigarrillo, y no olvides que ha de ser el único que fumes esta noche. Es posible que no me veas, pero no te inquietes, dentro de una hora exacta saltaré a bordo.

—Comprendido... Oye.

Glotz parecía vacilar.

—¿Qué pasa ahora? Date prisa; puede venir alguien,

—¿Seguro que serás tú quien me sacuda?

—Te lo he dicho más de veinte veces; ni siquiera perderás el conocimiento. Sólo se trata de un pequeño chichón que sirva para demostrar tu inocencia. Con la «pasta» que has cobrado y la que percibirás después, creo que un chichón no es demasiado.

—De todos modos, ándate con cuidado.

—Mira, es mi oficio y sé lo que me hago.

Charles-André Fargeau había ordenado que dispusieran la mesa al borde de la engalanada piscina del hotel Byblos. La cena estaba prevista para las nueve. Sus jóvenes invitadas llegaron juntas, las cinco. Por deferencia hacia él vestían un traje de verano, prescindiendo por una noche de los eternos pantalones tejanos y camisetas de una pieza.

Sabine y Elena abrazaron al riquísimo anciano. Las tres restantes le saludaron con efusión. Charles-André Fargeau, acosado siempre por los números, se preguntó si las fortunas reunidas de las familias de sus invitadas se aproximaban siquiera a la suya. Mentalmente concluyó en que no. Y, sin embargo, Joyce Donnavan era la heredera del senador Erskine S. Donnavan, quien a su vez descendía de una dinastía en la que el dinero venía fluyendo en abundancia desde hacía cuatro generaciones. Corría el rumor de que el padre de aquella muchachita de cabellos rojizos, pizpireta y graciosa, sería el próximo candidato del partido republicano a la presidencia.

Gertrud Fryer era hija única de Gunther Fryer, el hábil gestor de la sociedad bancaria que su bisabuelo fundara en Hamburgo, además de las veinticuatro sucursales de Suiza y Alemania Federal. La madre de Gertrud era francesa y estaba divorciada del riquísimo banquero.

Mary Jane Cubitt era la menor de los seis hijos de lady y lord Anthony Cubitt. Lord Cubitt, al que unían lazos de parentesco con la Corona, era uno de los más potentes armadores del Reino Unido.

Elena Nikolaos era la única que procedía de un medio mucho más modesto; pero su vivacidad de espíritu y singular atractivo habían cautivado al viejo Fargeau desde el primer momento.

Charles-André Fargeau soportó de buen talante el parloteo banal de las muchachas y sus proyectos en torno al crucero, de un mes de duración, a bordo del «Rosebud» por las islas griegas. Tras sorber su tisana, el millonario las condujo hasta el muelle. A las 11,21 de la noche las muchachas pisaban la pasarela del yate.

Sam Glotz se levantó del taburete en el que realizaba su turno de guardia y saludó a las chicas.

—Buenas noches, Sam —correspondió Sabine al pasar junto a él.

—Buenas noches, señoritas. ¿Tengo que despertarlas?

—¡Por nada del mundo! ¡Estamos agotadas!

—Trataremos de aparejar lo más silenciosamente posible.

—Gracias.

Las muchachas ocuparon sus camarotes. A excepción del capitán Jhosman, los cuatro restantes miembros de la tripulación dormían desde hacía más de una hora.

Brian Jhosman fue el último en subir a bordo, a las 2,30 de la madrugada. Había cenado en compañía de su esposa Rachel en «Da Lolo», en la plaza del Ayuntamiento. Luego habían paseado hasta el bosque de pinos, detrás del fortín, donde hicieron el amor.

Con la ayuda de Sam Glotz retiró la pasarela, que pasó a ocupar su sitio en el pañol de la cubierta habilitado al efecto. Tras haber reiterado al segundo camarero que le despertara a las 4,30 de la madrugada, el capitán se dirigió por la crujía delantera a las cabinas de la tripulación, que no tenían comunicación con las del pasaje.

Brian Jhosman se durmió en el acto. Sin demasiado esfuerzo consiguió sacudirse de la mente dos cosas que le tenían algo preocupado: de un lado, el haber hablado a su esposa con pelos y señales del amigo de Sabine Fargeau, aunque, bien mirado, ello no tenía demasiada importancia ya que Rachel era mujer discreta. En verdad lo que más le inquietaba era la posibilidad de haber engendrado un cuarto hijo.

Cuando Sam Glotz encendió un «Gitane» con su encendedor de gran llama eran las 2,30 de la madrugada.

Acurrucado como un gato junto a la baliza del espigón, Kirkbane se cercioró del retorno de las chicas y, más tarde, de Jhosman. En el momento en que Sam encendió el cigarrillo, echó un vistazo a su reloj fosforescente, retuvo mentalmente la hora y alzó la vista fijándola a lo lejos, en el segundo piso del hotel Sube. El furtivo destello de una linterna le indicó que también Hacam había visto la señal con ayuda de unos prismáticos.

Pese a su corta estatura y aparente endeblez, Kirkbane era un hombre realmente temible enfrentado a sus víctimas; sin embargo no había en él la menor traza de sadismo: era sólo el instrumento implacable y concienzudo de la causa, a la que servía con un fanatismo cerebral.

El árabe sacó el arma de la funda que llevaba prendida al costado, junto al pecho, bajo la camiseta de algodón. El acero reverberaba alternativamente con los destellos verdes de la baliza de entrada, que se apagaba y encendía a intervalos regulares. El arma semejaba una herramienta banal, una especie de lezna como la que utilizan los guarnicioneros —esos punzones largos y afilados que emplean los artesanos del cuero para horadar el material que trabajan—. La originalidad del arma de Kirkbane residía en la calidad del acero. El pequeño árabe había estudiado a conciencia el arma que consideraba ideal, o sea, aquella capaz de matar a sus víctimas en silencio y causando el mínimo dolor. Como Kirkbane era un hombre extremadamente minucioso, se dedicó a estudiar las zonas más sensibles del cerebro humano. Ello le permitió deducir cuál era el tipo de arma que necesitaba. Sólo le faltaba dar con el material adecuado. Precisaba de un tipo de acero que no se curvara a causa de la finura de la hoja. El problema parecía insoluble, ya que al afilarse, el acero experimenta una merma en el porcentaje de carbono de la aleación: precisamente el mineral que le confiere dureza al mismo.

Durante mucho tiempo, Kirkbane se sirvió de un arma que no estimaba fuera la ideal, pues la hoja de aquella especie de punzón era demasiado gruesa. Bien es verdad que obtenía con ella buenos resultados, pero hacía sufrir a sus víctimas. El semblante crispado, los rasgos desencajados, las prolongadas convulsiones antes del último estertor y aquella vibración continua que le transmitía el cuerpo de la víctima al retenerla en su caída, eran cosas que Kirkbane deseaba evitar a toda costa, tal vez movido más por su perfeccionismo que por un exceso de sensibilidad ante el dolor.

La solución había llegado a sus manos, de forma inesperada, algunos meses antes: mientras esperaba el instante de dar muerte a un agente israelí, Kirkbane se hallaba descansando en una lujosa habitación del Europäscher Hof de Baden-Baden, contemplando las imágenes de la televisión en color. La sección deportiva del programa se cerraba en un reportaje sobre la increíble minucia que un especialista milanés de la bicicleta había introducido en la que Eddy Merckx, el campeonísimo belga, se proponía utilizar en México para batir el récord de la hora. De repente, Kirkbane oyó algo que le hizo dar un respingo: el porcentaje de carbono del acero destinado a la fabricación de los rayos de las ruedas era del 0,74 %. ¡De modo que existía esta tasa de carbono! A partir de este material, Kirkbane estaba seguro de poder rebajar más de un tercio la finura de la hoja, con lo que el arma ganaría en ligereza y facilidad de penetración.

Un mes más tarde, Kirkbane recibía en la estación de autobuses del pueblo de Ateïbe un envoltorio procedente de Göteborg, Suecia, expedido con portes pagados por las acerías Sunn-Dälsora, en cuyo interior había un juego de rayos de acero en bruto, suficiente para cuatro ruedas de bicicleta. Por espacio de cinco días, el pequeño palestino se afanó con todo esmero en la puesta a punto de su arma.

Ahora sólo faltaba probarla.

A las 3,35 Kirkbane abandonó su escondrijo. El muelle aparecía completamente desierto. Los borrachines que deambulaban por el puerto se hallaban demasiado lejos para descubrirle. Las luces que cada quince metros difundían un pálido resplandor, dejaban varias zonas oscuras, por las cuales el árabe avanzó sigilosamente. El cabo de amarre de la proa del yate, tendido como un arco entre la bita de hierro del muelle y la serviola de estribor, se encontraba a unos dos metros de distancia.

Dando un ágil brinco, Kirkbane se colgó del cabo, e impulsándose tres veces con sus cortos brazos, alcanzó el balcón de proa. Con un postrer impulso logró alcanzar la cubierta del «Rosebud».

Sam Glotz permanecía alerta; jadeante, cuchicheó:

—Todos duermen.

—Vuélvete. No te darás cuenta de nada.

El segundo camarero del «Rosebud» sentía tal pánico, que inconscientemente se había hecho a la idea de que el golpe y el consiguiente desvanecimiento serían un alivio. Sentóse en la cubierta y presentó el cráneo al árabe. Kirkbane apoyó la palma de su mano izquierda en la espalda del marino, en tanto que con la derecha asestaba el golpe.

La rígida hoja de acero penetró de abajo arriba en la cavidad craneal, cortó el occipucio y los pedúnculos cerebrales, hasta llegar al bulbo. Kirkbane jamás erraba este golpe, que ejecutaba con infalibre precisión. Lo que hoy le mantenía en vilo era el comprobar la reacción de la víctima. A pesar de tener sujeta la espalda de Glotz, no percibió el menor estremecimiento de su cuerpo: el corazón se había detenido antes de que el cerebro hubiera podido transmitir el dolor al sistema nervioso central. Kirkbane estaba satisfecho consigo mismo. Arrancó el arma, dejó caer hacia atrás el cuerpo inerte, y limpió con cuidado el extraño punzón en la camiseta de algodón del cadáver antes de volver a enfundarla. Luego pasó la cabeza por la batayola del puente. Abajo, en el muelle, vio que Hacam estaba quitándose la voluminosa mochila que llevaba a sus espaldas.

Entre el costado del yate y el muelle no mediaba más separación que la de un viejo neumático, que protegía el casco de la embarcación. La cubierta, sin embargo, quedaba a unos tres metros de altura. A falta de pasarela, lo más práctico para subir a bordo era izarse por la amarra de proa, tal como antes había hecho Kirkbane; para ello, Hacam necesitaba librarse antes de la mochila. A tal efecto lanzó a Kirkbane una cuerdecita de nylon, que éste acertó a sujetar a la primera tentativa. Después de haber pasado la cuerdecilla por el armazón metálico de la mochila, el árabe hizo un nudo de rizo. Kirkbane izó con un esfuerzo doloroso el pasado bulto; mientras, Hacam escalaba el buque por la punta de proa.

Cinco minutos más tarde, Kateb utilizaba el mismo y acrobático método para subir a la embarcación. Tras un lapso de otros cinco minutos, Cheikh se unió al grupo. Tal como informara su cómplice, Sam Glotz, no había ninguna puerta cerrada. Los cuatro guerrilleros palestinos alcanzaron la timonera.

Eran las 3,56 de la madrugada; muy pronto empezaría a clarear. Los palestinos se hicieron con las armas que habían guardado en la parte superior de la mochila. Su aspecto era el de unos revólveres de grueso calibre, sólo que también podían disparar a ráfagas. Inspirada en un antiguo modelo alemán, la Schnellfeuer Mauser, pistola ametralladora soviética, podía vaciar todo el cargador —veintidós balas de 9 mm— en tres segundos.

Metralleta en ristre, Hacam, Kateb y Cheikh siguieron en pos de Kirkbane. El pequeño guerrillero avanzó por la cubierta con la silenciosa agilidad de un felino; antes de alcanzar la crujía de proa, desenfundó el arma, semejante a un punzón. «Hay siete escalones», le había precisado Glotz. Kirkbane bajó tanteando los peldaños con el pie; luego palpó a su izquierda una puerta barnizada y asió el pomo de la misma. Las luces del puerto se filtraban por el ojo de buey a través de las cortinillas, y alumbraban lo suficiente para que pudiera distinguir las formas. Brian Jhosman roncaba recostado sobre el lado izquierdo. Se había desprendido de la fina sábana, que había caído al suelo, arrugada. El capitán daba la espalda a Kirkbane, quien asestó el golpe. El ronquido regular de Jhosman se interrumpió con la misma rapidez con que se extingue el ruido del motor de un coche cuando se quita el contacto.

Con igual sigilo, el joven fedayin asestó el mismo golpe mortal a los tres marinos restantes. Por desgracia, el primer camarero dormía boca arriba. Era un hombre muy delgado al que se le marcaban todos los huesos. Kirkbane clavó el arma entre dos costillas, a la altura del corazón, hundiendo la hoja hasta el mango. Luego, sin retirar el arma, cogió la almohada y cubrió con ella el rostro de la víctima, al tiempo que dejaba caer sobre la misma todo el peso de su cuerpo. Las convulsiones del moribundo se prolongaron por espacio de casi veinte segundos. Por fin, el cuerpo se tornó rígido y quedó inerte. En el mismo momento en que Kirkbane se incorporaba y levantaba el almohadón de la cabeza, la víctima sufrió un último estremecimiento. Una bocanada de sangre y baba había empapado la almohada, formando una gran mancha, oscura y pegajosa.

Los cuatro palestinos trasladaron a Sam Glotz a su camarote y cerraron las puertas de los restantes, así como la de la crujía delantera. Hacam consultó el reloj: eran las 4,21 de la madrugada. El grupo se trasladó silenciosamente a la timonera. El estado del tiempo era magnífico; apenas soplaba el viento, la mar estaba plana y el aire seco. El alba empezaba a dibujar una luz pálida que permitía distinguir los contornos de las cosas. La sala del timón poseía el discreto encanto de un saloncito inglés. Un simple vistazo confirmó a Hacam de que el plano recibido de Glotz era preciso y completo. Por otra parte, este detalle no le inquietaba en lo más mínimo, ya que de niño había sido grumete y en su adolescencia estuvo como segundo timonel en uno de los barcos que utilizan los prácticos del Canal de Suez.

A las 4,40 Hacam encendió el contacto del motor de babor, tras haber tomado la precaución de proceder al precalentamiento eléctrico de los cilindros por espacio de dos minutos. Pulsó el botón de arranque y los 2.600 caballos del Caterpilar entraron en funcionamiento sin apenas producir ruido ni vibración en la superestructura metálica de la nave. Luego realizó la misma operación con el motor de estribor. Los dos potentes motores Diesel mostraban su apática resurrección a la vida con la precisión y armonía característicos de los mecanismos gigantes. Hacam verificó el contador de revoluciones y pasó de cuatrocientas a doscientas cincuenta revoluciones por minuto; luego encendió un cigarrillo y aguardó tranquilamente mientras su mirada iba de un termostato de control al otro. Veinte minutos más tarde, las agujas indicadoras alcanzaron las zonas marcadas en verde. Esperó otros cinco minutos, pues Hacam quería atenerse escrupulosamente al plan de navegación. A las 4,57 hizo señas a Kirkbane y a Cheikh. Uno en la proa y el otro en la popa, se dispusieron a soltar amarras. Sin aumentar el ritmo de los motores, Hacam desplazó hacia atrás un cuarto de círculo la palanca del inversor de babor; casi al mismo tiempo la volvió a poner en el punto cero, en la posición vertical que tenía inicialmente. La proa del «Rosebud» se distanció unos tres metros del muelle, en un lento movimiento circular. Luego, Hacam impulsó hacia delante el inversor de estribor, situándolo en seguida en punto muerto. El buque continuó moviéndose, pero en esta ocasión fue la popa la que se despegó del muelle. Cuando estuvo a suficiente distancia para poder maniobrar, Hacam embragó, adelantando la palanca del motor de estribor y desplazando hacia atrás la del motor de babor. El «Rosebud» giró sobre su eje. Por último, Hacam invirtió la palanca del motor de babor, que adoptó su posición definitiva, paralela a la segunda palanca. Con la caña del timón llevó el yate fuera de puerto, a la velocidad reglamentaria de cinco nudos. Una vez doblada la punta del espigón, el palestino fue incrementando el régimen de los Diesel hasta las mil revoluciones, cambiando el rumbo veinte grados, con lo que el «Rosebud» describió un amplio semicírculo sobre las aguas.

Fuera del puerto, en la bahía de Sainte-Maxime, el mar aparecía tranquilo y el cielo despejado. Sólo a lo lejos, por la banda de estribor, se divisaban los mástiles de tres pesqueros que faenaban a la entrada de la ensenada de los «Canébiers». Hacam aumentó el régimen de los motores en seiscientas revoluciones, asegurándose con el indicador que el navío se estabilizaba a su velocidad de crucero de veintidós nudos. Mil seiscientas revoluciones y veintidós nudos: Glotz no se había equivocado. Hacam comprobó la situación de la corredera automática. La noche anterior, Jhosman le había puesto a cero. Trazando una línea imaginaria, que pasaba aproximadamente por el centro del espacio de cuatro millas que mediaba entre la baliza negra de la «Basse Rabiou» y la masa rocosa de los «Sardinaux», Hacam tomó como referencia la línea del horizonte y su intersección con la línea imaginaria aludida; la aguja del compás quedó detenida exactamente en la posición Sudeste.

Hacam llamó a Kirkbane:

—¿Ves la aguja del compás?

—¿Qué compás?

—El de la brújula. Está exactamente entre el Sur y el Este. Toma tú la barra y, si se desvía, avísame; no te ocupes de nada más.

Hacam encontró sin dificultad el fichero vertical, de más de un metro cuadrado de envergadura, donde se guardaban las cartas marinas. Tras hurgar unos instantes, extrajo la que andaba buscando y la extendió sobre la mesa de navegación; con una sonrisa comprobó que Jhosman ya había marcado claramente a lápiz los dos rumbos posibles. La carta comprendía toda la zona del mar Tirreno, desde las costas de Marsella hasta Messina. Para descender de Saint-Tropez al estrecho de Sicilia, podía hacerse bordeando las costas occidentales o el litoral oriental de Córcega y Cerdeña. Pero Hacam no tenía opción. Tomando como referencia la «Basse Rabiou» y el faro de Camarat, determinó la ruta que le convenía, y cuyo rumbo pasaba a quince millas al norte de la isla de Capraïa, a veintisiete millas del cabo Córcega. Para calcular el rumbo, Hacam desdeñó la regla de a bordo, valiéndose de una escuadra de común utilización en la marina alemana. Acto seguido puso en funcionamiento el sistema automático de navegación. Como ya no les quedaba nada por hacer, los cuatro palestinos se instalaron confortablemente en el gran salón. Kirkbane fue a la cocina y preparó un poco de café.

A las ocho, Hacam subió la escalera que daba acceso al puente de mando: no avistó tierra ni descubrió la presencia de ningún buque. Bajó la escalerilla y avisó a Cheikh y a Kateb de que había llegado el momento de poner manos a la obra.

Los dos palestinos se dirigieron a la timonera y, con cuidado, fueron extrayendo de la mochila todo el material, integrado por un pesado trípode telescópico, una cámara de cine Coutan, de 16 mm, un magnetófono Stella Vox, provisto de los auriculares de control y de un micro ultrasensible. En suma: un material modernísimo, nuevo, para auténticos profesionales.

Tras haber escogido el ángulo más adecuado para la toma, Cheikh instaló el trípode en el extremo de la cubierta trasera, fijó la cámara y con el ojo pegado al visor comprobó el movimiento vertical de la misma, así como el campo visual que obtenía por rotación horizontal. Seguidamente colocó el chasis con un rollo de ciento veinte metros de película Ektachrome, lo que le permitía rodar por espacio de doce minutos. Comprobó si el motor de cuarzo de la cámara funcionaba debidamente y, por último, midió la intensidad de la luz con un modernísimo fotómetro, el más reciente hallazgo de la técnica japonesa, regulando la abertura del diafragma según los datos obtenidos. Hacam contemplaba tranquilamente los movimientos precisos y experimentados de su camarada. En cuanto a Kateb, se encontraba en el salón principal, instalando el magnetófono. De acuerdo con los planes previstos sólo sonorizarían la segunda toma.

Kirkbane y Kateb retornaron a la cubierta posterior. Eran las 8,30. Los tres fedayin interrogaron a Hacam con la mirada.

—Vamos allá —ordenó el jefe.

Kirkbane y Kateb, empuñando la pistola ametralladora, se dirigieron a la crujía central, donde se encontraban los camarotes de los pasajeros. Abrieron la primera puerta. Sabine Fargeau se hallaba completamente desnuda en la cama. Abrió los ojos con asombro, mirando con insistencia a los dos árabes que la apuntaban con sus armas. La joven no intentó siquiera cubrirse púdicamente, completamente aturdida y desconcertada.

—¡Qué! ¿Has comprendido ya? —gritó Kateb con tono enérgico—. Tú y las otras chicas sois ahora prisioneras del Frente de Liberación de Palestina.

—Mi abuelo pagará el rescate —balbuceó Sabine.

—Deja eso ahora. Limítate a obedecer nuestras órdenes y nadie te hará el menor daño. Ve a despertar a las demás. Nosotros iremos detrás de ti.

Hacam, que aguardaba en la cubierta, debió de encontrar la espera demasiado larga; su voz resonó desde el otro extremo de la crujía:

—¿Ocurre algo? ¿Qué demonios estáis haciendo? Atadles las manos y basta.

—Ya están despiertas —gritó Kirkbane a su vez—; pero dos de ellas van desnudas.

Hacam reaccionó al momento:

—¡Pues traedlas a todas en pelotas! ¡La cosa todavía resultará mejor!

8

Hacam volvió a la cubierta trasera y previno a Cheikh.

—¿Has oído? Las chicas van a venir en cueros. Nada de distracciones. Tú filma, y sobre todo no trates de esquivar su sexo.

—¡Vaya idea!

—Esto dará mayor fuerza a nuestra maniobra.

Las muchachas llegaron con el semblante aterrorizado. Trémulas y magníficas en su desnudez, caminaban sumisa y miedosamente, rendido el pudor ante la excitación del momento, bajo la amenaza de las armas. Obedecieron maquinalmente las instrucciones de Kirkbane y se colocaron a unos tres metros de la cámara. Cheikh apartó el ojo del visor.

—Más atrás —indicó.

Las muchachas retrocedieron un metro. Cheikh volvió a comprobar el encuadre. Todas ellas quedaban ahora dentro del campo de foco. Acto seguido manipuló el zoom y filmó un primer plano de cada una de ellas, deteniéndose sobre todo en el busto escultural de Elena. Un hilillo de sudor resbalaba por la axila derecha de la joven; éste, al llegar a la curva del seno, se desviaba formando un húmedo surco que se deslizaba por la tersa piel.

Los ojos de Joyce Donnavan se velaron, disminuyó su ritmo cardíaco, falló su sistema nervioso y se desplomó silenciosamente hacia el lado de Elena, la cual, pese a tener las manos atadas detrás de la espalda, con el vientre y un movimiento instintivo del muslo consiguió amortiguar la caída de su amiga. Cheikh filmó íntegramente la escena y luego paró el motor de la cámara. Echó una ojeada al contador; había rodado treinta y seis metros de película, o sea, tres minutos y seis segundos.

—Listo —indicó.

—Desátalas y levanta a la chica que se ha caído —ordenó Hacam a Kirkbane.

Luego, dirigiéndose a Sabine, añadió:

—Trate de reanimarla. Vuelvan a sus camarotes, pónganse la ropa y reúnanse conmigo en el salón principal. Kirkbane, ve con ellas.

Las chicas tardaron escasos minutos en vestirse, y se presentaron en el salón con pantalones y camiseta de verano. La joven americana había recobrado el sentido, pero se apoyaba en Sabine. Hacam fumaba tranquilamente, sentado en un extremo del mullido canapé, con la pierna izquierda cruzada sobre la derecha a la altura del tobillo. Paralela a un grande y confortable sofá había una mesilla estilo inglés y, enfrente, seis butacones que hacían juego con el conjunto.

—Siéntense, señoritas —indicó Hacam, cortésmente.

Las muchachas obedecieron. Exceptuando a Joyce, sus semblantes no estaban tan pálidos y empezaban a recobrar el color. Hacam principió su exposición:

—Supongo que muy por encima habrán comprendido cuál es su situación. Son ustedes prisioneras nuestras y vamos a utilizarlas como moneda de cambio. Las iremos poniendo en libertad a medida que vayan siendo atendidas nuestras exigencias.

—Ya dije antes que mi abuelo pagará el rescate —intervino Sabine.

—Miren, señoritas, no es cuestión de dinero. La posición económica de sus padres sólo tiene importancia para nosotros en la medida que confiere gran influencia a sus familias. Nuestras reivindicaciones son de orden político.

—¿Son de «Septiembre Negro»? —preguntó Elena.

—No veo ninguna razón para ocultarlo.

—¿Qué han hecho con la tripulación? —intervino de nuevo Sabine.

Hacam no quería en modo alguno inquietarlas.

—No cuenten con ella. Los pusimos fuera de combate y los abandonamos en el muelle antes de hacernos a la mar. No tienen ustedes la menor posibilidad. Van a tener que soportar una prueba dura y penosa que para alguna tal vez se prolongue semanas e incluso meses. De todos modos, si tenemos la certeza de que van a tomárselo con tranquilidad y se muestran razonables, aflojaremos la vigilancia, lo cual resultará en beneficio de todos.

—No veo qué es lo que puedan temer de nosotras —comentó Elena.

—Quiero evitar a toda costa que alguna de ustedes se deje llevar por el pánico o la histeria y trate, por ejemplo, de arrojarse por la borda. Otra cosa; ¿entienden todas el francés?

Las muchachas asintieron.

—De momento —prosiguió Hacam— permanecerán en este barco, pero mañana las trasladaremos a otro barco en alta mar. Entonces nos veremos obligados a cubrirles la cara con un capuchón. Es una precaución que también les va a beneficiar, ya que si alguna de ustedes se apercibiera de algún detalle, por pequeño que sea, que a nosotros no nos interese que conozcan, luego no podríamos ponerla en libertad.

Elena hizo un movimiento con la cabeza.

—¿Es usted la griega? —preguntó Hacam.

—Soy francesa de nacimiento, pero griega por mi padre. Ellos, mis padres, no tienen medios ni influencia alguna.

—Lo sabemos, señorita Nikolaos; y también sabemos que desde hace dos años estudia arte dramático en el Conservatorio de París.

—Sí, en efecto —admitió Elena, sorprendida.

—Pues bien, le asignaremos un papel muy fácil: el de locutora de televisión. He aquí el texto. Estúdielo. Dentro de una hora la filmaremos y grabaremos su voz. Va a convertirse en una estrella, señorita, en una gran estrella.

Elena se hizo con el guión. Conforme avanzaba en la lectura, sus grandes ojos verdigrises fueron abriéndose más y más como consecuencia del asombro que la invadía.

—¿Habla usted con fluidez inglés y alemán?

—Perfectamente el inglés y correctamente el alemán.

—En tal caso, después del texto francés grabaremos la traducción inglesa y la alemana.

—¿Puedo hacerle una pregunta? —replicó Elena.

—Si puedo contestarla...

—¿Por qué nos han filmado desnudas? ¿Qué ganan con eso?

—Bien. Puedo responderle, e incluso me agrada que me haya hecho esta pregunta. La película que acabamos de rodar será enviada a la televisión. Nuestra primera exigencia es que sea proyectada íntegramente. El hecho de que aparezcan ustedes desnudas supone una violación, y excuse el término, de las normas de censura vigentes en la televisión de sus respectivos países. Ello hará que sus gobiernos se avengan más fácilmente a nuestras demandas. En cuanto a los detalles, no tiene más que atender a la lectura del texto durante la grabación. Aclarado este punto, ¿alguna de ustedes sabe cocinar?

—Por supuesto que sí —se apresuró a contestar Gertrud.

—De acuerdo entonces. Almorzaremos a la una. Seremos nueve a la mesa. Pueden ustedes utilizar la cubierta de popa o, si lo prefieren, permanecer aquí. Si alguna desea ir al camarote o al lavabo, que avise a uno de mis hombres y él la acompañará. Ah, otra cosa. No teman, nadie las molestará.

Eran casi las diez cuando Cheikh y Kateb terminaron de preparar el material para la toma de sonido e imagen. Cheikh sacó el filtro 85 que había utilizado en la filmación de exteriores y Kateb colocó el micro sobre la mesilla. Sentada en el canapé, Elena quedaría a una altura y distancia convenientes.

—Tenemos que realizar una prueba de sonido —anunció Kateb, calándose el grueso casco de escucha provisto de enormes auriculares de goma.

Cheikh indicó a Kirkbane que llamara a Elena. Las cinco muchachas hicieron acto de presencia.

—Acomódense aquí, fuera de la visual, y permanezcan calladas durante la filmación —ordenó Cheikh.

Elena tomó asiento.

—Cante o diga cualquier cosa —indicó Kateb.

Elena obedeció y dijo con voz firme:

—Uno, dos, tres, cuatro, cinco... estoy pasando unas felices vacaciones al sol.

—Basta —interrumpió Kateb, volviéndose hacia Hacam—. Cuando quieras.

—Allá vamos. ¡Claqueta! —pidió Hacam.

Kirkbane le tendió el clásico listón rematado por un pizarrín del que colgaba un trozo de tiza y que servía para la sincronización de imagen y sonido a la hora del montaje. Hacam escribió en mayúsculas sobre la pizarra: OPERACIÓN ROSEBUD.

—Motor —pidió Kateb.

—Rodando —contestó Cheikh, con el ojo pegado al visor.

Hacam se aproximó a la mesa, presentó la claqueta ante el objetivo y anunció con voz fuerte y clara:

—«Operación Rosebud». Primera toma.

Luego hizo sonar la claqueta; las dos superficies de

madera entrechocaron y el magnetófono captó el brusco restallido que servía de punto de referencia. Elena empezó a recitar su monólogo:

—Instrucciones de trabajo; a suprimir antes de la proyección. Como habrán podido ver, esta película comporta una escena muda que deberá ser montada para su proyección después del presente comentario. ¿Comprendido? Dejo transcurrir cinco segundos...

Tras la pausa, la muchacha prosiguió su lectura:

«Me llamo Elena Nikolaos. Mis amigas Sabine Fargeau, Joyce Donnavan, Gertrud Fryer, Mary Jane Cubitt y yo somos prisioneras del Frente de Liberación de Palestina. No sabemos a dónde hemos sido conducidas, pero se nos ha dicho que ni la policía ni los servicios de espionaje podrían descubrir el lugar de nuestra detención. Cada una de nosotras irá recobrando la libertad a cambio de una exigencia. La primera de estas demandas es sencilla, lo que no quita para que una de mis amigas sea liberada. Por el momento, el Frente de Liberación de Palestina sólo exige que todas las cadenas de televisión del mundo occidental proyecten esta película en la hora de máxima audiencia, o sea, a las ocho de la noche. A esta proyección podrán seguir los habituales comentarios, siempre bajo la responsabilidad de los directores del noticiario televisivo. Tanto la duración como el matiz y contenido de las declaraciones, comentarios y opiniones sobre el asunto no tendrán ninguna repercusión en el desenlace final de la operación en curso. Así pues, la liberación de una de mis amigas sólo depende de la proyección íntegra de esta película.

»El Frente de Liberación de Palestina me ordena que insista en la noción de integridad, ya que, como podrán apreciar, aparecemos desnudas en la película. Esta insignificante contravención de las normas del decoro convencional, constituye a sus ojos la puesta en marcha del engranaje de concesiones que acto seguido espera imponer. De otro lado, ello permite al Frente demostrar que hace honor a su palabra poniendo en libertad a su primer rehén. Por desgracia, en el caso de una negativa, el Movimiento para la Liberación de Palestina demostrará que está dispuesto a todo y aparecerá entonces el cadáver de una de nosotras.

»Inútil mencionar la angustia que sentimos. Ayúdennos. Ustedes representan a la fuerza más considerable del mundo: la opinión pública. Es a ustedes, a la opinión pública que todo lo puede, no lo duden, a la que apelamos en este difícil trance. Caso de que las cosas se sucedan conforme a lo solicitado, la chica que sea puesta en libertad llevará consigo la segunda película sonora, que contendrá la segunda tanda de instrucciones. Sin embargo, anticipamos desde este momento que cada liberación comporta una condición: la proyección íntegra del film.

»Hasta pronto. Seguidamente podrán ver los instantes que siguieron al ataque de que fue objeto nuestro yate en alta mar.»

El «Rosebud» navegó por espacio de diecinueve horas. Hacam procedió a rectificar el rumbo cuando tuvo Capraïa al alcance de la vista; luego verificó sus cálculos, tomando como referencia las islas de Elba y de Monte-Cristo.

El yate navegó a toda máquina rumbo a Sicilia, soslayando el estrecho de Mesina, para contornear la isla italiana a la altura de Marsala. La suerte continuaba siendo la aliada de los guerrilleros, ya que al día siguiente, cuando empezaba a despuntar el alba y el mar aparecía tranquilo y solitario, el Baglietto se encontraba en el punto de reunión.

Los palestinos procedieron a cubrir el rostro de las muchachas con gruesas capuchas. Kirkbane, Cheikh y Kateb las maniataron y trasladaron a bordo del barco de Adrien Tardets. Luego las encerraron en un camarote de cinco literas. Las ventanas habían sido cegadas y las chicas no pudieron darse cuenta de nada.

Hacam había permanecido solo a bordo del «Rosebud». Comprobó con todo cuidado la posición y luego fijó el compás al piloto automático. Por espacio de algún tiempo las dos embarcaciones navegaron de costado hasta que, por fin, saltó sin dificultad al puente del Baglietto. El yate italiano tuvo que forzar sus motores para poder mantenerse a la altura del «Rosebud». Después aminoró la marcha y siguió navegando en línea recta hasta librarse del oleaje levantado por el enorme yate. Finalmente, viró de borda sobre un ángulo de noventa grados.

Durante cuarenta y ocho horas el Baglietto navegó a velocidad reducida, siguiendo un rumbo que formaba un vasto círculo alrededor de Cerdeña y Córcega. La tercera noche, a las dos de la madrugada, los fedayin volvieron a cubrir con los capuchones el rostro de las muchachas y, tras desembarcarlas, las condujeron a tierra, en el sector oriental de la costa corsa. Una camioneta entoldada las condujo hasta la residencia de Adrien Tardets, donde fueron encerradas en la cueva.

9

A pesar del dolor que le causaba aquel esfuerzo, Nahoum Zabra no disminuyó el ritmo. Sudoroso, remaba hasta el límite de sus fuerzas. Había partido de la playa y retornaba ahora a ella a unos cien metros del punto de salida, tras haber descrito un amplio semicírculo dejando que las redes de pesca se desenrollaran. Desde la arena de la playa, seis pescadores contemplaban, satisfechos, cómo aquel excéntrico se imponía voluntariamente la penosa tarea que correspondía a uno de ellos.

Tres días a la semana, Zabra se unía al grupo de pescadores, antes del alba, y tomaba parte en las faenas pesqueras. Estimaba que era éste el sistema menos estúpido de realizar deporte. Aquella mañana, y debido al tremendo calor, había rebajado un kilo largo de grasa. Dentro de media hora se daría una buena ducha y se dirigiría a su despacho del anfiteatro romano.

Nahoum Zabra desempeñaba el puesto de conservador jefe de las excavaciones arqueológicas de Cesarea, considerada desde este prisma como la zona más rica de todo el estado de Israel. A cinco kilómetros se encontraba el pequeño puerto pesquero de Sedot-Yam, a partir del cual se extiende hasta el infinito una vasta playa de arena gris. Era precisamente en esta playa donde el conservador Zabra hacía «deporte».

Mientras en la arena los pescadores se entregaban a la tarea de seleccionar sus brincantes capturas, la mirada de Zabra se sintió atraída por una mancha blanca que se divisaba en la lejanía y que rompía la monótona uniformidad de las pálidas aguas. ¿Qué cosa más natural que un buque surcando el mar? Sin embargo, aquel barco intrigó al conservador. No seguía el itinerario normal de los buques griegos o turcos que se dirigían a Haifa. Pensó que debía de tratarse de una embarcación de recreo. Tampoco provenía de Tel-Aviv, ya que en tal caso hubiera navegado más cerca de la costa. Zabra concluyó que o bien se trataba de una misión arqueológica, o bien de algún yate particular que acudía a visitar las antiguas maravillas de Cesarea. Ahora ya no le cabía ninguna duda: el barco se dirigía en derechura hacia la formidable fortaleza de los Cruzados, construida en 1251 por san Luis, en la extremidad del istmo que sirve de dique natural al puerto de Cesarea.

También los pescadores contemplaban ahora el punto blanco que se iba agrandando por momentos. Zabra apresuró el paso; tuvo que andar diez minutos para volver al maltrecho sendero que dominaba la playa, y en el que estaba aparcado su Chevrolet descapotable. Sólo se dio la vuelta al llegar junto al vehículo. Abrió el portaequipajes y cogió una gran toalla de baño, que desplegó sobre el asiento para protegerlo del acre sudor de su cuerpo; el pantalón de fino paño y la camiseta de seda artificial estaban empapados. Volvió de nuevo la vista hacia el barco, que ahora se había acercado considerablemente. Realmente, mantenía un rumbo insólito. Zabra pensó que se trataba de un efecto óptico y que el navío producía la impresión de que iba a echarse sobre el grupo de pescadores. El conservador decidió seguir la extraña maniobra del yate, ya que ahora alcanzaba a distinguir con claridad la esbelta línea del buque; sí, se trataba en efecto de un yate, de un yate magnífico. Transcurrieron diez minutos y el capitán continuaba sin rectificar el rumbo. Casi sin darse cuenta, Nahoum se sorprendió mascullando entre dientes:

—¡Pero, por Dios!, ¡qué demonios están haciendo!

Alejó la vista de las aguas para fijarla en la playa. La actitud de los pescadores, que se movían inquietos y que hablaban entre sí con grandes aspavientos, confirmó sus inquietudes. Zabra conocía los fondos de la zona y, de otra parte, tenía suficientes conocimientos de navegación para poder evaluar el calado del yate. Si no rectificaba el rumbo, dentro de uno o dos minutos embarrancarían. Se encontraba a sólo quinientos metros de la playa y no disminuía la velocidad. El conservador se lanzó pendiente abajo, agitando los brazos en un reflejo ingenuo. Le faltaba poco para alcanzar la playa cuando se detuvo súbitamente, estupefacto. La roda de proa, con el barco lanzado a toda velocidad, acababa de topar con un banco de arena. Las aguas cobraron al instante un color amarillento, que se fue extendiendo e intensificándose. El yate se encabritó como un potro, la proa salió disparada fuera del agua, elevándose varios metros mientras la popa chocaba contra el fondo; pero el impulso del yate era tal, que saltó por encima del banco de arena. La embarcación cayó en picado por la proa, y con un sobrante de energía, la gigantesca mole avanzó todavía un poco en pugna con el freno natural constituido por el fondo arenoso que ceñía su costado.

Una ola enorme se abatió sobre el grupo de pescadores y el remolino llegó cada vez más mermado hasta la arena de la playa. La ingente masa del buque quedó inmóvil y las aguas volvieron a calmarse mientras una enorme mancha de aceite empezaba a extenderse por la superficie inerte.

Tan sólo eran las seis de la madrugada. El conservador y los pescadores habían sido indudablemente los únicos testigos del drama. Pero lo que más llamaba la atención era el hecho de que a bordo no se observaba el menor signo de vida. El agua y la arena amortiguaron el choque y resultaba sobremanera extraño que no apareciera ningún tripulante. Nahoum consideró que debía subir a bordo antes de ir en busca de auxilio. No parecía una empresa demasiado difícil: bastaría nadar algunos metros y ascender acto seguido en un plano inclinado. La barandilla exterior del puente de babor se encontraba, inmóvil, al nivel de las aguas. Nahoum se volvió hacia los pescadores:

—Tres de vosotros que me acompañen. Los demás esperad en la playa.

Confió el contenido de sus bolsillos a uno de los pescadores y se introdujo en el agua. Cuando ésta le llegó al pecho, empezó a nadar. Tres minutos le bastaron para alcanzar el balcón de proa. Se izó hasta el puente y, apoyándose en el balcón, contorneó la proa hasta sujetarse a la batayola de estribor; desde allí avanzó reptando hasta el nivel de las superestructuras. Soltándose, impulsado por la fuerza de gravedad, dio tres brincos acelerados y con las palmas de las manos se apoyó en la superficie plana de la bitácora, rodeada por una barandilla. Asiéndose a ella consiguió llegar a la puerta del gran salón, que estaba abierta. Nahoum penetró en el interior, seguido de los tres pescadores, mudos de asombro ante el lujo que sus ojos acababan de descubrir.

—*Somebody there?* —resonó la voz del conservador.

Agarrándose a los espléndidos muebles y butacones fijados al suelo, atravesó el salón principal, alcanzó la crujía y echó un vistazo a las cabinas de los pasajeros. Absolutamente perplejo, constató que se hallaban vacías. Pese a su agilidad mental, no acertaba a esbozar una hipótesis acerca de lo ocurrido. En el extremo de la crujía. subió la escalerilla que conducía a la cámara de oficiales. La atravesó, y también la sala de mapas adjunta, hasta alcanzar la timonera. Todo aparecía desierto. Se apoyó en la rueda del timón. A través de la gran abertura de vidrio, que permitía una visión panorámica, descubrió la segunda superestructura, que se elevaba a menos de un metro del puente. Dirigiéndose al más cercano de los pescadores le indicó:

—Ve a echar un vistazo. Seguramente hay allí más camarotes.

A uno y otro lado de la sala del timón habían dos puertas correderas que daban a cubierta. El pescador abrió la de estribor y salió al exterior avanzando con la espalda apoyada en la pared.

Zabra empezó a registrar la sala de mapas, descubriendo todos los elementos propios de la navegación: cartas marinas, libros con fotos del perfil de las costas, planos de todos los puertos de recreo del mundo, gruesos volúmenes de Derecho marítimo. Finalmente, en uno de los cajones halló lo que andaba buscando; se trataba de un cuaderno de gruesas tapas de color rojo cruzadas por unas franjas blancas y azules, «el acta de afrancesamiento», el pasaporte que todo capitán de barco debe exhibir siempre que le sea solicitado con fines de control. Reconoció de inmediato la fotografía del propietario, y le bastó dar vuelta a la página para confirmar la identidad del mismo: Charles-André Fargeau, de nacionalidad francesa, industrial, con domicilio en Domaine Fargeau, 78120, Rambouillet, Francia. Arrugó la frente, aspiró profundamente y exhaló luego el aire por entre los dientes, emitiendo un tenue silbido perceptible. En el mismo cajón halló también el libro de a bordo, que le puso en antecedentes sobre la fecha en que el buque abandonó el puerto de Saint-Tropez y los nombres de los pasajeros que en teoría tenían que encontrarse a bordo.

Desde la parte delantera, el pescador gritó:

—¡La puerta! ¡Está cerrada con llave, señor Nahoum!

Zabra no dudó un solo instante.

—¡Intenta echarla abajo! Haz saltar la cerradura. Aguarda, voy en seguida.

Necesitaron unos diez minutos para dar con un destornillador lo bastante grande y forzar la puerta atrancada.

Hecho esto descendieron por la estrecha escalerilla que conducía a la crujía de la tripulación. El pestilente olor que llegó hasta ellos les sacó de dudas. Tendidos en los camastros, aparecieron los cadáveres de los cinco componentes de la tripulación. Una hipótesis, todavía vaga y confusa, pugnaba por tomar cuerpo en la mente de Nahoum Zabra.

—¡Que dos de vosotros permanezcan a bordo! —decidió—. No os mováis hasta que llegue el equipo de socorro. Tú, vente conmigo.

Un cuarto de hora después, con la ropa todavía mojada y humedecida por el sudor, Nahoum Zabra lanzó su Chevrolet por la carretera de Cesarea. El teléfono más cercano era el del Palace Cesarea, el único hotel de la región. Para ganar todo el tiempo posible se alejó de la costa y tomó un camino particular que contorneaba el campo de golf del hotel y que luego discurría entre la piscina y las cuatro pistas de tenis. Frenó el coche en la grava y salió sin cerrar siquiera la puerta. Entró precipitadamente en el vestíbulo: el aire acondicionado le produjo un desagradable cosquilleo en la carne bajo las ropas pringosas, que todavía goteaban. Los tres árabes que manejaban despreocupadamente unos enormes aspiradores, levantaron la cabeza, perplejos. El recepcionista de noche se precipitó a su encuentro.

—¿Algún accidente, señor conservador?

—Ya se lo explicaré más tarde, David. Por el momento ponme en seguida con el retén de la policía judicial en Hadera.

—No quisiera entrometerme, señor Zabra, pero en la comisaría sólo está el agente de guardia. Si se trata de un asunto grave debe llamar al comisario Golam. Su domicilio particular figura en el listín. Si me permite...

—Tiene razón; llame directamente a Reven Golam.

Fue el propio comisario quien, con voz adormecida, contestó al teléfono.

—Reven, soy Nahoum Zabra. Siento haberle sacado de la cama, pero ha ocurrido algo de la mayor importancia.

La voz del policía se aclaró al instante.
—Le escucho.
—Una embarcación de lujo, francesa, ha embarrancado en la playa, a unos cuantos kilómetros al sur de Sedot-Yam. He subido a bordo y sólo he encontrado cinco cadáveres; casi seguro que se trata de los miembros de la tripulación. Parecen haber muerto asesinados. Nadie más a bordo. Oiga, ¿me oye? Oiga... Reven...
Por fin se dejó oír la voz del comisario:
—Demuéstreme que es usted el conservador Zabra.
Nahoum no tuvo la menor dificultad en comprender las razones de esta pregunta ni en contestarla.
—Reven, tenemos en curso una partida de ajedrez desde hace doce días. No, perdón, trece contando esta mañana, y le toca jugar a usted.
—Perdóneme, Nahoum, pero todo esto resulta muy extraño. ¿Ha podido averiguar la identidad de esta pequeña embarcación?
—Sí, pero prefiero no dar más detalles por teléfono. ¡Ah! lo que llama usted «pequeña» embarcación debe medir unos cuarenta metros de eslora.
—Aviso al hospital y en seguida acudiré con mis ayudantes. ¿Seguro que ninguno de los tripulantes está con vida?
—Los cadáveres están descomponiéndose.
—Una última pregunta: ¿cree que el asunto puede tener interés para los servicios especiales?
—Si hubiera sabido cómo dar con los patrones del «Shin-Beth», le hubiera dejado dormir.
—Entiendo. Bien, me pondré en contacto con Tel-Aviv. ¿Está usted en casa?
—Le llamo desde el Cesarea.
—No tardaré ni media hora. Espéreme en el vestíbulo.
—Mejor afuera. Tengo la ropa mojada; si me quedo dentro con esta porquería de aire acondicionado, seguro que atrapo una pulmonía.

La ciudad de Hadera sólo dista de Cesarea una veintena de kilómetros. El comisario llegó dentro del plazo. Detrás del Ford Taunus oficial seguía una ambulancia y el Volkswagen de los técnicos de la brigada criminal.

El comisario Golam subió a bordo del «Rosebud» tras haber tomado la precaución como hombre cauto que era, de disponer ordenadamente sus ropas en la playa. Llevaba unos elegantes calzoncillos floreados, que hicieron sonreír a sus colaboradores, los cuales se sirvieron de la barca de los pescadores para transportar el equipo y demás material. El conservador Zabra se liberó de sus ropas y se tendió en la arena, bajo los primeros rayos del sol naciente.

El comisario regresó al cabo de media hora, nadando con excelente estilo. Chorreando, cogió, la camisa y se sirvió de ella para secarse las manos; luego sacó de un bolsillo un paquete de «Winston» y un mechero. Encendió el cigarrillo que acababa de ofrecer a Zabra y exclamó:

—Mal asunto.

El patrón de la barca se aproximó a los dos funcionarios.

—Señor comisario, a mis hombres y a mí nos gustaría marcharnos. La hora de la pesca ya ha pasado.

—Lo siento, pero necesito las huellas de los tres que han subido a bordo. También las suyas, Nahoum, por supuesto.

El patrón de la barca de pesca se alejó y Golam prosiguió diciendo:

—No cabe duda de que la tripulación ha sido asesinada. Trabajo de profesionales. Al parecer les han dado muerte con un punzón.

—¿Y qué piensa hacer?

—¡Dios! Pues limitarme a las pruebas técnicas: huellas, autopsia; en fin, lo que se dice un informe concreto y amplio. He avisado ya al «Shin-Beth». Dos de sus jefes deben estar a punto de llegar.

En efecto, al poco tiempo Yefet Hamlekh y el coronel Fulham hicieron acto de presencia, poniendo así en evidencia la rapidez y cuidada organización que presidían las acciones de los servicios especiales israelíes. Todavía no habían transcurrido dos horas desde la llamada de la policía de Hadera. En este breve espacio de tiempo los recién llegados acudían acompañados de un capitán de fragata y de un alférez de navío, convocados cuando alboreaba, y todo ello tras un recorrido de sesenta y un kilómetros.

A las 10,45, los oficiales de marina dictaban su informe en la comisaría central de Hadera. Sentado ante la mesa de su despacho, el comisario Golam mecanografiaba personalmente su informe. A las 11,30 el expediente era entregado por triplicado a los agentes del «Shin-Beth» en el anticuado saloncito de la pensión Achdar. Hamlekh y Fulham se enteraron al mismo tiempo de los hechos y conclusiones.

Los oficiales de marina adjuntaban en su informe un mapa general del mediterráneo. La formación militar del coronel Fulham le permitió comprender mejor que su compañero el informe, demasiado técnico, del capitán de fragata. Dirigiéndose a Yefet Hamlekh, aclaró:

—¿Ve usted este trazo grueso, a lápiz, que parte del punto donde ha embarrancado el yate? Se ha obtenido tomando como base el ángulo a partir del cual entró en acción el dispositivo de pilotaje automático.

—¿Qué margen de error tienen estos cerebros electrónicos?

—Ninguno en absoluto, y menos en el sistema utilizado en este navío. El compás magnético rige al cerebro electrónico, el cual se encarga de corregir el más pequeño error. Los piratas tenían, pues, los datos necesarios para poder trazar esta recta. Por el contrario, el mecanismo de relojería no ha sido manipulado; según el informe de nuestros marinos es muy probable que no se haya puesto en funcionamiento intencionadamente.

—No acabo de entenderle, Fulham. Mis conocimientos en materia de navegación son escasos.

—Es muy sencillo: un marino calcula el rumbo sobre

un mapa y traza una línea desde el punto donde se encuentra hasta donde quiere dirigirse. Una regla, cuyo manejo aprendería en media hora, determina en función de dicha línea una cifra que va de 0 a 360. Supongamos que en nuestro caso sea 280. Para seguir la ruta que ha trazado, el marino debe corregir su eje hasta que la aguja del compás se sitúe en los 280°. Pero si desea navegar con el sistema de pilotaje automático, le basta con acoplar el ordenador electrónico a los 280° de referencia. Al mismo tiempo pone en funcionamiento el mecanismo de relojería. Punto de partida + velocidad + dirección + tiempo: para calcular el punto le basta una simple regla de tres. La conclusión de nuestro oficial de marina es de una lógica rigurosa: los piratas no han manipulado el mecanismo de relojería a fin de impedir que pudiéramos determinar con precisión el punto exacto en que abandonaron el navío. Con los datos de que ahora disponemos, y teniendo en cuenta la autonomía del yate, sólo nos es posible llegar a la conclusión de que el navío fue abandonado en algún punto de esta recta; o sea, entre Ibiza y la costa israelí. ¿Comprende? Es imposible, por ejemplo, que el yate partiera de la costa española, ya que tenemos el obstáculo de la isla de Ibiza, en tanto que la ruta que yo le indico roza Bizerta, pasa entre Sicilia y Malta, sigue a la altura de Creta y llega hasta Israel. Atendiendo al hecho de que el yate salió de Saint-Tropez hace tres días, a las cinco de la mañana, cabe deducir que ha navegado siguiendo la ruta más lógica; o sea, la que atraviesa el estrecho de Mesina, ruta que abandonó hace tan sólo algunas horas. Ello implica que hubo un encuentro en alta mar y que los pasajeros fueron trasladados a otro barco, que tal vez ha enfilado hacia Egipto o Líbano. ¿Entiende lo que quiero decir?

—Demasiado bien, por desgracia.

A las 12,45 ambos estaban de vuelta en Tel-Aviv. En seguida se procedió al envío urgente de un cable cifrado a la central del SDECE —bulevar Mortier, París—, dirigido al coronel de Savigny. Seguidamente, el consejero

Hamlekh se trasladó a pie hasta la explanada Herbert-Samuel, donde se hizo anunciar al embajador de Francia.

Media hora después, en el Quai d'Orsay, el ministro de Asuntos Exteriores recibió la noticia en la «piscina». A su vez, descolgó el viejo teléfono interior que deslucía la habitación, y marcó las tres cifras que constituían el indicativo personal del ministro del Interior. Raymond Marcelin ya había sido avisado de lo ocurrido por el coronel de Savigny, con quien había terminado de hablar en aquel preciso instante.

10

A las 15,15, Laurent Martin pagó el importe del taxi, que se había detenido en la avenida Kléber, frente al edificio Fargeau. Savigny pudo localizarle fácilmente en el Dolmen, el restaurante de la nueva estación Montparnasse. Las perspectivas de la misión que se le venía encima le estropearon la digestión.

El edificio Fargeau era un inmueble de siete pisos. Los cinco primeros albergaban los servicios administrativos de las cinco sociedades más importantes del magnate europeo: las Acerías Fargeau, la Compañía Fargeau de transportes marítimos de petróleo, la Inmobiliaria Charles-André Fargeau, el Centro de Investigaciones de proyectiles tierra-tierra y tierra-aire Fargeau, y la Sociedad de carros anfibios lanza misiles Ch.-A. Fargeau (los célebres S. V. LA. 14), que últimamente habían ocupado el primer plano de la actividad a raíz de un tratado comercial con la Unión Soviética.

En el sexto piso se encontraban la redacción y la administración del semanario «Femmes de France», el pasatiempo del riquísimo anciano, cuyo millón de ejemplares a la semana estaba consagrado a la moda, la vida de la capital, así como las correrías, gestos de hastío y payasadas de la fauna internacional integrada por los ociosos del gran mundo, a los innumerables problemas que los retoños de las familias reales planteaban a sus padres con sus uniones más o menos dichosas, etc. La revista tenía una lujosa presentación; la insólita pasión del millonario hacia su revista se consideraba un enigma. Al principio invirtió una verdadera fortuna, que no le produjo ningún beneficio, en la creación y lanzamiento de la revista; pero después de cinco años había conseguido dar la vuelta a la situación, y en la actualidad «Femmes de France» era un negocio importante que cada día iba a más.

En la recepción de la planta baja cinco conserjes uniformados estaban sentados ante una centralita de grandes proporciones. Laurent indicó a uno de ellos que el señor Charles-André Fargeau le estaba esperando. Una vez comprobada la entrevista, el empleado se limitó a indicar a Martin:

—Tome el ascensor del séptimo piso.

El edificio contaba con siete ascensores, cada uno de los cuales atendía a una planta exclusivamente. Laurent fue propulsado al piso superior en cuestión de segundos. La doble puerta automática del ascensor desembocaba directamente en un despacho de cuarenta metros cuadrados. Las cinco secretarias que ocupaban la pieza ni siquiera levantaron la vista ante la presencia del agente del gobierno. Todas ellas frisaban o pasaban de los cincuenta. Reinaba en aquella oficina un ambiente de austeridad casi solemne, pese al enmoquetado de estridente color verde, las paredes claras y el estilo funcional del mobiliario, importado de Italia.

Una nueva secretaria se acercó a Laurent.

—¿Señor Martin? Acabo de pasar al señor Fargeau la llamada telefónica del ministro del Interior. En seguida le anuncio.

A través del interfono comunicó:

—El señor Martin acaba de llegar, señor.

Se oyó una voz gangosa:

—Sí.

Con una seña, la secretaria indicó a Laurent que la siguiera. Abrió una puerta acolchada de doble hoja y luego desapareció.

El despacho de Fargeau hubiera podido cobijar una pista de tenis. Parte del mismo estaba ocupado por una gran mesa de conferencias, en torno a la cual aparecían dispuestos una treintena de sillones. En el extremo opuesto destacaba la mesa de despacho del propio Fargeau. Frente a ésta se habían dispuesto seis mullidos butacones forrados de grueso cuero de color verde y seis mesillas que llevaban incorporada una lámpara y un cenicero. Al igual que los asientos de la mesa de conferencias, cada mesilla disponía de un casco de escucha individual, detalle que explicaba la existencia de las cuatro cabinas de cristal que Martin había descubierto en la oficina de las secretarias y que estaban destinadas a los traductores cuando se celebraban reuniones de carácter internacional.

La vasta sala era de forma rectangular. Exceptuando la pared ante la cual se encontraba la mesa de despacho de Fargeau, las tres restantes estaban constituidas por grandes cristales que se desplazaban eléctricamente. Estas fachadas de vidrio iban provistas de persianas metálicas graduables.

Al ver entrar a Martin, Charles-André Fargeau se levantó, dio la vuelta a la mesa y salió al encuentro del enviado ministerial. Martin quedó gratamente impresionado ante esta señal de deferencia; la sensación de poder que emanaba del ambiente era tal, que uno esperaba ver al señor de aquel reino adoptar una actitud regia y distante para con sus visitantes.

A sus setenta y ocho años, Charles-André Fargeau mantenía el cuerpo erguido. Era prácticamente tan alto como Laurent, pero de una delgadez nerviosa. Las manos poseían una extremada finura y las bien perfiladas facciones mostraban una piel muy tostada. Pese a sus años, conservaba intacta una espesa cabellera plateada. Los ojos oscuros traslucían una violencia impetuosa. Fargeau no utilizaba gafas ni tan siquiera para leer. Iba vestido con elegancia, pero sin excesivo refinamiento. El traje era de tonos claros, la camisa de un azul suave y la corbata lisa y de color azul marino. Hablaba con un timbre incisivo y claro, marcando cada sílaba con precisión.

—Encantado de conocerle, Martin. Siéntese. Su nombre me es familiar. No puedo ocultarle que su visita me intriga.

El imponente anciano había proferido estas palabras mientras rodeaba la mesa de su despacho. Laurent se hundió en un sillón y sacó un cigarrillo de su pitillera metálica pero no la ofreció al millonario. Todos sabían que Charles-André Fargeau jamás fumaba ni bebía.

Como no había razón para andarse con circunloquios, Martin fue directamente al asunto:

—Los servicios de información israelíes nos han puesto en antecedentes de que su yate ha embarrancado aproximadamente a mitad de la ruta entre Tel-Aviv y Haifa. Los cinco tripulantes han aparecido muertos en sus camarotes, asesinados por arma blanca. Nada se sabe acerca del paradero de su sobrina ni de las amigas que figuraban registradas en el libro de navegación. Su barco ha quedado varado tras navegar con el automático puesto. La marina israelí ha podido determinar el ángulo de la ruta, pero no el punto exacto donde el yate fue abandonado. Los raptores de su sobrina son gente que sabe hacer bien las cosas.

El busto y la cabeza del riquísimo anciano quedaron como paralizados, y los finos dedos apretaron con más fuerza el ángulo de la mesa. Con los ojos cerrados, permaneció en esta postura rígida por espacio de cinco segundos. En seguida, el infalible mecanismo de su mente recobró el ritmo habitual, y sus párpados se abrieron.

—¿Sabe usted que soy judío?

En realidad, todo el mundo conocía este detalle. El verdadero nombre del anciano era Charles-André Dreyfus.

En 1945 cambió oficialmente el apellido bajo el pretexto de un homónimo que se prestaba a confusión.

—Creo que es la primera vez en treinta años que hablo de mi ascendencia. Mis padres eran ateos y yo lo soy también. Mi esposa es católica, como lo son mis nueras y yernos. Cambié de apellido para que mis descendientes no tuvieran que afrontar el cúmulo de inconvenientes inherentes a mi origen. No es que reniegue de mi ascendencia, pero confieso que me tiene sin cuidado. Aclarado este extremo, debo decirle que las amigas que acompañaban a Sabine en el crucero son católicas, protestantes y, en lo que concierne a la chica Nikolaos, ortodoxa. No, perdón, Mary Jane Cubitt es hija de madre israelí, aunque no sea del dominio público.

—¿Descarta usted cualquier otra hipótesis que no sea la de un atentado palestino?

—No tengo por norma soñar despierto. Me dice usted que el barco fue orientado intencionadamente hacia las costas israelíes. Para mí este hecho es como una carta firmada.

—Pienso como usted. De todos modos, no quiero descartar, sin más, la posibilidad de que se trate de un rapto con ánimo de sacar provecho económico. Sea como fuere, las chicas deben de seguir con vida.

—Eso creo yo, Martin. En caso contrario los cuerpos habrían aparecido junto con los de la tripulación. ¿Quiénes están al corriente de lo sucedido?

—Seis pescadores israelíes, el conservador de las ruinas arqueológicas de Cesarea, testigos todos del varamiento del yate, más los colaboradores de la policía judicial de Hedara, dos altos cargos del «Shin-Beth», el embajador de Francia en Tel-Aviv, los ministros franceses del Interior y de Asuntos Exteriores, y los números uno y dos del SDECE.

—¿Puede usted presionar a los israelíes para que mantengan absoluto silencio hasta nueva orden?

—Así se ha convenido, y además ellos fueron los primeros en quererlo así.

—¿Y en Francia?

—Aquí, la cosa es más delicada; pero espero poder camuflar el asunto por algún tiempo. Si avisamos a la policía judicial, la prensa se enteraría en seguida; y si nos callamos, los policías se pondrán furiosos. Es un hecho prácticamente establecido que el asesinato de los marinos se produjo en el territorio o en aguas territoriales de Francia. Naturalmente, puede usted contar con el ministerio del Interior para justificar, llegado el caso, la no intervención de la policía debido a nuestro retraso en prevenirlos...

—Eso me tiene sin cuidado. Voy a dar instrucciones al ministro, y si hace falta, me pondré en contacto con el Elíseo.

Fargeau manipuló el interfono y llamó a su secretaria, la cual apareció en el acto.

—Laura, reserve cuatro habitaciones en el hotel Raphaël, todas en el mismo piso. Yo también me instalaré allí a partir de esta noche. Mande un cable a los Donnavan, Cubitt y Fryer, y especifique en el texto que tomen el primer avión con destino a París. Llame después a Nikolaos y dígale que quiero verle. Si él no está, que venga su esposa. Anule todas mis entrevistas excepto las que afectan a las personas que acabo de nombrarle, el señor Martin aquí presente y el ministro del Interior. No estoy para nadie, pero que todas las llamadas personales pasen por usted. Se me está haciendo víctima de una tentativa de chantaje; usted sabrá discernir un posible mensaje de la parte de los chantajistas. En tal caso cogeré el teléfono, incluso si tiene usted alguna duda al respecto. Eso es todo.

Laurent no pudo menos de admirar la discreta impasibilidad de aquella secretaria de cincuenta y tantos años, que se limitó a responder.

—Comprendido, señor Charles-André.

Y abandonó la sala sin que su rostro hubiera dejado entrever el más leve signo de emoción. Fargeau prosiguió:

—¿Dónde puedo localizarle, Martin?

Laurent escribió un número en una tarjeta, antes de entregársela y aclarar:

—Es el teléfono rojo de mi domicilio; no figura en la guía. Una cinta magnetofónica le indicará dónde encontrarme en caso de tener que ausentarme.

—Gracias. Sólo una aclaración, Martin. Tengo pocas debilidades, pero mi nieta Sabine constituye el 99 por ciento de ellas.

11

Jean-Pierre Badinot desempeñaba de buen grado el aburrido trabajo que se le había asignado: clasificar el correo de los lectores y toda la correspondencia sin destinatario concreto que llegaba a la redacción de «France-Soir».

Hacía siete meses que cumplía a conciencia su período de prácticas, y tres que se le había considerado apto para seleccionar sin supervisión la riada de cartas que el periódico recibía diariamente. Por lo general descartaba una tercera parte de las mismas, clasificaba el resto por categorías y adjuntaba a determinadas cartas una breve nota interior.

En aquellos momentos estaba ocupado leyendo la carta de una corresponsal que firmaba con la rúbica: «Una amiga de los animales.» En ella denunciaba, en términos iracundos, la actitud del «hatajo de norteafricanos» que residían en el barrio y que apedreaban a los perros y gatos del vecindario. La mentada amiga de los animales sugería a modo de solución, que se procediera a la lapidación de los árabes, «y así pensarán mejor las cosas antes de hacerlas».

Badinot se acordó del primer disco, desconocido prácticamente, de Georges Brassens, y garrapateó el título: *Si les lièvres avaient des fusils on n'en tuerait pas tant.* Cosió la nota a la carta con una grapa y la depositó con una mano en el montón reservado a «bestiario», mientras con la otra cogía otra misiva.

Leyó con premura la veintena de líneas mecanografiadas y abandonó la carta en el montón de las «descartadas». Estaba ya abriendo otro sobre cuando un reflejo inconsciente le impulsó a tomar de nuevo la misiva anterior y a releerla con atención antes de examinar el sobre. Había sido echada al correo en Niza el día antes. Leyó la misiva por tercera vez. Iba firmada por «Septiembre Negro» y, cosa curiosa, esa fue la razón que le indujo al principio a desecharla, ya que cada semana llegaban a la redacción de «France-Soir» una decena de cartas, escritas por guasones o por enfermos mentales, con la rúbrica de «Septiembre Negro». Sin embargo, la que tenía en las manos resultaba inquietante, puesto que anunciaba ni más ni menos que el rapto del yate de Fargeau, relacionaba nominalmente a los pasajeros y, sobre todo en las cuatro últimas líneas, mecanografiadas en mayúsculas, indicaba que por correo aparte se remitía una película y una banda sonora para su proyección en el noticiario televisado de la primera cadena.

Jean-Pierre Badinot no tenía ningún interés en que sus jefes le tomaran el pelo. Así pues, guardó la carta en el bolsillo y salió del cuchitril en el que estaba confinado. Bajó al piso inferior por la escalera principal. Ya en la segunda planta, empujó la puerta doble batiente de la redacción, enfiló un largo pasillo, pasó junto a la puerta que daba acceso a los servicios fotográficos y por último llegó a la plataforma metálica de la amplia escalera de servicio. Por el hueco del montacargas se filtraba un olor a tinta fresca y papel y el estrépito obsesivo de las rotativas que ocupaban los tres sótanos del edificio. Sin llamar, Badinot entró en los archivos centrales de la FEP, puestos a disposición de los periódicos y revistas del grupo editorial integrado por «France-Soir», «Elle» y «France-Dimanche». Cada órgano informativo disponía de su propio archivo especializado, aunque solían recurrir con frecuencia al fichero central.

Una decena de especialistas se dedicaba a expurgar la prensa diaria y a transformar los periódicos con precisos cortes de tijera, en auténticos encajes. Cada mañana, su cosecha iba a engrosar los miles de carpetas ordenadas alfabéticamente en los pasillos de un verdadero laberinto metálico. El joven se acercó al empleado que estaba detrás de una mesita de oficina.

—¿Tiene el expediente de Charles-André Fargeau? —inquirió el periodista en prácticas.

—¿Cuál de ellos? Dede haber por lo menos una veintena.

—Perdón, el último, el corespondiente a este año.

Tres minutos más tarde, sentado ante una mesa cubierta con un tapiz verde lleno de agujeros de cigarrillos, Badinot empezó a examinar los recortes de prensa empezando por el último. No tardó en encontrar lo que andaba buscando: una fotografía y un epígrafe de pocas líneas recortados de la página regional dedicada a Saint-Tropez en la edición para el Var del «Nice-Matin». Era una instantánea de Charles-André Fargeau, rodeado de cinco muchachas espléndidas, saliendo del hotel Byblos. El epígrafe especificaba los nombres de las chicas, las cuales se disponían a embarcar a bordo del yate del millonario para realizar un crucero de un mes de duración por las islas griegas. El recorte databa de cuatro días antes. No es que su hallazgo demostrara nada en concreto, pero algo es algo, pensó Badinot. El joven había consultado los archivos creyendo que encontraría algún contrasentido y en vez de ello descubría una fuente de credibilidad.

Echó un vistazo al reloj: eran las 11,05; la segunda edición debía ya de estar en prensa. Michel Laury podría concederle tres minutos. Mandó sacar una fotocopia del recorte y se dirigió al despacho del jefe del servicio de noticias. Llamó a la puerta y entró.

Como era de esperar, Laury estaba con el teléfono en la mano. Recostado en su sillón, la nuca apoyada en el respaldo y los ojos mirando al techo, aguantaba como podía el apasionado recital de algún corresponsal de provincias empeñado en convencerle del formidable interés de cualquier incidente trivial. Laury, sin la menor convicción, emitía a intervalos regulares un gruñido sordo. Encima de la mesa, tres teléfonos repiqueteaban sin interrupción y cada diez segundos una secretaria descolgaba uno, por riguroso turno, y declaraba:

—No cuelgue, el señor Laury todavía está hablando por teléfono.

Por último, Laury dijo:

—Treinta líneas. Le pongo con la central estenográfica.

Cambió de teléfono y de nuevo el diálogo. Mientras escuchaba el informe del corresponsal, subrayándolo con los mismos gruñidos aprobatorios, Laury tendió la mano hacia Badinot, cogió la carta y el recorte fotocopiado y procedió a su lectura sin dispensarles más atención que la que pondría un peatón que sin darse cuenta se encuentra con un folleto publicitario en las manos y que lo lee por encima antes de arrugarlo y arojarlo al arroyo. Tampoco parecía mostrar mayor interés por su interlocutor telefónico que, desde la otra punta de Francia, seguía estoicamente el monólogo. Con la mano que tenía libre manipuló con la palanquita del interfono que enlazaba con la sala de redacción:

—Guillaumin.

Al otro extremo del hilo, el corresponsal quedó desconcertado. Laury le tranquilizó.

—No, no, no es a usted. Siga, le escucho...

El amplificador resonó con estridencia.

—Guillaumin ha ido a por el asunto del marica asesinado en el Bois de Boulogne. Soy Dobert.

—¡Ah, sí! Bien, vente para acá.

Luego terminó su conferencia telefónica:

—No. Pruebe en «France-Dimanche», tal vez les interese.

Tomó acto seguido el siguiente teléfono y con una seña despidió a Badinot, quien se cruzó con Fernand Dobert en el marco de la puerta. Dobert era el periodista más antiguo de la redacción. Cogió las dos hojas de papel que le tendía su jefe directo y salió del despacho sin pronunciar palabra.

En la vasta sala de los redactores reinaba la atmósfera habitual. El ambiente estaba cargado por el humo de los cigarrillos, el suelo cubierto de páginas de periódico y de bandas de teletipo. Tres periodistas mecanografiaban su crónica y otros hablaban por teléfono. Los que trabajaban no parecían molestos por el parloteo de los que mataban el tiempo en espera de que se les asignara alguna tarea.

Fernand Dobert fue a su pequeña mesa de despacho, llenó la pipa con «Scaferlati» al tiempo que inspeccionaba las notas que le acababan de entregar. Desde el otro extremo de la pieza un joven le espetó:

—¿Qué hay, Pepe? ¿Te mandan otra vez a Nueva Zelanda?

Hacía veinte años que la broma duraba; era una especie de tradición que se transmitía a las nuevas generaciones siempre que le encomendaban una crónica de sucesos. El veterano periodista no se lo tomaba a pecho y, de otro lado, él mismo les había dado tantas veces la lata con el dichoso reportaje de Aukland y su vuelta al mundo en 1952. Aquel era un oficio en el que no se podía envejecer. En la actualidad vacilaban antes de mandarle tan sólo a Dourdan, y se le discutía el importe del taxi que presentaba en las cuentas de gastos.

Dobert había empezado ya a marcar el número de teléfono del edificio Fargeau cuando se volvió atrás, cortó la línea y marcó el de la central Cognacq-Jay de la ORTF.

—A ver... Con los motoristas. ¡Oiga!, ¿la oficina de

los motoristas? ¿Está por aquí el amigo Marcel?... ¿No?... Bueno, peor para él... Soy Fernand Dobert llamando desde «France-Soir».

—¡Hombre! ¿Cómo estás? Nos conocimos en el 55, en la Vuelta a Francia, ¿no te acuerdas? Fue aquel año en que un desconocido dejó a todo el mundo con un palmo de narices.

—Walkowiak, sí, ya me acuerdo, viejo; pero fue en el 56.

—Puede que sí. ¿Necesitas alguna cosa?

—Pues sí. ¿Habéis recibido algún envío de Niza? Una bobina de dieciséis con una banda sonora, sin datos del expedidor?

—¡Vaya, hombre! ¡Menudo lío! Precisamente ahora mismo estábamos hablando de este envío expedido de forma inhabitual, por correo aparte y no en las sacas postales de rigor. Además, tu dichoso paquete hace dos horas que ha llegado y no se ha presentado nadie a reclamarlo. Estos del laboratorio están siempre en la higuera.

—Atiende. Puede tratarse de algo serio. Salid del despacho y no toquéis el paquete.

—No querrás tomarme el pelo, ¿verdad? ¿Acaso es una bomba?

—No lo creo, pero nunca se sabe. Yo me encargo de avisar a la poli. ¿Cómo es de grande el paquete?

—Lo hemos mirado y remirado por todas partes. Parece un carrete de dieciséis en su estuche de aluminio. Encima hay un bulto que debe de ser una banda sonora. Bueno, ya charlaremos, corto.

—Ponme con la telefonista... Tú... ¡Oiga!... ¡Oiga!... ¡Mierda!

Volvió a marcar el número de Cognacq-Jay.

—Con André Bordenave, por favor.

En su lugar se puso la secretaria.

—El señor Bordenave, de Dobert, «France-Soir».

La voz adoptó la entonación de exquisita complacencia experimentada por casi todas las secretarias de la ORTF al anunciar a su interlocutor la esterilidad de su llamada.

—El señor Bordenave se encuentra en una reunión. ¿Quiere dejar el recado?

—No, vaya a buscarlo. Es una cuestión de vida o muerte.

—Lo siento, señor; tengo instrucciones terminantes. Le podré comunicar con el señor Bordenave dentro de una hora u hora y media.

La muy golfa rebosaba de gozo. Dobert vociferó:

—Dentro de una hora ya estarás de patitas en la calle, cernícala, y no cuentes conmigo para ponerte gratis un anuncio en la sección de ofertas de «France-Soir».

Dobert creyó que la secretaria cedería.

—Voy a indicar a mi delegado sindical su grosería; seguramente le interesará saber que me amenazan porque cumplo las instrucciones de mi jefe, y seguro que también interesará al suyo. Cuente conmigo.

El periodista colgó el receptor; estaba fuera de sus casillas y gritaba furioso.

—¡La muy idiota! Estará ya otra vez haciendo media o charlando con las demás majaderas sobre el rollazo de película que daban ayer en la tele.

—Cálmate, Pepe —resonó una voz—. Ya sabemos que las cosas no son como antes.

Dobert se precipitó escaleras abajo. En la calle Réamur permanecían estacionados tres taxis. Dos estaban sin chófer y el otro empezó el habitual diálogo, cargado de reticencias, que suele producirse siempre que se acerca la hora del almuerzo.

—¿Dónde va usted?

—A la tele, calle Cognacq-Jay.

—No puedo ir.

—¡Pues tendrá que hacerlo!

Y el periodista se introdujo en el interior del R-16.

—¡Baje de aquí! —aulló el conductor, un tipo coloradote y sanguíneo de corta estatura—. ¡No es en la tele donde tengo que comer!

—Escucha, León, mañana encontrarás algún palomo que te lleve hasta tu comedora, pero hoy tienes que llevarme —Luego, señalando el edificio que ostentaba el número 100, añadió—: Hace más de veinte años que araño esta jaula y me sé de memoria la canción, de manera que llévame o llamo a un poli.

El conductor puso en marcha el coche mascullando por lo bajo y realizó el trayecto forzando y torturando el vehículo de su compañía. Entre frenazos estridentes y ruidos del cambio de marchas, iba lamentándose:

—Incluso los que están enchironados tienen derecho a la comida. Somos nosotros los únicos que nunca podemos masticar puntualmente. ¡Que asco de vida! ¡Son las doce, rediez!

La carrera importaba seis francos noventa. Dobert le entregó siete.

—Quédese con el cambio —dijo, y luego pidió un justificante.

Por fin penetró en el edificio. Calculó una espera de dos minutos para coger uno de los tres ascensores y subió rápidamente las escaleras. Cuando alcanzó el tercer piso, no hizo ni caso al conserje medio adormilado y enfiló el pasillo con una determinación que apartaba toda sospecha. Sin llamar, empujó la puerta de la sala de reuniones del noticiero televisado de la primera cadena.

Al igual que todos los días, Jacqueline Baudrier escuchaba los informes y sugerencias de sus colaboradores. Todos volvieron la cabeza, intrigados, hacia el intruso, al que casi todos los allí presentes conocían.

—Perdón —dijo Dobert con vehemencia—. Creo tener una noticia trascendental que darles.

Bordenave, sentado a la izquierda de la Baudrier, se creyó llamado a intervenir. Todos sabían la amistad que mantenía con Dobert.

—Luego, Fernand. Además, hubieras podido llamar antes de entrar.

Jacqueline Baudrier terció tajante:

—Le escuchamos, señor Dobert.

El veterano periodista se aproximó y tendió las dos notas a la directora, la cual se caló las gafas de fina montura, con las que nunca aparecía en las emisiones, y leyó los textos. Luego los entregó a Bordenave, quien los miró por encima y exclamó con tono condescendiente:

—¿Conque se trata de eso! Estoy al corriente. He recibido avisos del «Parisien liberé» y de «L'Aurore», y hemos llegado a la conclusión de que se trataba de una broma de mal gusto. Escucha, Fernand; después de más de veinte años en el oficio todavía no te has enterado de que cada día se reciben montones de estas memeces.

Jacqueline Baudrier intervino:

—André, ni siquiera ha mirado la nota adjunta.

Bourdenave alzó la carta y prosiguió, irritado:

—Esto no significa gran cosa, señora; o mejor, sí... El recorte es del «Nice-Matin». La carta ha sido expedida desde Niza. Parece claro que la foto y el epígrafe han estimulado a cualquier chalado de allí.

Acompañó su conclusión con una sonrisa de condescendencia, que decidió a Dobert a llevarle la contra ante los demás.

—El recorte es de la edición del «Nice-Matin» para el Var, que no se vende en Niza.

Bordenave contestó con aspereza:

—Pero a dónde quieres ir a parar, ¡por Dios! Yo no pongo en duda tu capacidad profesional, pero también tengo la pretensión de conocer mi oficio. La carta habla concretamente del envío simultáneo de una película sonora que va destinada a nosotros. Cuando me llamaron los del «Parisien» me informé por precaución, pero no hemos recibido nada.

Dobert repuso con sinceridad:

—De veras lo siento, André, pero no me das opción. El paquete está esperando desde hace tres horas en la sección de los motoristas. Deberías haberte informado con los reporteros gráficos; ¿acaso ignoras que tienen la obligación de reclamar a los motoristas todos los envíos postales?

Bordenave palideció, pero Jacqueline Baudrier intervino y consultó el reloj de pulsera:

—La reunión queda aplazada por media hora.

Se levantó, atravesó la sala con su paso corto y brusco, llevando tras de sí a Bordenave y a Dobert.

En el primer piso, Lucien y otros dos motoristas esperaban en el otro extremo del pasillo que llevaba a la reducida habitación que tenían asignada. Al divisar a la directora, experimentaron una sensación de alivio.

—¿Qué hay de los polis? —preguntó en seguida Lucien, al llegar Dobert.

—No he tenido tiempo. —Miró a la Baudrier—. Imaginé... Nunca se sabe... Había pensado reclamar la ayuda de los especialistas de explosivos.

—Sería lo más prudente —apoyó Bordenave.

Jacqueline Baudrier se encogió de hombros:

—Esto implicaría admitir un atentado contra los recaderos o los del laboratorio, lo cual es absurdo e ilógico.

—Aun así, señora...

—Está bien. Abriré el paquete yo misma. ¿Dónde está?

—En nuestra mesa de despacho, al fondo a la derecha —balbuceó Lucien.

—No se mueva señora; iré yo —declaró con tono enfático Bordenave, subrayando así la abnegación que suponía aquel gesto.

Sin embargo, no pudieron hacer otra cosa que ir tras los pasos de la señora Baudrier, la cual se había ya metido en el pasillo. Bordenave trató de retenerla a la entrada de la oficina. Ella se libró de él, diciendo:

—Basta ya de comedia, André.

Sin el menor titubeo arrancó la cinta adhesiva y descubrió el contenido del envío. No escondía ninguna sorpresa: una banda sonora en un estuche de mica y un envase cilíndrico de aluminio, del tipo corriente, protegido cuidadosamente por una cinta adhesiva. Leyeron la etiqueta en la que aparecía escrito con rotulador: «Operación Rosebud» —Película Ektakrom revelado normal— Exposición a 125 ASA.

—Lleve usted personalmente la película al laboratorio —apremió Jacqueline Baudrier a Bordenave—. Luego venga a mi despacho, le esperamos para escuchar la banda sonora. Que revelen con derecho de prioridad la película; quiero que en menos de una hora esté montada y lista para proyección. En cuanto a usted, señor Dobert, se quedará por supuesto con nosotros.

El grupo escuchó, asombrado, el trágico monólogo de Elena Nikolaos. Desde las primeras palabras los tres periodistas se dieron cuenta de que tenían ante sí un suceso de incalculables repercusiones. Luego, conforme la muchacha progresaba en sus explicaciones, con la voz estrangulada por la emoción pese a sus esfuerzos para dominarse, una especie de fiebre ansiosa se apoderó de ellos. No eran los hechos en sí lo que les aturdía, ya que su profesión hacía tiempo que les había inmunizado contra toda sorpresa. Pero el instinto les decía que en aquel rapto había algo insólito, algo que les alcanzaba también a ellos directamente. No se trataba, como solía ocurrir, del canje de vidas ni de satisfacer unas reinvindicaciones, por lo menos hasta el momento, sino de una tentativa para hacerse con los medios de información. Los tres periodistas evitaron mirarse a la cara. Tenían la impresión de haber caído en una trampa, *su* propia trampa, la misma que habían utilizado hasta entonces para atraerse a la masa de seguidores. Al propio tiempo se sentían culpables, como si la publicidad exigida por los autores del atentado fuese un modo de convertirlos en cómplices del rapto.

La voz de Elena Nikolaos se apagó. Nadie se atrevía a comentar. Jacqueline Baudrier fue la primera en levantarse de su asiento, y seguida siempre de Bordenave y de Dobert, se dirigió a las salas de montaje, donde ordenó al jefe montador y a la joven que le ayudaba que abandonaran el trabajo y prepararan de inmediato una proyección.

Se instalaron en las banquetas dispuestas al fondo de las reducidas salas de trabajo, frente a la serie de seis pupitres provistos de lámparas miniatura de poca intensidad, a fin de poder tomar notas durante la proyección de las películas. Tuvieron que aguantar su impaciencia por espacio de treinta y cinco minutos antes que el jefe de laboratorio viniera del sótano con la película, que entregó en la cabina al operador. Un altavoz difundió la voz del encargado de la proyección:

—Cuando quiera, señora.

Baudrier movió la palanca de un interfono y simplemente dijo:

—Empiece.

La sala quedó sumida en la obscuridad. Una toma panorámica que arrancaba del mar, desierto, detuvo su giro para dirigir la visual al puente del «Rosebud», prosiguió el movimiento rotativo y quedó fija en la entrada del gran salón. Sabine y sus cuatro compañeras aparecieron en un plano general. Todo el mundo contuvo la respiración. Pese a la belleza de las muchachas, la escena tenía un algo lóbrego y obsceno. El rostro atemorizado de las chicas, la desnudez de sus cuerpos, los gestos de pavor, la timidez de los movimientos, todo concurría para que aquella proyección resultara insoportable.

Un murmullo se elevó en la sala, si bien algunos de los presentes estaban ya saturados: cada día les llegaba su ración de imágenes atroces. En materia de horrores, ya no les quedaba nada que aprender. Después de la escena en la cubierta de popa hubo veinte segundos de película virgen, hasta que apareció la claqueta con la mención: «Operación Rosebud. Primera toma.» Las dos tablillas sonaron secamente y el semblante transtornado de Elena Nikolaos ocupó todo el plano. Sus labios se movían, pero sólo se escuchaba el ruido del paso de la película por los mecanismos de la máquina de proyectar. Baudrier movió la palanquita del interfono:

—Ya basta, gracias. Vuelva atrás.

Bordenave se inclinó hacia Jacqueline Baudrier:

—Si visionamos esto la hemos fastidiado. No habrá quien detenga la escalada.

—No sea estúpido, Bordenave. Las visionaremos. Ya estamos metidos hasta el cuello en el asunto.

Se encendió la luz y la directora se dirigió al jefe de la sección de montaje:

—Ya hemos escuchado la banda sonora. Cuando esté terminado el montaje, haga realizar treinta copias y sin demora monte diez versiones inglesas y diez alemanas. Y, sobre todo, alerte a sus colaboradores; ni una sola palabra de esto, a nadie.

Segunda parte

12

Durante cuarenta y ocho horas, el pulso del mundo entero latió al ritmo angustioso impuesto por el rapto.

El comisario divisional Eugène Le Breton había sido encargado de la investigación criminal relativa al asesinato de los marinos del «Rosebud». Sin pérdida de tiempo, mandó dos de sus colaboradores a Tel-Aviv; otros veinte andaban realizando discretas averiguaciones con el círculo de amistades y conocidos de las chicas y de los miembros de la tripulación. Pero el verdadero responsable de todas las decisiones, el mediador entre las familias, los jefes de Gobierno, los órganos de información y los servicios especiales de las naciones afectadas, continuaba siendo Laurent Martin.

El agente del gobierno francés había encontrado en Charles-André Fargeau un aliado de peso. La viveza, la lógica infalible y la influencia del viejo millonario habían sido necesarias para contrarrestar los impulsos de cuantos deseaban que Laurent Martin emprendiera una ciega y estéril carrera a través de los países árabes del Oriente Próximo.

Fargeau y Martin habían terminado por convencer a las autoridades que sólo la liberación del primer rehén, según lo prometido, podía permitir el hallazgo de una pista.

A excepción de Nikolaos, las familias de las chicas raptadas se habían instalado en el quinto piso del hotel Raphaël, donde el gobierno les iba informando de todas las novedades. Puede decirse que apenas salían del hotel de la avenida Kléber, ya que todos los accesos estaban asediados día y noche por los enviados especiales de todo el mundo y por los fotógrafos y equipos de filmación venidos de los cuatro rincones del globo, a los que se sumaban gran número de simples mirones a quienes la policía trataba, muchas veces en vano, de hacer circular.

La opinión pública mundial tenía puesto su interés en el intrigante asunto. Sólo se hablaba de la liberación que los guerrilleros habían prometido. El más pequeño rumor servía de pretexto para que los grandes periódicos lanzaran una edición especial. Las emisoras de radio habían multiplicado los boletines informativos y cada cuarto de hora los locutores encontraban frases inéditas, pero sin ningún significado, que lanzar al aire. Los periódicos se aludían unos a otros en relación a las fuentes, de las que dimanaban noticias absurdas, utilizando en sus artículos la archiconocida fórmula de «según nuestro colega británico el "Daily Mirror"...»; o bien «Por lo que toca al editorial del "Hamburger Morgen Post"...», y así de forma interminable.

A las ocho de la mañana, dos días después de la proyección de la película a escala mundial, la furgoneta 2 CV amarilla de Correos atravesaba los viñedos de la propiedad Tardets. El funcionario detuvo el vehículo ante la verja del parque, bajó e introdujo el correo en la ranura excavada en la piedra de uno de los pilares.

Desde la residencia no se distinguía la verja, pero el oído entrenado de Adrien Tardets percibió lo que andaba esperando: el bramido del motor producido por la marcha atrás y luego por el viraje del pequeño vehículo de Correos.

Precedido de Hacam, que tomó asiento al volante, el viejo se introdujo en el 4-L. Tras recorrer la senda de grava que desde la residencia discurría sinuosa hasta la verja del parque, Tardets bajó del coche mientras Hacam daba la vuelta sin salirse del camino. Abrió la cerradura del buzón y extrajo del interior la edición corsa del «Provençal», junto con el correo del día, integrado por cuatro cartas.

El viejo volvió a ocupar su lugar, y Hacam embragó mientras cerraba la puertezuela. Tardets examinó las cartas. La tercera ostentaba un sello de Alemania Federal y el matasellos de la «Postampt im Hauptbanhopf», o sea, la central de Correos de Hamburgo. La dirección estaba escrita a máquina: «Adrien Tardets, Prunelli di Fiumorbo, par Ghisonaccia, 20, Francia.»

—Aquí está —anunció el viejo.

—Ábrala —repuso Hacam.

Tardets cogió de la guantera una pequeña navaja, que utilizó para abrir pulcramente el sobre. Contenía una sola hoja de papel en la que se habían mecanografiado en minúsculas dos palabras: «La griega.» Tardets leyó el lacónico mensaje. Hacam aprobó con un movimiento de cabeza, al tiempo que frenaba ante la fachada. Tomando de manos del viejo la hoja y el sobre, echó un vistazo para cerciorarse, y con la ayuda de un mechero prendió fuego a ambos. Luego dejó caer los papeles a sus pies, los pisoteó y esparció las cenizas.

Ambos hombres se dirigieron a la cocina. Kirkbane, Cheikh y Kateb estaban instalados en torno a la enorme mesa, mirando ávidamente a Luala, la criada. Ésta iba llenando los tazones de café muy caliente, cuyo fresco aroma impregnaba la habitación. Hacam le ordenó en árabe:

—Puedes irte. Ni tú ni tu marido volváis hasta mañana, ¿entendido?

La mujer asintió con la cabeza, dejó la cafetera y desapareció sin pedir la menor explicación. Al igual que Balir, su marido, conocía cuál era el precio de su silencio.

Hacam tomó la cafetera, llenó el tazón de Tardets y después el suyo. Los dos hombres se sentaron. Hacam intentó sorber un poco, pero se quemó y volvió a dejar la taza. Luego anunció:

—La griega. Comamos y manos a la obra.

Los tres árabes no respondieron. Fue Tardets quien señaló:

—La elección me parece discutible.

Hacam admitió:

—También a mí, pero hay que acatar la orden. Se lo repito una vez más: somos soldados y yo obedezco a un jefe directo. Éste me dio una sola orden: seguir las instrucciones que nos llegarían desde determinadas ciudades alemanas. La primera es Hamburgo, y la próxima Berlín. En el momento en que reciba estas órdenes, mediante carta enviada desde Berlín, las ejecutaré ciegamente, sin preguntarme el porqué. Son órdenes, las únicas que he recibido; que hemos recibido. Ignoro quién tira de los hilos desde Alemania, y prefiero no saberlo. En todo caso, y hasta el presente, los que han planeado esta operación no han cometido ni un solo error; sus informaciones eran exactas. Por tanto, seguiré dándoles un margen de confianza. Por otra parte, mi jefe de Beirut, que sabe su identidad, lo ha pensado bien antes de ponerse en sus manos. Y ahora basta de palabras, vamos allá.

Abandonando al viejo, atravesaron el vestíbulo y el despacho; luego abrieron las dos pequeñas y macizas puertas que conducían a la cueva. Kirkbane llevaba una bandeja que había preparado: café, leche, rebanadas de pan y mantequilla.

Las cinco muchachas estaban extendidas sobre las literas. Elena fumaba un «Marlboro»; Mary-Jane Cubitt tenía los ojos fijos en el techo. Las tres restantes dormían.

Kirkbane puso la bandeja sobre una mesa de madera, cogió un cántaro de agua y llenó un vaso. Del bolsillo de la camisa sacó un tubo de Valium 10 y empezó a distribuirlo, tras haber despertado con cuidado a las durmientes.

Sin ofrecer resistencia, las muchachas fueron ingiriendo cada una el comprimido, ayudándose con un sorbo de agua. Elena dejó el cigarrillo, consumido a medias, en un platillo resquebrajado que hacía las veces de cenicero; luego tendió la mano. Sonriente, Kirkbane cerró el tubo de tranquilizantes y lo volvió a guardar en el bolsillo.

—Usted no, señorita. Hoy le privaremos del comprimido de la dicha.

Las chicas se incorporaron intrigadas. Desde el inicio de su encarcelamiento, era la primera vez que sus raptores no actuaban conforme a sus previsiones. Desde hacía tres días, su penoso cautiverio no había conocido más incidentes que las idas y venidas con la comida, los cubos de la estancia próxima —que los árabes recogían por turno sustituyéndolo por otro—, y la visita del más bajito cada cuatro horas, quien venía con su ración de Valium 10. Hacam tomó la palabra:

—Se han cumplido las primeras condiciones que impusimos. Una de ustedes quedará en libertad. Primero pensábamos dejar que ustedes mismas decidieran, pero sería un juego cruel que podría turbar la cordialidad que reina entre ustedes. Así pues, desde ahora les anuncio que la señorita Nikolaos será la primera en dejarnos.

Elena percibió los latidos de su corazón, que se había disparado de forma brusca y alocada. Por una especie de reflejo, luchó para que no se hiciera ostensible la excitación en ella provocada por el tremendo alivio que la embargaba; luego experimentó un sentimiento casi de vergüenza, como si el hecho de haber sido designada constituyera una traición. Mary-Jane Cubitt empezó a llorar. Elena se levantó y dio un paso hacia ella, pero Sabine Fargeau la contuvo con una presión en el brazo. Ambas jóvenes se miraron y se comprendieron. Entonces fue Sabine quien, sentada al borde de la litera de la inglesita, la abrazó en un ademán de compasiva ternura. Hacam continuó:

—Vamos ya. Pronto seguirán todas el mismo camino; sus padres y sus respectivos gobiernos han optado por el camino de la cordura. Ahora, señorita Nikolaos, utilizaremos de nuevo su talento. Vamos a filmar y grabar las condiciones para la liberación de otra de ustedes. Luego le entregaremos la banda, señorita. Utilice su influencia para que sea difundida como la anterior. Aparte de dicha banda, le autorizamos a efectuar las declaraciones que tanto la prensa como la televisión sin duda le pedirán. Tiene libertad para hablar de su viaje con nosotros, del lugar de detención y de las circunstancias del secuestro del «Rosebud». En suma: ninguna restricción. Aun cuando tome usted partido contra nosotros, ello no influirá en lo más mínimo en los hechos futuros y en la suerte de sus amigas. Tan sólo la reacción que engendre la grabación que vamos a efectuar orientará nuestras acciones futuras. ¿Comprendido?

—Comprendido.

—Tiene usted un minuto para despedirse de sus amigas. Venga en seguida con nosotros al fondo de la cueva, allí donde vio que instalábamos el material para la toma de imagen y sonido.

Elena abrazó a sus cuatro amigas, sin atreverse a prodigarles palabras de ánimo. Dijo simplemente:

—Veré a los padres de todas. Haré lo imposible para tranquilizarles.

Acto seguido se unió a los fedayin en la última estancia excavada en el sótano, donde éstos habían instalado una especie de estudio improvisado. Kateb manipuló el interruptor y se encendieron cuatro focos; luego hizo converger los haces de luz en el busto de la muchacha. Elena empezó:

—Acabo de enterarme de que mi liberación es inminente...

Durante siete minutos y cuarenta segundos leyó el texto que Hacam le había tendido. Seguidamente, Cheikh vació la carga en una envoltura negra y Kateb se aseguró de la grabación. Los dos envases cilíndricos fueron precintados, introducidos en una pequeña bolsa con ceñidor. Hacam alargó la misma a Elena, quien trabó el ceñidor, en el que se habían practicado cuatro agujeros suplementarios en previsión de la finura de su talle.

—Perfecto, señorita —aprobó Hacam—. Lo siento en el alma, pero no voy a tener más remedio que ponerle otra vez la capucha durante el tiempo que va a durar el viaje. A partir del momento en que la cubramos, no debe pronunciar una sola palabra. No beberá ni le daremos de comer. Si tiene sed, ahora es el momento de indicarlo, y también si quiere tomar precauciones de orden íntimo.

Elena indicó que estaba dispuesta, y Hacam le colocó la caperuza de algodón negra. A la altura de las ventanas de la nariz se habían practicado dos agujeros, y otro a la altura de la boca. Una goma en torno al cuello aseguraba la fijeza del grueso paño. Hacam tomó una mano de la joven y la apoyó en su hombro.

—Sígame —dijo—. La avisaré antes de cada obstáculo.

La joven subió la escalera, oyó como se cerraban ambas puertas a su paso, cruzó la sala de trabajo, luego el vestíbulo y fue a salir al fin al exterior. La joven sintió la suave mordedura del sol bajo la blusa.

—Va usted a subir a un coche —la previno Hacam—. La ayudaré. Arriba. Córrase más allá, yo me sentaré a su lado.

Oyó como se cerraba la portezuela delantera.

Kirkbane, que se hallaba al volante, puso el coche en marcha.

Por espacio de una hora recorrieron, al término del parque, toda la longitud de un sendero que formaba una especie de ocho gigante sobre una distancia máxima de dos kilómetros. Kirkbane cambiaba con frecuencia de marchas y de velocidad. Después de una hora, detuvo el 4-L en el mismo sitio del que había partido. Hacam rodeó el vehículo por atrás, abrió la puerta y, tras ayudar a bajar a Elena, guió los pasos de la muchacha.

Volvieron a cruzar el vestíbulo, pero en sentido inverso; luego entraron de nuevo en el despacho. Con un movimiento, Cheikh pulsó el mando de un magnetófono. En las cuatro esquinas de la pieza habían sendos altavoces estereofónicos, que empezaron a difundir una grabación que duraría catorce horas sin interrupción. El equipo estereofónico era lo más nuevo en materia de grabación y el relieve acústico logrado resultaba de una fidelidad absoluta. Los fedayin incluso habían previsto el empleo de un juego de baterías que, en el caso improbable de que se cortara la luz, entrarían en acción automáticamente. Tales excelencias en el desarrollo del plan habían sido arbitradas por la cabeza rectora de la organización en Alemania Federal, la misma que transmitía las instrucciones por carta. Cuando Elena entró en la estancia, apoyándose en la espalda del jefe de los guerrilleros, los amplificadores emitían ruidos diversos, y retazos de instrucciones lejanas, en árabe.

En el centro del despacho se había instalado un pequeño estrado que se levantaba a un metro del suelo. Encima de una plataforma cúbica de madera, de un metro de lado, estaba atornillado un sillón corriente de tubo: el asiento típico de las avionetas de turismo, provisto con cuatro correas de cuero. La plataforma de madera sólo se hallaba separada del suelo por el grosor de las dos mitades de un enorme neumático de camión. Una sencilla escalera de cuatro peldaños permitía la subida al estrado. Hacam ascendió los dos primeros escalones y, volviéndose, ayudó a Elena a subir, precisando acto seguido:

—Atención, agáchese... Dos escalones todavía... Aquí, ¿nota el brazo del sillón?... Bien, ahora siéntese; voy a sujetarla.

Abrochó las cintas de cuero a los tobillos y muñecas de la joven.

—Espero que no se encuentre demasiado incómoda —inquirió Hacam.

—Está bien así —balbuceó Elena—. ¿Durará mucho todo esto?

—Varias horas; pero no tenga miedo. Yo no voy a ir con usted, y el piloto no puede oírla. Así pues, no hable y relájese. No le he proporcionado ningún tranquilizante a fin de que una vez libre se encuentre plenamente consciente. Hasta la vista.

—Hasta la vista —repuso maquinalmente la joven.

Hacam bajó del estrado y miró el reloj. La cinta funcionaba desde hacía cuatro minutos y diez segundos. Esperó a que transcurriera el margen de seguridad, hasta que los altavoces dejaron oír el golpeteo metálico de la portezuela de una avioneta en el instante del cierre y atrancamiento. Casi al mismo tiempo se oyó el gemido doloroso del arranque y las explosiones regulares de un potente motor. La grabación se había efectuado durante el vuelo a bordo de un monomotor «Islander». La avioneta había tomado tierra en cuatro ocasiones, para aprovisionarse y volver a despegar. La cinta registró todos los sonidos propios de estas operaciones.

La plataforma cúbica de madera estaba provista de unas angarillas, delante y detrás, que le conferían el aspecto de una silla de manos. Cheikh y Kirkbane tomaron posiciones entre cada brazo. Los altavoces difundieron el ruido ensordecedor del punto muerto y luego el furioso zumbido del motor cuando el aparato empezó a ganar velocidad sobre la pista de despegue. Ambos fedayin sujetaron las angarillas e imprimieron al asiento pequeñas sacudidas. Mientras Cheikh, desde delante, elevaba con fuerza la plataforma, Kirkbane movía ligeramente la parte de atrás, con lo que producían la misma sensación que uno experimenta durante el despegue de un avión. Luego fingieron un viraje lateral sobre el ala. Hacam, sonriente, tenía la vista clavada en las manos de la chica, que permanecían crispadas sobre los brazos del sillón. Los dos fedayin todavía provocaron algunas sacudidas, luego hicieron que la silla de manos recobrara la horizontal y con suavidad la depositaron sobre el pavimento, dejando que reposara sobre el protector de grueso caucho. El equipo estereofónico sólo difundía el zumbido regular de un motor que funciona a la perfección.

Tras consultar sus relojes, los árabes abandonaron la

estancia. En el curso de los ensayos, cada uno de ellos había actuado como conejillo de Indias sin que percibieran el menor fallo.

Aproximadamente dos veces por hora, los guerrilleros palestinos entraban de nuevo en la habitación y sacudían el asiento cuando el motor alteraba su cadencia con motivo de algún bache o zonas de inestabilidad atmosférica. En cada ocasión, Hacam observaba las manos de Elena: éstas dejaban de crisparse en el momento mismo en que el artilugio ganaba estabilidad al descansar en el suelo y cuando el ruido del motor volvía a sonar con regularidad.

Elena se dio cuenta de que, aproximadamente cada tres horas, la avioneta tomaba tierra, y en cada ocasión imaginó que el aparato rodaba por la pista de cemento de un aeropuerto; pero lo cierto es que se agitaba más que en una pista asfaltada. Por último, al cabo de unas doce horas, se produjo el aterrizaje definitivo.

Fue Adrien Tardets quien la desató y la ayudó a bajar, del mismo modo que Hacam la había ayudado a subir. La condujo al exterior, hasta una camioneta 403, cubierta con una lona; levantó luego a la chica para permitirle instalarse sobre un viejo colchón, dispuesto en la trasera del vehículo. Seguidamente corrió la cortinilla y fijó por dentro la gruesa tela que cerraba completamente la parte de atrás.

Hacam se hallaba sentado al volante, mientras que Cheikh aguardaba junto a la verja del jardín. Cuando hubo pasado el vehículo, la cerró con todo cuidado.

13

Hacam tomó la nacional 198, en dirección Norte. Necesitó más de dos horas para contornear Bastia, a través de la tortuosa pista forestal, muy accidentada, que pasa por Muchietta. Cogió luego la nacional 190, en Miomo, a unos veinte kilómetros al norte de Bastia; bordeó completamente el contorno del cabo Córcega, antes de descender de nuevo hacia Nonza y Saint-Florent y tomar la carretera de Calvi. Tres kilómetros antes de esta población, giró a la izquierda por la carretera que, tras bordear el aeropuerto, atraviesa el bosque de Bonifato a lo largo de catorce kilómetros antes de morir sin salida posible. Hacam detuvo el vehículo tras once kilómetros de recorrido en pleno bosque. Eran las 3,45 de la mañana.

Desde el punto escogido, Tardets hubiera avizorado u oído a una distancia de cinco kilómetros cualquier vehículo que viniera en aquella dirección, tanto de un lado como del otro. Sosteniendo a Elena por el brazo, la precedió a través del bosque; éste formaba una pendiente suave hasta el lecho de un torrente que serpenteaba más abajo en el valle. La muchacha avanzaba con precaución, con las manos apoyadas en las espaldas del viejo. Había luna llena y un cielo sin nubes, lo que permitía a Tardets distinguir perfectamente las formas. Sin ninguna dificultad llegó a la roca que había escogido el día antes. Hizo sentar a la muchacha y disimuló la voz, hablando con un tono cavernoso:

—Alargue las muñecas, voy a maniatarla.

Ató con fuerza las muñecas de la joven por delante del cuerpo, y luego los tobillos; todo con la misma cuerda, para impedir de este modo que la chica realizara cualquier movimiento que le permitiera librarse de su capucha, a pesar de tener las manos atadas. Acto seguido, sujetándola por los sobacos, la recostó de lado contra el suelo. Finalmente explicó:

—Está usted apoyada en una roca; le bastará parparla un poco para encontrar una arista cortante. Acerque la cuerda a la arista y desátese frotándola. En media hora puede quedar libre. Luego espabílese sola. Sobre todo, no se olvide de la película que lleva usted junto al vientre. Atención. Que nadie intente abrirla con luz de día. Piense en sus amigas. Adiós; buen retorno a la libertad.

Elena oyó cómo doscientos o trescientos metros más arriba la camioneta se ponía en marcha y alejaba; por algún tiempo escuchó el ruido decreciente del motor. No le costó mucho dar con un saliente agudo de la roca, y empezó a frotar la cuerda con un empeño furioso, insensible al dolor lacerante que eso le provocaba, debido a la tensión de las ataduras en torno a sus muñecas. Después de treinta y cinco minutos, la soga cedió. La muchacha distendió su flexible cuerpo apoyándose sobre la espalda. Notó que poco a poco sus músculos se iban relajando. Se quitó la capucha y sin dificultad se liberó de la cuerda que le ataba los tobillos. El alba apenas despuntaba. Elena inspeccionó sin sorpresa el lugar en que se encontraba: el continuado discurrir de agua y el olor del bosque húmedo habían suscitado en su mente una imagen correcta del entorno. De repente, Elena sintió unas ganas locas de reír. Empezó a gritar sin escuchar más respuesta que un triple eco. Por fin, agachada en el suelo, con el rostro sepultado entre las manos, rompió en sollozos. El bello rostro de la muchacha se inundó de lágrimas, mezclándose con la suciedad que se le había ido pegando durante el viaje. Finalmente se sosegó un tanto y se incorporó con la gracia de un felino que emerge del sueño.

Por instinto, tomó el camino inverso que antes había recorrido a ciegas. Pese a la fatiga que había ido acumulando, de la tensión nerviosa y de la angustia que experimentaba, la imagen que ofrecía era la de una hermosísima muchacha. Caminaba con paso etéreo. Las nalgas y los muslos marmóreos acusaban a cada paso el movimiento oscilante que imponían las amplias caderas, estirando desmesuradamente la tela ligera de los tejanos, que se adhería, dilatada en demasía, a la piel.

Un mechón de sus rubios cabellos le cubría la mitad de la frente. Una ardilla cruzó ante ella, atravesando la carretera. Elena sonrió y dos profundos hoyuelos se marcaron en sus mejillas. Aspiraba con avidez el aire suave del alba, haciendo con cada inspiración palpitar los senos firmes, cuyas puntas desnudas vibraban al contacto con la tela de su blusa.

A sus espaldas oyó el ruido de un motor, que gemía quejumbroso tratando de sostener con la segunda marcha la plancha medio podrida de un dos caballos. La chica se giró y aguardó.

El viejo Antoine la distinguió a cien metros delante suyo. Provocando un chirrido estridente, hundió el pedal del freno y sólo llegó a detener un tanto la marcha. Soltó el freno, desembragó y tiró hacia sí de la palanca de cambios, poniéndola en punto muerto. El pie derecho del viejo apretó con todas sus fuerzas el acelerador, espoleando furiosamente el vetusto motor, del que se escapó una densa emanación de aceite requemado. El viejo desembragó otra vez y, en medio de trepidaciones terroríficas, logró poner la primera. Tras una serie de bruscas sacudidas desordenadas, el cacharro perdió al fin su impulso. El gemido estridente de los tambores de los frenos se hizo oír de nuevo. Antoine logró al fin detener el coche, veinte metros más allá de donde se encontraba Elena, la cual corrió hacia él.

Con acento muy marcado, el viejo se expresó con la parla franco-corsa:

—¡Eh! ¿Qué hace usted aquí, sola y de noche?

Elena creía que se encontraba en Italia o España, pero la matrícula y el acento del viejo le abrieron de golpe los ojos.

—¿Puede usted dejarme en la gendarmería más cercana, por favor?

—En Calenzana si quiere. No en Calvi. Suba.

—De acuerdo, gracias.

El viejo había calado el motor. Dejó que el coche se deslizara cuesta abajo, embragó la segunda y, prescindiendo de los pedales, se concentró en la serie ininterrumpida de curvas; conducía sin preocuparse de nada, con evidente riesgo. El viejo Antoine acababa de atrapar seis mirlos en las trampas tendidas en el bosque. No sabía leer y no tenía más ocupación que su vida de buey solitario, exceptuando las numerosas ideas que iluminaban su mente para traficar contra las ordenanzas legales.

—La dejaré enfrente de la gendarmería —explicó—. La verdad es que no le tengo muchas simpatías. ¿Qué le ha ocurrido? Espero que no la hayan agredido.

—No, no. Gracias.

Antes de llegar al aeropuerto de Calvi, Antoine torció a la derecha y tomó la comarcal que en un sinuoso trazado llega a Calenzana, pasando por Moncale. Su instinto de trapisondista avezado le decía que la muchacha no tenía ganas de hacerle confidencias. Así pues, se mantuvo callado hasta llegar a cincuenta metros del puesto policial. Era un edificio de construcción reciente, que quebraba lastimosamente el encanto vetusto del antiguo pueblo corso.

El reloj del campanario de una de las iglesias dio las cinco. Elena pulsó el timbre. Tuvo que repetir el gesto tres veces antes de que en el interior se oyera ruido de puertas y pasos; por último, se escuchó el sonido metálico de alguien que abría el bien aceitado cerrojo.

El joven gendarme se estaba acabando de atar el cinturón. Iba en camiseta, tenía los ojos medio cerrados y los cabellos tenían el falso pliegue producido por el frote con la almohada. Al ver a la muchacha, su primera reacción fue pasarse los dedos por entre la tupida cabellera. Aquel semblante se le antojaba familiar. La contempló con más atención hasta que de pronto, enarcando las cejas, exclamó:

—¡La madre que...! Entre.

Elena le siguió hasta el solitario despacho del jefe del puesto. El gendarme empujó una silla hacia la chica y tartamudeó, boquiabierto:

—¡Diantre! ¡Pero quién me iba a decir esto! ¿De dónde sale usted? ¡No es posible! ¡No, no es posible! ¿Es usted Elena Nikolaos o es que estoy soñando?

Ahora fue Elena la que le miró sorprendida. ¿Cómo había podido reconocerla? El gendarme debió de leer la sorpresa que reflejaba el semblante de la muchacha.

—¡Todo el mundo la ha visto por la televisión! En Francia, en todo el mundo... Desde hace cuatro días sólo se habla de ustedes...

—No me lo imaginaba —replicó un tanto pensativa—. De todos modos... Bien mirado hubiera debido sospecharlo... Pero el viejo que me acompañó hasta aquí no me reconoció, de eso estoy segura.

—¿Qué viejo?

—Uno muy poco hablador, bajito y que hablaba con mucho acento.

—¿Con un dos caballos hecho cisco?

—Sí, ése.

—Es el viejo Antoine, que venía de revisar las trampas. Seguramente es la única persona del mundo que no está al corriente del rapto. No sabe leer y nunca habla con nadie.

—Comprendo. Quisiera telefonear a mis padres.

—Antes tengo que avisar al jefe. No puedo asumir responsabilidades. Soy militar, ¿comprende?

Descolgó el teléfono, marcó un número y habló en tono explicativo:

—¿Clara? Soy Pierre-Ange. Despierta a Dominique y dile que venga en seguida... No, nada, un accidente, pero que se dé prisa.

Volvió a colgar.

—¿Por qué no ha dicho la verdad? —preguntó Elena.

—Clara es mi hermana y el teniente mi cuñado. Conozco a mi hermana, y si llego a decirle lo suyo, antes de una hora toda Córcega sabría que está usted aquí; y sólo hay tres carreteras que llegan a Calenzana. ¿Quiere café? No voy a preguntarle nada, el jefe preferirá hacerlo.

El teniente llegó al cabo de poco; pasado el primer momento de estupor, se negó de plano a permitir que la muchacha telefoneara a su familia. Luego la tranquilizó, aclarando:

—De este modo irá todo igual de rápido, déjeme hacer a mí.

Pidió comunicación con el domicilio particular del comandante de la gendarmería de Ajaccio. Éste llamó a la central de la calle Saint-Didier, que le puso en contacto con el director de la gendarmería nacional, Jean-Pierre Clochard, quien a su vez despertó al ministro del Ejército. Robert Galley previno a su colega en el ministerio del Interior, quien, según las instrucciones recibidas, avisó en primer lugar a Laurent Martin. El agente especial despertó entonces a Georges Nikolaos y a Charles-André Fargeau, acordando una entrevista a las siete de la mañana en el despacho del ministro, situado en la plaza Beauvau. Seguidamente, las instrucciones siguieron el camino de vuelta. Transcurrida media hora desde la llamada, el jefe del puesto de Calenzana asentía con la cabeza, pegado al teléfono; en seguida se dirigió a la muchacha:

—Sus padres ya están avisados, señorita. No debe usted salir de la gendarmería bajo ningún pretexto, hasta nuevas órdenes, que espero recibir pronto.

—¡Ni hablar! Me voy. Quiero llamar a mi familia, lavarme y descansar.

—Piense en sus amigas; se lo ruego, señorita, no complique mi tarea. ¿Desea comer o beber algo?

—Bueno, esperaré. No, no tengo ni hambre ni sed. Gracias, déjenme en paz.

La joven volvió a sentarse, malhumorada.

A las 7,20, Charles-André Fargeau avisaba desde el ministerio del Interior al piloto de su Mystère 20, para que se mantuviera dispuesto a despegar de Bourget a las 8 de la mañana.

—Un segundo... —requirió el anciano.

Cubrió el receptor con la palma de la mano y se dirigió a Martin:

—No podemos aterrizar en Calvi, la pista es demasiado corta.

Laurent se dio cuenta de la situación.

—Es cierto. Diga a su piloto que trace el plan de vuelo con destino a Bastia.

Dirigiéndose luego al ministro, Laurent Martin prosiguió:

—Voy a llamar al teniente coronel Huguenain. Está como subjefe del 2.° REP y su base se encuentra a sólo ocho kilómetros de Calenzana. Sería preferible que fueran a buscar a la chica; se encontrará más tranquila mientras espera nuestra llegada. De otro lado, seguro que la Legión dispone de algún aparato de hélices. Un Nord 2500 o un Transal podría pasar a recogernos en Bastia para llevarnos a Calvi. Ganaríamos más de una hora.

—Tengo que prevenir a la Defensa Nacional —hizo observar Raymond Marcellin—; esto no depende de mí.

—Por favor, señor ministro —dijo Laurent, en tono zumbón—. La Defensa tendrá que llamar al estado mayor del ejército del Aire, que se pondrá en contacto con la base de Istres, y ésta contactará o no con alguno de sus pilotos en Calvi. Así las cosas, lo mejor es que tomemos el vuelo regular de Air-Inter. Estaremos allí hacia las 14 horas. Déjeme hacer a mí. Huguenain se hará cargo de todo.

Divertido, el ministro abdicó de su idea.

Laurent Martin logró comunicar sin dificultad con el joven teniente coronel y le expuso de forma sucinta la situación. La respuesta no le sorprendió en lo más mínimo:

—Buen plan, Laurent; pero que prevengan a los gendarmes de Calenzana, no tengo intención de raptar por segunda vez a la muchacha. En cuanto al Transal, no hay problema; en estos momentos tengo uno que regresa a la base tras haber lanzado a un grupo de paracaidistas y que llegará a Bastia antes que vosotros. De todos modos, procura que me «guarden las espaldas» en el ministerio; el patrón está en unas maniobras con el primer batallón, y yo llevo la gorra hasta pasado mañana.

—Me ocuparé de cubrirte de cabo a rabo. Trata de entretener a la muchacha hasta que lleguemos nosotros. No creo que esté fresca como una rosa.

—¡Desde luego! No te inquietes. Hasta luego.

Martin colgó y se dirigió a Georges Nikolaos:

—Le pido perdón por anticipado, señor, pero quisiera pedirle que renuncie a venir con nosotros. Quiero hablar con su hija durante el regreso, y creo que su presencia la distraería.

—Eso mismo iba a sugerirle yo. Su madre y yo hemos salido ya de la pesadilla. Disponga de Elena a su mejor criterio, en beneficio de sus compañeras que permanecen como rehenes.

El teniente de la gendarmería recibió las nuevas instrucciones a las 7,45: de un momento a otro el coronel Huguenain vendría en persona para hacerse cargo de la chica. A él y a su subordinado sólo se les exigía que guardaran absoluto silencio. Colgó, ya tranquilizado, y se dirigió a Elena con una sonrisa serena:

—El coronel Jean-Pierre Huguenain, al mando del 2.º regimiento extranjero de paracaidistas, va a llegar de un momento a otro para llevarla a usted a la base de Raffalo. Allí podrá descansar.

Un 204 que ostentaba en la aleta el banderín del 2.º REP, y en los parachoques los distintivos militares junto con un símbolo formado por un pequeño paracaídas, frenó delante del puesto; la portezuela trasera quedó a la altura del portal.

El coronel llevaba uniforme de verano, color beige claro. Antes de bajar del coche dejó el quepis en el estante posterior e inmediatamente se introdujo precipitadamente en el edificio. No llevaba ninguna condecoración, pero los galones mostraban una doble hilera de barras, y su distintivo del cuerpo de paracaidistas exhibía tres círculos tricolores, testimonio de su participación en los Juegos Olímpicos.

Al entrar, los gendarmes adoptaron la posición de firmes. Tras volver la cabeza, Elena los envolvió con la mirada en una expresión que traducía a la vez una burla compasiva y de mofa.

—A sus órdenes, mi coronel —profirió con energía el oficial del puesto de gendarmes—. Acabo de recibir las instrucciones: la señorita Nikolaos está a su disposición.

En el momento en que el automóvil, tras una media vuelta muy forzada, enfiló la carretera que conducía al litoral, Elena se desmoronó de golpe y cayó en un sueño agitado. Cuando llegaron al campamento de Raffalo, Huguenain la condujo a la enfermería. La muchacha se tambaleaba y parecía andar dormida. El coronel y su chófer siciliano tuvieron que sostenerla por los sobacos al objeto de conducirla a una habitación de pequeñas proporciones. Mientras la acomodaban en una cama, la joven abrió los ojos sin que pareciera verles. Luego se acurrucó y su respiración cobró el ritmo lento y regular del que duerme profundamente.

Huguenain la cubrió con una manta y luego indicó al siciliano:

—Busca a una mujer de confianza para desnudarla y haz que laven, sequen y planchen los trapos de la chica.

—¿Una mujer de confianza en el campamento, mi coronel? A menos que la señora Jackie...

—De acuerdo —dijo; pero inmediatamente cambió de opinión—. Espera, corremos el peligro de que hable...

El campamento de Raffalo disponía de su propia casa de placer.

—Yo mismo puedo desnudarla, mi coronel. Duerme de tal modo que ni siquiera se dará cuenta.

—Ni lo sueñes, amigo. Anda a buscar al mediquillo y conténtate con la colada.

El comandante médico desnudó enteramente a Elena, la cual no se despertó. La cubrió de nuevo con la manta y salió con sigilo de la pieza. Huguenain le esperaba en el pasillo.

—¿Te parece normal este desmoronamiento?

—Completamente. Comprende que viniendo de donde viene... Tiene el pulso lento y regular. Desde hace algunos días habrá vivido torturando sus nervios, y el retorno a la normalidad le ha provocado un shock. Dentro de una o dos horas se despertará fresca como una gacela... ¡y qué gacela, amigo!; puedes creerme, mi coronel.

—Oye, mediquillo, ¿no te da vergüenza a tu edad caer en una crisis lúbrica porque has visto a una chiquilla en cueros?

—Mira, no tienes idea de lo que una chiquilla como ésa se parece a una mujer; y, además, resulta mucho más agradable que mi clientela habitual.

Con un cuarto de hora de anticipación, Huguenain recibió aviso del aterrizaje del Transal en Calvi. En seguida se hizo conducir al aeropuerto, hasta el área reservada al tráfico militar. En el momento en que descendía del coche, el gran bimotor estaba virando por encima del cabo Revelata y se disponía a ponerse en posición de aterrizaje sobre el eje de la pista.

El teniente coronel y Charles-André Fargeau se introdujeron en la trasera del 204 color negro, mientras que Laurent se colocaba junto al chófer.

—¿Cómo está ella, coronel? —preguntó con avidez el millonario—. ¿Cómo llegó a Córcega? ¿Ha dicho algo del trato recibido?

—Está durmiendo, señor. Estaba agotada. Según lo que dijo a los gendarmes, todas sus compañeras reciben un trato digno. La señorita Nikolaos efectuó el viaje de regreso cubierta con un capuchón y atada a un asiento que ella estima como el de una avioneta de turismo. Según sus cálculos, el vuelo duró entre ocho y quince horas. Antes de aterrizar en Córcega, parece que la avioneta aterrizó y despegó tres veces. Luego, según ella, la tuvieron arriba y abajo casi toda la noche en un automóvil, lo cual no permite localizar, ni siquiera vagamente, el punto de aterrizaje.

—¿Ninguna señal del radar? —interrumpió Laurent.

—Nada. Fue lo primero que comprobé; pero eso no significa gran cosa. La última escala pudo producirse en la parte este de Argelia, o bien en Túnez. Es posible que la avioneta volara muy bajo, a ras del mar, y que escapara al control del radar. Tampoco los italianos han detectado ninguna señal. Si admitimos que ese cacharro salió del Oriente Próximo, y que la chiquilla no anda muy despistada, podemos calcular que la velocidad de crucero es de unos doscientos kilómetros por hora, por lo que bien pudiera tratarse de una avioneta muy pequeña, capaz de aterrizar en un campo de fútbol. Lo único que sabemos con certeza es que los raptores disponen de cómplices en Córcega. Créanme, esto no nos sirve de gran cosa.

—De todos modos —intervino otra vez Martin—, es una pista que hay que descartar hasta nueva orden. Mientras tengan en su poder a una sola de estas muchachas, anticipar su escondrijo no tiene ningún valor.

Ya en la base de Raffalo, los tres hombres se dirigieron a las construcciones del fondo, en las que se encontraban las oficinas del estado mayor, del jefe de cuerpo y las del propio Huguenain. Los tres se instalaron en la sala de visitas.

—¿Quieren tomar la comida? —preguntó Huguenain.

—Gracias, coronel, pero regresamos en seguida —repuso Fargeau—. Entiende, ¿no?

—Por supuesto.

—¿Ha hablado Elena de las condiciones de su encarcelamiento? —insistió Fargeau.

—Sí; están encerradas en una cueva de grandes proporciones y alimentadas convenientemente. Se les distribuyen tranquilizantes a dosis fuertes, pero no excesivas. No han sufrido malos tratos; ni siquiera un gesto o iniciativa fuera de lugar.

—¿Opina que la chica Nikolaos está en situación de responder a todas las preguntas? —inquirió Laurent.

—Lo estará en breve. Como he dicho, se encontraba extenuada, a punto de estallarle los nervios. Pero, según el médico, todo es una consecuencia lógica y no hay por qué inquietarse. Duerme desde hace dos horas y media; podemos despertarla. Su ropa está ya lavada y planchada. Después de una ducha fría, se encontrará completamente repuesta.

14

El Mystère 20 de Charles-André Fargeau despegó de Bastia al mediodía.

En el pesado y ruidoso Transal, equipado para el lanzamiento de paracaidistas, a Martin le había resultado imposible discutir el fondo del asunto con la muchacha. Con gran lujo de precisiones, Elena se había dedicado a tranquilizar las angustias de Charles-André relativas al trato dispensado a Sabine. El pronóstico del comandante médico demostró ser exacto: la joven se había levantado como nueva. Sólo el semblante enflaquecido denotaba la tensión de los últimos cuatro días.

El Mystère 20 estaba totalmente insonorizado. La cabina del pasaje había sido convertida en un salón bien distribuido y muy confortable, lo cual permitía al industrial y a sus colaboradores trabajar durante los desplazamientos. Una vez el aparato, tras efectuar un amplio viraje sobre el mar, alcanzó la altura y velocidad de crucero, Martin prosiguió el interrogatorio de Elena:

—¿Está usted al corriente del contenido de la película que le han entregado?

—¡Pues claro! Yo misma realicé otra vez la grabación sonora.

—¿Recuerda el texto con exactitud? —continuó Martin.

—Podemos escuchar la cinta —sugirió Fargeau—. Hay un magnetófono estándard en el avión.

—Primero me gustaría oír su versión, señor.

—Te escuchamos, Elena —continuó diciendo Fargeau—. Procura no olvidar nada.

—La cosa es bastante delicada, señor. Sus exigencias comportan dos puntos independientes uno del otro. El primero le concierne de forma directa...

La chica vaciló, un tanto turbada. El anciano millonario tuvo que volver a insistir.

—De todos modos tendré que escuchar la cinta, pequeña. No tengas miedo, aunque te moleste hablar de ello.

—Bien —prosiguió la chica—; los fedayin me obligaron a dar lectura a un texto donde se afirma que en 1970, en agosto, su servicio de información les había indicado que M. Fargeau había organizado el envío de un importante contingente de armas al Oriente Próximo. Según la cinta que yo he grabado, se trataban de veintiuna ametralladoras cargadas por piezas sueltas en Sète, a bordo de uno de los navíos de la flota mercante Fargeau, la motonave «Acquitain». Según nuestros raptores, el buque provenía del Brasil, donde ya había cargado un buen número de armas automáticas; en la cinta menciono una cifra exacta que ellos me dieron.

La muchacha guardó silencio como si tratara de ordenar mentalmente sus explicaciones.

—Antes quiero decir que hasta la lectura de este documento ignoraba el asesinato de los cinco miembros de la tripulación. Sabine, Joyce, Mary-Jane y Gertrud siguen ignorándolo.

Elena lanzó un profundo suspiro y continuó su explicación:

—Ellos insistieron en el hecho de que en Río, la tripulación del «Rosebud» había sustituido a la del carguero antes de que tuviera lugar el embarque de las armas. Según los guerrilleros, este cambio de tripulantes demuestra que los hombres que asesinaron no eran más que mercenarios sin escrúpulos. Por tal motivo los ejecutaron sin piedad, considerándolos como militantes responsables del genocidio de su pueblo.

—¿Le indicaron cuál era el destino de estas armas? —interrumpió Martin.

—Sí, pero no lo he comprendido muy bien. Me hicieron leer que el mercante había bordeado África por El Cabo y luego, por el canal de Mozambique y el golfo de Adén, llegado hasta Akaba, en Jordania; que el cargamento iba destinado al rey Hussein de Jordania y que un ingeniero del señor Fargeau, cuyo nombre no recuerdo, había permanecido tres semanas en Amman para supervisar el montaje de las autoametralladoras. Según parece, estas armas desempeñaron un papel mortífero y determinante en el curso del ataque jordano contra los palestinos en septiembre de 1970, al que ellos llaman «Septiembre Negro».

La chica se sonrojó, y se dedicó a mantener la mirada sobre Laurent Martin, huyendo a sabiendas de los ojos de Charles-André Fargeau. A pesar de ello, fue el viejo millonario quien la instigó a seguir.

—Quieren... Exigen que el señor Fargeau y su ingeniero acudan a la Televisión para contar estos hechos y que ellos mismos faciliten así las pruebas a los periódicos. Aproximadamente las palabras que me obligaron a leer —ahora sí tuvo valor para volverse hacia el anciano y continuar en actitud contrita— fueron éstas: «En una sesión pública de autocrítica, el cruel potentado y su criado deben revelar al mundo imperialista que tienen las manos cubiertas con la sangre de viejos, mujeres y niños, para que de este modo termine de una vez la campaña lacrimógena orquestada a raíz del que llaman asesinato gratuito de los tenidos por inocentes marinos del "Rosebud".» Añaden que están dispuestos a matar sin el menor titubeo ni gesto de compasión si con ello contribuyen a la supervivencia de su pueblo, pero que ninguno de ellos sacrificaría ni un simple perro sin motivo o por fines lucrativos.

Fargeau escrutó el semblante de Martin. El rostro del millonario era una máscara cerúlea, y su vacía mirada mantenía una fijeza velada. Parecía un boxeador que acaba de sentarse en el rincón, salvado por el gong en el último momento del KO. Martin le interpeló a fin de que se desahogara.

—¿Es eso cierto?

El anciano pareció emerger de su modorra y al instante el infalible resorte de su espíritu combativo volvió a entrar en juego.

—De principio a fin. Podría citar de memoria las cifras y los nombres que Elena no recuerda. Las conclusiones que cabe deducir son muy complejas. Por una parte son tranquilizadoras, pues demuestran la voluntad de los fedayin de conquistar la simpatía de la opinión pública. De otro lado, estas exigencias denotan la existencia de una red eficaz de información, y también de innegable talento, que en el futuro hace que corramos el riesgo de experimentar graves dificultades. De todos modos, el plan garantiza la supervivencia de las chicas. «Septiembre Negro» lo pensará mucho antes de volver en contra suya a la opinión pública, cuando lo que busca es atraérsela.

—Lo lamento, señor Fargeau —intervino Laurent—, pero su razonamiento es falso, por lo menos en lo que concierne a la red de espionaje palestino: el conocimiento exacto de su intervención de 1970 en favor del rey Hussein puede ser debido simplemente a la complicidad de uno cualquiera de los hombres de su tripulación, complicidad que parece tanto más probable cuanto que esta misma persona pudo posteriormente proporcionar todos los datos que permitieron a los fedayin llevar a cabo el rapto. ¿Cómo logró usted persuadir a la tripulación para que participara en un envío clandestino de armas, poco conforme por otro lado con el derecho internacional?

—Por dinero, evidentemente. Todos ellos percibieron una cantidad sustanciosa en Suiza.

—Así pues, sus marinos eran gente cuyos principios podían ser objeto de compra, y no es que yo les considere por ello como unos infames a ultranza, puesto que cuando uno dispone de los medios que usted posee es fácil despertar vocaciones insospechadas en la materia. En resumen: tenemos la prueba formal de la venalidad de su tripulación; sólo que comprar el honor o la dignidad de un hombre es una cosa y comprar su silencio otra, que sólo resulta eficaz mientras no exista una oferta más elevada. ¿Estamos de acuerdo?

—Sí en cuanto al principio, qué duda cabe —reconoció Fargeau—, pero su argumentación tiene un fallo: ¿cómo pagar lo bastante bien la complicidad de un hombre en una iniciativa que le acarreará la muerte...? Perdón... Sí, a todas luces los raptores convencieron al cómplice que a él no le pasaría nada. La verdad es que estoy confundido, sí, muy confundido.

—Incluso podría asegurar que le convencieron de que tampoco les ocurriría nada a los demás tripulantes, y el cómplice de que usted habla les creyó a pies juntillas porque era lógico. Llegados a este punto, señor Fargeau, abordamos el aspecto principal de la cuestión, ya que si admitimos esta serie de hipótesis debemos admitir asimismo que nos encontramos frente a una organización endiabladamente bien estructurada. El asesinato de los marinos se convierte en un hecho de importancia capital. En una primera fase anticipa el cariz del asunto, demuestra a todo el mundo que los raptores no bromean y que están resueltos a matar, tal como hicieron en Kartum. Pero luego permite a los fedayin dar la vuelta como una tortilla a la opinión pública, abriéndole los ojos en torno a lo que nosotros nos esforzamos en presentar desde hace cuatro días como un asesinato brutal, cobarde e inútil. Ellos, campeones de la justicia, mártires heroicos, combatientes infatigables de la iniquidad, ellos harán estallar la verdad. ¿Y por qué medio? Pues nada menos que a través del enemigo que más aborrecen: el hombre que, oculto en la sombra y sin correr ningún riesgo, hizo posible con su acción una espantosa matanza, y todo ello por dinero, por más dinero del mucho que rebosa ya de sus arcas. Nuestros adversarios juegan sobre seguro: su ultimátum sólo le afecta a usted, y ellos tienen en su poder el tesoro que usted más aprecia; aquí sí que no hacen falta servicios de información, ya que su cariño por Sabine es público y notorio. Y usted tendrá que ceder, señor Fargeau; ellos lo saben y yo lo sé, porque no hay nadie en el mundo que tenga la menor probabilidad de impedírselo. Con su abdicación usted les proporcionará una nueva pieza de su engranaje; usted constituirá el precedente que demostrará la eficacia metódica de su chantaje. Con su abdicación usted arrastrará a los cuatro gobiernos afectados a un pozo sin fondo que cuenta con una sola salida: la que nuestros enemigos quieran escoger. Le ruego excuse la brutalidad de mis palabras, señor Fargeau, pero no disponemos de tiempo. Hasta nueva orden tenemos que prescindir de todo lo que sea mansedumbre, diplomacia e incluso de la más elemental deferencia.

—Sí, Martin, cederé. Por lo demás, mucho me temo que lleva razón en todo. No cabe duda de que los organizadores del rapto del «Rosebud» guardan en reserva su comodín y tratan de que caigamos en la trampa de sus métodos para formular su verdadera y definitiva exigencia: aquella que en circunstancias normales hubiéramos rechazado de plano.

Ambos hombres se habían olvidado de Elena, que había seguido con afán la conversación, aprobando en su fuero interno el conjunto de las conclusiones expuestas por Laurent. La muchacha intervino con timidez:

—Pero eso no es todo.

Ambos se volvieron hacia la muchacha.

—Plantean otra exigencia: los palestinos quieren además que la justicia francesa ponga de inmediato en libertad a Rachid Ben Aloush, un hombre encarcelado desde hace seis meses en la prisión de Fresnes.

Fargeau interrumpió a la muchacha, volviéndose hacia Martin.

—¿Le conoce usted?

—Es la primera vez que oigo hablar de él, pero eso no quiere decir nada. La justicia francesa tiene en su poder a numerosos militantes y partidarios de la causa palestina. Si no tengo este nombre en la cabeza es probablemente porque hasta el momento los servicios secretos han debido de ignorar el verdadero valor de este tipo dentro de la organización a la que pertenezca. ¿No le dieron más detalles, señorita Nikolaos?

—Sí. Según «Septiembre Negro», el tal Rachid Ben Aloush está detenido bajo una mera inculpación de derecho común: un atentado leve contra el pudor. Se trata de un súbdito argelino que hasta su arresto contaba con un permiso de trabajo regular; era peón especializado de la construcción. En el pasado mes de mayo se le condenó a dos años de prisión efectiva. Los guerrilleros afirman de forma tajante que este hombre no está políticamente fichado.

—Parece como si se tratara de uno de sus agentes de rango superior, en posesión de datos de especial importancia, y que hasta el momento ha sido lo bastante astuto para escapar de los servicios de contraespionaje —sugirió Fargeau.

—¿Y que se exhibe por los urinarios públicos con peligro de dar al traste con una misión esencial? —ironizó Martin.

—¿No podemos admitir que se haya hecho encarcelar adrede con la finalidad, por ejemplo, de entablar un contacto de gran valor entre los muros de la prisión? Me parece recordar que un posible preso puede prever su lugar de encarcelamiento, al menos en lo referente a la prisión preventiva.

—Así es, señor. Todos los detenidos bajo régimen de prisión preventiva van a parar a Fresnes o a la Santé, siguiendo el criterio de la primera letra del nombre de pila. Su razonamiento me parece correcto.

—Para terminar —continuó Elena—, añadieron que daban al señor Fargeau un plazo de una semana para su intervención ante las cámaras, y una semana suplementaria al ministro de Justicia para ejercitar el gesto de clemencia hacia el argelino. En el momento de abandonar la cárcel, deberá entregarse a Rachid Ben Aloush un billete de ida París-Argel. «Septiembre Negro» precisa que ellos no son unos ingenuos, que saben que Rachid será interrogado, pero que si se le hace el menor daño, quedará roto el acuerdo. Añaden, además, que la liberación de otra de mis amigas no tendrá lugar, caso de ir las cosas bien, hasta dentro de dos semanas.

—Decididamente, lleva usted razón, señor Fargeau. No cabe duda de que nuestro hombre trataba de contactar dentro de Fresnes con alguien que para ellos tiene importancia vital. Sus jefes esperan de él un informe urgente —mintió de plano Laurent.

Ahora había comprendido. Las hipótesis que desde el rapto del «Rosebud» daban vueltas en su cabeza acababan de cristalizar en una certidumbre. Sin embargo, creyó más oportuno no decir nada de momento.

Se oyó el sonido de un timbre musical. Fargeau apretó un botón que tenía en el brazo de su asiento y la puerta que separaba el salón de la cabina del piloto se abrió. Paul Sheridan, comandante del aparato, se acercó al grupo.

—Estamos a un cuarto de hora del aeropuerto Le Bourget, señor; pero se me acaba de informar que un boletín de la agencia United Press ha dado cuenta de la salida de nuestro avión nada más haber despegado. En Le Bourget hay varios centenares de periodistas, fotógrafos y cámaras que han tomado al asalto todas las salidas.

—Pida autorización para aterrizar en el centro piloto del Aire, en Brétigny. Que uno de mis coches vaya allí a buscarnos. No. Espere. Podrían seguirlo. Bien, ya nos arreglaremos en Brétigny.

Un piloto de pruebas de la «Aéronautique Marcel Dassault» les prestó su automóvil. Laurent se puso al volante del Citroen Maserati. Tras recorrer diez kilómetros, adquirió la certeza de que no le seguían. Hasta el túnel de acceso a los bulevares de la periferia sólo intercambiaron comentarios triviales.

Desde que se iniciara el caso, el nombre de Laurent Martin no había sido pronunciado. Éste no se hacía demasiadas ilusiones en torno a la posibilidad de que el secreto se mantuviera. De todos modos, por el momento, y hasta nueva orden, su domicilio particular no tenía que soportar el asedio de los representantes de la prensa, como ocurría en el hotel Raphaël, el edificio Fargeau y el apartamento de los Nikolaos en la calle Guynemer.

Martin evitó pasar por la Puerta de Orleans flanqueando el parque Montsouris. Una vez hubo llegado a la avenida Reille, torció en diagonal por el Lion de Belfort.

—Sugiero que vayamos a mi casa —dijo Laurent—. Tenemos interés en retardar todo lo posible el anuncio de la liberación de Elena, la cual, por otra parte, debe telefonear a sus padres.

—Entendido, Martin —aprobó Fargeau.

El apartamento de Laurent Martin se encontraba en el cuarto piso de una antigua hospedería de los Mosqueteros Grises, situada en el Quai Voltaire, entre la calle Saint-Pères y la de Beaune. Los dos batientes de la pesada puerta, de madera maciza, estaban abiertos de par en par, y Laurent situó el automóvil bajo el porche que conducía al patio interior. Las antiguas caballerizas habían sido compartimentadas y convertidas en garaje, del que disfrutaban algunos de los inquilinos. Laurent introdujo el vehículo en la plaza que tenía reservada; acto seguido se excusó ante sus huéspedes por la ausencia de ascensor. La amplia escalera de piedra y la baranda de madera tenían la majestad de todo lo antiguo, objeto de amorosos cuidados. El apartamento se componía de seis grandes habitaciones, tres de las cuales miraban directamente al Sena. En uno de los extremos del piso se había dispuesto una enorme biblioteca; la altura del techo era tan considerable, que una escalera de caracol conducía a una galería que permitía llegar a las estanterías superiores. El mobiliario era todo inglés, en una mezcla de estilo neoantiguo y victoriano. Algunos muebles de gran valor ostentaban la firma de los talleres Georges Hepple-White y de Thomas Hope. El austero confort de los muebles ingleses era una de las debilidades de Laurent Martin. De las paredes colgaban varios lienzos de gran tamaño, representando escenas de la caza del zorro y marinos escoceses del siglo XVIII. El suelo aparecía tapizado con una gruesa moqueta color marrón.

Un solo criado cuidaba de mantener limpio y arreglado aquel singular habitáculo con ribetes de museo; se trataba de un sexagenario, antiguo legionario de origen húngaro. Durante veinte de los treinta años que había pasado en el tercer regimiento de infantería había sido adscrito en calidad de ordenanza al servicio de catorce jefes de cuerpo sucesivos. No hablaba prácticamente nunca, ni asentía siquiera cuando Laurent le transmitía una orden. Su mutismo parecía tan natural que no cabía ver en él la más pequeña falta de respeto.

Desde una habitación de huéspedes, Elena habló largamente por teléfono con sus padres. Tras haberles asegurado que volvería a llamarles tan pronto tuviera oportunidad, colgó el aparato. En seguida, Laurent reanudó su conversación con la chica:

—Espero aceptará no regresar a su casa hasta nueva orden. Estimo que estando en todo momento disponible, me facilitará enormemente las cosas. Tengo muchas preguntas que formularle, preguntas que la sorprenderán. Algunas le parecerán superfluas, otras sin relación con los hechos y otras le molestarán y suscitarán en usted legítimos sentimientos de cólera. Me gustaría que de una vez para siempre comprendiese que mis relaciones con usted sólo apuntan a la liberación de sus amigas. Cuando acepté esta misión puse como condición que dispusiera de total libertad de acción. Mi única preocupación es la salvación de los rehenes. Ahora bien, es evidente que esta salvaguardia se opondrá cada vez con más fuerza a la razón de Estado. En el curso de esta evolución seré el abogado riguroso y constante de sus amigas. ¿Está claro?

—Muy claro.

—¿Entonces?

—No tengo opción. Le obedeceré sin restricciones; pero quiero puntualizar que no debe esperar de mí ni estima ni complicidad. Utilíceme como instrumento, incluso si he de convertirme en su sombra o esperarle como su perro. Pídame todo lo que pueda contribuir a la liberación de mis amigas, pero absténgase de preguntarme si me gusta la sopa o si me molesta el calor. Disculpe que me haya mostrado tan clara como usted.

—¡Pues, no faltaría más! Y además debo decirle que me parece perfecto. Llame otra vez a sus padres para que le traigan todos los efectos personales que pueda necesitar para efectuar algunos viajes. Por el momento, empezaremos por remitir a la ORTF la película para que la revelen. Después del montaje la visionaremos. Acto seguido convocaré una conferencia de prensa de la que usted será la figura estelar. Lo que suceda después no depende de mí, pero estaré al tanto de cualquier cambio en la evolución de los hechos y, en consecuencia, también usted. Espero que de este modo surja en un determinado instante una chispa de luz que ahora no vislumbro. Tampoco se me ocurre otra alternativa. En todo caso, disponemos de una semana para decidir si tenemos que difundir o no la película.

—¿Cómo puede usted insinuar que no será proyectada? —preguntó impulsivamente Fargeau.

—Lo sé, señor; un tanto presuntuosamente me he referido a nosotros, pero la decisión pertenece a los jefes de Gobierno. Ahora que ya conocemos las exigencias de los raptores, Nixon, Heath, Brandt y Pompidou van a reunir a los respectivos ministros del Interior, a los de Asuntos Exteriores, a los jefes de la policía y de los Servicios Especiales. Yo asistiré personalmente a la conferencia francesa y también mi jefe directo, el coronel de Savigny. Seguidamente, cada nación designará a un representante que asistirá a una conferencia en la cumbre. Cada delegado será, como es lógico, un representante de los servicios especiales. Se reunirán en un lugar por determinar, expondrán los puntos de vista de los respectivos gobiernos y tratarán de encontrar una línea de actuación, de la que informarán a los jefes de Estado. Llegado el caso, volvería a celebrarse la reunión.

—¿Será usted el delegado de Francia?

—Tal vez algo más que eso; de todos modos, espero que así sea. El prestigio de que gozo frente a los servicios especiales de la nueva Europa debería garantizarme una especie de presidencia moral en las discusiones.

—Hay algo que me inquieta. El plan que acaba de exponer es anterior a lo que nos ha dicho Elena sobre las dos semanas que han concedido los palestinos.

—El proceso de consulta era lógico, pero usted plantea una cuestión esencial. La conferencia tenía que celebrarse en París, dada la emergencia del caso, probablemente en las dependencias del ministerio del Interior. Los delegados estarían en contacto a través de una línea especial con sus Gobiernos, y la reunión se hubiera celebrado sin demora, etc. Este proceder representaba un riesgo para todos: para ustedes, y al decir ustedes me refiero a las otras familias, y para los fedayin, puesto que, por paradójico que parezca, las aspiraciones son las mismas: la liberación de los rehenes. Al conceder este plazo, «Septiembre Negro» ha dado pruebas de una astucia diabólica.

—El peligro radica en que se tomen decisiones en medio de la conmoción y las prisas, en un ambiente de psicosis colectiva.

—Exactamente. Pero en el plan que se nos pone delante, ustedes, las familias afectadas, tienen tiempo de hacer pesar en el platillo de la balanza toda su enorme influencia.

—Es demoníaco —exclamó Elena.

—Se trata simplemente de un plan producto de una inteligencia excepcional y meticulosa; pero eso es otra cuestión. Mandaré aviso al ministerio del Interior y a la ORTF, señorita Nikolaos. En cuanto al apartamento, puede disponer de él como mejor guste. Mi criado atenderá sus deseos y la instalará en la habitación de huéspedes desde la cual ha telefoneado.

—Gracias —repuso Elena, fríamente—. En tal caso quisiera pedirle un favor.

—Diga.

—Ordene que quiten de la mesita de noche las fotografías enmarcadas. Me incomodan.

Laurent no pudo impedir una sonrisa al comprender las razones de aquella agresiva hostilidad que le manifestaba la muchacha. La primera fotografía estaba tomada en los Quarsenis, y correspondía a la época en que estuvo destinado en el primer REP. Laurent aparecía en ella en compañía de Huguenain, Saint-Marc y Sergent. En el centro del grupo, con los brazos cruzados sobre el pecho, presidía la figura del coronel Jeanpierre. Todos vestían el uniforme de tela de leopardo y llevaban la gorra calada hasta la mitad de la frente. La segunda fotografía databa de 1944 y aparecían en ella el general De Gaulle en traje de campaña, con los prismáticos colgados al cuello, frente a las playas de Normandía.

Elena pertenecía a una generación que no sentía especial inclinación hacia el uniforme militar.

15

La película se reveló en la calle Cognacq-Jay. Sólo aportó dos precisiones a lo dicho por Elena: el número de armas automáticas embarcadas en Brasil —1.482 fusiles ametralladores— y el nombre del ingeniero enviado a la capital de Jordania: Louis Bauvais. Una de las copias se proyectó en el Elíseo, a las 18 horas. Otras tres salieron a las 15,30 con destino a la Casa Blanca, al 10 de Downing Street y al Palacio Schaumburg.

Los acontecimientos siguieron el rumbo vaticinado por Laurent Martin. Pompidou reunió a sus ministros y a los representantes de los servicios de la policía a las 21 horas. Poco antes de iniciar la reunión, había sido informado de que el Premier británico se le había anticipado en media hora, puesto que los ingleses iniciaron la reunión acto seguido de la proyección de la copia. En Bonn, Brandt no empezó la discusión del caso hasta las 22, ya que había sido preciso avisar urgentemente a Georg Leber, ministro de Defensa, que se encontraba en viaje de estudios oficioso.

El consejo interministerial francés todavía duraba cuando a las 23,45 se recibieron noticias de la embajada de Estados Unidos en el sentido de que Nixon y sus colaboradores acababan de visionar la copia y que estaban ahora deliberando. Debido al transporte de la película, los Estados Unidos llevaban varias horas de retraso sobre los gobiernos europeos y pedían se les concediera tres horas suplementarias para tomar sus decisiones. Así pues, se decidió que a las 3 de la madrugada, hora europea, Washington llamaría a París, desde donde se consultaría con Londres y Bonn antes de devolver la llamada a Washington.

A las 3,45 se había aceptado por unanimidad la celebración de una conferencia internacional extraordinaria. En Europa era martes y acababa de darse a conocer que los representantes de los Servicios especiales, provistos con las instrucciones de sus gobiernos, se reunirían aquel martes a las 18 horas —horario americano— en la sala de conferencias del edificio de la ONU. Habida cuenta de la diferencia horaria, los enviados europeos tenían tiempo sobrado de llegar puntualmente a la reunión.

Por otra parte, se tomó el acuerdo de aceptar por tres votos contra uno —el de Francia— la petición formulada por Tel-Aviv a Londres, en el sentido de que el gobierno israelí deseaba estar representado por uno de los altos cargos de la «Shin-Beth», lo cual elevaba a cinco el número de negociadores. Además, se admitió por unanimidad que la señorita Nikolaos se desplazaría también a Nueva York por si era precisa su intervención en el seno de la conferencia. En el edificio de la ONU se pondría a disposición de los negociadores una de las seis pequeñas salas destinadas a las reuniones de los comités, en tanto que la señorita Nikolaos dispondría de la *room of quiet*, o sea, del salón destinado a los delegados como lugar de reflexión.

Washington había procedido a redactar un lacónico comunicado a la prensa y demás órganos de información, que Londres, París y Bonn aceptaron:

«La señorita Elena Nikolaos ha sido hallada sana y salva en la madrugada del lunes en algún lugar de Francia. Ha entregado a las autoridades francesas competentes una nueva película en color de 16 mm sonorizada. Una vez revelado, montado y proyectado por París, Bonn, Londres y Washington, dicho documento, procedente de la organización terrorista denominada "Septiembre Negro", enumera una serie de condiciones de cuyo cumplimiento depende la liberación de otro rehén. La primera de ellas exige la difusión general de la película durante la hora de mayor audiencia en las cadenas de televisión del mundo occidental. Sin embargo, el documento precisa que la organización "concede" a las potencias involucradas una semana para decidirse, a contar desde la fecha de liberación de la señorita Nikolaos. En este espacio de tiempo, las vidas de las muchachas que todavía están en su poder no corren peligro.

»Los gobiernos de Francia, Inglaterra, Alemania Federal y Estados Unidos han acordado nombrar a unos representantes que se reunirán hoy en Nueva York para estudiar la nueva problemática de este lacerante drama. La señorita Nikolaos acompañará al delegado francés. Pedimos a los representantes de todos los órganos de la prensa y la información que no traten de entrevistar a la señorita Nikolaos hasta el término oficial de las consultas. Si interferimos el principio sagrado de la libertad de prensa es sólo con fines humanitarios, que esperamos comprenderán los informadores. Cualquier filtración, en efecto, pondría en peligro el poder encontrar una línea de actuación cuyo principal anhelo sigue siendo la salvación de los rehenes.»

El comunicado evitaba intencionadamente aludir a la participación israelí en la conferencia en la cumbre.

A las seis de la mañana Laurent Martin, tras haber obtenido la conformidad del Elíseo, se entrevistaba con Charles-André Fargeau en el salón privado de este último, en el hotel Raphaël, al objeto de facilitarle un resumen de la conferencia mantenida con el presidente de la República, si bien expurgada de los aspectos más sustanciales. En realidad vino a decirle más o menos lo mismo que el comunicado que a la sazón los periódicos de la mañana ya estaban imprimiendo.

Fargeau se dio cuenta de que a partir de ahora las familias de los rehenes recibirían un trato receloso y que le convenía mantenerse alerta frente a un posible ataque. En consecuencia, tomó la decisión de reunirse al mediodía en la avenida Kléber con las familias de las muchachas raptadas. Pero, aun así, el viejo millonario continuaba considerando a Laurent Martin como a un aliado precioso. Propuso fletar un avión charter que le permitiría desplazarse a Nueva York con Elena sin tener que estar pendiente de las miradas ineluctablemente curiosas del pasaje de un vuelo regular. Además, esta comodidad permitiría a Martin disfrutar de seis horas para conversar tranquilamente con la muchacha. Laurent repuso que bastaría reservar las dieciséis plazas de primera de un avión comercial.

Fargeau despertó a Laura, su secretaria particular, la cual anunció al poco rato la reserva de dieciséis plazas de primera clase en el DC-8 de la Japan Air Line, con escala en París entre las 13 y las 15, a nombre de Charles André Fargeau, con destino Nueva York. Los dos únicos pasajeros que viajaban en primera, procedentes de Tokio, terminaban el viaje en París; en cuanto a los cinco que debían embarcar habían aceptado cambiar de avión y volar en la Pan-American, cuyo horario de salida era el mismo.

A las 9,25, en el n.º 25 de los Campos Elíseos, un empleado de la Japan Air Line transmitía por telex a Tokio y a Nueva York el cambio en la lista de pasajeros del vuelo JAL 412 de la compañía. Nueve minutos después salía de la agencia uno de los colaboradores franceses y, con paso rápido, se dirigió al edificio de correos de los Campos Elíseos, situado a sólo unas decenas de metros.

Marcó un número del distrito 17 y cuatro minutos más tarde el jefe del grupo de la Mossad en París transmitía un escueto mensaje radiado a la central de la «Shin-Beth» en Tel-Aviv.

En el instante en que el telegrama llegaba a la calle Ben Yehuda, el piloto del Boeing 727 de El-Al que efectuaba el vuelo regular Tel-Aviv - Roma - París - Nueva York solicitaba a la torre de control del aeropuerto Roma-Fumiccini las consignas para el aterrizaje. Acababa de manipular la palanca que liberaba el tren de aterrizaje cuando la radio de a bordo captó un mensaje urgente para el señor Yefet Hamlekh, pasajero israelí con destino a Nueva York.

La enorme mole del aparato se deslizaba por el asfalto. El copiloto invirtió los reactores y el formidable impulso quedó refrenado y el monstruo, domado, torció a la izquierda, enfilando una de las pistas que conducía al edificio central. En la cabina, la azafata recitaba en inglés las mismas monótonas letanías que antes había repetido en hebreo: «Deseamos que los pasajeros que descienden en Roma guarden un recuerdo agradable de este vuelo. Confiamos en verles muy pronto de nuevo en las líneas El-Al.» Tras una pausa, añadió por el micro:

—Rogamos al señor Yefet Hamlekh que pase por la cabina de mando para recoger un mensaje personal que acabamos de recibir.

El mensaje era muy breve: «Llame aprovechando escala Roma.»

El consejero Hamlekh apenas tardó cuatro minutos en comunicar con el coronel Fulham, en Tel-Aviv. Éste dijo con voz metálica:

—Sus dos amigos tomarán el avión de la JAL, vuelo 412, que despega a las 13,45 de Orly. Se les ha reservado todas las plazas de la primera clase. Intente viajar en clase turista. Usted llegará a París con casi una hora de adelanto. Si no logra una plaza tiene una reserva a su nombre en el avión de la TWA que sale de Orly a las 14,35. ¿Comprendido?

—De acuerdo.

La conversación telefónica había durado menos de treinta segundos.

Eran casi las diez de la mañana cuando Laurent volvió a su domicilio del Quai Voltaire. Elena dormía. Valdo, el húngaro, le informó de que la chica se había pasado la noche leyendo en la biblioteca. Laurent echó una ojeada. Los rescoldos del fuego que ella había mantenido toda la noche, el gran cenicero lleno de colillas, el encendedor de mesilla, los almohadones que había sacado de los sillones y algunos libros esparcidos por el suelo daban fe de la velada nocturna de la joven. Laurent examinó los libros, sin que los títulos le produjeran demasiada sorpresa: *Los crímenes del amor*, de Sade, que aparecía tirado sobre la alfombra, abierto en la página 46; los *Ensayos sobre las costumbres*, de Voltaire, no parecía haber tenido mejor suerte. Finalmente, Elena parecía haberle tomado gusto a su tercera elección, *La Colline inspirée*, de Maurice Barrès. Laurent llamó a la puerta de la habitación de los huéspedes. Repitió el gesto por tres veces consecutivas, acentuando en cada ocasión la fuerza de los golpes. Como no obtuviera ninguna respuesta, optó por entrar.

Elena dormía profundamente, recostada sobre el vientre. Por toda vestimenta sólo llevaba una camiseta color verde claro, que se le había arremangado en arrugados pliegues hasta la base de los omoplatos. Se había librado de la manta y la sábana sólo la cubría hasta la rabadilla, dejando ver dos profundos hoyuelos en la parte inferior de la región lumbar.

Laurent vaciló antes de acercarse. Cubrió con la sábana a la joven hasta la espalda y la sacudió suavemente. Elena giró sobre sí misma, abrió los ojos y balbuceó:

—¿Qué? ¿Qué hora es?

—Son más de las diez.

La chica terminó de sacudirse el sueño.

—¡Por lo menos hubiera podido llamar!

—Así lo hice. Pero antes de iniciar las hostilidades conteste a una pregunta: ¿Tiene pasaporte?

—No, mi bolso se quedó allí.

—Me lo temía. ¿Tiene fotos de carnet?

—Calle Guynemer. Frédérique debe de tener. Es mi madre —aclaró.

—Lo sabía. Llámela por teléfono y dígale que Valdo pasará a buscar dos fotografías dentro de media hora. Luego escríbame en un trozo de papel su nombre, dirección, lugar y fecha de nacimiento, talla, color de los ojos y señales particulares.

—No tengo señales particulares.

—Se olvida de la profundidad de los hoyuelos en la cavidad renal; de todos modos, es inútil hacerlo constar.

La muchacha se revolvió bajo la sábana, sus mejillas se tiñeron de rojo y contestó con irritación:

—Se cree muy listo. No hace más que aprovecharse de la situación. ¡Bien, aprovéchese cuanto pueda! Cuando todo esto haya terminado le denunciaré. Hay leyes contra los mirones.

Laurent sonrió.

—Dése prisa. Haga luego la maleta. Salimos de viaje.

—¿Puedo saber hacia dónde?

—Estados Unidos, a la una y cuarto.

—¿Se está carcajeando de mí?

—En absoluto; ahora no es el momento oportuno. Será mejor que obedezca en vez de charlar.

Mientras la chica descolgaba el teléfono, Laurent se dirigió a su despacho y llamó al coronel Savigny.

—Mi coronel, Valdo estará en su oficina dentro de tres cuartos de hora. Le entregará unas fotografías y datos personales de la chica Nikolaos. Que le extiendan un pasaporte, el suyo se quedó con los fedayin. Voy a llamar a Nolan, de la embajada americana, para el visado. Salimos a la una quince en el vuelo JAL-412. Ordene que no se nos someta a las formalidades de embarque y envíeme el pasaporte directamente al avión.

Laurent colgó el teléfono, llamó luego a la embajada de Estados Unidos y seguidamente se introdujo en su aseo personal, se afeitó y tomó una larga ducha de agua fría. Luego se puso una camisa ligera de color beige, un traje de alpaca color tabaco y unos zapatos cómodos y livianos. Sin abotonarse el cuello de la camisa se subió el nudo de la corbata.

Eran las 12,25 cuando bajaban las escaleras. Un DS-21, de color negro, les esperaba en el porche. El chófer, sin uniforme, no se movió del volante; con aire indiferente dejó que se instalaran en la trasera del coche.

Elena llevaba una falda corta de algodón color beige y un jersey sport listado, con franjas horizontales de varios colores. Atravesado en bandolera, llevaba un bolso imitación del macuto militar, de cuero flexible y tono verdoso, a buen seguro comprado en Hermès o en Cucci.

El coche se vio obligado a respetar el sentido único del Quai hasta la Cámara de Diputados, para volver luego en dirección contraria por el bulevar Saint-Germain y torcer siguiendo el bulevar Raspail. Elena lograba a duras penas dominar su excitación.

—¿Conoce usted América? —preguntó.

—Sí.

—Es natural. A su edad ya se conoce todo. Yo no he estado nunca.

—Me temo que no tendrá ocasión de ver gran cosa.

—¿Es que también allí van a secuestrarme?

—¡Pues claro! ¿Qué se imagina?

—¿Es que nuestro caso ha hecho tanto ruido en Nueva York como aquí?

—Desde luego; más incluso. Me parece que no se da cuenta de la situación. Pero es normal a su edad.

—¡Vaya! No era mi intención herirle. Todavía tiene usted muy buena facha. —Y sin disimulos recorrió con la mirada a Laurent de pies a cabeza—. Incluso no me extrañaría que pudiera usted gustar a cierto tipo de señoras.

—Dígame, ¿no le parece que se está alejando un poco

de su intransigente ultimátum para conmigo, en lo tocante a nuestras relaciones?

La chica hizo una mueca, herida en su orgullo, y admitió por fin condescendiente:

—De acuerdo. Arrojo la toalla. He sido una víctima de los acontecimientos y no imaginaba que llevaría las cosas a este extremo. ¡Si no hablo con nadie me volveré loca!

Una vez en Orly, el vehículo bordeó los edificios destinados a mercancías. Un gendarme motorizado y una furgoneta de Air-France les esperaban. Siguieron al DS hacia el acceso a las pistas y luego hasta la zona donde estaba aparcado el DC-8 japonés. Los pasajeros de la clase turista todavía no habían llegado cuando Laurent y Elena subieron al aparato.

La azafata, primorosamente enfundada en su kimono floreado de seda bordada, les condujo a la parte delantera, cerró tras de sí la puerta que separaba el compartimiento de primera clase de la clase turista y en un inglés entrecortado y cantarín dijo:

—Bien, ni que decir tiene que pueden ustedes instalarse donde mejor les acomode. Pidan lo que necesiten. Podrán comer después del despegue. ¿Quieren el menú europeo o el menú oriental?

—El menú europeo —repuso precipitadamente Laurent—; pero antes quisiera dormir un par de horas. Comeré después.

—Bien, señor, entendido. ¿Y la joven señorita?

—Yo también esperaré —repuso Elena—, pero yo prefiero la cocina oriental.

Laurent se desembarazó de la americana y de la corbata, que arrojó sobre uno de los asientos vacíos. Pulsó el botón de otro y el asiento se extendió. Cerró los ojos y empezó a relajarse, insensible a la mirada de Elena, que había seguido todos sus gestos. La muchacha permanecía en pie, con aire contemplativo, como si estuviera sumida en profundas reflexiones. Por último pidió:

—¿Tiene fuego?

Él no se movió ni abrió los ojos, pero dijo entre dientes:

—No se puede fumar antes del despegue.

—Lo sé, pero luego estará dormido.

—Pues luego se lo pide a la azafata.

La chica se enzarzó en un monólogo que Laurent aguantó sin inmutarse.

—¡Será usted antipático! Desde luego, no puede decirse que oculte el juego: su carácter agriado de solterón se pone en evidencia. ¡La cocina francesa! ¡La pobrecita azafata! ¿Qué crimen de lesa burguesía ha osado cometer? Usted es el tipo de persona que vocifera en las islas Salomón si su viaje organizado no ha previsto el bistec y las patatas fritas. Diga, ¿en qué club Mediterráneo pasa usted las vacaciones?

Laurent se había prometido que, dijera lo que dijese la muchacha, la dejaría desahogarse sin pestañear. Pero se volvió y tuteándola adrede, la conminó:

—Oye, ¿no puedes olvidarme por dos horas? He pasado toda la noche discutiendo como un energúmeno. Tienes una azafata sólo para ti. Pídele un vaso de leche, bombones, tebeos con historietas, o que te haga una raya en el suelo para que puedas jugar, pero por favor, déjame en paz de una puñetera vez.

La muchacha rompió a reír a carcajadas.

—Vamos, esto es diálogo de cine barato. ¡El número del superhombre condescendiente!

De no haber estado tan cansado, ni tan preocupado por la situación, lo habría pasado en grande con la chica. Estuvo a punto de responder: «Ahora entiendo por qué te han soltado la primera», pero reprimió al instante sus intenciones. Elena salía apenas de una confortable adolescencia y de golpe se había encontrado sumida en un mundo implacable. Se encontraba en aquella edad crítica en la que, tratándose de personas inteligentes y sensibles, se confrontan las paradojas y pugnan las emociones. La madurez crítica de la muchacha era considerable, pero su instintiva timidez frente al mundo de los adultos la compelía a la agresividad. Laurent sabía que debía dejar que se desahogara, de este modo la muchacha lograría librarse de sus angustias sin el menor sentimiento de heroismo o ligereza.

Los reactores dejaron oír su silbido cada vez más estridente. El Boeing giró sin gracia y se dirigió, avanzando, hasta la pista de despegue.

Laurent se durmió, mientras Elena seguía las vicisitudes del estridente despegue, con la frente pegada a la ventanilla.

Sentado en la parte trasera de la clase turista, Yefet Hamlekh desplegó la bandeja extensible que tenía enfrente, pegada al respaldo del asiento delantero, sacó de una gruesa cartera una de sus tarjetas comerciales y presionó sobre el bolígrafo para sacar la punta. En la tarjeta podía leerse: «Yefet Hamlekh, subdirector.» Abajo, a la izquierda, constaba: «Agrum Compañía exportadora.», y a la derecha: «Rehov Jabotinsky-29, Tel-Aviv. Ph. 507 162.»

Con trazo uniforme y claro, el agente de la «Shin-Beth» escribió en inglés: «Dado que el azar ha querido que voláramos en el mismo avión, tal vez podríamos intercambiar algunos puntos de vista.» Luego escribió en el sobre: «Para el Sr. Laurent Martin, en primera clase», y sin cerrar el sobre entregó la misiva a la azafata, con el ruego de que la hiciera llegar a su destinatario.

Laurent continuaba durmiendo, por lo que la azafata entregó la nota a Elena y regresó al otro compartimento. La muchacha leyó el sobre y se acercó hasta Laurent, encantada de tener un pretexto para despertarle. Vaciló un tanto y al fin hizo deslizar la tarjeta lo suficiente para enterarse del contenido. Acto seguido la introdujo en el bolsillo de la camisa del durmiente, situado a la altura del corazón. El envoltorio sobresalía medio centímetro.

La muchacha se sentó en el asiento vecino al de Laurent y sin el menor miramiento le sacudió por el hombro. Laurent despertó. Molesto, pero resignado, masculló:

—¿Qué pasa ahora?

Elena enrojeció un poco, pero no se desconcertó. Anteriormente él la había tuteado y, tras diez minutos de enfurruñada meditación, decidió abandonar toda señal de deferencia.

—¿Conoces a un verdulero judío que se llama Yefet Hamlekh? —preguntó.

Laurent escrutó el rostro de Elena, intrigado, y descubrió el sobre que tenía en el bolsillo. Con gesto vivo tomó la nota y leyó el contenido, luego increpó:

—¿Es que se dedica a leer mi correo ahora?

Ella olvidó el tuteo.

—¡Pero si pretendía hacerle un favor! De haber sido algo sin importancia le hubiese dejado dormir. Será la última vez, se lo prometo. ¡Meterme donde no me llaman! ¡Es el colmo!

Laurent suspiró. Apretó el botón para llamar a la azafata y, una vez ésta en su presencia, le transmitió:

—Diga a ese señor que le espero.

Luego se dirigió a Elena:

—Y ahora ponte delante y déjame hablar con este tipo.

—¿Es que quiere comprarle unos mangos?

—Elena, la cosa va en serio.

Ella palideció, se dio cuenta de la situación y balbuceó humildemente:

—Perdón, no había comprendido. Lo siento.

Laurent sintió cierto desazón al verse obligado a devolver a la muchacha a la realidad. Elena tomó asiento en una de las butacas delanteras y se esforzó en no volver la cabeza cuando el agente israelí hizo su aparición.

16

Hamlekh, que había cumplido los cincuenta hacía algunos meses, era tanto por el físico como por sus modales un compendio de banalidad. Dejándose caer junto al asiento de Martin, dijo en inglés:

—¿Cómo está usted, amigo? ¿También prefiere los vuelos exóticos?

—No se canse, Hamlekh. De todos modos, le felicito. Veo que la «Shin-Beth» no se duerme.

—Martin, usted sabe bien que ni siquiera podemos permitirnos hacer la siesta. Aclarado este punto, ¿por dónde empezamos?

Martin se levantó y extrajo del bolsillo interior de su americana tres cuartillas mecanografiadas. Era el texto íntegro de las demandas de «Septiembre Negro», tomado a la estenotipia durante la proyección en el Elíseo de la película que Elena traía consigo. Al tiempo que alargaba las cuartillas a su interlocutor, aclaró:

—No perdamos tiempo. Esto le evitará pedir que le pasen la película en Nueva York.

Hamlekh, tras echar un rápido vistazo, le devolvió los papeles.

—No perdamos tiempo, como bien dice usted. Conozco este texto.

Martin acusó el golpe y preguntó:

—¿Los alemanes o los americanos?

El israelí murmuró por lo bajo en tono contrito:

—Martin...

—Bien, como quiera... Después de todo, ¿qué importancia tiene?

El agente de la «Shin-Beth» tomó de repente la iniciativa:

—Bueno, Martin. ¿Descubrimos las cartas o jugamos a ver quién es más listo? Tratándose de nosotros dos la cosa podría eternizarse.

—Enseñe el juego, se lo ruego. Usted ha solicitado su presencia en el debate y será a buen seguro porque tiene algo que decir.

—No se trata del debate; sabe tan bien como yo a qué conducen todas esas parrafadas.

—Lo dudo y lo temo.

—Asunto liquidado. De lo que me gustaría hablar con usted es, por ejemplo, de «Septiembre Negro».

Martin miró de soslayo al agente israelí. De manera que no era el único en haber olfateado la verdad... Sintió por ello una ligera decepción.

—De acuerdo. Usted ha llegado a las mismas conclusiones que yo y se plantea el mismo interrogante: No se trata de ellos. ¿De quién, pues? Personalmente nado entre distintas hipótesis. Bueno, no muchas; y casi siempre conducen al mismo punto, pero son demasiado vagas para dar pie a la menor posibilidad de acción.

—Tal vez yo disponga de una ínfima parcela suplementaria. Bien pudiera ser que también usted contara con alguna pieza del rompecabezas, aun sin saberlo. Por lo tanto, le propongo repasar de principio a fin los hechos, en espera de que en un momento u otro la confrontación de nuestras respectivas hipótesis genere una certidumbre.

—Tenemos tiempo, le escucho.

Hamlekh sacó un expediente de la cartera y empezó a hablar, sin apartar la mirada de sus notas:

—Primera cuestión: la operación «Rosebud», ¿va dirigida contra Israel? Corolario: ¿Sólo contra Israel?

—La respuesta al corolario es «no».

—Conforme. Segunda cuestión: La operación «Rosebud», ¿es una iniciativa emprendida por «Septiembre Negro»? Corolario: ¿Sólo «Septiembre Negro»?

—La respuesta al corolario sigue siendo «no».

—Continuamos estando de acuerdo. Tercera cuestión: ¿Es «Septiembre Negro» parte activa o hay una organización «X» que utiliza su nombre para sembrar la confusión y embarullar las cartas?

—Mi respuesta no tiene una base concreta, pero opino que «Septiembre Negro» participa en la operación. Sabemos con certeza que el comando estaba formado por árabes. No cabe duda que su organización «X» se sirve de los palestinos como carne de cañón.

—A cambio de lo cual se les da a roer un hueso.

—Cuidado, Hamlekh; no desprecie por sistema a su enemigo de siempre. A juzgar por las trazas, el hueso palestino está repleto de tuétano. De todos modos, sigo creyendo que los fedayin sólo son un mero instrumento, aun cuando se trate de un instrumento que ha sabido venderse caro.

—¿Quiere aludir con ello a la liberación del tal Rachid Ben no sé qué?

Martin sonrió.

—Es usted incorregible, Hamlekh. Incorregible y patoso. Seguro que tanto sus servicios de información como los nuestros se han pasado la noche buscando datos del tal Rachid Ben «usted sabe perfectamente quien». Como nos ha ocurrido a nosotros, no han encontrado nada, y usted ha sacado la misma conclusión que yo. Insisto en el «yo» porque es una deducción mía que no he participado a nadie, y que desde mi punto de vista nadie comparte: Rachid Ben Aloush no es ni más ni menos que lo que parece ser: un peón de la construcción argelino, desequilibrado por la abstinencia sexual, que se dedicaba a abrirse la bragueta en la puerta de una escuela de niñas del distrito 20, ofreciendo un espectáculo cuya acogida aumentó la concurrencia, hasta que una de las niñas lo contó a sus padres. Fin de las actividades de Rachid Ben Aloush.

Desde el principio de esta explicación, el agente israelí movía la cabeza en señal de aprobación. Dirigiéndose a su interlocutor, preguntó:

—¿Por qué ha renunciado usted a exponer esta tesis?

—Por muchas razones. Los peces gordos no me creerían o, por lo menos, se sentirían muy escépticos. No es que quiera decir con ello que nuestros dirigentes son estúpidos, pero por suerte no tienen la astucia maquiavélica del talentoso cochino que tira de los hilos en este asunto.

—Ni la suya, que ha olido en seguida el vicio.

—Ni la suya, que ha sacado las mismas conclusiones, ¿me equivoco?

—No, pero yo sí hablé, y he recibido la ducha que usted ha sabido evitar. La señora Meir está convencida de que me he sacado de la manga la inocencia de Rachid Ben Aloush para justificar la falta de informes sobre el exhibicionista por parte de la «Shin-Beth»; y con razón, maldita sea...

—Vamos progresando. Recapitulemos. Primero: nuestros adversarios la toman sin más con el viejo Fargeau. Al exigirle una autocrítica juegan sobre seguro, pues aunque el gobierno francés tomara la decisión de impedir que la ORTF difundiera la película, el viejo tiene todos los medios que le venga en gana para alertar a la opinión pública mundial. Lo haría y nuestros enemigos lo saben. En consecuencia, el gobierno no puede bloquear sus antenas. Resultado, a partir de ayer por la noche: el film será proyectado y Fargeau dispondrá del tiempo que precise para realizar su número. Segunda pieza: la liberación de Ben Aloush. Ellos saben que el gobierno sólo puede justificar la permanencia del árabe en la cárcel alegando una condena de derecho común. El personaje sólo debe unas semanas de prisión a la justicia francesa. Por ello, si nos mostrásemos inflexibles, tendríamos que reconocer ante la opinión pública que permitimos sacrificar la vida de una inocente muchachita a causa de nuestro odio encarnizado contra un «pobre ratón», y empleo este término adrede. Recuerde lo ocurrido en Kartum. Allí la situación era diametralmente opuesta. Los rehenes no eran tiernas jovencitas, sino diplomáticos baqueteados que importaban un comino a la opinión pública. Por lo que respecta a las liberaciones exigidas, no se trataba de un pobre trabajador privado de la presencia y el calor femeninos, sino ni más ni menos que del asesino de Bob Kennedy. Nixon no tenía más alternativa que negarse de plano, y el comando dar muerte a sus rehenes. No olvide que «Septiembre Negro» tenía que desquitarse de la sensación de impotencia que dejó el lamentable fracaso de sus hombres cuando lo de Bangkok. Ahora que ya han restablecido el prestigio de su marca, nuestros adversarios pueden permitirse volver a jugar fuerte. Ben Aloush contra Mary-Jane Cubitt; la balanza es demasiado desigual. En una palabra: ¡nos hemos quedado con un palmo de narices!

—Y ustedes optan por ceder.

—En efecto, y por segunda vez nuestros adversarios han alcanzado su objetivo real y encubierto: demostrar la vulnerabilidad de nuestro sistema, incrementado de este modo la ignominia de aquellos de nuestros gobiernos que en última instancia no quisieran ceder. Tal como han planteado las cosas, uno puede concluir sin esfuerzo que la apoteosis final se la reservan celosamente a ustedes, el estado de Israel; y que por esta misma razón el último rehén ya está condenado de antemano.

—Y no cederemos, Martin. Para nosotros es pura cuestión de supervivencia.

—Lo sé, y ellos también lo saben. Aquí está el hueso que lanzan a los palestinos. Es un hueso de envergadura...

—Bien puede decirlo, ya que si nos vemos forzados a llegar a este extremo no habrá un solo órgano de información que nos defienda. Las masas, los Gobiernos, la prensa, los órganos de información del mundo occidental que, uno tras otro, habrán sufrido una violación infamante, encontrarán el medio de justificar sus escrúpulos emprendiéndola con Israel. Martin, la conclusión es muy clara: hay que dar con los organizadores del rapto y matarlos como a perros.

—Yo ya he descubierto mi juego, ahora le toca a usted Hamlekh.

—Vamos allá. Basémonos en hechos concretos. En junio de 1970 la casi totalidad de los militantes extremistas de la FAR franqueaban el muro de Berlín desde el lado Oeste...

—¡Vaya! Ya hemos topado con la fracción del Ejército Rojo.

—Eso sería demasiado simple. Déjeme proseguir: una vez salvado el muro, su jefe, Andreas Baader, hace cerca de un mes que se encuentra en Beirut. Le recordaré cómo logró escapar de las autoridades de Berlín Oeste. Un comando armado de cuatro hombres abrió fuego contra la furgoneta celular que lo transportaba, matando a un guardián e hiriendo a otros dos.

—Lo recuerdo perfectamente.

—Bien. Desde el Berlín Este, el grupo se traslada al Líbano, donde se reúne con Baader. Nuestros servicios lograron identificar a cinco militantes de los treinta que huyeron de la Europa libre: Hans Jurgen Backer, Manfred Grashof, Holger Klaus Meins y dos chicas: Gundrun Ensslin y Marianne Herzog. Además, y sin que podamos asegurarlo, creemos que Horst Mahler, el abogado, formaba parte de los prófugos.

—Son los mismos informes de que disponemos también nosotros —admitió Martin—. Esta mañana tuve en mis manos el expediente. Observará que sin consultarnos hemos razonado ateniéndonos a módulos estrictamente paralelos.

—Sólo que nosotros hemos ido más lejos. Los nombres que acabo de mencionar corresponden a personajes fichados. Además, son conocidos por la prensa y todos tienen las manos ensangrentadas. Nos consta que ninguno de ellos ha llegado realmente a entenderse con los extremistas palestinos, ni en cuanto a las concepciones ni en cuanto a la acción. Continúan vagando por el Líbano o Siria. Se han sumido en el intelectualismo. Se pasan el día pariendo manifiestos que nadie lee, desarrollando a su antojo a lo largo de un galimatías de 150 páginas tres o cuatro palabras sacadas de textos de Engels, Lenin o Mao Tse-Tung. En vez de las Parabellum utilizan el arma doctrinaria. Para nosotros, fin de la banda de Baader.

—A los hechos; que sólo vamos a Nueva York.

—En el seno de la fracción Ejército Rojo existía un núcleo poderoso. Poderoso en la ideología y en la acción revolucionaria. Este grupo siempre se mostró implacable a la hora de elegir los medios. Según nuestras noticias, fue este grupo el que preparó la matanza del aeropuerto de Lod, operación que Baader, Mahler y consortes desaprobaron. ¿Entiende por dónde voy?

—Perfectamente.

—Se trata de un grupo poderoso, pues sus componentes han logrado permanecer en la sombra, mientras que Baader y compañía, manipulados inconscientemente, centraron en sí mismos todos los focos. El núcleo más consistente convenció a estos pobres imbéciles que los actos terroristas de índole espectacular en Alemania eran eficaces, pero que luego había que exponerlos sin demora a la opinión en conferencias de prensa clandestinas. ¿Continuamos de acuerdo?

—De este modo, el núcleo de que usted habla gozaba de mayor libertad de movimientos en tanto las fuerzas de represión se debatían en una especie de juego del escondite.

—Exactamente. Lo que permitía a la fracción importante abatir con toda tranquilidad sus tentáculos a escala mundial. Primera demostración: la matanza de Lod.

—¡De manera que el prisionero japonés habló al fin!

—Sin parar durante ocho meses, a un ritmo inicial de dos o tres palabras por semana.

—¡Cuanto habrán sufrido ustedes!

—No haga alusiones vulgares, Martin. No confunda a la «Shin-Beth» con el general Massu.

—Usted siempre tan gentil; pero volvamos a los hechos.

—El número uno de este núcleo y su camarilla de cerebros formaban parte del grupo que se desplazó a Beirut vía Berlín Este. Pasaron casi un año en el Líbano. Desde 1970 hemos llegado a la certidumbre de que son ellos los que han tirado de los hilos en todas las acciones con la rúbrica de «Septiembre Negro», y, a mayor abundamiento, de la que hoy nos ocupa.

—¿Conoce usted detalles sobre el grupo?

—Y estoy dispuesto a transmitírselos si usted por su parte se muestra un poco sincero conmigo. ¡Oh! No pedimos gran cosa...

—Eso lo veía venir... ¿Decía usted?

—Cuando aludía a todas las acciones con la rúbrica de «Septiembre Negro» hubiera debido precisar «todas, menos una»: la liberación de los asesinos de Munich. En lo que se refiere al rapto y desvío del avión Boeing de la Lufthansa, hemos visto las cosas de otra manera. Se trata a la vez de una cualidad y de un defecto de los judíos: uno ve el mal por todas partes, pone dificultades por naderías, e incluso llegamos a poner en duda la sinceridad de nuestros aliados... No se indigne; ya sé que eso no está bien, que resulta poco elegante, pero, ¡qué se le va a hacer! Somos así.

Laurent permaneció impasible, sin pronunciar palabra. Sacó un «Benson» de la cajetilla roja, lo encendió con voluptuosidad, y absorbió con placer la primera bocanada mezclada con aire, llevándola hasta lo más hondo de los pulmones. Luego expulsó con lentitud las volutas claras. Aun cuando parecía adoptar un aire de indiferencia, su cerebro operaba en una carrera frenética con dos ideas que acababan de ocurrírsele. La primera podía traducirse por: «¡Sinvergüenza! ¡Nada pierdes con esperar! ¡Verás la próxima vez que te tenga al alcance de mis botas!...» La segunda idea sopesaba los pros y los contras, oscilaba entre el reconocimiento y la negación de la evidencia. Laurent optó por el reconocimiento. Después de todo, no había allí ningún testigo. Finalmente prosiguió:

—De acuerdo, Hamlekh; pero absténgase de sermones: cuando se pone en plan de doncella virtuosa no le soporto.

—¿Con quién apañaron ustedes el rapto del Boeing?

—Así no irá a ninguna parte... Ah, perdón. Ya veo a dónde quiere ir a parar. Sólo estuve en contacto con un intermediario de poca monta de «Septiembre Negro», pero entre mi propuesta y su respuesta transcurrieron cuarenta y ocho horas. Eso no constituye una confirmación irrefutable de su hipótesis, pero cuanto menos refuerza su credibilidad. Y ahora le toca a usted; espero sus informes.

—Voy a dárselos, pero antes permítame un paréntesis. ¿Sabe usted que nuestros ordenadores estiman en cinco años el retraso de los Servicios especiales de los países occidentales en relación con la «Shin-Beth»? Por contra, ese retraso es de sólo tres años para la KGB soviética, que ha empezado a reaccionar ante la que será el arma incontestable del mañana: la manipulación de las masas. ¿Qué le parecen a usted los chistes del acervo folklórico judío?

—La verdad es que me aburren enormemente, y con usted empieza a ocurrirme lo mismo.

—Nunca hablo sin motivo, Martin, no lo olvide, aun cuando mis elucubraciones adopten un tono metafórico.

—¡Al diablo con su suspense! Déjese de chistes judíos amigo, ustedes están al cabo de la calle.

—En 1967, poco antes de la guerra de los Seis Días, corría desde Tel-Aviv a Haifa y de Haifa a Jerusalén, un chiste que voy a contarle. Helo aquí: un cornudo vuelve a su casa y se encuentra a su esposa acostada con el amante. Propina a la esposa una buena paliza y luego se vuelve amenazador hacia el amante, vociferando: «Por más que el país le necesite, la próxima vez le arrancaré el otro ojo.» Desde los tugurios más anodinos hasta los bares de lujo era imposible dar un paso sin que alguien te saliese con la pregunta: «¿Sabes el chiste del cornudo?...» Este chiste tiene una historia, y es que fue el primero inventado por la «oficina de rumores» de la «Shin-Beth». Fue el fruto de las reflexiones conjuntas de cuatro computadoras, a las que pedimos encontraran el medio de elevar a su culmen la cotización interior de Dayan. Se lo repito, Martin: 1967, Israel, manipulación de las masas y ustedes, seis años después, continúan tan ciegos ante el peligro que tienden un cabo a nuestro peor enemigo común, un cabo que le permite volver contra nosotros este sistema que ellos han ampliado hoy hasta llegar a una manipulación de la opinión pública mundial.

—No quisiera herir su autocomplacencia, pero me permito recordarle que en 1945 Goebbels, a instancias de Hitler, prolongó la guerra seis meses en virtud de una simple manipulación de masas. Le bastó modificar el eslogan básico de su propaganda para invertir las reacciones psicológicas del pueblo alemán. «Invencibilidad de las Panzer-Divisionen» se trocó en «Desencadenamiento de las hordas asiáticas». El balance fue más de un millón de muertos gratuitamente.

—¿Quiere que le diga una cosa? A excepción de algunas divergencias en cuanto a las ideas generales, admiro grandemente la acción precursora de Goebbels.

—No me cabe la menor duda. Y ahora déme los nombres de los sospechosos. He sufrido estoicamente sus hipocritones desahogos afectivos y ahora quisiera mi pirulí.

17

Hamlekh extrajo del expediente una carpeta flexible, al tiempo que declaraba sin el menor entusiasmo:

—Tenemos cuatro nombres. Creemos con certeza que son nombres auténticos, pero con los tiempos que corren, eso ya no significa nada. De todos modos, tenemos un punto de partida; seguir las ramificaciones ya es otro cantar.

Laurent había cogido de la bolsa de su asiento el cartapacio publicitario de la JAL y extrajo del mismo, papel de cartas y un bolígrafo, utilizando una de las tapas como apoyo para escribir.

—El número 1 de la organización nació en febrero de 1939, en Potsdam. Así pues, cuenta en la actualidad treinta y cuatro años. Se llama Wilhelm Scheidemann. Deploro tener que precisar que es judío.

—¿Antisionismo?

—Sí, Martin. Aquí radica para nosotros el peligro real, un peligro de muerte. Pocos conocen la virulencia y el odio que nos profesa una minoría exaltada de judíos opuestos a la creación del Estado de Israel. Son unos místicos fanáticos, convencidos de que la fundación de Israel significa el fin del judaísmo. En apoyo de esta tesis citan los textos sagrados: la Biblia, los profetas, la Tora, los hagiógrafos. Según sus interpretaciones «es el espíritu de Dios lo que salva y libera y no la fuerza del hombre», «el verdadero patriotismo no consiste en el apego a la tierra, sino en el amor al pasado, en la veneración de las generaciones que nos han precedido». Cuando uno se pasa el tiempo buceando en las Escrituras resulta fácil deducir interpretaciones sobre las que se apoyan para justificar su causa. Por ejemplo, el salmo 10 del profeta Miqueas dice: «Vosotros que levantasteis Sión con la sangre y Jerusalén con la iniquidad.» Vea, Martin, lea esto; es indispensable que conozca estos textos para comprender, pero insisto en que no proceden por desgracia de la camarilla de Wilhelm Scheidemann. La cosa es mucho más grave, pues son panfletos publicados en la prensa o editados y traducidos a diversas lenguas. Sus autores son intelectuales, a menudo la flor y nata de la Diáspora, hombres de reconocida sabiduría, cinco de cada diez veces grandes rabinos.

Durante un cuarto de hora Laurent dio lectura a los textos con asombro. Todos contenían referencias a sus autores y a las altas funciones que ejercían. Era increíble: «La violencia de los palestinos nos da la medida de la violencia de los israelíes y constituye una respuesta a la misma. Si Shiran Shiran no hubiera quedado traumatizado por la agresión sionista que permitió la fundación y la expansión del estado de Israel en Palestina, jamás hubiera cruzado por su mente la idea de asesinar a Robert Kennedy.»

«Los destructores del Estado sionista cumplen con la voluntad de Dios. Los terroristas de El Fatah son los servidores de Yavé. Debemos venerarles, temerles y, sobre todo, no oponernos a sus designios, por criminales que puedan ser, pues DIOS ES UN HOMBRE DE LUCHA.»

«En tanto que judío, yo no creo que Jesús fuera personalmente el Mesías, pero creo que Dios se encarna en todos los pobres como lo enseña la mística judía. Ahora bien, Jesús era pobre y fue víctima no de los judíos, sino de los ricos. Fueron en efecto los judíos adinerados los que junto con los romanos asesinaron a Cristo. Por más que se esfuerce en comprar a intelectuales historiadores para demostrar lo contrario, el Estado de Israel demuestra su culpabilidad reactualizándola. Si los padecimientos infligidos a los árabes nos parecen insoportables y generan la pasión de la justicia, es por el vínculo que guardan con los infligidos a Dios. Al proclamar su soberanía, el Estado de Israel ha destronado al Eterno como en tiempos de Samuel y ha expulsado y privado de su asiento real al rey de los reyes, del mismo modo que ha expulsado y privado a los árabes de sus casas y tierras. Por lo cual, la injusticia perpetrada contra los árabes se confunde con la injusticia perpetrada hacia Dios, adquiriendo un carácter absoluto, trascendente. El estado de Israel pretende lo contrario: contradice al Eterno y le niega; por eso no puedo satisfacer a Dios y a mi fe judía sin decirle no...»

Laurent devolvió el expediente al agente israelí, que lo ordenó meticulosamente en una carpeta en la que había escrito en tono de burla, con rotulador: «Cristo es un refugiado palestino.» Hamlekh escrutó el semblante de Laurent y, visiblemente satisfecho del efecto producido, continuó:

—Le sorprende, ¿no es cierto? Pues sepa que desde 1950 este tipo de literatura prolifera en el mundo. Ello supone centenares de libros, millares de cartas publicadas por periódicos complacientes. Al principio, nosotros, los israelíes, sólo vimos en ello un entretenimiento de intelectuales postergados, postergados y rencorosos; pero luego apareció el grupito de Wilhelm Scheidemann, que en menos de cinco años se convirtió en una mafia internacional.

—Dígame todo lo que sepa de Scheidemann, Hamlekh.

—Estimo que ya empecé al mostrarle este expediente.

Scheidemann es hijo de un médico. Sus padres emigraron a Estados Unidos seis meses después de su nacimiento. Hasta su muerte, en 1948, el viejo Scheidemann ocupó un puesto secundario en el Mount Sinaï Hospital, en la calle 100 de Nueva York. La familia vivía y vive precariamente en la calle 99, en pleno mercado portorriqueño. En este ambiente nuestro hombre dio los primeros pasos por la vida. Muy pronto destacó por su inteligencia, adelantándose mucho en los estudios. Sus profesores y maestros hablan de él como de un genio. Para él la edad universitaria comienza a los catorce años. Pero muy pronto compromete sus estudios en un frenético afán de anarquía e inestabilidad. Cursa tres años de medicina; su padre ve en él a una futura lumbrera. De súbito, y sin motivo aparente, renuncia a los estudios de medicina para preparar simultáneamente una licenciatura de lenguas y otra de filosofía. Otra vez abandona y empieza a militar en el seno de la comunidad portorriqueña. Luego la cosa se eslabona: publica algunos manifiestos virulentos y se convierte en el tribuno desatado de algunas minorías oprimidas. En 1960 se traslada a Frankfurt, donde vive como secretario de un asesor jurídico de ideas avanzadas. En el curso de un viaje a Hamburgo conoce a Horst Mahler, el abogado cómplice de Andreas Baader y compañía. Puede imaginar lo que sigue... Un último detalle; se droga con anfetaminas y recurre a inyecciones intravenosas de Bencedrina. Sólo duerme dos o tres horas diarias... Resumiendo; un cerebro privilegiado exacerbado por la ideología anarquista y los estimulantes del sistema nervioso. Un loco peligroso que en su vida ha conocido el orden y el método, como no sea para realizar su satánico afán de instituir el caos a escala mundial. La defensa de la causa palestina sólo es el primer paso. Maneja a esta pandilla de salvajes distribuyéndoles las migajas de su festín.

—Dijo usted cuatro nombres. Scheidemann sólo es uno.

—El número dos es Ulrika Raad, consejera de la banda, veintiocho años, judía austríaca. De forma accesoria, sirve de derivativo a los agobios sexuales de uno u otro jefe de la organización; pero sólo de manera mecánica, como medio de relajación física, ya que nuestros amiguitos están todos ellos por encima de lo que consideran una servidumbre humillante que Dios ha impuesto a los hombres. Pero las funciones de la bella Ulrika no terminan aquí. Al parecer desempeña el papel de asesora prudente, por paradójico que este adjetivo pueda parecer, disfruta al parecer de una especie de buen sentido que sirve para frenar los impulsos contundentes de Scheidemann. El japonés que tenemos en nuestro poder la describió físicamente con concupiscencia: alta, morena, ojos claros, piel mate. Nos confesó que en el caso improbable de que alguno de los componentes del comando de Lod volviera con vida al seno del consorcio de cerebros, ascendería un escalón en la jerarquía, que entre otros privilegios le permitiría el uso constante e indiscutible de esta ambivalente consejera, lo cual le permitiría deshinchar y guardar en la bolsa al maniquí de caucho que hasta el momento compartían entre cinco y del que según propia confesión, empezaba a estar cansado.

—Hamlekh, ¿de veras que es momento oportuno para bromear?

—No estoy bromeando. Lo que le estoy contando nos lo relató el japonés cuando el mutismo sistemático de este asesino acabó con nuestra paciencia y decidimos, ante la actitud provocativa de este carnicero fanatizado, echar mano de un analéptico.

—¿Pentotal?

—Eso está pasado de moda, amigo. Nuestros laboratorios han preparado una fórmula basada sobre todo en la dosificación y cuya base son, evidentemente, las anfetaminas que, como sabe usted, repercuten sobre la locuacidad del individuo. A ello hemos añadido una serie de tranquilizantes y relajantes que aniquilan la voluntad del sujeto. También tuvimos que utilizar un magnetófono, pues ningún intérprete hubiera podido seguir el ritmo del buen japonés una vez abrió la espita. No Martin, hacer hablar a un hombre ya no es problema. Pero, por desgracia, nuestros enemigos lo saben y han encontrado un antídoto. Por suerte hemos acertado a descubrir en qué se basaba, y ello fue lo que nos permitió apresar al japonés y conservarlo con vida.

—Continúe, Hamlekh, tengo que recuperar el retraso de cinco años...

—No lo tome a chacota. No subestimo sus servicios, y menos todavía los suyos personales; pero si uno no está en constante peligro de muerte la apatía creada por la tranquilidad artificial y frágil de sus países hace que se desenvuelvan ustedes en un clima tranquilizador, mientras que nosotros, los israelíes, hemos de pensar y reaccionar con la astucia agresiva que desarrollan las fieras acosadas.

—Por favor, hechos, ¡hechos!

Hamlekh asintió un tanto frustrado, ya que disfrutaba apasionadamente de estos instantes en que encontraba pretexto para exponer la supremacía de sus servicios y la gloria de Israel. De todos modos, prosiguió diciendo:

—Para las operaciones como la de Lod, Scheidemann se sirve de pilotos suicidas, lo que no es nada nuevo, sobre todo para los japoneses. Pero lo que sí lo es, por contra, es que cuantos participan en estos comandos pueden considerarse biológicamente muertos desde el momento mismo de su partida.

—Confieso que me intriga, Hamlekh.

—Y sin embargo la cosa no tiene nada de mágica. Antes de enviarlos a una misión, Scheidemann hace tragar a sus hombres una cápsula de cianuro.

—¿Cianuro de efecto retardado?

—Exactamente. El grosor de la cápsula protectora que contiene el veneno está calculado en función del tiempo previsto entre la partida y el desarrollo de la misión. La cápsula está hecha con un producto parafinado que se va fundiendo a la temperatura del estómago.

—¿Y el prisionero que hicieron en Lod?

—Le echamos el guante a tiempo y le hicimos un lavado de estómago: reflejo de fiera acosada.

—¿Y los soldaditos del bueno de Scheidemann saben lo que se tragan?

—No, por supuesto. Hemos estudiado muy a fondo el comportamiento del mecanismo intelectual de los pilotos suicidas, de los auténticos, de aquellos que se lanzaban con el avión atiborrado de bombas contra los buques estadounidenses, y estamos convencidos de que incluso éstos conservaban inconscientemente la esperanza de salvar el pellejo. Créame, Martin, la naturaleza humana es más fuerte que los fanatismos más exaltados. Todos los desesperados se creen dispuestos a dar la vida por su ideal, pero en rigor el hombre nunca podrá vencer su instinto de conservación. Aquí reside precisamente la pequeña parcela que nos permite erigir nuestro sistema defensivo.

—Realmente, la personalidad de ese Wilhelm Scheidemann es inquietante.

—Tanto más cuanto que sabe convencer, y que un pequeño grupo de locos furiosos se le une desde todas partes del mundo, aparte de que su capacidad de síntesis le permite soslayar los peligros anejos a la extensión de todo movimiento clandestino. La cadena que cada día va alargando está integrada por eslabones ciegos. Ha estudiado todos los peligros, reinventado todas las medidas de precaución. No deja nada al azar o sólo detalles nimios de los que nos esforzamos en extraer la sustancia, como es el caso de los lavados de estómago que practicamos a todos nuestros prisioneros antes incluso de descargar las armas que portan.

Martin tomó algunas notas.

—¿Y los demás nombres? —preguntó al agente israelí.

—Karl Volker Lichtenberg y Ernst Schaffner-Weill. Junto con Scheidemann y Ulrika constituyen el núcleo central; pero ya le confirmo desde ahora que nunca utilizan sus verdaderos nombres. Disponen en abundancia de documentos admirablemente falsificados. Sus nombres no nos fueron facilitados por el japonés, que nada sabe de ellos. Los hemos obtenido encajando la confesión del japonés con una serie de datos que ya poseíamos.

—Usted me habló de ramificaciones y de un posible punto de partida.

—En efecto. Frankfurt, Schiffer Strasse 9. ¿Conoce usted Frankfurt?

—Bastante bien.

—La Schiffer Strasse es una calle estrecha, perpendicular al muelle de la orilla izquierda del Main, a la altura del Museo de Artes Decorativas. ¿Se sitúa?

—No recuerdo la calle, pero sí muy bien el Museo.

—Bien. En esta dirección se encuentra un estudio de dibujo que, por otra parte, es la sede social de una compañía perfectamente legal: La Société Franco-Belge d'Art Graphique. Las actividades de esa sociedad son, tome buena nota, la cofección de historietas destinadas a los niños de siete a trece años de los países árabes.

Hamlekh volvió a introducir la mano en la cartera y extrajo tres pequeños álbumes en color de historietas para niños, parecidos a los tebeos de todos los quioscos del mundo. El diálogo y las explicaciones aparecían escritos en lengua árabe. Antes de traducir los grandes renglones de texto, Hamlekh explicó:

—Éstos son la versión argelina. Utilizando los mismos dibujos, imprimen tres variantes: egipcia, libanesa y siria. Los héroes sólo cambian de nombre y nacionalidad. Vea, el Superman argelino por ejemplo se llama Meddy Brahim. Es una mezcla de Tarzán, James Bond, Mandrake el Mago, el Zorro, etc.

—Yo no les cargaría todo el mochuelo a ellos. Nosotros les dimos el ejemplo. ¿Ha leído alguna vez *Astérix*? Siempre he considerado que era un tipo bastante gaullista.

—Pero éstos van, o mejor, se dejan ir infinitamente más lejos. Los que lo confeccionan saben hacer uso con pérfida astucia de una serie de detalles que parecen triviales, sobre todo atendiendo a la candidez complaciente de la clientela que los adquiere. Vea por ejemplo la fábrica de los Aurès, que construyen el avión de caza supersónico de concepción enteramente argelina. Vea la expresión de Moshe Dayan cuando se entera de que uno de los aparatos ha sido confiado a Meddy Brahim, y observe el gesto aterrorizado de los pilotos israelíes que se niegan a despegar.

Laurent estalló en risotadas:

—Palabra, Hamlekh, ¡reconozca que está usted molesto!

—No sea estúpido. No olvide que la manipulación de masas es un invento judío. Si estas gentes quieren asestar el golpe de gracia a Israel, la verdad es que también nos prestan un inmenso favor. Muchos adultos árabes devoran estas pequeñas obras maestras de intoxicación a largo plazo. Con el pretexto de estar informado, el propio Bumedián los lee cada semana antes de autorizar la distribución. De aquí que él mismo haya llegado a creer en las historietas.

Laurent tendió los álbumes al israelí.

—Volvamos con lo de Frankfurt, ¿le parece?

—Frankfurt: confección de los dibujos, concepción de las ideas, redacción de los textos en francés. La Société d'Art Graphique, está formada por tres empleados: un dibujante francés, Bernard Lemoine; secundado por una chica de Bruselas, Carola Hotten, y un redactor judío alsaciano, Isar Kaatz. Esos son sus nombres verdaderos. La imprenta se encuentra en el Líbano, en la región de Haour Tala, prácticamente en la misma frontera con Siria, al sur de Baalbek. No nos ha sido posible localizarla con exactitud, la región es montañosa y desértica y los accesos están vigilados. Es una pega importante, ya que estamos convencidos de que, además, esta imprenta alberga el cuartel general de Scheidemann, y de que con seguridad es allí donde tienen encerradas a las muchachas.

—¿Qué papel desempeñan realmente los miembros de Frankfurt?

—Es difícil responder con certeza a esta pregunta. Seguramente saben algo, pero probablemente no lo suficiente para comprometer a la organización.

—¿Algo más que añadir?

—No, ahora usted sabe tanto como yo, y espero que pueda sacar algún provecho. Bien, le dejo; vuelvo humildemente a mi asiento.

—Sea discreto al llegar a Nueva York. Nos veremos en la ONU.

Faltaban cuatro horas para aterrizar, y Laurent las empleó para someter a Elena a un interrogatorio indiscreto. Con reticencia, la muchacha le puso en antecedentes sobre Patrice Thibaud, el amante de Sabine Fargeau y de cómo el joven había subido a bordo del «Rosebud» la víspera del drama. Las revelaciones de la muchacha suscitaron en la mente del agente francés perspectivas muy sombrías.

El Boeing japonés aterrizó puntualmente en las pistas de la zona sudeste del aeropuerto internacional John F. Kennedy. Elena había seguido la maniobra con las cejas enarcadas y divisado Jamaica Bay en el último viraje del aparato.

Desde primeras horas de la mañana, un centenar de periodistas esperaban la llegada del avión. Las agencias fotográficas más importantes habían situado a varios vigías en el interminable mirador del edificio de vuelos internacionales, y no cejaban de buscar con la mirada en espera de que algún vehículo se aproximara a uno de los aparatos procedentes de París. Los pasillos del edificio de la TWA y de la Pan American Jet Age Terminal estaban atestados de periodistas. Nubes de fotógrafos y cámaras de televisión aguardaban desde hacía tiempo, prestos a salir disparados del Café de París, el Club de Londres o el Salón de Lisboa.

Los servicios de aduanas de Estados Unidos no realizan sus tareas con la misma premura que sus homólogos europeos. Laurent y Elena tuvieron que sufrir todas las formalidades impuestas a cualquier ciudadano que desembarca en América. La joven no tardó en ser reconocida, y a la salida se produjo la avalancha. Los *flashes* restallaban en medio de una riada de gentes que se agolpaban sin miramiento, como enloquecidas. La policía tuvo que intervenir para abrir un pequeño pasillo hasta el Citroen negro del consulado de Francia.

Con objeto de mantener en secreto la residencia puesta a disposición de Laurent y de Elena durante su estancia, se había encargado a un joven vicecónsul que organizara, en combinación con la policía, el traslado desde el aeropuerto a Manhattan.

En vez de tomar la carretera en dirección a Queensboro Bridge, el Citroen dio un rodeo por Richmond Hill. La policía había establecido un cordón de contención en Ridgewood Myrtle, entre los dos cementerios. Permitió el paso lento del vehículo del consulado y luego bloqueó por espacio de varios minutos los coches que venían detrás. El Citroen aumentó a fondo la velocidad, atravesó el East River por el túnel de Queens Midtown y torció luego hacia Central Park por la calle 59 del sector oeste de la ciudad.

El apartamento se encontraba en el cuarto piso de uno de los elegantes inmuebles de la Quinta avenida que jalonan Central Park, el cual había sido puesto a disposición del consulado de Francia por un amigo personal del senador Donnavan.

En Nueva York eran las 16,15, seis horas más temprano que en París. Laurent descubrió en un ángulo de la enorme sala de estar, amueblada con estilo funcional, el teléfono con teclado. Pulsó las cinco cifras del indicativo y a continuación las de la jefatura de los servicios especiales en el bulevar Mortier. El coronel de Savigny acababa de llegar en aquel preciso instante. Laurent le espetó sin rodeos:

—¿Sabía usted que Sabine Fargeau tenía un amante?

—Primera noticia.

—En tal caso, es muy posible que los polis se nos hayan anticipado. La chica Fargeau tiene un amorcito desde 1968; se llama Thibaud, Patrice de nombre y es agregado de filosofía, progre, actualmente ayudante en la Facultad de Aix-en-Provence, con residencia en el número 11 de la calle Frédéric-Mistral. Viajó a bordo del «Rosebud» en el trayecto Cannes-Saint Tropez la víspera del rapto y pasó la tarde con las chicas, sin tomar la menor precaución. Según me ha contado Elena Nikolaos, dejó tras de él una hilera de testigos. Es imposible que el comisario Le Breton no lo haya olfateado ya, pues tiene toda la pinta de un sospechoso. Seguramente que la policía judicial ya lo ha detenido y esconde la baraja.

—Me pondré en contacto con el ministro— gruñó Savigny—. Si las cosas empiezan así, no acabaremos nunca.

—¿Sabe usted dónde localizarme aquí?

—Sí, la embajada me informó.

—Bien. La conferencia en la ONU empezará en menos de dos horas. ¿Sabe quiénes son los representantes de Inglaterra, Alemania y Estados Unidos?

—Sir Edmund Wycherley por parte de Gran Bretaña; Richard Saudners representará a Estados Unidos, y Alemania ha delegado a su amigo Hans Schloss. El inglés y el alemán se encontraron en Londres y han viajado juntos; llegaron una hora y media antes que usted, en un avión de la BOAC. En cambio, no sabemos quién es el observador enviado por Tel-Aviv.

—Yo sí. Se trata, como no, de Hamlekh. Hemos hecho el viaje en el mismo avión. Le enviaré un informe.

18

En efecto, la detención de Patrice Thibaud se había producido algunas horas antes que la puesta en libertad de Elena. Las primeras informaciones habían llegado al Quai des Orfèvres, al inspector de policía Le Breton, a través del informe de uno de los inspectores encargado de indagar en el seno de las familias de la tripulación del «Rosebud».

En Toulon, la esposa de Brian Jhosman contó a la policía las postreras revelaciones de su marido, algunas horas antes de su asesinato. La mujer recordaba el nombre del joven, su apellido y ocupación: profesor de filosofía. ¿Dónde? Ella no lo sabía, pero Le Breton sólo necesitó unas horas para localizar a Patrice Thibaud. Por otra parte, el joven agregado estaba fichado como militante de extrema izquierda. Su expediente contenía los suficientes detalles como para poder deducir un conjunto de falsas conclusiones y que un policía adquiriera sobre esta base la certeza absoluta de la evidencia.

A Le Breton le faltaba menos de un año para alcanzar

la jubilación. Ahora creyó ver la ocasión de materializar su más preciado sueño: abandonar la carrera como policía habiendo adquirido una notoriedad que el paso del tiempo no empañaría. La generosidad, de sobras conocida, de Charles-André Fargeau, el reconocimiento sin límites que no podría menos de expresar al hombre que salvara a su nieta, le hacía ver la vida a través de un prisma de colores idílicos. La casa que poseía en la zona de Vienne, a unos pocos kilómetros de Poitiers, se convirtió en su mente en una visión utópica, y se imaginó a sus tres nietos chapoteando alegremente una piscina de fino mosaico y aguas claras. Su hijo y su nuera no le dejarían plantado para ir a amontonarse durante el mes de agosto en aquella infame vivienda de la isla de Oleron. Pero, sobre todo, ¿qué podía perder caso de que las cosas no salieran bien? Una reprimenda o, en el peor de los casos, la jubilación anticipada. Valía la pena tentar la suerte y, así, el comisario decidió contravenir las instrucciones ministeriales y llevar su investigación en secreto. Sabía que podía contar con la complicidad de sus subordinados.

Patrice Thibaud fue arrestado a las seis de la mañana, en su domicilio de Aix-en-Provenve. A las 6,30 un 404 color negro enfilaba la autopista A-7, y sólo se detuvo una vez, entre Lyon y Mâcon, para llenar el depósito.

Cuando los policías irrumpieron en su domicilio, Patrice Thibaud no experimentó ninguna sorpresa. Esperaba que le interrogasen. Desde el anuncio del drama, su primer impulso fue el de presentarse espontáneamente en la comisaría de la Rotonda y exponer su versión de los hechos. Su formación intelectual y política le llevó a imaginar las reacciones que podría suscitar su declaración. Con evidente esfuerzo, trató de imaginar el mecanismo cerebral de un policía, y las conclusiones que extrajo le indujeron a esperar sin dar la menor señal de vida.

En el coche de la policía que le conducía a París permanecía sentado en la parte trasera, mudo, impenetrable. De vez en cuando, el inspector, sentado a su lado, trataba de evaluar de un rápido vistazo el grado de nerviosismo que aquella detención con visos de rapto había producido en el joven. Pero sus ojos se estrellaban contra una máscara apática que no traslucía la menor emoción.

El inspector no tardó en abandonar el juego de la hipótesis, pero nunca sabría lo lejos que estaba de la realidad, pues desde el primer golpe en la puerta, Patrice Thibaud rebosaba de júbilo. La única preocupación era disimular la alegría exultante que le poseía. He aquí que, al fin, se le presentaba la ocasión de poner en ridículo a la policía, de proclamar en alta voz su consumada estupidez, de poner en entredicho a todos los regímenes capitalistas a través del aparato policial cuya ineptitud mental desvelaría a plena luz. Y luego, ¡oh, gozo supremo!, tal vez le infligieran males tratos, y entonces el mundo entero se arrancaría de las manos el manifiesto vengador en el que demostraría lo absurdo de las instituciones del orden establecido. Hasta el presente, ninguna obra de tendencia izquierdista había contado con un argumento publicitario de tal amplitud.

Cuando a las 15,45 el inspector Le Breton, acomodado en su oficina del cuarto piso del Quai des Orfèvres, pidió a Patrice que tomara asiento ante él, ninguno de los comisarios adjuntos, los tres inspectores de primera presentes en la habitación y los cuatro técnicos que en cuarto vecino tenían a su cargo la grabación en cinta magnetofónica del diálogo, ninguno tenía la menor duda de que iban a ser testigos de un enfrentamiento en el curso del cual sus principales protagonistas iban a vivir, por razones diametralmente opuestas, el instante más dramático de su existencia.

Pese a las carnes blandengues, la voluminosa barriga y la caída fláccida de las mejillas, consecuencia de la flojedad de los músculos maxilares, del rostro de Le Breton, hombre de la Charente de ascendencia campesina, emanaba una expresión que excluía cualquier sensación de abulia. En su mirada cansada y hastiada lucía un destello de picardía campesina.

Como era costumbre, comenzó inquiriendo la identidad del joven. Patrice tuvo que sacar del bolsillo trasero del pantalón tejano el único contenido: un carnet de identidad completamente destrozado. Con un suspiro de resignación, el comisario Le Breton colocó las primeras «banderillas»:

—Según me han dicho, es usted el amante de Sabine Fargeau.

Patrice reconoció los hechos y expuso sin reticencia y con gran lujo de detalles las circunstancias de su embarque a bordo del «Rosebud». Luego, con grosera complacencia, relató como había pasado la tarde con su amiga.

—Bien, muy bien —admitió Le Breton—. Parece que quiere usted cooperar. Y ahora explíqueme por qué motivo no se presentó en la comisaría antes de que la policía viniera a buscarle.

—No quería que mi relación se hiciera pública.

—¿Y no sería mejor admitir que usted temía que le consideraran como posible cómplice del caso?

—Desde que se supo lo del rapto no dudé ni un solo momento. Creo que, habida cuenta de mis opiniones políticas, que nunca he ocultado, mis lazos con Sabine Fargeau y mi presencia casual en el buque en el momento crucial, el más estúpido de los polis reaccionaría como lo ha hecho usted.

—¿Y a pesar de ello no dio señales de vida?

—¿Para que me tomaran por cómplice? ¡No lo dirá en serio!

Le Breton notó que empezaba a perder la calma, pero logró dominarse y producir la impresión de tranquilidad.

—¿Y no se le ocurrió cooperar en las pesquisas que llevamos a cabo, y de este modo poder tal vez avanzar un paso hacia la liberación de su amiga?

Con una sonrisa entre compasiva y desdeñosa, Patrice replicó:

—¡No sea usted imbécil, amigo! Mi colaboración en las pesquisas sólo puede resultar efectiva en función del postulado pueril que usted sostiene: el que afirma mi culpabilidad o mi complicidad. Yo, convencido como estoy de mi inocencia, sé perfectamente que el objeto de este interrogatorio es hacerle perder un tiempo que podría resultar precioso si, en un impulso de amabilidad desinteresada y cándida, yo abonara las acciones de la policía con un aura de eficacia.

La cara coloradota del comisario adquirió el aspecto de un fruto desteñido. Levantándose de un salto, asestó un fuerte golpe en la mesa con la palma de su mano al tiempo que vociferaba como un energúmeno:

—¡Cierre esa boca! No es usted más que un estúpido idiota lleno de pretensiones imbéciles, cínico y repugnante. Un sapo asqueroso que merece un par de tortas o un puntapié en el trasero.

—No se moleste. Ya imagino que la aplicación de malos tratos no es en usted un hallazgo de última hora, sino que la cosa se remonta a los días en que le dieron el primer silbato como guardián de la paz.

Le Breton se volvió a sentar. Estaba pálido y sus nervios se hallaban hipertensos debido al inmenso esfuerzo que había tenido que realizar para dominar su rabia. Respiraba entrecortadamente, las ventanas de la nariz se le dilataban y los labios se le crispaban.

Patrice le escrutaba loco de alegría, rogando al cielo que el prefecto no le asignara un auxiliar menos fácil de manejar.

En su mente había empezado a tomar cuerpo una idea. Sin exteriorizar su sorpresa, descubrió el hilo que bajaba sujeto a la pata de la mesa. Adivinó que el micro debía de hallarse oculto en la falsa tabaquera de paja trenzada. Patrice decidió continuar «importunando».

—Cálmese, demonios —comenzó dicendo en un tono de suave condescendencia—. Le haré una confesión puesto que estoy aquí para eso: desde hace años quiero de veras a Sabine Fargeau. Admiro su mente crítica, la claridad de su juicio y su apertura intelectual hacia los grandes problemas del mundo, pese al abominable handicap de su cuna.

A sus espaldas, un comisario rió burlonamente. Patrice prosiguió:

—Sin embargo, y pese al dolor que ha provocado este drama y el grave peligro que corre mi amiga, no puedo en conciencia desaprobar la acción de los palestinos. Admiro su valor y la astucia del plan. Frente al desespero, al martirio y a la humillación de todo un pueblo, cinco vidas nada representan, y menos todavía el dolor que provocaría en mí la trágica desaparición de la mujer que amo. Espero y estoy convecido de que, frente a la muerte, ella sabrá perdonar y comprender a sus verdugos, y sabrá también que yo les perdono y les comprendo.

Ahora el asco había sustituido a la cólera; el comisario replicó:

—No eres más que basura. Si fueras hijo mío te saltaría los sesos. Y para declararme inocente mi abogado no tendría más que alegar legítima defensa o eutanasia. Por el momento sólo me quedo con una cosa de todas estas divagaciones de cínico granuja, y es que son una confesión malamente disfrazada.

—Saque las conclusiones que quiera.

Detrás, un inspector ironizó sarcástico:

—Y pensar que este hijo de puta ha hecho sus estudios con becas. Lo peor es que somos nosotros, yo, el que ha soltado la mosca. ¡Da gusto ver lo bien que se patean en Hacienda la pasta que nos arañan!

Patrice se volvió hacia él:

—Ustedes, como casi todos sus compadres, pagarán sus impuestos extorsionando a las putas de la calle Saint-Denis; de manera que imagínese el círculo completo.

El inspector endosó a Patrice una bofetada violenta y sonora.

—¡Maldita sea, Grandval! ¡Eso no! —vociferó el comisario.

La reación del comisario inquietó a Patrice. Sin malos tratos y, sobre todo, sin huellas, su manifiesto perdería consistencia. Había que actuar sin demora.

—Quiero a un abogado —dijo Patrice.

—Arresto como sospechoso; habrás oído hablar de esto, ¿no?

—Admito que les quedan unas horas, pero luego tendrán que pedir la prolongación del arresto al procurador de la República.

—No te inquietes por eso.

El comisario Le Breton no tenía la menor idea de hasta qué punto el joven agregado no se sentía inquieto, y de hasta qué punto había organizado a fondo su defensa, calibrando la posibilidad de que la policía traficara con el plazo legal de detención. Por otra parte, no era ésta una idea que hubiera acudido a su mente como inspiración, sino que sus actividades como militante le habían llevado a estudiar los procedimientos legales. Así se había enterado de cómo los policías pueden prolongar el plazo para el interrogatorio de un sospechoso sin incurrir en riesgos considerables. Seguro que a partir de las 9,15 de la mañana, su brazo derecho, Philippe Duchemain, al constatar su ausencia habría puesto en práctica el plan de respuesta. Dentro de una hora u hora y media, un cortejo de estudiantes se reuniría en el Cours Mirabeau blandiendo pancartas con el señuelo: «¿Dónde está Patrice Thibaud?», «¡Entregadnos a Thibaud!», etc. Philippe Duchemain aprovecharía la ocasión para dar a conocer públicamente sus relaciones con Sabine Fargeau. Entonces se haría preciso oficializar su detención, y el movimiento estudiantil alcanzaría a todas las universidades, que gritarían ese único eslogan: «¡Que pongan en libertad a Patrice Thibaud!» Todo esto había sido preparado con la precisión de un reloj suizo. Sólo que convenía reforzar los hechos con las huellas de los golpes recibidos en comisaría, y aquel estúpido comisario, pese a su evidente debilidad intelectual, tenía por lo visto intención de conservarlo intacto.

En un movimiento imprevisto y con un salto de fiera que se lanza sobre su presa, Patrice se levantó, asestó un golpe a la tabaquera y puso al descubierto el micrófono, que arrancó del hilo. Antes de que los policías que tenía a sus espaldas salieran de su sorpresa, Patrice volcó la mesa sobre los muslos del comisario, acentuando el gesto con un impulso que desequilibró el sillón que ocupaba Le Brenon, el cual cayó de espaldas al suelo. El joven se dio la vuelta en el momento preciso en que uno de los inspectores se disponía a sujetarle. En un gesto brusco levantó la rodilla derecha. El inspector lo esperaba todo menos eso, y recibió el golpe de lleno en los órganos genitales, desplomándose entre rugidos de dolor. Los técnicos de la habitación vecina habían acudido a toda prisa, atónitos. Patrice se escudó en una silla pegándose a la pared, y de este modo logró rechazar tres embestidas asestando en cada ocasión golpes de silla, tratando de que fueran lo más dolorosos posible. Sus asaltantes estaban poseídos por una rabia demencial. Patrice se abalanzó sobre ellos y empezó la jarana. En conjunto, la escena no duró más de diez segundos, pero en verdad resultó ejemplar. Los golpes empezaron a llover sobre el agregado, abriéndole una ceja, partiéndole el labio, rompiéndole un par de incisivos. El propio Patrice se fracturó la nariz al tratar de asestar un cabezado a uno de los «agresores». Perdió el equilibrio y se desplomó al suelo de costado. Lo único que podía ver eran las piernas de los tres policías que le rodeaban. Los hombres empezaron a patearle resoplando como focas marinas. Con un supremo esfuerzo de voluntad, Patrice sacó fuerzas de flaqueza y asestó su último golpe imprevisto. Apoyando el cuerpo en el brazo izquierro proyectó con todas sus fuerzas el puño derecho, que describió una parábola por entre las piernas separadas de un pequeño comisario adjunto, alcanzándole de lleno en los testículos. Luego, destrozado, se desplomó de espaldas sin apenas darse cuenta de la violencia de las patadas que le propinaban los policías y que terminaron por transformar su rostro en una llaga aterradora. Todo estaba consumado y el comisario Le Breton se levantó con la ayuda de dos de los técnicos, una vez se hubo librado de la mesa y de los accesorios que habían caído sobre él.

El viejo policía se dio cuenta en seguida de la trampa burda pero eficaz en que se habían dejado atrapar sus subordinados. Tenía la mirada extraviada y permanecía aturdido, sin poder apartar la vista de aquel rostro ensangrentado que parecía haber soportado el paso de un tractor. Le Breton acertó a balbucir:

—¡En nombre de Dios! ¡Hatajo de idiotas! ¡En nombre de Dios!

—Somos ocho testigos, jefe —respondió uno de los inspectores.

—Ocho polis estúpidos frente a un agitador profesional, un filósofo, un intelectual. Ya estoy viendo los editoriales de Sartre y de su fulana: ocho salvajes que pretenden hacernos creer que han sido agredidos por un poeta cándido e indefenso, un cantor sensible y exquisito de la no violencia. Ni hablar. Hay que componerlo lo mejor y lo más rápido posible y quedarnos con él a toda costa. Confeccionen una lista de las comisarías de distrito con las que podamos contar y lo pasearemos de comisaría en comisaría cada veinticuatro horas, ya apañaremos la cuestión del papeleo. Que uno de ustedes avise al doctor Lambert, en la sección de guardia del depósito. Entretanto, encerrad a este tipo en una celda y monten una guardia permanente.

—Es huérfano y no tiene familia, jefe, pero puede ser que algún compañero le encuentre a faltar.

—Coja el primer avión con destino a Marsella y arrégleselas para explicar su desaparición. No va a ser difícil. ¿Estáis seguros que nadie ha presenciado la escena cuando le habéis detenido?

—Esto se lo garantizo, jefe, nadie.

—Dígale a la portera que le ha encargado remitir su correo a la lista de correos de Praga. El que este género de basura salga de improviso a recibir órdenes de los países del Este parecerá lógico.

Mientras, en Aix-en-Provence, Philippe Duchemain organizó sin grandes dificultades una manifestación estudiantil, a celebrar a las 6 de la tarde. Patrice Thibaud gozaba a los ojos del ochenta por ciento de sus alumnos de un grado de estimación basado en el encanto personal y en la llama interior que animaban sus exaltaciones político-pedagógicas.

A las 17,45, Duchemain, sentado en la terraza de los Deux Garçons en compañía de otros chicos y chicas militantes, esperaba con estoicismo la evolución previsible de los acontecimientos por él provocados. Echó un vistazo a unos ciento cincuenta metros de distancia, frente al cine Rex, y comprobó que los manifestantes pasaban ya del centenar. Algunos grupos empezaban a desplegar pancartas reinvindicativas. «¡Queremos una explicación!» «Se han llevado a nuestro profesor», etcétera.

Duchemain consultó el reloj. En buena lógica, no podían tardar más de dos minutos. Dirigió la mirada hacia la fuente que, desde la posición que ocupaba, cubría la entrada de la agencia Havas, en cuya sede se encontraba la corresponsalía en Aix del «Provençal». Duchemain sonrió satisfecho: el viejo Carasso, seguido por el pequeño fotógrafo gordezuelo que solía acompañarle, acababan de hacer su aparición. Se acercó a los manifestantes y les preguntó alguna cosa; una muchacha señaló hacia la terraza del Deux Garçons. Dos minutos más tarde, respirando con dificultad debido al rápido caminar, el corresponsal local del periódico se sentó frente a Duchemain, acompañado del técnico.

—Veamos, Duchemain, ¿qué clase de ensalada es esa? —preguntó, secándose con un pañuelo de colores inciertos el sudor que perlaba su frente—. ¿Acaso la policía ha dado luz verde a la manifestación?

Duchemain adoptó un aire conspirador antes de responder:

—No hemos tenido tiempo de hablar con ella. La cosa es demasiado sonada.

—Venga, hombre. ¡Explícate!

—No quiero perder el tiempo con la página local del «Provençal». En cambio, sí concedería una entrevista a los de «Europa 1».

El viejo Carasso acumulaba varias funciones. Era, asimismo, corresponsal de la importante cadena radiofónica en la zona, pero desde el momento en que el asunto a informar iba más allá de una reunión de la hermandad de labradores o de una exposición canina, «Europa 1» enviaba el equipo de Marsella.

—¿No ve que no llevo el material? —suspiró.

—Cien metros de ida y otros cien de vuelta. ¿Le parece mucho a cambio del reportaje de su vida?

El periodista se encogió de hombros y se volvió hacia el fotógrafo:

—Marcel, ve a buscarme el «Nagra».

—Ese no es mi trabajo, señor Carasso. Soy periodista, no recadero. Marcel, haz esto; Marcel, haz aquello. Marcel hace fotos para la prensa y tiene un sindicato.

El viejo se levantó, mascullando maldiciones. Duchemain envió a uno de los suyos para que retrasara un cuarto de hora el comienzo de la manifestación. Carasso volvió agotado, fijó el micro en la grabadora, realizó unas pruebas de voz, y dijo al fin, con su acentuado acento provenzal:

—Bien; empezamos. Uno, dos, tres, cuatro, cinco... Aquí Raoul Carasso hablándoles desde Aix-en-Provence, donde va a tener lugar una gran manifestación. Centenares, tal vez miles de estudiantes están agrupándose en la parte alta del Cours Mirabeau y se disponen a bajar por el paseo dentro de breves instantes...

Un coche de la policía, precedido de un 404, acababa de dejar a ocho policías a la altura de la Maison de la Presse. Del Peugeot habían descendido tres inspectores vestidos de civil, de aspecto linfático. Carasso volvió a grabar por el micrófono:

—Les he dicho que se trataba de una gran manifestación. En efecto, se me acaba de informar que ni la subprefectura ni las fuerzas de la policía han sido prevenidas... En el momento en que les hablo, las fuerzas del orden están ante mí tomando posiciones. Se teme vayan a producirse choques extremadamente violentos si los organizadores no renuncian a su idea de manifestarse. Pero tengo ante el micrófono al señor Philippe Duchemain, secretario general en la Facultad de Aix del movimiento RIEPU (reunión internacional de los estudiantes progresistas unificados), al que cedo la palabra.

Los tres inspectores acababan de llegar junto al grupo. Uno de ellos, con gesto apático, cerró el contacto del magnetófono. Carasso se lanzó de lleno, en un soberbio número dc indignación al estilo provenzal.

—¡Félix! ¡Esto que acabas de hacer tiene un nombre! O mejor, dos: ¡Abuso de poder y atentado contra la libertad de información! ¡Otros más fuertes que tú han sido sancionados por mucho menos!

—Déjeme hablar, inspector. Déjele grabar, le interesará lo que dice.

—Usted podrá contar cuanto le venga en gana, pero llévese a sus payasos del Paseo.

—Primero escuche y luego hablaremos.

—Continúe, Duchemain.

El joven comenzó a hablar.

—Esta mañana, antes de las ocho y media, ha sido raptado de su domicilio Patrice Thibaud, agregado de filosofía y asistente en la Facultad de Aix-en-Provence. Todo induce a creer que se trata de una actuación de la policía, llevada en la clandestinidad, ya que el presidente de nuestra asociación me había participado sus temores. Como esperaba que la policía quisiera interrogarle, habíamos quedado en que me prevendría por teléfono cuatro horas después de su citación o arresto. Si no lo ha hecho es porque se lo impiden, lo que constituye una violación inadmisible de los derechos de un testigo. Ante la gravedad de la situación, puedo revelar por qué Patrice Thibaud ha sido detenido clandestinamente por la policía: desde hace varios años mantiene estrechas relaciones con la señorita Sabine Fargeau. La casualidad hizo que se encontrara a bordo del «Rosebud» unas pocas horas antes de la tragedia del rapto. Patrice Thibaud temía que por el mero hecho de estas coincidencias fortuitas la burda

14

mentalidad de la policía les hiciera llegar a una serie de conclusiones aberrantes y ridículas. Esta tarde, a las seis y cinco minutos, la prolongación de su silencio aporta la prueba formal de lo fundado de sus sospechas.

Con un ademán indicó que había terminado. El inspector se había sentado, confuso, mientras los ojos del viejo Carasso centelleaban de un modo que no se había producido desde hacía años.

—Oye, tú; antes de transmitir esto espera que yo te lo diga —gruñó el inspector ante las narices del periodista.

—¿Esperar qué, Félix? ¿Que vaya a tirarlo a los de la RTL?

El inspector se dio cuenta de la situación. Varios centenares de estudiantes estaban al corriente. Impedir a Carasso que llevara a cabo su tarea no haría más que retardar la explosión algunos minutos.

—¿Y la manifestación? —preguntó a Duchemain.

—Mire, inspector; vamos a bajar por el Cours Mirabeau y al llegar a la Rotonda nos dispersaremos.

—¡Ni hablar! Esta es mi demarcación. Dispersa a tus chicos o llamaré a los refuerzos.

Duchemain replicó con suavidad, sonriendo, al tiempo que acentuaba la fórmula de deferencia con un deje burlesco:

—Señor inspector principal, ¿quiere prestarnos un inmenso favor? Sabré agradecérselo.

—¿Cuál?

—Avise a los RCS, a los gendarmes móviles, ¡y que estalle la torta, demonios! Que explote sobre muchachos ingenuos y pacíficos que sólo tienen la desfachatez de pedir que se aplique la ley.

El inspector se levantó y giró sobre sí mismo.

—¡Chulo indecente! ¡Anda ya...!

A las 19,40 «Europa 1» interrumpió sus programas para radiar un sucinto boletín informativo en el que se anunciaba que en el curso del diario hablado de las veinte horas se daría a conocer nueva información relacionada con el asunto del rapto. A las 20,04 la bomba había estallado. Charles-André Fargeau se precipitó al teléfono, pidiendo y consiguiendo comunicación con el ministro del Interior.

Sí; había oído la radio, pero... —No, tenía que confesarlo—. ...Pero no estaba al corriente... No comprendía lo ocurrido... El ministro pedía unos minutos para informarse. El ministro colgó y llamó al prefecto de la policía.

—«Europa 1», ¿no? No, no he escuchado la emisión... Sigo las informaciones del segundo canal en color... Ah, espero, señor ministro.

En aquellos momentos Jean-Pierre Elkabach acababa de recibir una nota e interrumpió la emisión del noticiario televisivo para anunciar:

—Se me acaba de indicar que, según una emisión radiofónica del extrarradio...

El prefecto llamó al comisario Le Breton. Quien se puso al otro extremo del hilo era un hombre anonadado, que a duras penas consiguió murmurar:

—En estos momentos estaba redactando mi carta de dimisión, señor prefecto.

19

En Nueva York, Laurent y Elena esperaban al joven cónsul que les servía de guía. Había calculado que para desplazarse desde Central Park hasta el edificio de la ONU necesitarían media hora aproximadamente. En aquel momento sonó el timbre del teléfono. Laurent fue informado de que la conferencia sufriría un retraso de seis horas. A instancias del gobierno americano, el coloquio, que en principio tenía que celebrarse únicamente entre los cinco representantes de los gobiernos afectados, vería incrementarse considerablemente el número de participantes en las discusiones. Los Estados Unidos exigían la presencia de observadores, de representantes del Senado, del Departamento de Estado y del FBI. A su vez, los Estados europeos habían seguido el mismo ejemplo. Alrededor de las 22 horas estaba prevista la llegada de varias delegaciones al aeropuerto Kennedy. Las únicas concesiones al plan de base eran que los cinco agentes de los servicios especiales serían quienes ostentarían la dirección del debate, y que no participaría ningún representante de la prensa ni de los restantes medios informativos. Además, se había avisado a Golda Meir de la amplitud que iba a revestir la conferencia, proponiendo a Israel que enviara más representantes. Pero, sin vacilar, la primer ministro había declinado el ofrecimiento; por tanto, Hamlekh sería el único observador por parte israelí.

A las 23,40, Laurent y Elena, precedidos por el joven diplomático, que tomó asiento en la parte delantera, subieron al DS del consulado. Estaba lloviendo y el portero del edificio, cuyo uniforme recordaba al de un general latinoamericano, les protegió con un gran paraguas multicolor que hacía juego con el baldaquín que pendía sobre la puerta de entrada.

El coche tomó por Broadway hasta Times Square, torciendo allí por la calle 42 Oeste. Al llegar ante la inmensa Estación Central, el vehículo tuvo que aminorar la marcha, y luego, con gran dominio del volante, el conductor volvió a adquirir velocidad. Una vez en el East River, torció en ángulo recto y llegó al edificio de la ONU por la Franklin Roosevelt Drive. Pasando de largo la entrada principal de la torre de cristal que bordea el río, el conductor guió el automóvil por el camino de acceso a la biblioteca, separándose del mismo unos doscientos metros más allá y penetrando en el aparcamiento subterráneo del edificio de la Secretaría General.

Siempre precedidos del cónsul, Laurent y Elena subieron al secretariado de la ONU por uno de los seis ascensores que lo unen con los tres sótanos. Luego se dirigieron hacia el edificio de conferencias por el pasillo que comunica ambas construcciones. Dos policías uniformados condujeron a Elena y al diplomático hasta la *room of quiet,* al tiempo que otros dos acompañaban a Laurent hasta la sala del Consejo de Tutela, donde finalmente iba a celebrarse la conferencia extraordinaria.

Al penetrar en el anfiteatro, Laurent experimentó una sensación de malestar. Casi todos los observadores internacionales habían llegado antes que él y, en un ambiente de *cocktail* mundano, los delegados se habían reunido en pequeños grupos, de los cuales llegaban fragmentos de conversaciones de diversa índole sin conexión alguna con el tema de la asamblea.

En el centro de la sala del Consejo de Tutela, obra del arquitecto danés Finn Juhl, destacaba una gran mesa de conferencias, en torno a la cual podían acomodarse hasta setenta delegados. Era de estilo nórdico y la circundaban una serie de graderíos, dispuestos en círculo, donde se hallaban los asientos de los observadores. Cada uno de los brazos de los sillones iba provisto de un casco que permitía la difusión simultánea de los debates en once idiomas. Un altavoz disimulado en algún lugar anunciaba cada tres minutos, en inglés: «Señores: sírvanse solicitar al secretario general el número de los asientos que les han sido destinados»; pero, al parecer, nadie prestaba la menor atención a estas palabras.

Laurent se informó de la plaza que ocupaba y se sentó en el lugar que se le había asignado en la mesa central. Encendió un cigarrillo y esperó resignadamente. El altavoz anunció: «Señores: sírvanse ocupar sus sitios, los debates van a empezar.» Sólo entonces todo el mundo se precipitó en tropel hacia el secretario. Uno tras otro los observadores fueron ocupando sus asientos, con ademanes indiferentes que recordaban más la llamada de fin del entreacto de una representación teatral que el inicio de una reunión de trabajo.

Ya en las gradas, los comentarios prosiguieron. Los vecinos en las plazas ocupadas presentaban al compañero a otro asistente próximo, aludiendo a las relaciones comunes, mientras otros bromeaban.

Laurent calculó por lo alto el número de observadores: cincuenta como mínimo. ¡Era aberrante!

Casi a pesar suyo, los asistentes fijaron los cascos en la cabeza, cubriendo sus oídos con grandes auriculares de caucho muy blando. En el tablero de mandos que tenían en el brazo del asiento escogieron la lengua en la que deseaban seguir los debates. El noventa por ciento escogió el inglés.

—Les ruego presten atención, señores. Mi nombre es Saudners, Richard Saudners. Levanto el brazo. ¿Me distinguen?

Desde las gradas, numerosos movimientos de cabeza siguieron a la interpelación.

—Bien, señores. Para aquellos de ustedes que no estén familiarizados con la técnica de traducción simultánea, quiero indicarles que me encuentro en el centro de la mesa y que tengo a mi cargo la dirección de los debates. Represento al gobierno de Estados Unidos. Van a asistir ustedes a una discusión entre sir Edmund Wycherley, representante del Rieno Unido; Hans Schloss, de Alemania Federal; Laurent Martin, de Francia; Yefet Hamlekh, de Israel, y yo mismo. Voy a citar otra vez sus nombres y les ruego a cada uno que levanten la mano.

Los cuatro representantes de los Servicios especiales obedecieron. Saudners prosiguió:

—Aquellos de ustedes que deseen tomar la palabra, no tienen más que pulsar el botón verde que tienen en el brazo derecho de su asiento. Yo decidiré si la intervención es o no pertinente y el orden en que se desarrollará. ¿Conforme? Un último detalle. Creo que todos los aquí presentes han asistido a la proyección de la película remitida por la organización palestina, celebrada a las 23,30. Si alguno no ha podido verla que levante la mano.

Nadie hizo el menor gesto y Saudners concluyó:

—¿Cuál de los representantes que he mencionado quiere iniciar el debate?

Nadie recabó prioridad.

—Alguien tiene que empezar. Sir Wycherley, por favor.

El delegado británico era un hombre delgado que aparentaba unos cuarenta años. Un espeso bigote de tonos claros remataba su labio superior, vestía un traje negro y negra era también la corbata. La única nota discordante era la camisa listada con franjas verticales rosas y blancas. Con acento oxfordiano dio comienzo a un discurso que se prolongaría estérilmente durante algunos minutos. Sus frases venían cadenciosas y entrecortadas por el extravagante tartamudeo, típico de la clase alta londinense que a principios de siglo empezó a imitar el habla de la aristocracia.

—*I... I... I think...* Creo que puesto que la República francesa es hasta el momento la única a la que afectan las condiciones llegadas hasta nosotros, corresponde al señor Martin exponer las conclusiones de su gobierno.

Laurent, sin vacilar, levantó la mano y replicó:

—Mi gobierno desea conocer los puntos de vista de las otras naciones antes de tomar una decisión.

Saudners intervino:

—Señor, este juego puede prolongarse infinitamente.

Laurent tomó otra vez la palabra:

—El gobierno francés no puede ni quiere ejercer ninguna presión sobre el señor Fargeau, quien está formalmente decidido a ceder sin restricciones a las reivindicaciones que de él dependan. A menos que ustedes no logren persuadirles de que existen otros caminos, los dirigentes franceses difundirán la película y pondrán en libertad al súbdito argelino a instancias del ministerio de Justicia, que es el que está facultado para condonar las penas.

Un murmullo recorrió los graderíos, al tiempo que se producían un intercambio de miradas entre los delegados observadores. Saudners tomó la palabra:

—¡Supongo que se dará usted cuenta de la extrema gravedad de esta decisión!

—Repito que espero sus sugerencias.

Una treintena de lucecitas piloto se encendieron simultáneamente en el tablero de Saudners. Casi todos pedían la palabra, pero fue Hamlekh quien la obtuvo por razones de prioridad.

Sin apartar la mirada de Martin, y con la mano levantada, declaró:

—Propongo retrasar el debate veinticuatro horas, al objeto de que todos podamos consultar con nuestros gobiernos.

La propuesta provocó un rumor de general hostilidad. Pese a ello, Hamlekh prosiguió:

—Propongo una votación.

Laurent comprendió lo que Hamlekh quería decirle con la mirada. A su vez, el agente francés fijó la vista en el americano. Saudners votó por el aplazamiento, y otro tanto hizo el agente israelí, secundado por Martin y Schloss. Al existir mayoría válida, Saudners clausuró la sesión entre los abucheos reprobatorios de los observadores, frustrados en sus deseos.

A medida que las voces disconformes iban en aumento, los cinco agentes especiales acordaron con discreción reunirse una hora más tarde en el apartamento de Central Park puesto a disposición de Martin.

De la reunión nocturna en el apartamento de Central Park no salió tampoco ninguna solución: los cuatro delegados de los servicios especiales no disponían de argumentos lo bastante sólidos para inducir a Francia a volverse atrás en su decisión.

Saudners, el americano, terminó con un monólogo que, a pesar de su extrema lógica y dolorosa evidencia, habría puesto en peligro la permanencia de su Gobierno de haber sido manifestado públicamente por un político. El representante de la CIA empezó diciendo, en un arrebato de frío cinismo:

—La verdad es que nos importa un bledo, y creo que nuestros Gobiernos respectivos comparten ese punto de vista. Nos importan un pepino la vida de estas chiquitas, y sus raptores lo saben perfectamente, razón por la cual apuntan a la opinión pública, o sea, la preocupación fundamental de los Estados democráticos. Nuestra única defensa consiste, o bien en volver la opinión a nuestro favor, o bien en atentar contra ella, lo que comporta un riesgo considerable. Dar la vuelta a la opinión pública así, en caliente, es casi imposible, a menos que los raptores cometieran el error de permitirnos la salida que haría posible decir: «Sacrificamos una vida inocente, pero con ello salvamos cien, mil o más.» Sin embargo, es preciso que nuestro razonamiento se sostenga, que sea irrefutable. Supongamos, por ejemplo, que los palestinos exigen armas. En tal caso las cosas se nos pondrían cuesta abajo. Pero Martin lleva razón: jamás lograremos convencer a la gente de que la liberación del tal Ben Aloush constituye un peligro concreto, aun cuando lo fuera realmente. Lo irritante es que esta camarilla de cerdos que son los fedayin parece haberlo comprendido así. Han tardado, pero en esta ocasión sus métodos van sobre ruedas. Hasta hoy todas sus acciones ofrecían un fallo que permitía la respuesta. Los terroristas eran visibles, estaban a nuestro alcance y, sobre todo, los rehenes sólo eran un número, una entidad abstracta, nadie tenía tiempo de humanizarlos a los ojos de la opinión pública. Una matanza nunca causa alegría, pero no llega a encolerizar a las masas. Lo ocurrido en Munich creó en la gente una sensación de frustración más que un sentimiento de injusticia o de horror, tanto más cuanto que los atletas israelíes secuestrados eran figuras de las que sólo se esperaba una actuación mediocre. Ninguno de ustedes ignora el mal rato que pasamos cuando nos dimos cuenta de que estos bestias hubieran podido hacer lo mismo con Mark Spitz sin incurrir por ello en mayores riesgos. Créanme, los soldaditos hubieran dejado su artillería en los vestuarios. Y cabe imaginar incluso que los fedayin hubieran realizado una elección todavía mejor que esa: la de un atleta tan popular como nuestro nadador californiano, pero sin que tuviera en sus venas la menor gota de sangre judía; eso todavía les habría permitido alcanzar un triunfo más sonado. Bien, no seamos demasiado exigentes y contentémonos con Mark Spitz. Si hubiera sido la víctima del rapto, los guerrilleros habrían hecho vibrar el corazón de las naciones, pues en este lapso de los Juegos Olímpicos, Spitz *existía.* Representaba mucho más que un grupo compacto y anónimo formado por los pasajeros de un avión o por un puñado de diplomáticos desconocidos de la mayoría de la gente. A las tres cuartas partes de las amas de casa del mundo entero se les caía la baba, ¡así de fino lo digo!, ante su aparato de televisión cada vez que Spitz aparecía en la pantalla. De haber sido raptado nos hubiéramos visto obligados a reaccionar como ahora y dejarnos tirar de las narices, sólo que en Munich nuestro único error fue el de dejar a tres hombres con vida...

Saudners hizo una corta pausa y luego prosiguió:

—Concluyendo: hemos subestimado a esos palestinos. Lo cierto es que hemos tenido siempre ante los ojos este peligro real, enorme, inaprehensible, pero nos hemos empeñado en cerrarlos. Precisamente, y a este respecto, presenté en marzo de 1970 un informe personal al presidente Nixon. Fue con ocasión del rapto de un avión, perpetrado por delincuentes vulgares, dos granujas que sólo pedían una cantidad relativamente modesta. A pesar de ello, pusimos en práctica un plan para hacerles frente en San Francisco. Todo estaba preparado. Cierto que los riesgos de herir o matar a un pasajero o a un miembro de la tripulación existían, aunque muy aminorados, pero estábamos dispuestos a asumirlos. No para evitar el pago de unos miles de dólares, sino para no tener que reconocer públicamente, costase lo que costase, la eficacia del chantaje. ¡Pero luego vino la cochinada! Resulta que la azafata era la amiga de un periodista de Berkeley, un especialista de la prensa «rosa». Así, de buenas a primeras, este puerco larga en la primera página de un papelote de gran tirada una soberbia foto de la chica y un rollo sentimental a seis columnas sobre las terribles vicisitudes que ella había atravesado durante toda su vida, una vida contra la que el destino se había cebado encarnizadamente desde su más tierna infancia. Allí había de todo: huérfana a los doce años, poliomielítica a los dieciséis, el prometido muerto en Vietnam a los dieciocho años. Incluso Kissinger tuvo que llorar de haberlo leído. Por mi parte, me apresuré a coger el teléfono, cursar órdenes a los tiradores de primera para que volvieran a sus casetas de entrenamiento y avisar al Chase Manhattan que preparasen el dinero. Este hecho explica también lo que ahora está ocurriendo. Recuerdo que en aquel entonces no pegué un ojo en toda la noche. Me imaginaba la primera página del «New York Times» y del «Washington Post» con la foto de la joven azafata en el catafalco, bella y sensual ante la muerte pese al agujerito que tenía en medio de la frente, y luego, el título: «Muerta por 50.000 dólares.» Después, cuando nos hayamos sacado de la garganta el cuchillo del caso «Rosebud», hagamos como los israelíes, manipulemos a la masa y demos la vuelta a la opinión pública. Hay que sensibilizar al pueblo sobre los peligros que entraña el ceder por sistema ante la aprehensión de rehenes.

Richard Saudners cayó en la cuenta de que la botella de coñac estaba vacía, y a regañadientes se sirvió un trago de whisky de malta.

—Pero, entretanto, cedamos, cedamos —lanzó un suspiro—, y roguemos para que las exigencias de los fedayin continúen siendo razonables por largo tiempo.

20

Laurent y Elena regresaron a París dos días después. El film traído por la muchacha tenía que proyectarse en el curso de las noticias televisadas de las 19,45. Luego seguiría la sesión de autocrítica impuesta a Charles-André Fargeau. Pero la gente todavía ignoraba la rendición sin condiciones del Gobierno francés, y los ánimos estaban exaltados.

En todas partes, grupos estudiantiles de diversas tendencias habían organizado manifestaciones masivas. Las consignas volaban de boca en boca tras haber sido proclamadas a voz en grito en las pancartas durante las imponentes manifestaciones que se habían producido, diferenciándose sólo en el idioma: «¡Que se proyecte el film!» «¡Informad a la opinión pública!» «¡Tenemos derecho a saber!» «¡Silencio asesino!», etcétera.

Pero la magnitud del peligro se hizo evidente a los Gobiernos cuando pudieron calibrar hasta qué punto estas reacciones de la juventud gozaban del favor popular. Por vez primera en la historia contemporánea, simpatizantes de todos los estratos sociales, sin distinción de edad, iban sumándose a los manifestantes. Burgueses, obreros, estudiantes y escolares atravesaban en manifestación las principales ciudades de Francia, Alemania, Gran Bretaña y Estados Unidos, entrelazados los brazos en una marea humana peligrosamente homogénea. Ante ellos sí que era preciso ceder. Los que tiraban de los hilos en el asunto del ataque palestino al «Rosebud» demostraron ser profetas sutiles: las masas populares reaccionaban como los espectadores de un drama lacrimógeno, emotivo y pasional, ante el cual se amenazaba con bajar el telón. Pero para exigir la continuación del espectáculo, la opinión pública disponía, por encima de todo, de un pretexto humanitario: la salvación de cuatro adolescentes pletóricas de juventud y belleza. Los palestinos habían logrado un fabuloso triunfo, y es que todo el mundo hablaba sólo de la operación «Rosebud».

La espontaneidad de estas manifestaciones era una cuestión muy discutible. Patrice Thibaud y sus militantes habían iniciado con gran habilidad el movimiento, o, más exactamente, se habían dejado llevar por los acontecimientos que su dirigente había sabido crear con toda premeditación.

Tres días antes se habían reunido en la periferia del barrio latino más de diez mil estudiantes que reclamaban la liberación del joven profesor. Las cámaras de la televisión no sabían hacia dónde dirigir su objetivo, y la manifestación iba engrosándose con nuevos elementos; la policía había recibido orden expresa de no intervenir bajo ningún pretexto.

A la vez, un clima de angustia iba cerniéndose sobre el Elíseo, el hotel Matignon, el ministerio del Interior y la prefectura de policía. Todos los responsables del mantenimiento del orden se encontraban de forma inexorable en un callejón sin salida. Todos ellos sabían que ahora no tenían más remedio que mostrar a Patrice Thibaud con su rostro destrozado y sangrante de «torturado» bajo los proyectores de la televisión mundial.

El prefecto de policía reventaba de rabia, hasta el punto de acariciar por breves segundos la idea de abandonar en manos de la muchedumbre al comisario Le Breton y a sus ayudantes, una vez depuestos de sus cargos. La imagen del linchamiento de estos brutos centelleó por unos instantes con alegría malsana en el cerebro del alto funcionario. Pero no tenía más remedio que afrontar la triste realidad... Con un rabioso gesto rubricó el comunicado que anunciaba la liberación de Patrice Thibaud, verdadera obra maestra, equívoca y confusa, de la literatura policial, en donde se aludía a los dolorosos y trágicos dilemas que en un momento dado pueden impulsar a un funcionario demasiado celoso de su cargo a caer en la abyección.

El Palacio de Justicia estaba acordonado por una doble hilera de CRS que cerraban herméticamente el paso al mismo y a los edificios de la policía judicial. Sin embargo, nadie impidió que el cortejo de manifestantes atravesara el puente Saint-Michel y luego el de la Cité. La muchedumbre se arremolinó a lo largo del Quai des Orfèvres, afluyendo incluso hasta los mismos taludes del Sena. Ante el número 36, los coches de la prensa y demás órganos de la información se habían desplegado formando un amplio semicírculo; mientras tanto, las cámaras y los proyectores se instalaban en las plataformas habilitadas en los techos de los automóviles.

El comunicado precisaba que las autoridades policiales no tratarían ni de escamotear al joven filósofo, a pesar de las huellas de los malos tratos infligidos, ni de impedir la tarea de los periodistas, que podrían entrevistar, filmar y fotografiar su salida sin impedimentos de ningún tipo.

Este gesto, con el que el Gobierno deseaba demostrar su buena voluntad, no engañó siquiera a los más cándidos: era evidente que, aun cuando Patrice Thibaud hubiera sido liberado con más discreción, se hubiera precipitado hacia los objetivos de las cámaras como una avispa sobre la miel.

A las 24,14 la maciza puerta negra del Quai des Orfèvres se entreabrió y, a la vez, decenas de proyectores de potente voltaje se encendían. Patrice Thibaud apareció con paso vacilante ante las luces relámpagos y de los focos que convergían sobre su persona. El joven agregado se apoyaba en dos célebres abogados, apóstoles notorios del espíritu progresista, cantores talentosos de la «izquierda subyugada y tiranizada». En medio de gestos y actitudes patéticas, los abogados demostraron que sus dones no se reducían sólo a la elocuencia. Sus rasgos se habían contraído en una máscara trágica y sus miradas, aun cuando conservaban una dignidad estoica, traducían sentimientos de indignación y de venganza. Avanzaron con paso corto, prodigando toda clase de atenciones llenas de circunspección, como si se tratara de José de Arimatea y de Nicodemo sosteniendo el cuerpo de Cristo después del descendimiento de la cruz.

Patrice había exigido que se le quitaran todos los apósitos que cubrían sus heridas y fracturas. Diez micros avanzaron hasta colocarse a la altura de sus labios. El joven acertó a citar, con voz débil, a Saint-Simon:

—Se mostraron tan malvados como su estupidez se lo permitió.

Su aparición, en color, en las noticias televisadas de las 22 horas, suscitó la indignación y la cólera a escala nacional. A partir de la madrugada del día siguiente, Patrice, con la nariz enyesada, las desolladuras y cortes cosidos con hilo de sutura y las heridas vendadas, arrancaba de manos de los militantes izquierdistas el estandarte de la venganza y de la justicia, creando el «movimiento internacional para el apoyo a los mártires palestinos y la liberación de los rehenes». Aquella misma noche se entrevistó con Charles-André Fargeau. El joven profesor obtuvo fácilmente una financiación discreta de su movimiento por parte del viejo millonario.

Tres días después de la liberación de Patrice Thibaud, en plena exaltación de los ánimos, se procedió a difundir por todas las cadenas de televisión del mundo occidental la película de los fedayin, junto con la autocrítica de Charles-André Fargeau.

Las primeras reacciones de las masas ante las nuevas exigencias de los palestinos estuvieron impregnadas de sentimientos encontrados: asombro y curiosidad, pero también, en algunos casos, frustración y decepción. Era indigno, pero humano. Todo el mundo esperaba un golpe teatral, y lo que emergía a la luz era un ultimátum de una modestia apabullante. Nadie había oído hablar nunca de aquel Rachid Ben Aloush. En cuanto al hecho de que Charles-André Fargeau hubiera vendido armas a Jordania, a la opinión pública le parecía aquello un detalle ambiguo. ¿Acaso no era normal que un millonario tratara de adquirir mayores riquezas? ¿Por ventura los jordanos y el pequeño rey no eran árabes y, por tanto, enemigos de Israel?

Aparte las minorías intelectuales y políticas, que no ignoraban nada del problema, el gran público tuvo que sufrir las explicaciones facilitadas por los medios informativos, que comentaron con amplitud el objetivo buscado por los terroristas, objetivo que éstos alcanzaban de lleno con la propia difusión de estos comentarios.

El símbolo vinculado a la expresión «Septiembre Negro», transmitido por lo bajo desde hacía casi tres años, fue para muchos un hallazgo. Hasta entonces muchos creían que las dos palabras que la organización terrorista había escogido como emblema estaban falsamente ligadas a una acción antiarábiga por parte de Israel. El mundo descubrió el ambiguo papel desempeñado por Jordania en el problema del Oriente Próximo. Sólo entonces las matanzas ocurridas en septiembre de 1970 encontraron amplia audiencia internacional.

Pero los Gobiernos no se dejaron engañar en torno al objetivo que buscaban y habían alcanzado los guerrilleros palestinos: mediante la autocrítica de Fargeau pretendían sensibilizar a la opinión pública sobre su problema, y por esta vía habían empezado a constreñir con habilidad a las naciones, obligándolas a exponerlo en detalle. Por contra, los dirigentes occidentales se engañaron completamente sobre la personalidad de Rachid Ben Aloush. Tampoco el mundillo político supo discernir la verdad del caso. Y nada tenía de extraño que así aconteciera, ya que para comprenderlo hubieran tenido que reconocer a los fedayin una astucia y un talento fuera de lo común, y lo cierto es que hasta el presente se había adquirido el hábito de considerar a los terroristas de «Septiembre Negro» como un puñado de exaltados que se precipitaban ciegamente en empresas a menudo cruentas e implacables que, pese a ello, no sacudían los cimientos de la sociedad occidental. El maquiavelismo preciso, razonado, de los hombres que en esta ocasión colocaban las piezas de una trampa inexorable no cruzó por la mente de los políticos. Adaptando la política del avestruz, sentaron la premisa de que Rachid Ben Aloush era un agente secreto que los palestinos querían recuperar.

Sin embargo, la verdad era muy simple y tan vieja como el juego de la revolución. Dimanaba de la táctica tradicional consistente en amplificar las «contradicciones internas» de la sociedad que se desea aniquilar. En el caso concreto del momento, el aparato judicial francés hacía una demostración pública de las paradojas de la democracia. En su calidad de trabajador árabe sin defensa, Ben Aloush era sancionado por un delito leve con una severidad ejemplar. Y en el supuesto contrario, si era realmente un agente secreto palestino, se le liberaba pese a los importantes cargos formulados probablemente contra él. Así no sólo la justicia no era la misma para todos, sino que además el ministerio de Justicia ostentaba el poder de anular un juicio sobre el que había recaído sentencia firme. Poder relativo por otra parte, ya que sólo se manifestaba la amenaza de un chantaje.

En cuanto a Rachid Ben Aloush, que nunca había comprendido gran cosa de lo que le estaba ocurriendo, se dejó llevar, completamente aturdido, por los acontecimientos. Por espacio de tres días sufrió cándidamente una serie de interrogatorios en las dependencias de la DST, en la calle Saussaies. Día y noche, una decena de los mejores agentes del contraespionaje francés se revelaban en un intento de arrancar alguna palabra al reprimido sexual, en espera de algún signo que les pusiera sobre la pista.

Al principio, el árabe, utilizando un lenguaje onomatopéyico, había respondido con evasivas. Por fin, renunció a ello y dejó que los técnicos de la guerra secreta usaran a capricho una serie de argumentos que igual hubieran podido formular en chino. Pero la actitud del obrero reforzó a los interrogadores en la idea preconcebida de que se hallaban frente a un superespía que les daba cruz y raya, desempeñando con gran habilidad el papel de un tipo abotargado y estúpido, feliz en su inocencia.

Pero el absurdo llegó a su culmen cuando Ben Aloush fue liberado. Dos horas después de la difusión de las exigencias palestinas, un Caravelle fletado especialmente para el caso condujo al peón de la construcción hasta Argel, donde le fue dispensado un trato especialmente atento, siguiendo instrucciones del coronel Bumedián.

Tras la capitulación del gobierno francés, el mundo entero esperaba anhelante la liberación del segundo rehén.

Tercera parte

21

Laurent Martin abandonó París unas horas después de la liberación del peón árabe. Provisto de un pasaporte y documentos a nombre de Lucien Moliguer, comerciante de antigüedades de la calle Université, cruzó la frontera de Alemania Federal por Morsbach, al volante de un Renault 16 que había alquilado.

Llegó a Frankfurt a las cuatro de la madrugada. Cruzó la ciudad desierta, y sin dificultad dio con la Grosse Bockenheimer Strasse y el modesto hotel Swille, en el que Hans Schloss había retenido una habitación a su nombre. No le causó extrañeza encontrar una nota del agente del BND rogándole que le despertara fuera cual fuese la hora de su llegada. A las 4,25, Schloss, todavía adormilado, y vestido con una bata de colores chillones, llamó a la puerta de Martin. En la mano sostenía un bote de Nescafé, con el que elaboró un brebaje concentrado en el vaso de cepillo de dientes, recurriendo para ello al agua caliente del grifo y sirviéndose del índice para diluir los terroncitos. Laurent informó al agente alemán de lo que le había comunicado Hamlekh respecto a la sociedad que confeccionaba las historietas pro árabes, sita en la orilla izquierda del Main. El agente francés concluyó:

—Hay que intervenir el teléfono de estos tipos y encontrarme un apartamento, o incluso una simple habitación, desde la que pueda vigilar todos sus movimientos.

—Martin, no te preocupes por eso. Conozco personalmente al director de la policía de Frankfurt. Es un hombre competente, y además, puedes contar con su discreción. Harán lo que les digamos, sin pedir explicaciones.

A las nueve de la mañana, Martin y Schloss subían en el ascensor de la jefatura central de policía. Una vez en el segundo piso, fueron conducidos al instante al despacho del *Polizeichef* Hersfeld. El jefe de la policía aparentaba unos sesenta años y sus maneras un tanto bruscas delataban a un antiguo oficial del ejército. Schloss le expuso la situación sin precisar la vinculación del caso con el asunto del «Rosebud». Sin embargo, y ante la insistencia del agente del BND acerca de la importancia de la misión y la discreción que tenía que rodear la actuación policial, pareció como si el comisario jefe hubiese comprendido perfectamente. Como funcionario meticuloso que era no dejó, empero, traslucir la menor reacción, contentándose con desplegar un plano gigante de la ciudad y anotar las instrucciones de Schloss antes de concluir:

—Antes del mediodía, ni una rata podrá entrar o salir de este departamento de la Schiffer Strasse sin que lo sepamos. Hasta que no me indique lo contrario, todas las personas que visiten la Société Franco-Belge d'Art Graphique serán controladas, y sin que tengan la menor idea ni capten el más pequeño detalle sospechoso. Sea cual fuere el número de visitas que tengan lugar, le tendré al corriente sobre los datos que obran en nuestro archivo central respecto a todos aquellos que penetren en esta empresa o que hayan estado en contacto telefónico con la misma.

No había transcurrido todavía una hora desde la celebración de la entrevista cuando una furgoneta Audi NSU con el emblema del servicio de reparaciones de los ascensores Thorens-Hafrabba se detenía ante el número 9 de la Schiffer Strasse. Dos empleados con uniforme verde entraron en el edificio de seis pisos. Sólo había un piso por rellano, y las oficinas de la Société Franco-Belge se encontraban en el segundo. Una placa de baquelita sobre la puerta de acceso indicaba el nombre de la razón social, las horas de trabajo —de 9 a 12,30 y de las 14 a las 18— y precisaba a los visitantes que entrasen sin llamar.

Tras haber colgado un cartel en la planta, con la indicación de «ascensor averiado», los falsos empleados subieron al tercer piso y sacaron su material. En caso de que en aquellos momentos un inquilino receloso o intrigado hubiera llamado a la delegación de la Casa de Ascensores en Frankfurt, preguntando sobre el particular, le habrían contestado que, en efecto, dos técnicos de la firma estaban verificando la instalación eléctrica. Hersfeld nunca dejaba ninguna cosa al azar. Con el pretexto de tener que desmontar el mecanismo de envío y llamada del ascensor en el tercer piso, los policías vigilaban con atención el rellano inferior.

Transcurridos veinte minutos, un visitante franqueó la entrada de la firma de artes gráficas. La puerta, al abrirse, ponía en marcha el mecanismo de un timbre continuo que sólo se cortaba al cerrarse de nuevo la puerta: era un contratiempo imprevisto. Los policías necesitaron siete minutos para descender al segundo piso y repetir la misma operación con el mecanismo de llamada. Pero en esta ocasión, la caja eléctrica con la marca Thorens-Hafrabba que colocaron en el lugar correspondiente contenía un receptor-emisor miniatura cuya sensibilidad era tal, que incluso sin el timbre era capaz de contactar con el mero ruido producido al abrirse y cerrarse la puerta de entrada de la firma de artes gráficas, ruido que podía transmitir hasta un radio de tres kilómetros.

Los policías abandonaron el lugar sin que nadie hubiera reparado en su presencia.

Al mismo tiempo que se desarrollaba la escena en el ascensor del inmueble, un inspector y dos técnicos se presentaron al conservador del museo de Artes Decorativas, situado en el muelle de la orilla izquierda del Mair, a la altura de la Schiffer Strasse. El conservador acababa de recibir aviso de la visita del propio Hersfeld. Sin perder un instante, condujo a los técnicos auxiliares de la policía hasta las salas de depósito de porcelana del siglo XVIII, en el cuarto piso.

En la fachada este del edificio sólo había tres tragaluces. Antes de entrar en el museo, los policías cayeron en seguida en la cuenta de que la lumbrera de la derecha era la que estaba situada en un ángulo más favorable. Los técnicos prepararon el material. Los tragaluces estaban protegidos por unas cortinas interiores de algodón negro, cuyo objeto era el de proteger el colorido de las porcelanas, que con el tiempo podían verse alteradas por la luz diurna.

Apartaron la cortina de la lumbrera de la derecha sólo dos centímetros, lo cual formaba un ángulo visual que desde el exterior no podía percibirse en modo alguno. Los técnicos limpiaron con todo cuidado el cristal en una superficie de cuatro centímetros cuadrados, luego instalaron un trípode sobre el que montaron una pesada cámara de televisión. Con ayuda de un monitor regularon la orientación de la misma, sólo entonces fijaron el enfoque del objetivo. La imagen recibida era la de la fachada del número 9 de la Schiffer Strasse, desde la puerta de entrada hasta el segundo piso. Por desgracia, las cortinas impedían ver en el interior de los locales otra cosa que sombras; pero éste no era el objetivo buscado.

Una vez fijada la cámara en la posición escogida, los hombres acudieron al despacho del conservador y llamaron al jefe de policía Hersfeld. Éste les dio cuenta del aviso que esperaban: otro equipo similar acababa de ser instalado en el apartamento que iba a convertirse en la central de coordinación. Su distancia de la Schiffer Strasse era aproximadamente, según los cálculos, de unos dos mil cuatrocientos metros. Todo marchaba, pues, a pedir de boca. Este piso se encontraba en el ángulo de la Mainzer Strasse y del muelle del Main, prácticamente enfrente, en la orilla opuesta del río. Los técnicos tomaron nota del número de teléfono. Sirviéndose de hilo telefónico, conectaron la cámara para poder transmitir así las imágenes por la red interna hasta el apartamento elegido.

La dependencia de la Mainzer Strasse era un modesto estudio de tres piezas. Su inquilino era un antiguo policía, ahora jubilado. En menos de una hora, los servicios de Hersfeld habían seleccionado once viviendas de funcionarios, con teléfono y en el radio urbano deseado, estudiado las fichas de las once familias de inquilinos o propietarios; habían fijado la elección en el policía retirado y averiguado que éste se encontraba a la sazón de vacaciones por un período de tres semanas en Mummelsee, un pueblo de montaña en la Selva Negra. A través de la policía de Baden-Baden, situada a treinta kilómetros del lugar, habían localizado al hombre y obtenido de él, por teléfono, su cooperación. Por último, los hombres de Hersfeld habían forzado la puerta con ayuda de un cerrajero de los servicios técnicos de la policía.

Tal como había garantizado Hersfeld, a las 11,25, con más de media hora de adelanto, el mecanismo de vigilancia estaba dispuesto. Dos inspectores instalados en la Mainzer Strasse seguían por un monitor de televisión las entradas y salidas de las personas que visitaban el inmueble sometido a vigilancia. Cada vez que una persona penetraba en el mismo les bastaba esperar entre veintidós y cuarenta segundos, pasados los cuales, si se oía el ruido del timbre transmitido por el amplificador de radio del que eran portadores, sabían que tenían que habérselas con un «cliente».

Diez inspectores a pie, y veinte automóviles corrientes, se hallaban situados en lugares estratégicos. Cada uno de los inspectores, vestido con ropas civiles, iba provisto de un receptor-emisor de radio: la recepción se efectuaba mediante un tapón en la oreja, y se emitía por un emisor laríngeo colocado disimuladamente bajo el cuello de la camisa. La central coordinadora no tenía más que transmitir la descripción física del individuo que debía ser sometido a vigilancia, para que los agentes no perdieran su rastro. Y lo cierto es que no dejaron escapar ninguna pista. Durante los dos días que siguieron, Laurent y Schloss lo supieron casi todo de los nueve personajes que habían entrado en las dependencias de la Société Franco-Belge, así como también sobre los veinticuatro que cruzaron llamadas telefónicas con la misma. Los datos provenientes de los ficheros de la policía no les indicaron gran cosa: la sociedad realizaba a todas luces actividades perfectamente lícitas y por completo ajenas a la confección de dibujos de historietas con destino a los países árabes.

Esta constatación reforzó a Laurent en la creencia de que había enfocado el asunto con buen pie: los tres artistas eran meros comparsas, de los cuales nada podía obtenerse. Sin embargo, quedaba en alto una certidumbre: las historietas se imprimían semanalmente en el Líbano. Así pues, era preciso que existiera un enlace, o una serie de ellos, que efectuara las entregas, y era sobre esta pista que el agente francés tenía puesto todo su empeño.

Laurent y Schloss no salían prácticamente del hotel Swille. Permanecían a la espera de que aconteciera el lance insólito que posiblemente les conduciría por la senda segura.

El acontecimiento se produjo tras una espera de treinta y una horas. El jefe de la policía llamó en persona: hacía veintiún minutos, un individuo no identificado había entrado en la firma de artes gráficas y, tras permanecer unos pocos segundos en su interior, había salido y caminado hasta el muelle, donde le esperaba un taxi verdinegro, Mercedes 220 D, de la compañía Western. Según los primeros informes transmitidos, el vehículo atravesaba en aquellos momentos el Stadwald, el magnífico paraje boscoso que se extiende al suroeste de la ciudad y cuya carretera interna conduce al Flughafen Rhein-Main, el aeropuerto civil de Frankfurt.

Hersfeld precisó:

—El hombre aparenta unos cuarenta años y debe de medir un metro setenta como mucho. Lleva un sombrero de ala corta, lentes con montura metálica, un traje de tergal muy arrugado de color azul desteñido, una corbata a rayas verdes y negras, camisa de nylon verde bastante sucia. Calza zapatos de ante muy sucios y lleva una bolsa de doble asa y tamaño mediano, como las que suelen utilizarse para disponer el equipo fotográfico. He pensado que si el individuo pretendía salir de Frankfurt por vía aérea tendrían intención de seguirle. Un coche Deutsche-Fiat sin ninguna señal externa tiene que estar ya estacionado ante la puerta de su hotel. Si se dan prisa, pueden alcanzar a su cliente en el aeropuerto con menos de diez minutos de retraso sobre él.

En efecto, ambos agentes se apresuraron a salir del hotel. Una vez en el interior del vehículo volvieron a comunicar por radio con Hersfeld. La circulación era fluida. Eran las 19 horas. El conductor llevaba el coche a las mil maravillas y adoptaba riesgos calculados al milímetro. El automóvil enfiló hacia la derecha antes de llegar al parque zoológico, cruzó el último puente sobre el Main y se introdujo en el Stadwald.

La radio difundió la voz del *Polizeichef*:

—Sí, en efecto. Nuestro hombre se dirigía al aeropuerto. En estos momentos está pagando al taxi frente a las oficinas de la BEA. ¿Quieren que les reserve dos plazas en el vuelo que tome?

Ambos agentes intercambiaron una mirada de asentimiento. Schloss tomó el micro y confirmó:

—De acuerdo, sea cual fuere el punto de destino.

—Entendido. ¿Dónde se encuentran?

—Estamos cruzando el Stadwald, aproximadamente a unos siete kilómetros del aeropuerto.

—Aminoren la marcha y esperen mis instrucciones.

El conductor alzó un poco el pie del acelerador y el Fiat se deslizó por entre los enormes árboles del bosque a cincuenta kilómetros por hora. Tres minutos después, la radio volvía a funcionar:

—El sospechoso tenía reservada plaza de clase turista en el vuelo 412 de la BEA con destino Berlín, a nombre de Thorwald Klaus. Hemos logrado reservar un asiento en primera clase a nombre de Moliguer, y otro de clase turista para Schloss. Voy a contactar con Berlín para que pongan en marcha un dispositivo de vigilancia. Ustedes dejen que el sospechoso siga su camino y no teman, la policía de Berlín no le perderá de vista. El avión inglés despega a las 20,05, o sea que tienen tiempo suficiente. Cuando lleguen a Berlín pónganse en contacto con mi colega Arno von Kleist, jefe superior de policía de Berlín occidental. En estos momentos el *Regierender-Burgermeister*, con el que me puse en comunicación, debe de estar instruyéndole. Cambio. Buena caza.

El Trident de la BEA aterrizó en Tempelhof a las 21 horas. Laurent y Schloss identificaron sin dificultad al hombre que viajaba bajo el nombre de Thorwald Klaus. En el inmenso vestíbulo del único aeropuerto del mundo emplazado en el centro de la ciudad, Laurent y Schloss dejaron seguir su camino al sospechoso. Luego, con toda calma, se reunieron de nuevo, llamaron a voces a un taxi y se hicieron conducir al hotel Ambasssador, en la Bayreuther Strasse, donde alquilaron dos habitaciones en el cuarto piso. Desde allí llamaron a la jefatura superior de policía.

Arno von Kleist les informó de que su hombre se encontraba en un hotelito de Berlín-Zehlendorf, sito en el 57 de la Beerenstrasse: el Mexikoplatz; se había inscrito con el nombre de Klaus. El sospechoso no salió durante la noche y la vigilancia de los agentes no volvió a iniciarse hasta la mañana siguiente, martes, a las 8,40 de la mañana. A las 9,45, un ayudante de Kleist les informó de que el hombre, tras liquidar la cuenta del hotel, se había desplazado a la Kobis Strasse, hasta un laboratorio fotográfico de transparencias en color, una importante firma industrial que llevaba a cabo el revelado del material de numerosos fotógrafos profesionales. Había salido al cabo de cuatro minutos y veinte segundos; luego había tomado un taxi sobre la marcha, y en aquel momento se dirigía en dirección al aeropuerto. No obstante, el taxi había dado un rodeo por la oficina de la lista de Correos, en el 135 de la Möckernstrasse. El sospechoso descendió un momento del taxi para echar un sobre en la estafeta.

El policía que suministraba estos datos rogó a sus interlocutores que aguardaran unos instantes antes de proseguir:

—Acaban de confirmarme que, en efecto, Klaus se encuentra en el aeropuerto de Tempelhof, y que acaba de retirar su tarjeta de embarque para el avión de la Lufthansa con destino Frankfurt.

Schloss colgó el receptor y Martin colocó el auricular en su estuche.

—Voy a prevenir a Hersfeld —declaró el agente alemán—. Conviene que despliegue otra vez el tinglado en Frankfurt.

—Basta con que no pierda de vista al tipo. Me parece que ya tengo la clave —repuso Martin.

Schloss escrutó el semblante del francés, un tanto sorprendido.

—O es usted más listo que yo, o sabe más cosas.

—Piense con calma. Supongamos por ejemplo que en Frankfurt se procede a fotografiar los dibujos originales, plancha por plancha, con una máquina fotográfica que podría ser, pongamos por caso, una Leica 24x36. La misión de Klaus consiste en ir a buscar las películas. Se traslada luego a Berlín, entrega las diapositivas para su revelado a este enorme laboratorio industrial de la Kobis Strasse. ¿Qué le entregan a cambio? Un resguardo numerado con el que cualquier otro puede venir a retirar las diapositivas. Sale del laboratorio y llama a un taxi. Lleva consigo un sobre timbrado dirigido a un cómplice al que sin duda no conoce personalmente. Introduce el resguardo en el sobre, lo echa en una estafeta y regresa a Frankfurt. La cadena se corta.

—Parece razonable —admitió Schloss—, menos un detalle. ¿A qué viene este rodeo por la Möckernstrasse? Nada le impide enviar la carta desde el aeropuerto.

Laurent encendió un cigarrillo y permaneció unos instantes pensativo antes de responder con premura.

—¡Pero si es evidente, caramba! Cuestión de tiempo. Echa la carta en la lista de correos porque sabe que su destinatario acudirá a retirarla en un plazo convenido. Schloss, si Arno von Kleist no se nos muestra demasiado puntilloso en materia de principios, tal vez podamos recomponer la cadena. Basta con apoderarnos de la carta antes de que llegue a manos de su destinatario.

—¿Quiere decir abrir el correo? No sueñe con ello, Martin. Ni el mismo canciller Brandt puede autorizarlo.

—En tal caso, nos queda el laboratorio. En marcha.

Salió a recibirles la directora de la Grosse Kobis Pictorial Organizatione: una mujer rubia que iba peinada con un grueso moño, de aspecto adusto «Lesbiana», pensó Martin, nada más verla.

La directora se negó de plano a la propuesta de los dos hombres. No podía traicionar la confianza de un cliente, ni siquiera por una razón de estado. Puntuó su rechazo con un grandilocuente monólogo sobre el secreto profesional. Sólo accedería si le mostraban una orden del ministerio de Justicia reclamando el material.

—¿Cuánto tiempo necesitaríamos? —preguntó Laurent a Schloss.

—Mínimo, veinticuatro horas; y mucho peligro de que hubiesen filtraciones —contestó el alemán.

—Bien; vamos a ver a Kleist —concluyó Laurent, un tanto frustrado.

Los dos agentes se trasladaron en taxi hasta la jefatura superior de policía, sita en el cruce de Columbiadamm y la Fricesen Strasse.

Arno von Kleist movió la palanquita de uno de los cuatro interfonos de su mesa y pidió con voz autoritaria:

—La ficha de Mauren Scheller, directora de la Kobis Pictorial.

Momentos después, el jefe de policía consultaba sonriendo el expediente.

—Perfecto —anunció—. Frau Scheller se acuesta con su secretaria: menor, de diecisiete años y medio, hija de un antiguo suboficial de la Werhmacht.

Con el rostro congestionado y los labios apretados, la directora de la firma no tuvo más remedio que ceder. Las películas estaban enmarcándose en los soportes de cartón. Al proyectarlas, Schloss y Martin no experimentaron la menor sorpresa: todas relataban las aventuras del superman argelino. Los agentes especiales se enteraron de que el revelado de estas transparencias eran un encargo semanal. La ficha constaba a nombre de Elsa Wintherhalter, una chica que iba todos los martes, entre las 18,15 y las 18,30, a retirar el material.

A partir de las cinco de la tarde se tendió una nueva red de vigilancia en torno a la Kobis Pictorial; pero no fue preciso esperar tanto tiempo como en la ocasión anterior para seguir la evolución de los hechos. Elsa Wintherhalter estaba fichada. Los datos que figuraban en su expediente eran positivos; la única razón del interés de la policía en la chica radicaba en la circunstancia de que formaba parte del grupo de mil muchachas menores de edad domiciliadas en Berlín Este, empleadas fijas en empresas del sector oeste de la ciudad. Cada mañana cruzaba la Puerta de Brandeburgo, y por la noche recorría el camino inverso. La cadena se rompía una vez más. Sin duda el BND poseía numerosas redes de espionaje clandestinas en Berlín Este, pero no cabía pensar en montar un dispositivo de la amplitud que poseía el de la policía de la Alemania Federal desde hacía tres días. No obstante, se instruyó al jefe de la red clandestina del BND en Berlín Este para que tratara de atar los cabos sueltos.

Había que esperar su informe.

22

Laurent acababa de encargar al portero del hotel Ambassador que le reservara plaza en el primer vuelo hacia París. Disponía de cuarenta y cinco minutos libres. Se extendió sobre el lecho, encendió un cigarrillo y empezó a relajarse mecido por la suave música que difundía la radio. Al cabo de un cuarto de hora el timbre del teléfono le despertó de su somnolencia. Era Hersfeld, que llamaba desde Frankfurt:

—Esta mañana Mary Jane Cubitt, la inglesa, ha sido encontrada en el sur de Córcega, hacia la zona de Sarène. La primera cadena nacional de televisión (ARD) va a transmitir la noticia a las 19, dentro de siete minutos.

En el momento en que Laurent colgaba el teléfono entraba Schloss, tras llamar a la puerta. También el agente de la BND acababa de recibir aviso de Frankfurt en el mismo sentido. En seguida se abalanzó hacia el televisor y apretó el botón de contacto. Ambos permanecían sentados en el borde de la cama. Sin intercambiar palabra, siguieron distraídamente el programa musical.

A las 19 en punto, la ARD transmitía, en efecto, un boletín informativo especial. Aunque no daba muchas precisiones, el locutor dio a conocer a grandes rasgos el nuevo golpe teatral acontecido en el caso «Rosebud». La joven inglesa fue hallada al amanecer en condiciones muy similares a su predecesora. Lo único que cambiaba era el lugar de liberación. Al igual que Elena Nikolaos, Mary Jane fue depositada en el lugar, cubierta la cabeza con una capucha y las manos atadas. El locutor continuó diciendo que aun cuando físicamente la joven no parecía haber sufrido violencia alguna, parecía en cambio muy afectada psíquicamente. Llevaba también consigo otra película sonora de dieciséis milímetros. Había sido encontrada por un grupo de escandinavos acampados en la zona, y la gendarmería de Sartène la condujo sin demora al aeropuerto de Ajaccio, donde se le unió su padre, lord Cubitt, acompañado de varios miembros del parlamento y agentes del Special Intelligence Service.

Mary Jane Cubitt fue interrogada en el curso del trayecto aéreo, en un avión especial, entre Ajaccio y Londres. El avión sólo se detuvo breve tiempo en el aeropuerto de la capital británica. Lord Cubitt y los funcionarios británicos bajaron del aparato con la película, mientras lady Cubitt, la madre de Mary Jane, subía al avión para acompañar a su hija. El reactor despegó en seguida con destino a Glasgow. En el momento en que el locutor emitía el parte, Mary Jane se encontraba en los alrededores de Dufftown, en el extremo norte de Escocia, donde tenía que descansar por espacio de una semana en el Cubitt Loundge, el castillo victoriano propiedad de la familia. Nada se sabía acerca de las nuevas exigencias formuladas por los guerrilleros en la película, aunque probablemente ya había sido revelada. Sólo se sabía —continuó el locutor— que a las 23 tendría lugar una proyección en la sede de los Servicios especiales del Reino Unido, la cual estaría destinada a los representantes del gobierno.

En Gran Bretaña existe la costumbre de no facilitar nunca la menor información sobre los servicios secretos;

no obstante, Laurent y Schloss comprendieron que la proyección de la película se realizaría bien en las oficinas del 21 de la Queen Anne's Gate o, lo que parecía más probable, en la calle Curzon, en el segundo piso del Curzon House Club, sede del Joint Intelligence Committes.

Laurent se abalanzó sobre el teléfono, anuló el billete para París y reclamó dos plazas con destino a Londres. Los dos agentes, que no llevaban consigo equipajes, dejaron los objetos de aseo que el botones les había comprado aquella misma mañana y se introdujeron con premura en el ascensor.

El conserje les informó de que el próximo vuelo hacia Londres salía de Berlín a las 23,15. Con todo, podían ganar tiempo tomando el avión hasta París y allí subir a uno de los pequeños aviones de línea que realizan regularmente el trayecto París-Londres.

Laurent se apresuró a consultar los horarios de las compañías europeas y encontró una solución todavía mejor: tomar un DC-8 de las líneas aéreas escandinavas, el cual despegaba de Tempelhof dentro de tres cuartos de hora, y en Copenhague hacía correspondencia casi inmediata con el vuelo regular de la Finnair: Helsinki-Estocolmo-Copenhague-Londres. Todavía no eran las diez de la noche cuando el taxi en que viajaban Laurent y Schloss giraba en torno a Picadilly Circus y enfilaba la avenida que conduce a Pall Mall.

El Curzon House Club tenía desde el exterior la apariencia sencilla y tradicional de la mayoría de clubs privados británicos. Unas escaleras de cinco peldaños, flanqueadas por una barandilla de hierro forjado, llevaba a una puerta de doble hoja de madera maciza. Un portero, vestido con un extravagante uniforme, permanecía de pie en el último escalón. Su estatura y digno continente eran los de un caballero de la muy ilustre Orden de San Patricio; parecía haber estado ensayando durante años aquella actitud con el rostro pétreo e inmutable que le permitía expresarse con sólo el labio inferior sin que su rubio bigote sufriera la menor vibración.

—*Can I do something for you, gentlemen?* —dijo con voz rutinaria.

—*Sir Edmund Wycherley is waiting for us* —mintió Laurent.

Minutos más tarde, Laurent y Schloss subían la escalera interior, alfombrada con tapiz rojo, hasta reunirse con los dieciséis miembros del gobierno y del Parlamento que hablaban por lo bajo en pequeños corros. Sir Edmund salió a su encuentro seguido como una sombra por Yefet Hamlekh. Decididamente, la «Shin-Beth» reaccionaba con prontitud.

—¿Tienen la película? —preguntó en seguida Laurent.

—Por supuesto. Hablaremos de ello después de esta nueva proyección, y mucho me temo que no compartamos el mismo criterio. A primera vista, el nuevo ultimátum no parece sino una broma siniestra y macraba. Pero si se analiza más a fondo... En fin, ustedes mismos podrán comprobarlo. Por favor, vengan a la sala de proyecciones.

Ansioso y anhelante, Laurent se sentó entre Wycherley y Hamlekh. Schloss se sentó en primera fila y se puso unas gafas de gruesa montura. Tras echar un vistazo circular por la sala, sir Edmund indicó con una señal que se cerraran las puertas y se apagaran las luces.

Casi al instante apareció la primera imagen. Era Sabine Fargeau, que ahora desempeñaba las funciones de locutora. A Laurent le llamó en seguida la atención la angustia que reflejaba aquel semblante de rasgos armoniosos. Uno se sentía inclinado a pensar que entre la presente imagen de la muchacha y la que presentaba en el puente del «Rosebud», el día del rapto, cuando apareció desnuda y llena de arrogancia, mediaban diez años de aflicción. Su tez tenía el color de la cera, la frente estaba surcada de arrugas, la mirada permanecía vacía y ausente, y los ojos reflejaban en su vítrea fijeza el desespero que la poseía. La blusa parecía descolorida y arrugada, y en el sobaco se distinguían unas manchas de sudor.

La voz de la muchacha se dejó oír, apagada y monocorde:

—Se nos acaba de informar que mañana Mary Jane va a recobrar la libertad. Quedamos sólo tres y ahora ya sé que yo seré la última. No tenemos ni el valor ni la fuerza suficientes para alegrarnos por la liberación de Mary Jane. Nos sentimos indiferentes hacia todo y sabemos menos que ustedes respecto a nuestro futuro. Vivimos en una angustia continua y sabemos que, al menos en lo que a mí concierne, se prolongará todavía por varias semanas, tal vez más. He aquí, a continuación, las nuevas condiciones que exige «Septiembre Negro» para proceder a la siguiente liberación: el Movimiento de Liberación de Palestina pide que sean ustedes, la opinión pública, quienes formulen propuestas. Tras la difusión de esta película, todo el mundo debe participar a la elaboración de sugerencias constructivas. Éstas deberán difundirse a diario por medio de la prensa y la televisión, que tendrán a su cargo la selección de las propuestas, las cuales los Gobiernos de todos los países tendrán que aceptar en un plazo de veinticuatro horas. En el momento en que el Movimiento de Liberación de Palestina estime válida una cualquiera de dichas propuestas, dará orden de que sea aplicada mediante una serie de cartas abiertas expedidas a la prensa. Sólo en ese momento tendrá lugar la liberación de otra de nosotras. Además, «Septiembre Negro» exige que cada día se publiquen y difundan por radio dos sugerencias como mínimo. Con el objeto de que todo el mundo pueda proponer sugerencias constructivas, imponen la creación de un concurso internacional. Esto costará a mi abuelo cinco millones de dólares; pero, si lo desea, puede recabar la participación monetaria de los familiares de mis compañeras. Con esta cantidad se establecerán diez premios. En el momento en que «Septiembre Negro» juzgue aceptable una de las propuestas, designará por su cuenta, en una carta abierta, al ganador del primer premio de un millón de dólares. Además, indicarán por orden decreciente quiénes son los nueve sugerentes de ideas que restan y que han merecido la atención de la Organización, y en qué proporción estos nueve ganadores habrán de repartirse los cuatro millones de dólares sobrantes. Mis raptores me piden que aclare que este sistema, el cual puede parecer un juego pueril y cruel, constituye en realidad un paso inmenso hacia el único objetivo que pretenden, que no es otro que el de mostrar al mundo el destino de un pueblo martirizado. Por supuesto, para participar en este concurso y tratar de conseguir una fortuna considerable gracias a una idea personal, los candidatos tendrán que empezar por conocer en sus menores detalles la tragedia, vergonzosamente escamoteada a la atención pública, que ha vivido el pueblo palestino tras la creación del estado fascista de Israel. He aquí cuanto tengo que decirles. «Septiembre Negro» espera para saber si el mundo, el pueblo, las masas, decidirán que adopte el papel de verdugo o, como ellos desean, el de libertador.

La luz se encendió en un ambiente de silenciosa densidad. Durante más de un minuto, los espectadores permanecieron anonadados en sus asientos. Luego, la distinguida concurrencia empezó a levantarse y a evacuar la sala con meditabunda dignidad.

Richard Saudners, el agente de Estados Unidos, había llegado durante la proyección. En tanto sir Edmund le entregaba una copia de la nota leída por Sabine Fargeau, los representantes del gobierno y del parlamento desaparecieron en una demostración de cortesía exquisita. Todos ellos, en una actitud muy británica por lo demás, supieron refrenar con estoicismo los vivos deseos que tenían de asistir al debate. Los cinco delegados de los Servicios Especiales volvían a encontrarse reunidos. Sir Edmund Wycherley rogó a todos los presentes que le acompañaran a la sala de conferencias, situada en el piso superior.

La sala de reuniones del Joint Committee era una pieza espaciosa, de techo muy alto. Protegidos por unos pesados cortinajes de terciopelo oscuro, había tres enormes ventanales de doble hoja que daban a la calle Curzon. Una moqueta de espesor poco usual cubría el pavimento. Pese a la vastedad de la estancia, imperaba en ella una atmósfera de intimidad como la de un santuario inexpugnable. El mobiliario de estilo Commonwealth, un lienzo gigante de Johann Zoffany y otros dos más pequeños de William Beechey contribuían a dar al lugar un encanto sobrio y anticuado.

Richard Saudners buscó con mirada ávida el posible emplazamiento de un mueble bar. Sir Edmund se anticipó al pensamiento del americano y abrió un armario donde se hallaban las botellas de bebidas alcohólicas. Distribuyó vasos y escanció la bebida, rogando a cada cual que tomara asiento. Acto seguido, inició la discusión con su timbre refinado hecho de bruscas alternancias y sacudidas vacilantes.

—Me temo que desde la reunión en Central Park no hayamos realizado el más pequeño progreso. Nos hallamos frente a la misma dolorosa alternativa: ceder u afrontar la opión que, tal como están las cosas, no dejará de atribuir la responsabilidad de la posible ejecución de uno de los rehenes a los respectivos Gobiernos. ¿Me explico con claridad?

—Con claridad e inútilmente —intervino el agente israelí—. Sabemos ya todo esto, pero ustedes se niegan a admitir que hoy la situación es más grave de lo que era ayer, y lo será más aún mañana. Están dejando que les atrapen en un engranaje de cuya inexorabilidad no parecen darse ustedes cuenta. Están siendo manipulados hábilmente, y cada vez aprietan los lazos que les atan.

—No creo —interrumpió Wycherley— que sea éste el sentimiento que hoy experimentan lord y lady Cubitt.

—¡No sea hipócrita, Wycherley! —cortó Saudners—. Que yo sepa, este debate no va a ser televisado.

—Atengámonos a los hechos —sugirió Laurent—. Ante todo, es cierto que, como de costumbre, el texto de la declaración llegará a poder de los periódicos en el término de cuarenta y ocho horas y que, hagamos lo que hagamos, todos los periódicos lo imprimirán con la excusa irrefutable de no dejarse «tostar» por el vecino. Por ejemplo, y en el caso de Francia, ¿cómo poner un bozal al «France-Soir» o a «Le Monde» cuando ni siquiera podremos, por más razones que aleguemos, amordazar al «Canard Enchaîné» o a «Minute»? Y ni siquiera hablo de los periódicos de extrema izquierda. Creo que este postulado vale para sus naciones respectivas.

Todos los allí presentes, salvo Hamlekh, asintieron.

—Bien —prosiguió Martin—; primera certidumbre: debemos permitir a las cadenas de televisión que difundan la película, ya que cualquier intento de censura resultaría inoportuno y pueril.

El grupo se mostró conforme con estas palabras, y Martin continuó su argumentación:

—Tenemos, pues, que la opinión pública está al corriente de todo. Desde que se inició el caso se ha mostrado intrigada y apasionada por las incidencias del mismo. La enorme masa de gente que representan nuestros cuatro países, reacciona frente a una comunidad de ideas absolutamente idénticas. Centenares de millones de individuos siguen una emocionante intriga que se sucede por etapas. Ahora se les propone convertirse en partícipes de la misma, con una prima constituida por la posibilidad de conseguir una fortuna, y la sobreprima de un formidable pretexto humanitario. No les quepa duda de que después de la difusión general de la película, millones de personas, decenas de millones, dirán: «Quiero continuar disfrutando del espectáculo; tal vez incluso logre salvar una vida humana y al propio tiempo me convierta en millonario.»

—Lo cual significa —gruñó Saudners— que de nuevo no encuentran más solución que ceder, sin pensarlo dos veces. Me pregunto para qué sirven estas reuniones. Admitamos de una vez por todas que en el futuro estamos dispuestos a ceder siempre, y preparémonos a soltar la bomba atómica que nos exigirán lancemos sobre Israel en la última de sus exigencias.

—No, Saudners, no —intervino de nuevo Laurent—; no pedirán una cosa así. La fuerza de sus exigencias reside en el hecho de que, en apariencia, no involucran a vidas humanas, de que parecen inocuas, cuando en realidad estos cerdos están tratando, ni más ni menos, de minar los fundamentos del mundo occidental. Lo más urgente es abortar las manifestaciones de simpatizantes, de poner fin a la acción paralela de los movimientos de sostén. Esto nos obligará a recurrir a la violencia, y como no podemos combatir en dos frentes, debemos ceder en el resto.

Schloss intervino:

—¿Se dan ustedes cuenta de las consecuencias? ¿De la organización de este concurso?

—¡Sí, hombre, sí! Incluso voy más lejos que usted y digo: «la organización de esos miles de concursos.» Cada periódico, desde los más serios hasta los más sensacionalistas, montarán su concurso de marras al gusto de su clientela particular. Será un espectáculo lastimoso, cómico y triste a la vez; pero, aun así, todos los directores de periódicos podrán entretenerse llamándonos asesinos si tratamos de interponernos. Sí, amigos; en Francia, «France-Dimanche» publicará antes de una semana las sugerencias de sus lectores, y apostaría a que va a doblar su tirada.

A las seis de la mañana, Laurent Martin llamó a Charles-André Fargeau desde Orly, donde acababa de aterrizar el avión en el que había viajado.

—Venga sin demora al hotel Raphaël si así lo desea —respondió el millonario—; ya no pego ojo, nunca.

El conserje del turno de noche acompañó a Laurent hasta las habitaciones del anciano. Fargeau acababa de afeitarse y estaba ya vestido. Sólo los rasgos desencajados del semblante y los vasos sanguíneos que surcaban como estrías la órbita de sus ojos traslucían la angustia y las horas de insomnio.

—¿Alguna novedad, Martin? —preguntó con un tono de voz que por vez primera correspondía a un hombre de su edad.

—No mucho más de lo que usted ya sabe, señor —replicó Laurent—. A decir verdad, soy más bien yo el que espera que usted me haga ciertas precisiones.

—No le comprendo.

Laurent pasó al ataque:

—Hablo de Patrice Thibaud, señor. Se ha entrevistado usted con su «futuro yerno», ¿no es verdad?

—No me agobie, Martin. Sabe usted muy bien que haré cuanto esté en mi mano para salvar a mi nieta.

—En tal caso, reaccione. ¿Es que no ha visto la última película? ¡No hay tiempo que perder, Fargeau!

El millonario se recostó en el butacón y cerró los ojos. Parecía como si la sangre no circulara por su rostro. De repente, Laurent sintió compasión de él. Nada había en común entre este anciano torturado por la pena y el magnate frío y calculador que ante las cámaras de la televisión había expuesto con tono convincente y enérgico las razones que le impulsaron a vender armas al Oriente Próximo: necesidad de diversificar las inversiones... de participar en las empresas multinacionales... incidencias de las crisis planetarias en la política económica a largo plazo de un grupo financiero... La exposición fue, en definitiva, tan brillante como las de Giscard d'Estaing, pero sin el menor atisbo de emoción, y menos aún de arrepentimiento. ¿Acaso Fargeau había cultivado el sueño insensato de que su «autocrítica» sería suficiente para liberar a su nieta? ¿O se acusaba inconscientemente de no haber sabido encontrar el tono capaz de convencer y enternecer a sus raptores? Laurent se imaginó lo mucho que aquel hombre estaría sufriendo, ya que hasta el momento su inteligencia le había permitido llevar a cabo todas las empresas y salir airoso de las mismas, mientras que ahora patinaba y se dejaba deslizar por una realidad que se le escapaba de las manos. El millonario volvió a abrir los ojos.

—Bien, Martin. ¿Qué es lo que desea saber?

Laurent adoptó a propósito un tono incisivo y hostil:

—El RIEPI...

—El RIEPU —rectificó Fargeau.

—¿Qué importan las siglas de este milésimo movimiento de fascistas rojos? ¿De dónde sacan los cuartos, así, tan de repente?

—De mí, Martin. Les he abierto cuentas prácticamente sin límites. Aun cuando ello pudiera conducirme al colmo del absurdo, utilizaría todos los medios para incrementar la presión sobre el Gobierno.

Laurent no supo qué responder. Comprendía al opulento anciano y, de encontrarse en su lugar, es muy probable que hubiera actuado del mismo modo.

—Tengo que ver a ese muchacho, señor.

—Martin, ¿está usted conmigo o con el Gobierno? ¿O acaso intenta hallar un compromiso y conseguir a la vez salvar la vida de las muchachas y el mantenimiento del Gobierno?

Ya se lo dije, señor, y los altos responsables del Gobierno fueron prevenidos cuando acepté esta misión: para mí, la vida de los rehenes tiene prioridad absoluta.

—Debo creerle, no tengo otra elección. Thibaud y su camarilla de cerebros se han instalado en los dos pisos superiores de un edificio de la calle Turbigo, casi en el mismo chaflán de la calle Etienne-Marcel. Si quiere hablarle, dígaselo a la pequeña Nikolaos, que milita en su bando.

Laurent masculló entre dientes:

—¡Será estúpida la niña! Hubiera debido imaginármelo.

23

Laurent ni siquiera llamó previamente por teléfono, sino que, pese a lo temprano de la hora, pulsó con insistencia el timbre del apartamento de los Nikolaos, en la calle Guynemer. Acudió a la puerta la madre de Elena. Frédérique llevaba por todo atuendo una camisa deportiva de su marido. Pese a la vestimenta y al súbito despertar, lucía con esplendidez sus cuarenta y pico de años. Viéndola, uno podía adivinar su cuerpo esbelto y fino; los ojos, insondables y verdes, centelleaban llenos de inteligente picardía.

—Me llamo Martin —anunció Laurent, traspasando el umbral.

—¡Ah, sí! ¡El espía de Elena! ¿Padece usted insomnio?

—Me gustaría hablar con su hija. Y, por si usted no lo recuerda, todavía hay tres de sus amigas que corren peligro de muerte.

—No lo olvido. Bromeo casi por reflejo.

—El humor no me desagrada, siempre y cuando usted despierte a la zoqueta de su hija.

De repente, Frédérique Nikolaos adoptó el papel de anfitriona:

—Entre y perdone todo ese desorden. Le haré un poco de café... No le parece bien el compromiso político de Elena, ¿verdad?

Laurent fue conducido hasta una vasta habitación que miraba al parque de Luxemburgo. En ella todavía reinaba la atmósfera de la presencia humana y, a juzgar por las apariencias, traslucía la reunión bullanguera y estéril de intelectuales apasionados. Frédérique sorprendió la mirada escrutadora de Laurent y explicó sonriente:

—Mi hija, mi marido y nuestros amigos arreglan el mundo todas las noches, desde las once hasta las cinco de la madrugada.

—¿Thibaud también ha venido esta noche?

—¡Vaya pregunta! Está aquí todas las noches, y nosotros gozamos del molesto privilegio de ser sus últimos espectadores. Cada noche efectúa una ronda mundana, durante la cual exhibe sus cardenales al tiempo que pregona las excelencias de la inminente revolución que romperá el yugo de los oprimidos.

—Conozco la canción.

—Siéntese. Avisaré a Elena. ¿Un poco de leche?

—No, gracias señora.

—Antes de que venga Elena quiero decirle algo. Aun cuando ella lo ignora, mi hija está locamente enamorada de usted. Le aseguro que no intento casarla, pero usted debe tener esto presente en sus relaciones con ella, aunque éstas sólo apunten a la liberación de sus amigas.

La elegante franqueza de aquella mujer desorientó por un instante a Laurent, el cual permaneció como aturdido y sumido en una larga reflexión. Frédérique apareció de nuevo empujando una mesita de ruedas. El aroma del café se impuso al olor del tabaco apagado y de los restos de alcohol en los vasos.

—¿Se trata de confidencias que le ha hecho su hija? —preguntó Laurent, furioso contra sí al sentirse poseído por una mezcla de fatuidad y curiosidad.

Frédérique llenó tres tazas y fingió haber perdido el hilo de la conversación.

—¿Cómo? Ah, ¿confidencias por parte de Elena? No. Mis conclusiones son resultado de una observación muda y discreta de los debates cotidianos aquí en casa. Estos días se ha hablado mucho de usted en esa habitación, señor Martin. Elena ha hecho un retrato suyo que no engaña; mejor dicho, que no me engaña.

Laurent no supo contenerse.

—¿Puedo conocer más detalles?

—¿Y por qué no? Ante todo, lo relativo a su aspecto físico, y dejando a un lado sus cabellos cortos, su edad, la estatura y corpulencia que le ha prestado la naturaleza, Elena reconoce que, cosa curiosa, hay momentos en que emana de su aspecto de bruto un destello furtivo que delata la existencia de un embrión emocional de humanidad. Creo reproducir con exactitud las palabras que ella empleó.

—En mis relaciones con Elena nunca tuve que aguantar semejante terminología...

—Por supuesto que también sabe decir: «Mamá, dame la sal»; pero estas palabras que le menciono fueron dichas en pleno consistorio revolucionario... En cuanto a su estimación de las cualidades intelectuales que usted posee, podemos interpretarla a fin de cuentas diciendo que ella ha husmeado en usted una inteligencia enterrada en lo más hondo, pero que podría salir a flote si alguien lograra librarle de sus complejos, permitiéndole mostrarse tal cual es en realidad. Tal misión, por supuesto, sólo podría acometerla una mujer que a fuerza de comprensión, paciencia y dulzura, llegara a inculcarle su experiencia de la vida, su abismo de conocimientos sobre el comportamiento y las reacciones del alma humana. En una palabra: un ser excepcional que con toda delicadeza levantara el tupido velo que obstaculiza su visión.

—¿No cree que está usted exagerando un poco?

—Sí, desde luego. Ya le dije que traducía literalmente. Y concluyo formulando el enunciado de la prueba: este ser que se arriesga a salvarle es ella misma, Elena, cosa que supongo ya había adivinado.

—¡Usted ha tomado a su hija por tonta!

—¡En modo alguno! La miro con los ojos de una madre. Es una chiquilla que no sabe siquiera que está enamorada o, dicho con más propiedad, que no se atreve a confesárselo. El barullo que reina en su interior es el mismo que impera aquí cada noche, en el transcurso de una melodía cansina y aburrida de la que personalmente ya empiezo a cansarme. Pese a su excepcional sentido crítico, Elena no llega a medir el alcance de lo ridícula que resulta; pero me temo que voy a verme obligada a pedir incesantemente a este sínodo donde prolifera el autobombo que tenga la bondad de celebrar sus sesiones en otra parte.

Se oyó el ruido de una puerta. Con un signo, Frédérique Nikolaos avisó a Laurent de la llegada de su hija.

Elena apareció descalza. Se había puesto unos pantalones tejanos desteñidos, cuyos dos botones superiores no llevaba abrochados. Cubría el busto con un jersey de talla muy superior a la suya. La chica aparentaba estar más adormilada de lo que en realidad se hallaba. Al entrar, balbuceó:

—¿Qué tal, Laurent?

Luego apartó la mirada, fingiendo exclusivo interés en la taza de café que le había preparado su madre. La muchacha sorbió dos veces, gesticulando ante el café demasiado caliente, y en seguida descubrió, con la avidez de un drogado que busca su jeringa, un paquete de «Winston», procediendo a encender un cigarrillo. Por último, como si el humo azulado que acababa de exhalar de los pulmones hubiera contribuido a resucitarla, declaró:

—Gracias por esta visita, Laurent. Inesperada pero agradable.

—Quisiera entrevistarme con Patrice Thibaud —masculló Laurent—, y se me ha indicado que usted estaba siempre en contacto con él. Cuento con su ayuda.

—Así pues se trata de una visita interesada. Ha tenido

una feliz idea viniendo a verme. Me parece que podré facilitarle esta entrevista. Patrice está muy solicitado, como ya habrá podido imaginar.

—Aclaremos las cosas, Elena. Quiero verle en seguida y discretamente, de otro modo no la necesitaría.

—Debo advertirle que Patrice es un hombre sincero y apasionado. Ha entregado su vida al servicio de la causa que defiende. No me entiende, ¿verdad?

—Llámele por teléfono. Dígale que vaya a la sede de su partido a las 9 y que me espere allí.

—Ahora duerme. Dejó la reunión a las cinco de la madrugada.

—Pues despiértele. Yo ni siquiera me he acostado.

—¿Ha visto la película entregada por Mary Jane?

—Sí. Pienso que debiera de haber empezado formulándome esta pregunta.

La muchacha se sonrojó ligeramente y se dispuso a decir algo, seguramente en plan de disculpa, pero Laurent se le anticipó:

—No tiene importancia —dijo él—; volvemos a ceder a sus exigencias. La película se proyectará en la televisión a las 13 y a las 20 horas.

Laurent realizó una breve pasada por su apartamento del Quai Voltaire, donde se afeitó, tomó una ducha y cambió la ropa. A las 9,5, precedido por Elena, subía la escalera del inmueble de la calle Turbigo.

Patrice Thibaud les esperaba rodeado de una decena de chicos y chicas que se agitaban de un lado a otro en torno suyo. Todos tenían un semblante serio y responsable que no cuadraba con la juventud del rostro. La espaciosa habitación en la que Thibaud había instalado su cuartel general estaba cubierta de carteles reivindicativos, de colores chillones. El mobiliario consistía sólo en dos grandes planchas de contrachapado, colocadas en sendos caballetes, y en seis sillas de madera blancas. Tres extensiones de hilo telefónico cruzaban el pavimento.

Hacía más de una semana que Thibaud no se afeitaba, lo cual era lógico teniendo en cuenta las cicatrices de los golpes que le dieron. Laurent se había jurado no dejar traslucir la antipatía que profesaba al joven filósofo. No ignoraba la verdad del pugilato sostenido en el Quai des Orfèvres, pero había decidido no aludir a ello. De entrada, Thibaud se lanzó al ataque:

—Antes que nada quiero que sepa que su presencia aquí sólo se debe a la intervención de Elena. Sea cual fuere su grado en el escalafón policial, para mí no es usted más que un poli y yo no colaboro con los polis. Dicho esto, le escucho.

—Quiero hablarle sin testigos.

—Mis camaradas deben oír cuanto usted tenga que preguntarme y yo que responderle. O habla en su presencia o puede largarse.

Laurent tuvo que realizar un gran esfuerzo para contenerse, pese a lo cual contestó con sosiego:

—No; ya les contará luego nuestra conversación si le parece, pero por el momento es preciso que hablemos a solas. Le recuerdo que se trata de la vida de su amiga.

Thibaud claudicó y Elena y los jóvenes militantes salieron de la estancia. Entonces Laurent empezó:

—Tengo buenas razones para creer que dispongo del medio de dar con los instigadores del rapto y del chantaje, más, por desgracia, su colaboración me es indispensable.

Los ojos del profesor se iluminaron con súbito interés.

—Explíquese.

—Ni lo sueñe. No voy a decirle ni una palabra más. Le doy cinco minutos, y en presencia mía, para dejar sus instrucciones a sus amiguitos. Después saldremos juntos y no volveremos a separarnos.

Thibaud contestó sarcásticamente:

—Está usted bromeando. No es lo bastante ingenuo...

—Basta ya —interrumpió Laurent—; no puedo perder tiempo. Sin embargo, pondré los puntos sobre las íes: su fuerza, o la que usted considera como tal, descansa en el hecho de que todavía están detenidas tres chiquillas con un cuchillo apoyado en la garganta. Esta situación, sea cual fuere el desenlace final, no va a durar eternamente. He venido a proponerle una colaboración que, por supuesto, implica ciertos riesgos que estoy dispuesto a compartir con usted. Si se niega, puede tener por seguro que haré lo necesario para que todo el mundo sepa, tarde o temprano, que se ha negado a prestar ayuda a unas chicas que están en peligro de muerte. Y si llega este momento, Thibaud, me encargaré personalmente de presentar mi versión de modo tal que su partido no vuelva a levantar cabeza. ¿Comprende?

—¡Cerdo!...

—Perfecto. Comprende usted con rapidez y esto es lo esencial. Ahora puede llamar de nuevo a sus chicos.

Los cuatro gobiernos cedieron a las presiones. Eran conscientes del peligro, adivinaban perfectamente el objetivo de los organizadores de la operación «Rosebud»; sin embargo no había medio alguno de contrarrestar la razonada meticulosidad del plan de Scheidemann.

¿Cómo explicar a la opinión pública que iba a permitirse la ejecución de una muchacha bajo el pretexto de negarse a organizar un concurso o —por qué no decirlo— de un pasatiempo general? Además, se había producido la aparición de Sabine Fargeau en las pantallas de la televisión. El mundo entero aparecía conmovido por una sincera emoción, e incluso los adversarios más decididos de la claudicación ante las exigencias palestinas reconocieron la prudencia de las decisiones gubernamentales. La muchacha ya no era ante los ojos de las masas una heredera afortunada, sino la imagen viva de un inmenso dolor que proyectaba todo el patetismo de los mártires resignados con su suerte.

Centenares de fotografías de Sabine fueron extraídas de la película. Un importante semanario de izquierdas publicó una de ellas en primera plana, con el epígrafe sacado de una frase de Víctor Hugo: «El martirio es una sublimación, una tortura que consagra.» Era la demostración palpable de la minuciosa perfección del chantaje palestino. La derecha gubernamental abdicaba, impotente y vencida. La izquierda intelectual incurría en una complicidad engañosa, y la extrema izquierda manejaba con avidez el pretexto para tratar de instaurar el desorden y la violencia. Con todo, el fenómeno más extraño era que, por el momento, la opinión pública continuaba restando importancia a la responsabilidad de los organizadores del rapto.

24

Laurent Martin y Patrice Thibaud salieron de París por carretera, a las once de la mañana. En esta ocasión, Laurent viajaba con su nombre verdadero, al volante del Porsche 911T de su propiedad. Teniendo en cuenta que el asunto Thibaud era de exclusiva competencia francesa, Alemania Federal no había proyectado la película rodada con motivo de la puesta en libertad de Patrice. Sólo dos semanarios de poca tirada publicaron una fotografía del joven profesor. Atendiendo a ello, Martin decidió no trasladarse a Berlín desde un aeropuerto francés, puesto que era probable que allí no lograra pasar desapercibido. Para llegar hasta Düsseldorf tardaron menos de seis horas, lo cual permitió a los dos hombres alcanzar con comodidad el vuelo de la Pan-American con destino a Berlín. A las 19 horas, un taxi les condujo al número 72 de la Wundtstrasse, hasta un hotelito discreto cerca del recinto ferial, el Funkturm. Allí les esperaba Hans Schloss. Durante todo el viaje, Thibaud había buscado en vano el diálogo. Laurent se había limitado a contestar con monosílabos.

Los tres hombres entraron en la habitación de dos camas que Schloss había reservado. El agente alemán había preparado también el material que el proyecto de Laurent requería: una máquina de escribir, una cámara Leica y un juego de lentes de aumento, así como dos focos portátiles.

—Ahora tengo la obligación de contarle algo más del asunto —expuso Laurent a Thibaud—. ¿Habla usted alemán?

—Lo entiendo.

—Bien. Voy a mecanografiar una carta y usted la firmará.

Thibaud, intrigado, se curvó sobre la espalda de Laurent mientras éste escribía la nota, y siguió la sucesión de palabras que iban apareciendo en la hoja de papel:

> Scheidemann:
>
> Escribo esta carta desde Berlín, a donde acabo de llegar en compañía de un representante del gobierno francés, Laurent Martin. Él y yo estaremos en Beirut, en el hotel Saint-Georges, dentro de cuarenta y ocho horas; o sea, en el momento en que esta nota llegue a su poder. Ni que decir tiene que ha sido Laurent Martin quien ha descubierto su identidad. A pesar de ello, él afirma, y yo lo creo, que no ha puesto al corriente a ninguna autoridad oficial. Sugiere que contacte usted con nosotros en Beirut y se comprometa a respetar sus condiciones, sean cuales fueren, en lo tocante a la discreción de nuestros pasos para llegar hasta usted. No puede ignorar mi reciente toma de posición en el caso. Si acepto actuar como garante de esta petición es porque estoy convencido de que un encuentro entre nosotros y el tal Martin puede resultar beneficioso, habida cuenta de la situación actual, para la prosecución de nuestro combate común.

Laurent sacó del carro de la máquina la hoja de papel y preguntó a Thibaud:

—¿Ha comprendido?

—Creo que sí. De todos modos, tradúzcalo.

Así se apresuró a hacerlo Laurent.

—¿Scheidemann? —interrogó Thibaud.

—Tendremos tiempo para explicárselo. Firme.

—De acuerdo.

—No le queda otro remedio.

Schloss tomó la hoja, la fijó con chinchetas contra la pared, instaló los focos móviles en diagonal cruzada y, tras haber comprobado la intensidad de la luz con un fotómetro, sacó dieciocho fotografías de la nota. Después llamaron por teléfono a un taxi y se trasladaron a la jefatura superior de policía. Arno von Kleist les condujo sin demora hasta el laboratorio fotográfico. Media hora más tarde aparecía montada en un marquito de cartón una diapositiva 24x36, igual que las utilizadas por la Kobis-Pictorial.

Era todavía lunes cuando la diapositiva de la nota fue incluida en la caja de diapositivas que al día siguiente, como todos los martes, seguiría por sendas conocidas hasta el Líbano y, posteriormente, hasta el cuartel general de Scheidemann.

Mientras Martin y Arno von Kleist se encontraban en las dependencias de la Kobis-Pictorial, Thibaud aguardaba en el coche de la policía vigilado por Schloss. Una vez concluida su misión, von Kleist insistió en llevarse a los tres hombres a cenar a un restaurante típico berlinés, el «Aschinger am Zoo», una taberna popular sita en la Joachimstaler Strasse. El grupito encontró una mesa en un reservado de forma rectangular, un tanto elevado. El propio jefe superior de policía encargó los cuatro menús y mandó poner ante cada uno de sus invitados una enorme jarra de cerveza.

—¿A qué hora sale su avión mañana por la mañana? —preguntó von Kleist a Laurent.

—A las siete de la mañana, con correspondencia en Atenas a las 11,15.

—¿Es que no hay vuelo directo Berlín-Beirut? —quiso saber Thibaud.

—No se preocupe de eso, ¿me hará este favor? —cortó Laurent.

Por vez primera desde la salida, el profesor de filosofía reaccionó con brusquedad:

—¡Escuche, Martin! Ya estoy harto de aguantarle. Aun cuando haya aceptado colaborar con usted esto no le da derecho a tratarme como si fuera un esclavo.

—No le trato como a mi esclavo; sólo desconfío de usted. Por ello no quiero que sepa más que lo que yo estimo indispensable, y no vaya a tomarse ahora mi recelo como antipatía personal. No le conozco como persona ni tampoco tengo ganas de conocerle. Usted forma parte de estos tipos humanos salidos de una generación y poseídos por ideas monstruosas que me aterrorizan. Como tal, temo hasta la más trivial de sus acciones, de modo que ningún contacto entre los dos. Eso es todo.

—Tiene usted miedo y lo confiesa —prosiguió Thibaud, en tono jubiloso—. Inconsciente se da cuenta de que las masas están dispuestas a empujar y que un mundo nuevo en gestación, un mundo en el que no habrá lugar para usted...

El tono del joven adoptaba ahora acentos de tragedia popular; pero la camarera, que traía ya los primeros platos del menú, salvó a Martin de la perorata e hizo que dejara de prestar atención al discurso enfático que Thibaud continuaba pregonando. El joven terminó por darse cuenta de la grosera insistencia con que su interlocutor se afanaba, fascinado al parecer, en seleccionar con ostentación los alimentos acumulados en la enorme fuente que acababan de ponerle delante.

—El futuro del mundo le interesa menos que el *pfefferpotthast* que se dispone a engullir, ¿no es así, Martin?

Schloss y von Kleist estallaron en una sonora carcajada. El *Polizeichef* replicó palmeando su barriga:

—El futuro del mundo, joven, se construye mejor con la panza bien rellena.

Con un gesto despreciativo y malhumorado, Thibaud apartó lejos de sí el plato y les recriminó:

—Me repelen ustedes y me quitan el apetito.

La risa de los dos alemanes se hizo estentórea, en tanto que Laurent, conservando una calma indiferente saboreaba la comida, estoico y callado. Thibaud realizó una última tentativa:

—Elena tiene razón: es usted un bruto.

Lanrent reaccionó en un acceso de fría cólera.

—¿Quiere hacer el favor de no mezclar a Elena en esto? ¿Por qué diablos se empeña en soltarme la serenata? ¿De veras cree que me ilustra con ella? Mire, yo he leído a Marx, Engels y Lenin cuando usted todavía andaba en pañales, y también Mao Tse-Tung y su amiguete Marcuse. Así que métase de una vez en la cabeza que sus desahogos diarreicos con los que ha venido dándome la lata desde que salimos de París no me enseñan absolutamente nada. Y ahora déjeme jalar en paz.

—¡Pobre sinántropo! —ironizó Thibaud, que, sin embargo, cogió su plato y empezó a comer.

El Boeing 727 de la Lufthansa aterrizó a la mañana siguiente en Atenas a las 9,45. Laurent había dormido durante todo el viaje y Thibaud se entretuvo leyendo con avidez la prensa de Alemania Federal. Tal como estaba previsto, la mayoría de periódicos se declaraban dispuestos a publicar las sugerencias de sus lectores. Además, el «Berliner Morgen Post» y el «Bild Zeitung» incluían una serie de extensos artículos sobre el problema árabe-israelí.

De manera instintiva, Thibaud llevó la mirada hasta los tableros luminosos de la sala de tránsito donde se anunciaban las salidas, y preguntó extrañado a Laurent:

—Observo que no hay ningún vuelo previsto con destino a Beirut.

—Ya lo sé. El nuestro es el vuelo 121 del El Al con destino a Tel-Aviv.

—¿Cómo dice...?

—Disponemos de cuarenta y ocho horas y tengo que solventar algunos detalles en Israel que no tienen nada que ver con usted. Viene en calidad de acompañante; eso es todo.

—Es una trampa. Me niego a ello.

—No sea estúpido, que no está representando ninguna comedia. Sus heridas empiezan ya a cicatrizarse. ¿Qué interés pueden tener los israelíes en detenerle? Sólo estaremos en Tel-Aviv veinticuatro horas; luego volveremos aquí y nos quedaremos el tiempo justo para el tránsito hacia Beirut. Se lo repito por última vez: el único propósito que me anima es salvar a Sabine.

Los dos hombres aterrizaron en Lod hacia las doce del mediodía. Allí les esperaba Yefet Hamlekh, quien les evitó pasar por el control de la policía y el estampillado del pasaporte, cosa que hubiera podido crearles dificultades dentro de dos días, cuando llegaran al Líbano.

El agente israelí había reservado una habitación doble en el hotel Sheraton, donde permanecieron el tiempo justo para dejar las maletas. Inmediatamente se dirigieron a casa Zukerman, en la calle Ben Yehuda, una especie de tasca vegetariana cuyo único interés radicaba en el hecho de encontrarse cerca del cuartel general de la «Shin-Beth». A las 14,15 los tres hombres subían los escalones que conducían a la oficina de Hamlekh.

Mientras éste y Martin subían al piso de arriba para conversar con mayor intimidad, se pidió a un agente sumamente amable que no perdiera de vista a Thibaud. Por fin, el joven francés encontró un auditor atento y, por las trazas, vivamente interesado en sus arengas. La «Shin-Beth», que nunca desaprovechaba la ocasión, por trivial que fuera, fotografió al joven desde todos los ángulos, registró en una cinta sus palabras y obtuvo sus huellas digitales sin que aquel recelara lo más mínimo.

Entretanto, en la sala de reuniones, Hamlekh y Martin se instalaron en dos confortables sillones de idéntico estilo. Desde su asiento, el consejero israelí podía manipular un proyector de diapositivas de tambor circular. Hamlekh aceptó el cigarrillo inglés que le ofrecía Laudent y luego comentó:

—Creo que la cosa funcionará. La idea de llevar con usted a Thibaud es excelente. Scheidemann no resistirá la tentación de contactar con un cómplice que le cae de improviso y que hasta el momento le ha sido de gran valor. Por otra parte, querrá saber cómo ha podido llegar usted hasta él. En consecuencia aceptemos la idea de que usted se entrevistará con él pero sin sobrestimar las ventajas que ello puede reportarnos o, más exactamente, de la ventaja, ya que desde mi punto de vista es una sola: localizar la imprenta, que es tanto como decir su guarida.

—Le comprendo, Hamlekh; pero parece poco probable que Scheidemann nos deje asomar las narices dondequiera que sea. No es un imbécil, y por desgracia ya nos lo ha demostrado.

—Pero ignora lo que sabemos, y aquí reside nuestro único triunfo. Ahora le pasaré veintiuna fotografías aéreas de los refugios palestinos en el Líbano, tomadas desde doce mil metros de altura por nuestros aviones de reconocimiento. En cada una de ellas observará la existencia de una minúscula construcción, y a usted, Martin, no cabe duda de que le llevarán hasta una de ellas. Después de cada diapositiva aparecerá en pantalla un dibujo esquemático en el que se representa la forma de la construcción antedicha. Sepa que son todas rectangulares y que su orientación es distinta en cada caso, por lo que, si usted llega a precisarnos el ángulo de uno solo de los muros, nos será posible identificar la casucha que andamos buscando.

—¿Está usted imaginando una especie de reloj de pulsera con brújula acoplada o algo así?

—No —repuso Hamlekh—; son demasiado listos para utilizar un truco de esta especie, y sería un riesgo innecesario. No, piense: la situación del sol según la hora del día o, caso de que salga usted de noche, las estrellas. Admito que hay una probabilidad entre cien, pero debemos intentarlo.

—Admitiendo que llegue a ver su guarida, no tenemos la certeza de que las chicas se encuentren en este refugio.

—En materia de certidumbres, ni siquiera sabemos si acudirán a la cita. No hay más remedio que andar a tientas y confiar en que no son infalibles.

—Así lo espero, Hamlekh. Páseme las fotos.

Martin y Thibaud aceptaron la invitación a cenar que les formuló el coronel David Fulham y que Hamlekh les transmitió. El espíritu curioso y apasionado del joven profesor le ayudó a superar los prejuicios que le impulsaban a negarse a convertirse en huésped de un estamento que a su modo de ver representaba la esencia misma de la decadencia y la ignominia.

A las 20,45, un Ford Taunus oficial acudió a buscarles al hotel Sheraton. Veinticinco minutos más tarde, el conductor frenaba el vehículo frente a la escalera de la residencia de Ramat-Gam. Patrice Thibaud había traído consigo su único traje de tergal color oscuro. En el momento en que se disponían a salir de su habitación en el Sheraton, Laurent había sugerido al joven filósofo prestarle una corbata, y en apoyo de la idea argumentó con indiferencia:

—Creo que dispone usted de otros argumentos más convincentes que negarse a resistir los convencionalismos de una sociedad cuya corrupción sólo tendrá que soportar una noche. Le advierto que es inútil que pretenda sorprender a los anfitriones. A ellos les gusta vestirse bien para cenar, pero les importa un bledo que los demás no compartan sus gustos.

Así pues, Patrice Thibaud, luciendo una corbata trenzada de seda negra, subió en compañía de Laurent los escalones de piedra que desembocaban en una vasta terraza. Una decena de invitados permanecían de pie, con un vaso en la mano, intercambiando opiniones al parecer banales. Varios oficiales vestían uniforme de gala. Hamlekh realizó una rápida presentación.

En el transcurso de la suculenta cena se respetaron las reglas elementales de la cortesía y no se abordaron temas de política. Terminado el ágape y a una señal de su esposa, el coronel Fulham invitó a sus huéspedes masculinos a seguirle hasta un espacioso y confortable salón. Cajetillas de habanos, muchas de ellas luciendo la acreditada marca Davidoff, circularon de mano en mano. Un criado árabe, de corta estatura, preguntó qué bebida deseaban tomar los comensales y escanció en los vasos la solicitada por cada cual. Acto seguido, y con una brusquedad típicamente militar, David Fulham inició una discusión que proseguiría hasta el alba.

—De modo joven, que esta noche tengo el privilegio de tener, frente por frente, a uno de mis enemigos encarnizados, sin que ni uno ni otro tengamos ningún puñal en la mano.

Thibaud, que temía que el éxodo masculino hacia el fumador fuera una simple prolongación del intercambio de opiniones sobre la exportación de las naranjas, se lanzó con avidez por la portezuela que se le abría. Con todo, el ambiente agradable de la reunión le había afectado lo suficiente para refrenar su violencia instintiva.

—Me temo, señor, que si me arrastra a un terreno que, según usted confiesa, no es el suyo, me vea obligado a mantener opiniones que estarán en contradicción con haber aceptado su invitación a cenar.

Fulham, sonriente, parecía muy satisfecho.

—Por favor, por favor... A mí las palabras no me asustan más que el plomo derretido, y lamentaría perder una ocasión como la que se me presenta esta noche. Quiero recordar a nuestros amigos que tienen delante a un brillante agregado de filosofía, encargado de curso en una de las facultades más importantes de Francia y que, además, es líder de un partido que, entre otras tesis, postula sin reservas en favor de la causa de los extremistas palestinos que desean borrar con un trazo de sangre el mapa de la nación israelí.

Patrice Thibaud se desató, libre ya de todo comedimiento:

—Digamos que lo que pretendemos es destruir en el mundo cualquier forma de colonialismo. A nuestros ojos, la fundación del Estado de Israel, impuesto por medio del chantaje y del terrorismo que hoy ustedes no quieren admitir, propugnados por otro bando, es un vergonzoso ejemplo de colonialismo exacerbado. Junto con Grecia, Portugal y algunos pueblos esclavizados de América Latina son ustedes los únicos que marchan ciegamente contra la corriente histórica.

—¡Oiga, mi joven amigo! —interrumpió Hamlekh—. Me parece que va demasiado aprisa. No nos obligue a aceptar los postulados marxistas y en especial el que sostiene que la destrucción del colonialismo va en el sentido que marca la historia. Admitiendo sin más que la historia tenga un sentido, ¿con qué derecho pretende usted monopolizarlo? Según sus amigos, Marx y Lenin, quiero recordarle que los últimos que basaron su actuación política en este dogma fueron Hitler y los nacionalsocialistas del III Reich. Ellos hicieron que su águila de acero surcara los cielos en lo que consideraban era el sentido de la historia, y que debía conducir a la raza aria a dominar al mundo por espacio de milenios.

Thibaud repuso con una sonrisa desdeñosa:

—¿Acaso niega usted que liberar a los pueblos esclavizados por sus verdugos colonialistas es un proceso evolutivo que no camina por la senda del devenir histórico?

—En modo alguno —replicó Hamlekh—; pero los términos que usted utiliza sólo me demuestran una cosa y es que, al igual que buena parte de los jóvenes intelectuales de su generación, está usted gravemente intoxicado. Les es imposible disociar las palabras «colonos, colonización y colonialismo» de una noción peyorativa, exactamente como si por una especie de ósmosis hubieran absorbido los adjetivos «ignominioso, escandaloso y envilecedor». Le recuerdo de pasada que el mundo actual es un conjunto fruto del colonialismo, y que los romanos colonizaron las Galias. El hecho de que la imagen que ustedes tienen de César corresponda o no a la de un jefe de Estado no cambia las cosas.

—¡Olvida usted el hilo de la historia! —prosiguió Thibaud—. Los galos y germanos, a los cuales los romanos trataron de colonizar por la fuerza de las armas, provocaron en definitiva la caída del Imperio. A base de oprimir continuamente a un pueblo se consigue que éste encuentre las energías suficientes para rebelarse. Y puesto que alude usted al sentido de la historia, no lo detenga cuando le convenga. La historia de Roma no es sólo la de sus conquistas, sino también la de su colapso. Todos los imperialismos (la historia, a la que usted recurre con tanta insistencia, se lo demostraría) generan ellos mismos, de modo fatalista, las causas que les llevan a la destrucción. En cuanto a la amalgama que usted elabora, sepa que sólo es fruto de su mala conciencia. Para un marxista no hay que juzgar el colonialismo desde un punto de vista moral, sino una etapa ineluctable del proceso expansionista del capitalismo internacional. No aparente ignorar que el racismo siempre ha servido para justificar la explotación del hombre por el hombre, ya que es más fácil esclavizar, subyugar, al que se detesta.

—Lo que más me admira en usted —ironizó Hamlekh—, es su noble y generosa imparcialidad. No le basta con dotar de sentido a la historia, sino que lo otorga además al racismo. Aun a riesgo de sorprenderle, le aseguro que estudio con suma atención todos los órganos de la prensa, a través de los cuales la izquierda internacional imparte graciosamente lo que ella estima como la buena conciencia universal. Esta prensa se rebela, indignada, en una interminable oleada de diatribas que sólo consiguen poner de manifiesto las inhibiciones febriles y convulsivas de sus autores tan pronto se produce en algún lugar el menor síntoma de racismo. Pero aclaremos bien las cosas: del racismo tal como ella lo entiende, en función de sus intereses. Por contra, sabe mostrarse sospechosamente discreta cuando este racismo no se amolda tanto a sus objetivos. De aquí a imaginar que la noción de racismo no es en definitiva más que un argumento destinado a consolidar ante la opinión pública los cimientos de una política muy concreta, sólo media un paso.

—Le permito darlo, pero usted solo.

—Gracias, pero en tal caso tomemos un ejemplo; y no me diga como Napoleón Bonaparte «que resulta cómodo buscar en el pasado ejemplos ambiguos que sirven para retrasar la marcha». El mío es de hoy, y como éste tengo diez, cien, mil a su disposición. Un hombre cuyas ideas usted no comparte, pero cuya profunda competencia científica no se atreverá a negar, ha expuesto perfectamente la cuestión. En su *Lettre ouverte aux victimes de la décolonisation,* Jacques Soustelle narra los actos del más puro racismo, acontecidos en 1971 bajo el patronazgo del buen general Amin Dada. El presidente de Uganda, logró demostrar que era sin discusión el dios vivo del racismo, puesto que en unos pocos meses alcanzó este estadio de paroxismo sublime en el que se acumulan el racismo tribal, el antisemitismo, la xenofobia antiasiática y el odió al hombre blanco... No se encoja de hombros, Thibaud. No es a Amin Dada a quien condeno, sino al silencio que ustedes permitieron en torno a sus actos, ustedes y la izquierda en peso. Voy a recordarle cuáles fueron las medidas del general. Cuando Amin Dada se hizo con el poder, en enero de 1971, impulsó una oleada pavorosa de atrocidades contra las dos etnias que sostenían al presidente derrocado: los Langui y los Acholi fueron torturados, mutilados, degollados y ejecutados en grupos de cien. ¿Y qué hizo la prensa de izquierdas frente a tales pruebas de infamia, crueldad y racismo tribal? Dio la callada por respuesta. Algunos supervivientes lograron llegar a Tanzania, y el «Observer» hace constar por lo menos que «estos hombres tienen la mirada vacía y atormentada producida por la atrocidad que han tenido que soportar los que lograron sobrevivir a los campos de concentración». Pero el bueno de Amin no ha hecho más que empezar. En septiembre telegrafía a Kurt Waldheim, secretario general de la ONU, a Golda Meir y a Yassef Arafat para solicitar que los israelíes sean deportados a Gran Bretaña, pide asimismo nuestra expulsión de la ONU y de Palestina y proclama los méritos de Hitler y de sus cámaras de gas. Tal vez usted me diga que todo eso son fanfarronadas, y que en definitiva este déspota negro es más bromista que racista y que la crisis de crecimiento de su país es algo que provoca risa. Pero resulta que Uganda dispone de un voto en la ONU, como cualquier otro representante, y que como quien no hace nada, en los últimos juegos olímpicos de Munich votó (33 votos contra 31) por la exclusión de Rhodesia en virtud de sus delitos racistas. Curioso de veras, ¿no le parece? Sobre todo si uno tiene en cuenta que sólo dos semanas antes Idi Amin formuló un ultimátum a todos los asiáticos de Uganda, obligándoles a salir del país antes del 8 de noviembre bajo pena de encarcelamiento en campos de concentración. Un mes después les llegó el turno a los diez mil blancos que residían en Uganda. Paso por alto todo lo relativo a los horrores del éxodo, los malos tratos, las torturas, los golpes y las humillaciones. Una decena de periodistas ingleses que fueron encarcelados y luego puestos en libertad informaron de que habían presenciado escenas de esparcimiento en el curso de las cuales oficiales ugandeses obligaban a los prisioneros a romperse mutuamente el cráneo a mazazos.

—Lo recuerdo —cortó Thibaud—; pero toda la prensa occidental dio cuenta de lo ocurrido. Los hechos jamás fueron escamoteados al público, como parece usted insinuar.

—Lo que yo insinúo, y estoy dispuesto a demostrárselo, es que los hechos no fueron presentados por su verdadera cara: el de un racismo exacerbado. Insinúo, y además demuestro, que sus amigos del Tercer Mundo se han limitado simplemente a censurar los hechos. En suma, y para terminar, le repito que Uganda continúa disponiendo en la ONU de un voto que pesa tanto como el de Italia o de Alemania Federal. Hablemos cuanto quiera de racismo, pero en serio, entre adultos y no por el puro placer de hablar y cargar siempre el mochuelo al blanco que en un momento de cólera larga una patada al trasero de un árabe, ya que, al margen de los orígenes y del color del pompis afectado, esta exasperación sería la causa exclusiva del incidente.

—Usted mismo reconoce que Amin Dada provocó la lucha racial, con lo que se deduce que el racismo no es algo que dependa del pueblo, sino de los intereses que lo esclavizan. Para incrementar su poder, Amin Dada suscitó una guerra fratricida entre las etnias que apoyaban a su rival, y luego, para seducir a la opinión internacional, en particular a los países africanos fronterizos, fustiga en la ONU a todos los racismos, en especial el rhodesiano. Por lo que respecta a la prensa que se considera de izquierdas, sabe usted que no comparto sus criterios, pero no finja confundir la causa de los pueblos subyugados y pobres con la de los periodistas de la prensa occidental.

El tiempo discurría y la conversación no era más que un diálogo entre Hamlekh y Thibaud. Las esposas se habían sumado al grupo de los maridos y seguían con atención, en calidad de espectadoras, aquel diálogo de sordos.

—Usted sitúa la discusión —repuso Hamlekh— en un plano intelectual y filosófico. Es usted un soñador con talento, y su cultura le permite jugar con las palabras al extremo de interpretar los textos de forma que convengan a la filosofía que sostiene. Me parece bien. La filosofía es una ciencia que trata de analizar los problemas en el orden más general, y no me sorprende que en esta tarea usted se las componga perfectamente. Pero yo toco con los pies en el suelo. Es mi deber, y de ello obtengo una primera constatación: ¿Qué saca de provecho el mundo moderno de un filósofo? O, dicho de forma más prosaica: ¿Qué otra salida tenía usted, un brillante filósofo francés, tras haber obtenido el título de agregado? Usted lo sabe muy bien. Una sola salida: la de profesor de filosofía. Estoy de acuerdo en que con ello se cierra el anillo; pero yo le pido que no salga de él, pues se convierte usted en un tremendo peligro cuando intenta imponer a las masas, por medio de la violencia y el chantaje, sus elucubraciones; y cuando, gracias al maquiavelismo de sus mentes sobrecargadas de lecturas, llegan a popularizar y a concretar en una vulgarización equívoca y seductora sus utopías intelectuales... Por el momento, señor Thibaud, nosotros pugnamos de forma pertinaz; cada día debemos ofrecer a través de nuestros actos una imagen implacable, a menudo la de la violencia y en ocasiones la de la injusticia. Pero, ¿por qué razón? ¿Somos acaso unos sádicos o unos racistas? No, amigo, sino porque somos hombres realistas y creemos más en la crudeza de los hechos y en el sentido común del hombre rústico que en sus autopsias esquizofrénicas de los textos revolucionarios. Atengámonos a los hechos.

Este diálogo de sordos se prolongó por espacio de algunas horas. El cielo adquiría el tono macilento del alba en el mundo oriental en el momento en que Martin y Thibaud volvían al Sheraton.

25

Thibaud y Laurent aterrizaron en el aeropuerto de Khaldé al día siguiente al anochecer. Fiel a sus costumbres, Laurent había dormido durante el trayecto entre Tel-Aviv y Atenas y luego entre Atenas y Beirut.

A través de la ventanilla del viejo taxi, que habían bajado del todo, los dos hombres divisaron a su izquierda como el sol, formando tonalidades purpúreas, se dejaba engullir despreocupadamente por el Mediterráneo en calma. La brisa húmeda y caliente se refrescó un tanto cuando el taxi tomó la calle Suleimán, cuyas construcciones constituían una muralla contra el calor. Rebasaron por el lateral izquierdo el palacio de la UNESCO y, tras haber recorrido el borde superior de la Gruta de los Pichones, el conductor se dirigió hacia el puertecito de Minel el Hosn, cerca del cual se levantaba el hotel Saint-Georges, edificio muy antiguo de majestuosa apariencia, construido a principios de siglo.

Antes de pasar a ocupar la ya habitual habitación de dos camas reservada por Schloss, Laurent conversó largamente con Taïr Ben Djebaa, el viejo jefe de conserjes que, tras cuarenta años de servicio, poseía en realidad muchas más atribuciones que las específicas de su cargo. Taïr, «el hombre de las llaves de oro» del Saint-Georges, formaba parte de esta élite doméstica, en trance de desaparición, constituida por los conserjes de los hoteles de lujo. Laurent le conocía de antiguo, y las magníficas y cordiales relaciones que sostenían se basaban en la discreta prodigalidad de la que ritualmente daba prueba el agente francés.

Taïr acababa de recibir a los dos «turistas» con el respetuoso entusiasmo de un chambelán que acoge a su soberano. Cuando Laurent, tras haber entregado el pasaporte y rellenado la ficha, se lo llevó aparte con una presión en el brazo, el semblante del conserje adquirió el aire sombrío de un conjurado en un mimodrama.

—Señor Taïr, hemos de encontrarnos con unos amigos que se pondrán en contacto con nosotros aquí, en el hotel, pero no sabemos cuándo. Le agradecería que instruyera a cada uno de sus ayudantes para que nos avisen a cualquier hora del día o de la noche. Por otra parte, siempre que abandonemos el hotel indicaremos al conserje de turno el itinerario que vamos a seguir y nuestro punto de destino, con el objeto de que pueda localizarnos en pocos minutos.

—Comprendido, señor Martin. Ya sabe que puede confiar en mí.

Durante este intercambio fugaz de palabras, un billete de cinco libras libanesas había pasado de una mano a otra. Cualquiera que por casualidad estuviera pendiente de ambos hombres, e incluso muy atento a sus ademanes, no habría podido darse cuenta del detalle.

Laurent y Thibaud salieron del hotel para ir a cenar a las nueve. Deambulaban por las calles hasta la Gruta de los Pichones, instalándose en la terraza del «Ghalaili». A instancias del agente francés, Thibaud aceptó compartir un *koubbè,* el plato nacional libanés, a base de carne picada, trigo molido, cebollas y especias, servido como una torta al horno recubierta de *lebené,* un queso blanco y cremoso de oveja.

Con hábil y resuelta determinación, Laurent rechazó todos los intentos de Thibaud, que trataba en vano de politizar el diálogo. En realidad sólo hablaron de la historia y de la geografía del Oriente Próximo. Sin que sus relaciones fueran verdaderamente corteses, lo cierto es que el trato entre ambos se había humanizado.

Siempre deambulando por las calles de la ciudad, volvieron al Saint-Georges cuando todavía no eran las once. Uno después del otro tomaron una ducha de agua fría, y a la medianoche estaban ya durmiendo.

El timbre del teléfono sacó a Laurent de su sueño. Todavía era de noche. Durante unos momentos palpó en el aire, con gesto rígido, tratando de dar con la cadenilla de la lámpara de la mesita de noche; luego consultó el reloj: eran las dos y cinco de la madrugada. Descolgó el aparato y la voz atemorizada del conserje de noche acertó a balbucear en una parla que tenía ligero parecido con el francés:

—Perdonar, señor Martin. Creo hacer bien. Señor Taïr me dijo que si venir amigos yo le llamo. Entonces no sé.

—Has actuado perfectamente —cortó Laurent—. ¿Quién me reclama?

—¡Bah! —prosiguió el conserje de noche—. Sí, pero no son amigos suyos, ¿comprende? Es el viejo Abú, taxi de la compañía Zahour. Entonces yo no sabía si tocar timbre porque yo conozco viejo Abú; es tío de mi mujer, él tozudo como borrico. No quiere decir nada, sólo que tengo que apretar el timbre, que tiene que llevarle a un sitio. Entonces yo no sabía, señor Martin. No quiero que mañana señor Taïr me grite. Díme, señor, ¿quieres hablar con viejo Abú? Es una vieja borrica pero hablar francés como en radio.

—Bien. Ponme con él en seguida —replicó Laurent, sin dejar traslucir su exasperación.

El viejo, en efecto, hablaba el francés a la perfección.

—¿Es usted el señor Martin? Oiga, me han asegurado que usted no tendría inconveniente en venir conmigo junto con otro señor. Prefiero que lo sepa: no me gusta mucho este trabajo pero me lo pagan muy bien y mi patrón no quiere que rechace ninguna carrera.

—Bajamos inmediatamente. Espérenos —repuso Laurent con precipitación. Luego colgó y se dirigió a Thibaud—: No se han hecho esperar mucho que digamos.

Patrice Thibaud, que también se había despertado, siguió con ansiedad las reacciones de Laurent. Los dos hombres saltaron a una de la cama y se vistieron a toda prisa.

El taxi era un Peugeot 403, Laurent se sentó delante, al lado del viejo conductor, mientras que Thibaud se acomodaba en la trasera del vehículo. El viejo introdujo una marcha y el coche dio media vuelta, adquiriendo velocidad mientras atravesaba la ciudad desierta. En la recta que forma la calle Madame Curie, el chófer puso la cuarta.

—¿Dónde nos lleva? —preguntó Laurent.

—Mire, un tipo al que no he visto nunca me ha pagado para que le condujera hasta un camino desierto en la carretera de Abadaiyé. Se lo repito: si no quiere, les llevo otra vez al hotel.

—¿No le ha dado ningún recado?

Sin apartar la vista de la carretera, el viejo conductor abrió la guantera y sacó un paquete mal atado, de poco peso, que entregó a Laurent.

—Sólo me dijo que les llevara hasta allí y que abra usted el paquete. Eso es todo. Me aseguró que usted estaría de acuerdo, de otro modo no hubiera aceptado el trabajo.

—Estamos conformes.

—En tal caso no hay problema.

El Peugeot 403 enfiló la avenida Fouad, sin aminorar la velocidad, bordeó a continuación el hipódromo y torció luego en ángulo recto ante el museo de la calle Damas. Una vez fuera de los límites de la ciudad, Abú abandonó en el cruce la carretera de Saïda y tomó a la izquierda la carretera nacional que pasando por Zahlé conduce a Baalbek. Seis kilómetros más adelante se salió de la nacional y cogió la carretera de segundo orden de Abadiyé. Al cabo de unos ochocientos metros, y a la altura de un transformador, el viejo detuvo el coche e hizo marcha atrás, introduciéndose con la primera por un camino de carro, del que a todas luces sólo podría salir marcha atrás. El taxi trepidó dolorosamente durante unos cincuenta metros hasta llegar a un viejo abrevadero, abandonado desde hacía años.

—Bien —anunció el chófer—; aquí es donde tengo que dejarles. Pero insisto en que si lo prefieren...

—No se preocupe —repuso Laurent, al tiempo que deslizaba en la palma de su mano una libra—. Puede irse. Todo marcha bien.

—He cobrado ya una buena cantidad, ya se lo dije.

—Lo sé, pero quédese con esto de todos modos.

El viejo se encogió de hombros y puso la marcha atrás tan pronto los dos franceses hubieron cerrado las portezuelas.

Laurent siguió el movimiento de los faros por el camino y cuando el automóvil hubo alcanzado la carretera asfaltada, abrió el paquete. A la luz del mechero descubrió el contenido. No mostró sorpresa alguna al distinguir dos capuchones negros de algodón y una nota en francés con este lacónico mensaje: «Pónganse las capuchas, siéntense en el abrevadero y esperen.»

Thibaud leyó el texto por encima del hombro de Laurent y, tras intercambiar una mirada, obedecieron las instrucciones, observando con complacencia que las capuchas, poseían a la altura de la nariz y de la boca agujeros para respirar. Laurent aprovechó la circunstancia para encender un cigarrillo, pero no tardó en apreciar que sin ver nada, fumar no le producía ninguna satisfacción. Así pues, se inclinó y, palpando con la mano, aplastó el cigarrillo en la suela del zapato.

Todavía no habían transcurrido cinco minutos cuando

se oyó el ruido de un motor. Los sentidos, desarrollados por la experiencia, permitieron a Laurent concluir que se trataba de un motor obediente, de fuerte cilindrada, y que con seguridad el vehículo ascendía ahora marcha atrás por el camino de carro. Oyó a lo lejos el ruido casi simultáneo de dos portezuelas que se cerraron con un ruido apagado, señal inequívoca de que las bisagras estaban engrasadas y los pestillos apenas usados. Martin creía que se trataba de un Mercedes modelo gran tamaño. Con el instinto más que con los oídos, percibió los pasos de unos hombres que se aproximaban. La oscuridad completa en la que se hallaban sumidos adquirió unas extrañas irisaciones. El agente francés comprendió que les enfocaban la capucha con potentes linternas. Una orden firme, proferida en francés, les conminó:

—¡En pelotas los dos! ¡Rápido!

Se desnudaron, Laurent del todo y Thibaud conservó puestos los calzoncillos. La voz tronó:

—He dicho en pelotas.

Thibaud obedeció. Laurent sintió como una mano le quitaba con gestos resueltos el reloj de pulsera. Acto seguido sufrió un manoseo riguroso y desde los menores relieves del semblante hasta los dedos de los pies, pasando por las partes más íntimas y recónditas, no quedó rincón del cuerpo por registrar. Por último, se le entregó un pantalón y un chaquetón de tela que unos brazos poderosos le ayudaron a ponerse. Laurent no pudo menos de sentir admiración por la infinidad de precauciones que sin ningún fallo perceptible habían tomado los hombres de Scheidemann.

Contó treinta y dos pasos hasta el coche y constató con satisfacción que había calculado con acierto: el automóvil, en efecto, recorrió el camino de carro marcha atrás. Todavía emanaba del vehículo el clásico olor de los coches nuevos. Los dos hombres fueron empujados hasta el interior. Con discreción, Laurent palpó el brazo de apoyo de la trasera del coche y descubrió en él un cenicero. Sí, se trataba en verdad de un Mercedes. Laurent se acomodó de manera que a la izquierda podía tocar la portezuela y a la derecha el brazo de apoyo, lo que le permitía calcular la dirección durante los viajes. En seguida se dio cuenta de que el Mercedes torció a la izquierda tras salir del sendero; o sea, que realizaba a la inversa el recorrido del taxi que les había conducido hasta el lugar. Pero al llegar al cruce con la nacional Beirut-Baalbek tomaron el camino opuesto a la capital.

Por espacio de dos horas el automóvil circuló a velocidades infernales, hasta que empezó a subir una carretera estrecha de montaña. Las curvas se sucedían una tras otra, cerradas y breves. Por el rechinar de los neumáticos, Laurent dedujo que el asfalto no estaba en muy buen estado. Tras media hora aproximada, el coche giró a la derecha y tomó una carretera sin asfaltar. Laurent pensó que los informes recogidos por la «Shin-Beth» eran correctos y que, al parecer, se encontraban en un contrafuerte rocoso, entre el Beqaa y la cordillera del Anti-Líbano. Los dos franceses intentaron en varias ocasiones trabar conversación, pero sus acompañantes les conminaron con dureza a guardar silencio. Por fin, el Mercedes se detuvo. Laurent calculó que el viaje por carretera había durado unas tres horas, o sea, que debían de ser las seis de la mañana.

Tan pronto salieron del coche, percibieron la fresca brisa de aquel lugar. No cabía duda de que estaban en una zona montañosa, pero el sol todavía no daba de lleno. Laurent calculó que se hallaba oculto hacia el este, tras una cadena montañosa que dominaba el emplazamiento. Luego se dieron cuenta de que se les hacía entrar en el interior de una casa. Oyeron cerrarse una puerta. Alguien les libró de los capuchones: la luz de la estancia era escasa y ello hizo que no quedaran deslumbrados por la iluminación. Las paredes estaban encaladas. La habitación, espaciosa y de forma rectangular, semejaba al refectorio de un colegio provisto con una enorme mesa flanqueada por dos bancos de tosca construcción. Habían seis ventanas, todas protegidas herméticamente por rejas. Dos árabes de rostro adusto y dos europeos sonrientes les rodeaban. Uno de ellos les interpeló en alemán:

—¿Quién es Martin y quién Thibaud? Sí, claro, Thibaud debe de ser el más joven, el que tiene la cara tumefacta. ¿Comprenden los dos el alemán?

—Yo lo hablo correctamente, pero no así Thibaud. Si quieren, puedo servir de traductor.

—¿Hablan inglés?

—Los dos —repuso Thibaud.

—Perfecto; en tal caso hablaremos inglés. Siéntense, van a traer un poco de café.

—¿Es alguno de ustedes Wilhelm Scheidemann? —preguntó Laurent, tomando asiento.

—Nuestro jefe, al que usted llama Scheidemann, vendrá en seguida.

—En tal caso, usted debe de ser Karl Volker Lichtenberg y usted Ernst Schaffner-Weill.

—Estos nombres están muertos. Pero sí, fueron efectivamente los nuestros.

Un árabe vestido con una chilaba, ceñida al talle por un cinturón canana, entró por una puerta interior llevando una bandeja en la que habían ocho tazones, una enorme cafetera turca y una ensaladera con *fattouch*: ensalada a base de pepinos, menta y verdolagas. Había también una botella con tapón regulador de jugo de zumaque y... un cartón color rojo de cigarrillos «Benson y Hedges» de cajetilla metálica, sin filtro: los que fumaba Laurent.

—Mi enhorabuena —admitió Martin—; pero yo tenía cuatro paquetes en mis bolsillos. Les hubiera evitado la molestia...

—En estos momentos sus ropas y efectos personales se encuentran en su habitación del hotel Saint-Georges. Allí los encontrará cuando regrese —declaró con satisfacción uno de los alemanes—, incluidos los cuatro paquetes de cigarrillos. Precavidos que somos, Martin. No es que les tengamos miedo, pero no nos gustan las iniciativas tipo

James Bond, a las que tan aficionados son los fascistas israelíes. En cambio, no teníamos ningún motivo para impedirle fumar.

La puerta se abrió y entró Scheidemann seguido de Ulrika Raad. Era un hombre alto y enjuto, casi esquelético. Encima del rostro, semejante a un ave rapaz, unos escasos cabellos rubios y finos apenas disimulaban su calvicie, prolongación de una frente muy despejada. Su mirada era estupefacta; la esclerótica pálida y azulada y la retina azul pálido y mate llegaban a confundirse desde determinados ángulos; pero a pesar de ello, la mirada traslucía una llama de vivísima exaltación.

La mujer, Ulrika Raad, poseía una belleza animal: rubia con gruesos mechones y largas espaldas. Era evidente que sólo vestía una ligera chilaba que dejaba adivinar sus senos firmes en forma de pera. El rostro, de facciones hermosas y regulares, dejaba entrever el dolor lascivo y ávido de las ninfómanas insaciadas. Ella se sentó enfrente de los dos franceses, mientras Scheidemann saludaba con un gesto que más parecía un tic nervioso que un ademán de cortesía; luego empezó a pasear nerviosamente en círculo. Nunca hablaba con el cuerpo inmóvil. Sus estrechos pulmones no alcanzaban a succionar aire suficiente para la extensión de sus frases, y así evacuaba las palabras jadeando, antes de volver a hacer nueva provisión de oxígeno con voraz aspiración. El alemán soltó las primeras ráfagas vocales:

—¡De manera, Martin, que se imagina haber ganado algo llegando hasta mí! Pues desengáñese; nuestra Organización es en la actualidad indestructible. Ha dado usted un corto paso, pero no irá más lejos. Dentro de unas horas regresán acompañados a Beirut, lo que demuestra el poco temor que me inspira. Puede dar a conocer mi nombre a la opinión pública. Lo deseo.

—De acuerdo con lo que dice, Scheidemann —repuso Laurent—. Yo no he venido a combatirle, sino a intentar convencerle. Suelte a las muchachas y detenga este chantaje trágico. Se le admirará todavía más.

—El mundo nos olvidará al cabo de una semana y usted lo sabe. En cambio, yo pienso a varios años vista; y como los planes ya están en marcha, nadie podrá detenerlos. En adelante, cada uno de sus órganos de información y propaganda llevará a cabo su misión con una navaja en la carótida. La espada de la justicia, Martin, afilada como nunca lo ha estado, implacable, indestructible, les obligará a pregonar la verdad ante la faz del mundo. Transmitid mis palabras: un paso en falso, una vacilación, y arrojaré el cuerpo de una de las chicas con el cuello cortado como el de una clueca.

—No creo que haya duda de que por nuestra parte cederemos hasta que se produzca la última liberación —concedió Laurent—, ya que le considero lo suficientemente perspicaz para haber evaluado las exigencias que son aceptables y las que no lo son.

—No se preocupe de eso.

—¿Podemos ver a las chicas antes de marcharnos?

—No será tan ingenuo como para pensar que las tenemos aquí. Se lo repito, Martin, ha dado usted conmigo, pero sólo ha dado un paso aparente; y no tenemos ya nada más que decirnos. Le permitiría salir ahora mismo si no fuera preciso esperar a que anochezca para llevarle hasta el hotel.

—Por lo que acaba de decir, imagino que cuando haya liberado a la última chica dará un nuevo golpe, ¿no es cierto?

—Por supuesto, pero no trate de adivinar en qué va a consistir. En cada ocasión se sentirán sorprendidos por la originalidad y la eficacia de nuestras futuras acciones.

Patrice Thibaud se había mantenido silencioso, en calidad de espectador. Pero, de repente, se incorporó y declaró con tono solemne:

—Solicito de usted el honor de ser aceptado en el seno de su Organización. Acabo de comprender que mi lugar está junto a usted, en su calidad de apóstol dispuesto a eregir los cimientos de la nueva sociedad. Le entrego mi vida, mi fe y mi alma, y si el mundo da pruebas de una estúpida intransigencia ante sus próximos ultimátums, no pediré compasión para la mujer que yo amo.

—Bienvenido, Thibaud. Le creo, pero quiero añadir que no por ello dejaré de vigilarle, y que nada sabrá de nosotros antes de la liberación o de la muerte de Sabine.

—Estoy a sus órdenes.

Laurent intervino.

—Reflexione de nuevo, Thibaud. Si no me acompaña va a convertirse en cómplice integral del hecho.

—He pensado en ello desde que salimos de París, y mi sitio está aquí. Si ahora me vuelvo atrás sería tanto como renegar de mi ideología, y mi vida ya no tendría sentido. Le entregaré una carta para Duchemain, mi brazo derecho en el RIEPU. El comprenderá.

—Ya está bien —concluyó Scheidemann—. La sesión ha terminado, Martin. Dos hombres le vigilarán hasta el anochecer. Luego le acompañarán a Beirut. Thibaud, sígame. Despídase de Martin, porque ya no lo verá más.

Laurent se quedó a solas con los dos árabes. Desprecintó el cartón de cigarrillos, lo partió en dos y extrajo un paquete. Estaba acongojado y desengañado. La decisión de Thibaud le había afectado más de lo que en un principio hubiese creído. Pese a su actividad revolucionaria, aquel muchacho no le era antipático; había algo doloroso en la elección efectuada. Decididamente, la joven generación cada día era más difícil de comprender.

Ahora Martin ya sabía que toda tentativa para situar el refugio de Scheidemann era imposible. No saldría de aquella pieza. Estaba convencido de que además de los postigos y contraventanas, los cristales estaban pintados de negro. Ni siquiera se filtraba el más pequeño rayo de luz suficiente para dar una idea vaga de la rotación solar.

Según los cálculos de Martin, sería aproximadamente mediodía cuando le trajeron unas galletas y queso de oveja. Los dos guardianes no contestaron a ninguna de sus preguntas ni intercambiaron ninguna palabra entre ellos. Uno u otro mantenía en todo momento una metralleta de fabricación checoslovaca apuntada contra él.

26

Durante algún tiempo, Laurent estuvo dando vueltas y más vueltas alrededor de la mesa. Sus guardianes no le impedían pasearse por la estancia, pero nunca le perdían de vista y los cañones de las armas seguían el curso de su figura.

Volvió a sentarse en el banco, de espaldas a la mesa, sobre la que apoyó ambos codos. Encendió un cigarrillo. Su mirada inspeccionaba escrupulosamente cada centímetro cuadrado de la pieza, sin la menor idea, sin la menor esperanza; pero no tenía otra cosa que hacer. El pavimento era de tierra batida y había sido cuidadosamente aplanado con el pisón. Laurent se entretenía siguiendo el vuelo caprichoso de una mosca. El insecto se aproximó a una raya trazada vagamente en el suelo, se alejó sin cruzarla y acercose de nuevo a ella. Laurent realizó una apuesta consigo mismo: la próxima vez, la mosca traspasaría la raya; pero la mosca no lo hizo, sino que reemprendió su vuelo obsesivo; Laurent la siguió con la mirada hasta el techo, mientras encendía otro cigarrillo con ayuda de la colilla del anterior. Estaba furioso contra aquella estúpida mosca que había frustrado su entretenimiento. El techo, pintado de cal blanca, no presentaba ninguna señal que le permitiera establecer un pronóstico sobre el curso voluble del insecto. En su interior, parecía adivinar algo que le desazonaba. Dejó aquel vagar de la mente y procuró concentrarse. No tardó en averiguar qué era lo que había conmocionado su subconsciente.

Sin abandonar su actitud de serena indiferencia, dejó resbalar la vista por el suelo. Aquella raya que le había servido como demarcación para adivinar el vuelo de la mosca resultaba extraña. La habían trazado desde la pared con el filo de un cuchillo o de una hoja de afeitar, hundiendo cerca de un metro en el pavimento de tierra batida. Pero lo que en verdad intrigaba a Laurent era que aquel que la había trazado se había servido de una regla u otro objeto rectilíneo para guiar el filo. Ello quería decir que aquel hililo había sido trazado poniendo en la tarea un empeño especial, al que forzosamente iba vinculado un objetivo, aunque por el momento Laurent no acertaba a perfilarlo, ni siquiera en el terreno de una vaga hipótesis. Desde un punto de vista geométrico, la cosa no tenía ni pies ni cabeza, puesto que la raya formaba un ángulo agudo con la pared; pero tenía que haber alguna razón para ello.

Durante más de una hora, Laurent se devanó los sesos. Por dos veces decidió postergar la idea, pero inconscientemente volvió a sus elucubraciones. De repente, una idea que parecía absurda cruzó por su mente, pero la rechazó varias veces con el pretexto de que resultaba de un optimismo exagerado. Transcurrió una hora y ninguna idea nueva acudió a su mente.

Así las cosas, decidió actuar partiendo de la confusa hipótesis construida en el vacío. Empezó a jugar con uno de los paquetes de cigarrillos hasta que, en un momento dado, extrajo con los dedos el fino cartoncito publicitario que contienen los paquetes de Benson, al tiempo que fingía concentrar todo su interés en la lectura de las excelencias de la marca. Sus gestos traducían una apatía absoluta. Por espacio de media hora larga conservó el papel entre sus dedos, haciéndolo pasar de una mano a otra. Los guardianes no concedieron la menor atención a este gesto maquinal de un individuo constreñido a una larga y fastidiosa espera. Laurent se levantó con pereza, recorrió varias veces la pieza y luego, con un ademán perfectamente natural, se tumbó en el suelo a un centímetro dc la hendedura rectilínea, reclinando la espalda contra la pared.

Fingió adormilarse y fue deslizándose cada vez más hasta encontrarse completamente estirado sobre el suelo. Simulando un sueño profundo, decidió contar hasta mil al ritmo aproximado de un número por segundo.

Nada más llegar al millar se dio la vuelta simulando el acto reflejo de alguien que dormido cambia de posición. Ahora daba la espalda a los guardianes. Laurent abrió los ojos; la mano izquierda, que continuaba sosteniendo el cartoncito, se encontraba prácticamente sobre el ángulo agudo formado por la pared y la misteriosa hendedura. Sin realizar el menor movimiento logró, utilizando los dedos, doblar al cartoncito hasta formar un ángulo exactamente igual al que aparecía dibujado en el suelo. Con la uña del pulgar acabó de marcar el trazo dejado por el plegado del papel. A continuación alisó el cartoncito hasta restaurarlo a su forma inicial.

Instantes después se desperezó con lentitud, se levantó con gran naturalidad de gestos y se acercó a la mesa con paso despreocupado, al tiempo que extraía un nuevo cigarrillo del paquete. El movimiento mediante el cual deslizó el cartoncillo publicitario en el bolsillo del chaquetón nada tenía de extraño, ya que necesitaba de ambas manos para encender la cerilla.

Transcurrieron las horas fastidiosamente, y nada vino a turbar la desesperante monotonía de la espera. La inerte estoicidad de los guardianes se mantuvo, e incluso se negaron a decirle qué hora era; por otra parte, ninguno de ellos parecía tener reloj alguno. La pasividad y el silencio de los guardianes tenían un carácter rayano en lo místico.

Laurent se hallaba entregado por completo a la tarea de calcular la hora cuando, de repente, todo se aclaró. En pocos segundos tuvo la evidencia pura y simple de que el éxito de su misión había rebasado las esperanzas más optimistas.

El silencio, que por espacio de unas horas interminables se prolongaba con insulsa monotonía, quedó roto por una voz lejana, nasal y continuada. Laurent reconoció la melodía calmosa del *salât*. Imaginó sin esfuerzo unas decenas de metros fuera de la casa el minarete desde el cual el almuédano llamaba a oración. Martin conocía la oración ritual: «¡Alá es el más grande! Yo atestiguo que no hay más divinidad que Dios, yo atestiguo que Mahoma es el enviado de Dios. Acudid a la oración, acudid a la salvación. ¡Alá es el más grande! No hay más divinidad que Dios.»

Mientras uno de los guardianes permanecía alerta, el otro dejó el arma a un lado y se aproximó al sitio donde poco antes se había tumbado Laurent. La furtiva mirada que el fedayin arrojó a la raspadura del pavimento no pasó inadvertida a Laurent. El árabe se postró de rodillas en la dirección de la raya y empezó sus rezos rituales, describiendo con los brazos extendidos inclinaciones de un cuarto de círculo que morían en el suelo. Con un tono plañidero y firme pregonaba las intransigentes atestaciones acerca de la supremacía de Alá, los dioses impostores y la irreprochable probidad de su profeta Mahoma.

El corazón de Laurent latía con fuerza en su pecho. Su aventurada hipótesis encontraba confirmación. La raya se hallaba orientada en la dirección exacta de La Meca y en su bolsillo poseía la huella precisa del ángulo que la raya formaba con el muro de la pieza. Con tales datos, un alumno de cuarto grado podía calcular en tres minutos la orientación exacta de la construcción rectangular.

Pero hubo un detalle suplementario deducido de los conocimientos que Laurent poseía del Corán que vino a incrementar su entusiasmo, y es que el *salât* tiene lugar ritualmente una hora después de la puesta del sol. Así, pues, no esperaría por mucho tiempo más. En efecto, en seguida que el segundo centinela, el cual había sustituido al primero en la plegaria, hubo finalizado el rezo, volvieron a cubrir la cabeza del agente francés con la capucha. Al cabo de tres horas de camino le dejaron en libertad, siempre con la capucha puesta, detrás de la mezquita de El Khoder, en la zona desierta donde se hallaban ubicados los mataderos municipales. Así pues, para regresar al hotel Saint-Georges tuvo que atravesar la ciudad en diagonal.

Cuando miró en el bolsillo del chaquetón para asegurarse de que el cartoncito de la caja de cigarrillos seguía allí, descubrió también dos cartas que no iban timbradas. Una de ellas iba dirigida a Duchemain, en la dirección central del partido en la calle Turbigo, y la otra sólo llevaba el nombre del propio Martin; en ella Thibaud le rogaba que ordenara sus efectos personales y sus ropas en la maleta y que avisara al conserje de que un amigo pasaría a retirarla. Laurent encontró las ropas que había tenido que sacarse a la fuerza, cuidadosamente ordenadas sobre una silla de la habitación.

Laurent Martin tomó una ducha y pidió que se le despertara a las cinco de la madrugada. El vuelo diario de Alitalia a Roma, con escala en El Cairo y Atenas, salía del aeropuerto de Khaldé a las 6,30. Laurent se durmió analizando con serenidad el asunto sobre la base de un axioma irrefutable: no existe un hombre capaz de prever todos los detalles.

27

Laurent hizo obtener el ángulo marcado en el cartoncito al encargado de trazar el rumbo del avión italiano. Exactamente era de 28° 3/10.

Sólo permaneció tres horas en Tel-Aviv. En la sala de proyecciones de la «Shin-Beth», los especialistas de Hamlekh sólo necesitaron once minutos para situar con exactitud la guarida de Scheidemann entre las veintiuna fotografías aéreas de que disponían.

Se trataba de una edificación alargada, asentada en una plataforma rocosa, a mil doscientos metros de altitud. A vista de pájaro, el refugio se encontraba a unos cuarenta kilómetros de Baalbek y a distancia similar de la frontera siria.

Se partía del hecho incontrovertible de que las chicas no estaban detenidas allí, pues tanto Elena como Mary Jane se habían mostrado muy seguras en cuanto a la duración del trayecto en automóvil que precedió a su embarque en un pequeño avión de turismo: una hora, lo que no cuadraba en absoluto.

Martin y el coronel Fulham sugirieron sin gran entusiasmo que se diera aviso a las autoridades libanesas, pero Hamlekh intervino con sequedad para decir:

—Sería absurdo. Aun admitiendo su buena fe, siempre se produciría alguna filtración y Scheidemann sería prevenido. Antes de que se produjera la hipotética intervención del ejército, la casa estaría vacía.

—Yo no creo que sea deseable la acción de un comando israelí —repuso Laurent—. Scheidemann ya debe de haberlo previsto. El comando de «Septiembre Negro» que tiene en su poder a las chicas puede matar a una de ellas como represalia, ¡entonces sí que la habríamos hecho buena!

—De todos modos, estudiaremos militarmente la posibilidad de un comando —replicó Hamlekh—. Le aseguro que no intervendrá sin antes haberlo aprobado usted.

—Tomo nota de ello, Hamlekh, y añado que si le creo sólo es porque nuestros intereses van muy unidos.

—Esa es la mejor prenda para confiar el uno en el otro, amigo.

A primera hora de la tarde, Hamlekh acompañó a Martin de vuelta a Lod, con el tiempo justo para que éste pudiera coger el vuelo semanal de la BOAC con escala en Zurich, desde donde podía efectuar el transbordo hasta París. A la altura del Adriático, las condiciones atmosféricas empeoraron enormemente. El Trident de la compañía británica salía de un bache para entrar en otro; la tempestad azotaba el territorio europeo. Cuando el aparato alcanzó la vertical de Munich la visibilidad era nula y el aparato empezó a sobrevolar el aeropuerto describiendo amplios círculos, en espera de que la torre de control le indicara la existencia de un claro para aterrizar o que se le indicara desviarse hasta el aeropuerto de Ginebra-Cointrin. Pero al fin las nubes se rasgaron originando un claro, que desde el suelo estimaron que duraría cuatro minutos, y el piloto emprendió el descenso sin demora.

En el pasaje reinaba una ansiedad contagiosa. Al producirse el súbito cambio de altura, casi todos los pasajeros experimentaron molestias en los oídos, y Laurent entre ellos. Para aliviar la sensación tragó saliva varias veces. Mientras el avión aterrizaba en medio de una intensa lluvia, una idea sacudió su mente. Acababa de recordar un comentario de Elena que en el momento de ser formulado no recabó la menor atención de su parte, pese al flagrante contrasentido que implicaba.

Aprovechando la escala en Zurich, Laurent compró los principales periódicos europeos, que leyó con avidez en el trayecto entre Zurich y París. Era aterrador. Las más descabelladas propuestas cubrían páginas y más páginas. Cada una llevaba la rúbrica y la firma de su autor.

Estaban ante todo los oportunistas —y en buen número por cierto—, que adoptaban actitudes de hombres de negocios. Una importante firma de promoción inmobiliaria se proponía construir, sobre la base de un plan de trabajo de varios años de duración, una serie de inmuebles modernos en la orilla oriental del Jordán, destinados a albergar progresivamente a los refugiados palestinos. No hacía falta decir, precisaba el presidente del grupo financiero, que los capitales necesarios para la puesta en marcha de empresa tan ambiciosa tendrían que ser depositados en diversos organismos bancarios del Líbano, Siria o Jordania antes de la liberación de los rehenes, lo que garantizaría la buena fe del grupo ante los fedayin.

Pero el colmo del oportunismo más descarado radicaba en una ampliación aneja del proyecto, que exponía un cierto número de variantes propuestas por los autores del mismo. En conjunto, se desprendía de ellas un repugnante olor a estación veraniega de vacaciones organizadas, y así se sugería la construcción de los inmuebles en las orillas del lago Tiberiades, con lo que se ofrecería a los desarraigados palestinos no ya una vivienda decente, sino una especie de retorno al «arte de vivir». Todo ello redactado en la jerga capciosa característica de los prospectos inmobiliarios. Los que redactaran el escrito no escatimaban los eufemismos rituales o las expresiones tópico como «*standing*» o «funcional». En suma: con gesto magnánimo, estos bienhechores de inefable picardía aseguraban que, en caso de que les fuera otorgado el primer premio de un millón de dólares, invertirían sin demora esta cantidad al objeto de acumularla al fondo necesario para la realización del proyecto.

También los oportunistas del cine probaban fortuna. En efecto, una de las más importantes productoras internacionales proponía la filmación de una película de metraje y presupuesto gigantescos. Los autores del proyecto exponían acto seguido una serie de sugerencias en torno a los encargados de la escenografía, los cuales, habida cuenta de su manifiesta ideología izquierdista, no podrían rechazar un encargo de esta índole. Por último, se enumeraban a granel los nombres de directores y actores que nunca perdían ocasión de pregonar sus simpatías por los elementos de izquierda. Los productores aludían a la película *Éxodo,* film que cantaba las glorias de Israel, oponiéndolo al proyecto propuesto, que vendría a ser como una antítesis de aquélla.

Y así en todos los periódicos y semanarios: todos los oportunistas sin distinción de color, los imbéciles pueriles, los revanchistas profesionales, los sinceros sin cultura, los fanáticos de extrema izquierda, los brutos de extrema derecha nostálgicos del antisemitismo nazi; todo el mundo tenía su idea que proponer, a cual más original. De este modo los fedayin alcanzaban su objetivo investidos de soberana dignidad: la descomposición de la sociedad de consumo y el monopolio de la opinión pública.

La revista «Charlie-Hebdo» ilustró gráficamente la propuesta de un lector que sugería que la señora Golda Meir efectuara un *streep-tease* televisado en color, con el fondo musical del himno revolucionario de la Organización para la Liberación de Palestina. A fin de cuentas, esta memez entrañaba menos dolor que las anteriores.

[illegible] antropología [illegible] jecto, una [illegible] científico [illegible] gico [illegible] investigador y de [illegible] que en [illegible] es [illegible] primer plano de [illegible]. Ahora, [illegible] demostrar [illegible] sujeto de [illegible] al [illegible]

Tanto en los procedimientos [illegible] propone la inmersión de un [illegible] de me- [illegible]. Los autores [illegible] aproximación [illegible] que [illegible] rechazo [illegible]. Por último, [illegible] a la cual [illegible] Los [illegible] la [illegible] que [illegible] como un verdadero espejo.

[illegible] todas las [illegible] de [illegible] en [illegible] de la [illegible]

[illegible] de la [illegible] de [illegible]

Cuarta parte

28

Una vez en Orly, Laurent Martin llamó por teléfono al coronel de Savigny desde una cabina. Cuando minutos después subía a un taxi, resonaban aún en sus oídos los gritos y maldiciones de su superior, que Laurent había interrumpido colgando el aparato.

Cuando Laurent entró en la oficina del coronel, en el viejo cuartel del bulevar Mortier, Savigny parecía haberse serenado un tanto. Con tono falsamente sosegado, expuso a Martin sus inquietudes:

—El mundo estalla en una crisis de delirio colectivo. Nos vemos desbordados por los cuatro costados, traicionados por la prensa, arrastrados en el fango por el Gobierno, que descarga sobre nosotros su impotencia; ¡y usted desaparece durante cuatro días sin dar señales de vida!

—Necesitaba unas vacaciones...

—No me tome el pelo, Martin. Aunque, en cierto modo hubiera preferido que se tostara al sol. En ningún momento he dudado de que se ocupaba usted del asunto con la responsabilidad y entrega habituales. Sólo la confianza que tengo en usted me induce a pensar que trata de ocultarnos sus hallazgos, y esto no puedo tolerárselo.

—¿Aun cuando yo le asegure que este silencio es indispensable para poder llevar a feliz término la investigación?

—¿Es que acaso desconfía de mí, Martin?

Laurent encendió un cigarrillo y sonrió antes de responder:

—Pregunta si desconfío de usted. Yo no; pero, ¿qué hará usted si mañana el ministro del Interior le plantea la misma cuestión en el mismo sentido? ¿Y cuál será la del ministro si es el presidente quien le formula esta interpelación? Claro que no temo que charle usted por los codos tras beber un par de whiskys con unos amigos en la barra de un bar; pero, se lo digo de veras, Savigny, en el estadio actual en que se encuentra mi investigación, si me ordena la redacción de un informe dejo el caso, y no lo digo en broma. Mientras usted hace lo que mejor le venga en gana con los datos que he ido reuniendo hasta el momento, yo me iré a pasar unos días al campo, me instalaré delante de un televisor y seguiré los resultados de sus pesquisas.

Savigny, que se había dominado durante mucho tiempo, explotó al fin:

—Adelante, siga con el chantaje, es lo que ahora se lleva. Todo el mundo evoluciona en pos de este hábito, y pronto va a convertirse en una institución, una doctrina como pueda serlo la democracia. Pronto la más insignificante petición será rechazada sistemáticamente si no hay una amenaza de por medio.

—Desde el principio pedí carta blanca y quiero recordarle que esto no supone nada nuevo. Ahora sólo le pido que respete los términos del convenio. Ya sé que tiene detrás suyo a todos los políticos, y que este papel de parachoques es sumamente desagradable; pero yo no puedo hacer nada por evitarlo. Aclarado este punto, tengo muchas cosas que hacer.

—¡Lárguese de una vez, Martin! A mí me han convocado al Ministerio del Interior, y todo cuanto tengo que decirles es lo que la televisión dará a conocer dentro de poco, o sea: nada. Ande, esfúmese.

Cuando Martin estaba a punto de abandonar la estancia, Savigny le llamó:

—¡Laurent!

—Mi coronel...

—Disculpe.

—No hay de qué.

Con un par de zancadas, Laurent se plantó ante la mesa.

—Tengo que ausentarme otra vez, tal vez por espacio de varias semanas. Cualquier aprendiz podría seguir mi pista fácilmente, a menos que no adopte una serie de precauciones que me harían perder un tiempo precioso. Quiero su palabra, Savigny: no me ponga trabas.

—Conforme —claudicó el oficial de la SDECE.

Veinte minutos más tarde, Laurent era introducido en el apartamento que ocupaba Charles-André Fargeau en el hotel Raphaël, donde se encontraban también el senador Erskine Donnavan y Gunther Fryer, padres de Joyce y Gertrude, respectivamente. Los semblantes de los tres hombres acusaban la fatiga y reflejaban la angustia que les consumía. El animoso anciano aparecía ahora desvaído. Sus ojos, ahora inertes, se clavaron en Laurent en una muda interrogación.

—Lo siento en el alma, señor —expresó Martin—, pero no puedo decirle nada nuevo que sirva para calmar su pena y su angustia. Sólo he venido para que haga una gestión en mi favor con lord y lady Cubitt. Necesitaré de Mary Jane; pero a los padres de la muchacha tampoco puedo decirles más de lo que le he dicho a usted acerca de las razones de mi demanda. Quiero reunir, por espacio de algún tiempo, que tal vez sea de unos días, a Mary Jane Cubitt y a Elena Nikolaos en los Alpes Marítimos, en un lugar discreto que todavía no he decidido y que me interesa esté lo más cerca posible de Cannes.

—Se lo ruego —terció Donnavan—; usted tiene forzosamente que saber algo para planear esta acción, y su deber es tenernos al corriente.

—Y yo le aseguro, senador, que mi deber es callarme. No crea que padezco una psicosis de conspiración. Si actúo así es con el único objeto de conseguir librar a sus hijas sanas y salvas. No dificulten mi tarea.

Fargeau descolgó el teléfono y pidió a la encargada de la centralita el número de la residencia de los Cubitt en Dufftown, Escocia. Ambas partes estuvieron discutiendo por espacio de veinte minutos a través del hilo telefónico. Era obvio que lady Cubitt, que junto al auricular seguía la conversación de su marido con Charles-André Fargeau, ponía impedimentos. Por último, el anciano millonario pasó el receptor a Laurent. Los tres hombres no acertaron a disimular la sorpresa que les produjo la demanda de Laurent:

—Quiero —empezó diciendo— que su hija se encuentre en el plazo más breve posible en el aeropuerto de Londres, al que también acudiremos tanto yo mismo como Elena Nikolaos. Allí ya habré alquilado una avioneta de turismo que nos conducirá hasta Niza.

—Puedo poner mi avión a su disposición —repuso Cubitt.

—Es indispensable que el avión tenga unas características determinadas. No me pida explicaciones. Le aseguro que su hija no va a correr en ningún momento el menor peligro.

Por fortuna, la aflicción de Charles-André Fargeau, Donnavan y Fryer acabó con las reticencias de los Cubitt y se acordó que Martin volvería a llamar al cabo de un rato para convenir la hora y punto de cita.

Por lo que se refería a los Nikolaos, no formularon ninguna pregunta, y Elena se levantó sumisa para preparar la maleta.

Elena y Martin aterrizaron en Londres a la 1,30 de la madrugada y esperaron veinticinco minutos hasta que el birreactor privado de los Cubitt aterrizó procedente de Glasgow.

A las tres de la noche, Laurent, Mary Jane y Elena se abrochaban los respectivos cinturones a bordo de una avioneta de dos hélices, alquilada a una compañía de turismo aéreo de Weymouth, que normalmente realizaba los trayectos entre la costa británica y las islas anglonormandas.

El piloto era un hombre achaparrado, de unos cincuenta años, veterano de la Royal Air Force, quien había recibido instrucciones precisas en cuanto a la discreción que convenía guardar en aquella misión. Asimismo, se le había reiterado que obedeciera ciegamente las peticiones de Martin, siempre que no entrañaran peligro para las dos jóvenes pasajeras.

Laurent se había sentado junto al piloto en la cabina de la avioneta, semejante al interior de un coche americano, mientras que Mary Jane y Elena se instalaron en los asientos de atrás. A partir del momento en que el pequeño aparato empezó a rodar por la pista, Laurent se volvió hacia las chicas y durante todo el tiempo que duró la maniobra de despegue no cesó de observarlas con atención. No volvió a su posición normal hasta que la avioneta hubo alcanzado su velocidad y altura de crucero. Hasta llegar a la vertical de Newhaven permaneció mudo e impasible. Entonces se dirigió al piloto:

—¿A qué altura volamos?

El piloto señaló con el dedo el altímetro.

—A unos nueve mil quinientos pies, aproximadamente.

—¿Puede usted descender, lo más lentamente posible, hasta mil quinientos pies?

Con un encogimiento indiferente de hombros, el piloto aminoró la velocidad de los motores y empujó ligeramente hacia adelante la palanca de mando del timón.

—¡Basta ya, Laurent! —protestó Elena—. Me duelen los oídos desde que salimos, y ahora vuelta a empezar.

—Si estamos aquí es precisamente con este objeto: de modo que tómenlo con calma. Y usted, Mary Jane, ¿nota algo en los oídos?

—No puedo decir que me duelan —repuso la joven inglesa—, pero supongo que usted habrá experimentado esta sensación como todo el mundo.

—Sí, y para librarse de la presión ejercida sobre los tímpanos a causa del cambio de altura basta tragar saliva, con la ayuda, si hace falta, de un caramelo o de un chiclé.

—¿Qué pretende con todo eso? —quiso saber Elena, irritada.

—Muy sencillo. El primer día que nos vimos en Calvi me dijo que creía que la avioneta de turismo que la había trasladado voló muy bajo. También me dijo que no había notado este malestar en los oídos, que, en su caso, le causa verdadero dolor siempre que toma el avión.

—Así es.

—En aquellos momentos no presté la menor atención al detalle, y sin embargo, es de gran importancia. ¿Por qué tenía ese avión que volar, según dice, muy bajo sobre el mar, el desierto de Libia y Tripolitania? Además, Elena, hay otro aspecto todavía más significativo. La estuve observando cuando despegamos, y todavía no habíamos alcanzado los cien metros de altura cuando su rostro ya se contrajo.

—Yo tampoco —intervino Mary Jane—. Estoy segura de no haber sufrido dolor de oídos el día de mi liberación.

—Eso es exactamente lo que quería oírles decir a las dos.

Aterrizaron en Niza poco antes de las seis de la mañana. Había empezado a soplar una brisa tibia, y el cielo, sin nubes, tenía la velada palidez de las auroras mediterráneas.

Un chófer les esperaba en el vestíbulo todavía desierto del aeropuerto. La víspera anterior, antes de salir del hotel Raphaël, Laurent había aceptado la propuesta de Charles-André Fargeau para que aceptara residir aquellos días en su propiedad de Cap d'Antibes. Laurent, Elena y Mary Jane se despidieron del piloto y se instalaron en la trasera de un Rolls Royce beige, matrícula de Ginebra.

Veinte minutos más tarde, las ruedas del lujoso automóvil pisaban el sendero rectilínco dc grava que desde la verja de entrada conducía a la mansión del millonario.

La pieza principal dominaba el mar a una altura de treinta metros. Estaba decorada al estilo «rústico», una «rusticidad» que ningún campesino del mundo podía permitirse. Hasta los más ínfimos detalles traslucían la búsqueda calculada de un ambiente rural. Pero lo cierto es que, tanto en el interior como en el exterior, arquitectos y decoradores sólo habían logrado crear una atmósfera de lamentable presuntuosidad, de la cual emanaba su calidad imitativa. Las muchachas y Laurent fueron conducidos a sus habitaciones por dos criadas de silenciosa mansedumbre.

—Descansen —aconsejó Laurent a Elena y Mary Jane—, pero estén preparadas a las nueve.

—Pero, ¿es que no podría explicarnos algo? —protestó Elena—. ¡No somos muebles! Hace casi doce horas que nos zarandea como a un par de perrillos falderos, y nuestra única distracción es la de contemplar su bonito perfil de pensador sutil y desdeñoso. Esto puede aguantarse un rato, pero ya empiezo a estar hasta la coronilla.

—De veras lo siento, pequeña, pero yo estoy que no me tengo en pie. Así pues, reposo y reunión de trabajo a las nueve.

Elena cerró la puerta de un portazo.

Laurent no logró conciliar verdaderamente el sueño. Estaba afeitándose cuando la criada, tras llamar a la puerta, depositó sobre la mesa de la habitación una bandeja con una humeante cafetera. Martin tomó una ducha fría, sorbió sin respiro tres tazas de café, sin azúcar, y se vistió con un pantalón ligero y una camisa de manga corta. Luego encendió un cigarrillo y comprobó que disponía todavía de diez minutos antes de efectuar una llamada telefónica. Para matar el tiempo, empezó a caminar despreocupadamente por los senderos del jardín.

Su deambular le condujo hasta el claro artificial en donde Charles-André Fargeau había ordenado construir una enorme piscina romboidal, revestida con mosaicos de variado colorido. En torno a la piscina habían seis casetas de baño. Fue precisamente allí donde Laurent sorprendió a Elena que nadaba, completamente desnuda, con brazada fácil, regular y graciosa. Martin se detuvo y contempló el espectáculo, decidido a disfrutar del mismo tanto como le fuera posible, sin el menor recato.

En aquellos momentos Elena nadaba con movimientos ágiles y eficaces hacia el extremo opuesto, al término del cual dio una vuelta perfecta de competición. Al emerger a la superficie descubrió a Laurent, y, tras un titubeo apenas perceptible, prosiguió nadando sin cambiar el ritmo regular de la brazada. Cuando estuvo a unos pocos metros de Laurent se deslizó suavemente hasta alcanzar una posición vertical y, manteniéndose a flote con ambos brazos, miró despreciativamente a su espectador al tiempo que fingía una impúdica despreocupación. Sonriente, solicitó con ironía:

—Tráigame un albornoz de alguna caseta y, por favor, reaccione; me molesta esta mirada de complacencia extasiada.

En su fuero interno, Laurent reconoció que la avidez de su mirada justificaba el sarcasmo de la chica, pero optó por defenderse:

—Oye, no te hagas ilusiones. Eres una chiquilla simpática que no está mal de tipo. Tal vez dentro de unos años, cuando salgas de tu adolescencia, la vista de tu cuerpo suscite una reacción lúbrica, pero por el momento...

—¡ El albornoz, puerco! —interrumpió Elena.

La muchacha subió por la escalerilla y se dejó envolver en la amplia y esponjosa toalla que Laurent le presentaba con los brazos abiertos.

De vuelta a la casa, poco después de las nueve, Laurent llamó a «Navimer». Al teléfono se puso la propia señora Girardin, y ésta le pasó a su marido. Girardin dirigía desde hacía años aquella oficina en Cannes dedicada al negocio de los yates de lujo. Era un especialista de competencia reconocida en aquel campo. Laurent había tenido tratos con él en varias ocasiones, pero aun así tuvo que utilizar una mezcla de diplomacia y de dureza para poder convencer al marino de que abandonara en el acto su trabajo para reunirse con él en la mansión de Fargeau en Cap d'Antibes.

Girardin llegó por mar, aprovechando de pasada la ocasión para probar un Riva Superacquarama que un cliente le había confiado. Conocía el rústico palacio de Fargeau y utilizó el ascensor que a través de un pasillo vertical horadado en la roca unía el atracadero con el saloncito de la pieza.

Girardin era un hombre de imponente aspecto. Sus cabellos, prematuramente encanecidos, contrastaban con el bronceado perpetuo de su tez. Rechazó las bebidas que le propuso Elena y se instaló en un sillón, atento e intrigado.

—Creo que es inútil que le presente a las chicas —precisó Laurent—. Por el contrario, sí quiero decirle que la colaboración que espero de usted tiene que ser de una discreción absoluta. Usted no es ningún chiquillo, y para asegurarme su silencio le diré que de su circunspección tal vez dependa la vida de las tres desdichadas que todavía están detenidas como rehenes.

Girardin asintió con un gesto que no daba lugar a dudas. Laurent prosiguió:

—Como todo el mundo, usted habrá seguido el suceso; y supongo que con mayor interés que la mayoría en lo tocante a los aspectos marítimos.

—Supone usted bien —admitió Girardin.

—No se me había ocurrido consultarle —prosiguió Laurent—, o consultar a otro especialista acerca de un extremo que hasta hoy había considerado trivial: la identificación del buque al que fueron transbordadas las chicas, cubierto el rostro con una capucha.

—Si mi memoria no me falla —contestó Girardin—, lo que yo leí decía que todas las chicas, las cinco, habían permanecido encerradas en un camarote. Ahora ya veo lo que quiere de mí.

—Les ruego —añadió Laurent, dirigiéndose a Mary Jane y a Elena— que junten sus recuerdos, que traten de rememorar los detalles más insignificantes y que contesten con la mayor exactitud posible a las preguntas del señor Girardin.

—Necesitaríamos papel y dos lápices —pidió Girardin—. Perfecto —añadió cuando Elena regresó con dos hojas grandes de papel y bolígrafos—. Traten de dibujar someramente la forma de esta cabina, señalando el emplazamiento de las literas. No consulten entre sí.

Las dos chicas obedecieron y entregaron sus respectivos esquemas, que se parecían en gran manera. La primera conclusión era evidente: se trataba de un camarote situado en la proa, pues el estrechamiento de la parte delantera de los dibujos así lo atestiguaba.

También coincidieron ambas en señalar el emplazamiento de los lavabos: situados justo a la izquierda, saliendo del camarote. Elena describió los sanitarios con exactitud, y Mary Jane aprobó cada una de sus palabras. Asimismo, hizo notar un detalle acerca del tazón del WC, provisto al parecer de una protección de aluminio que se bajaba o subía haciéndola girar sobre un eje, y que en la posición horizontal hacía las veces de un bidet.

—Es un modelo corriente —dijo Girardin, con una sonrisa—. Muchas embarcaciones de lujo no tienen las dimensiones del «Rosebud», y los arquitectos navales cuentan con la ayuda de especialistas en este género de artificios. Sin embargo, me indican ustedes que la ducha se encuentra a la izquierda, conforme se entra en el lavabo. ¿Está segura? —preguntó a Elena.

—Del todo.

—¿Ha observado usted cuál era el sistema de evacuación del retrete?

—Desde luego —repuso ella, apresuradamente—; funciona mediante una bomba manual.

—¿Está segura de que no era una palanca para utilización en caso de avería en una de las bombas eléctricas?

—Prácticamente segura —respondió Elena, respaldada por una señal afirmativa de Mary Jane—. Recuerdo que instintivamente busqué un pedal como el que hay en todos los sanitarios del «Rosebud», hasta que caí en la cuenta de que la evacuación eran manual.

—Vamos ganando algo —declaró Girardin—. Ambas están habituadas a los cruceros marítimos, ¿podrían recordar el ruido de los motores?

Fue ahora Mary Jane quien tomó la palabra.

—Dos motores diesel, estoy segura.

—De acuerdo; pero, ¿y los motores suplementarios?

—Ya veo, sí. Antes de trasladarnos a tierra cortaron el contacto y se puso en marcha un pequeño motor.

—No cabe duda; se trata del grupo electrógeno.

—Sí, me pareció... —comentó Elena, frunciendo el entrecejo—; estoy casi segura de haber oído, detrás de mí, el ruido apagado de una bomba eléctrica.

—Haga memoria; es de vital importancia, señorita.

—Por supuesto... Sí, ahora puedo afirmarlo, ya he ligado mis ideas. Busqué el pedal eléctrico de evacuación porque antes había oído este motor en la parte de atrás. Ya sabe que a pesar del ruido continuo y regular de los motores principales siempre se percibe, incluso en el «Rosebud», la entrada en funcionamiento de las bombas de evacuación eléctricas.

Mary Jane contestó que no había reparado en este detalle.

—Tampoco yo hubiera prestado la menor atención, de no haber buscado el pedal de mando —aseguró Elena.

Girardin interrumpió con un ademán, para acto seguido volverse hacia Laurent.

—¿Quiere usted saber de qué modelo de embarcación se trata? Pues bien, creo poder responderle con exactitud.

—No lo diga —cortó bruscamente Laurent—. ¿Cree factible encontrar una embarcación igual en esta región?

—Desde luego. Hay una en el puerto viejo. Tengo a mi cargo la conservación y el alquiler.

—¿Existe algún otro modelo en el que haya pensado antes de decidirse por éste?

—Por supuesto. Hay otros cuatro yates cuyos lavabos están situados inmediatamente a la izquierda del camarote de proa.

—Me gustaría que Elena y Mary Jane visitaran estas embarcaciones —continuó diciendo Martin—. ¿Podemos hacerlo en seguida?

—Sí, están en el límite entre Port Canto y el puerto viejo de Cannes; pero necesitaría una hora para arreglar el asunto con los capitanes o los encargados de cada buque.

—¿Y no podría pedirles las llaves, con un pretexto cualquiera? No quisiera la presencia de testigos durante estas visitas.

Girardin reflexionó un instante antes de consentir:

—En ese caso, déme dos horas. Nos encontraremos en el «Moby-Dick», el restaurante de Port Canto, a las doce y media.

Las dos muchachas inspeccionaron por separado la cabina de proa y los lavabos de las magníficas embarcaciones de recreo. El tamaño de dichas embarcaciones oscilaba entre los catorce y los veinte metros. Tres de ellos recibieron la visita de las chicas en el mismo puerto; los dos últimos estaban atracados en el muelle que se extiende a lo largo del casino principal.

Elena y Mary Jane coincidieron en su juicio, ya que, sin ponerse previamente de acuerdo, reconocieron el modelo en el que Girardin había pensado. Se trataba de un tipo «Ischia», que tenía unos diez años. Laurent no cabía en sí de satisfacción aunque no lo manifestara: por fin tenía una pista sólida.

—¿Cómo diablos se las ha compuesto, Girardin, para llegar a esta conclusión? —interrogó.

—No tiene ningún misterio ni complicación. Los Bagliette «Ischia» son los únicos cuyos lavabos traseros cuentan con una bomba eléctrica para la limpieza del sanitario y los delanteros con una bomba manual.

—Comprendo —asintió Laurent—. Gracias a las dos —añadió—; pero les ruego que por favor guarden el secreto, incluso en lo que atañe a sus familias. Hemos dado un paso inesperado. Voy a telefonear a lord Cubitt y a Paul Nikolaos para decirles que vengan a buscarlas. Debo asegurarme de su silencio.

—Puede contar conmigo —aprobó sonriente Mary Jane—. ¿Me permite que llame yo misma? Mis padres están inquietos, a pesar de todo.

—Desde luego. Volvemos a Cap d'Antibes. Girardin, todavía voy a necesitar de sus conocimientos.

—En tal caso —replicó Girardin—, vayamos por mar. Despida al chófer de Fargeau, ganaremos tiempo.

Cinco minutos después, el «Riva» brincaba por el agua, entre las islas Lérins, a treinta y cinco nudos por hora.

29

El mayordomo de la mansión de Fargeau estaba preparando una comida fría en un rincón sombreado de la terraza cuando Mary Jane, radiante, anunció que acababa de hablar con su padre: lord Cubitt llegaría a media tarde.

—Y ahora le toca a usted —declaró Martin con firmeza, aludiendo a Elena—. Paul Nikolaos puede tomar el Caravelle de las 16,15. Le enviaremos el chófer para que vaya a buscarle a Niza.

Con el aire despreocupado, aparentando indiferencia, Elena se dirigió al bar de la terraza. Cogiendo un gran vaso de cristal dejó caer en él dos cubitos de hielo, vertiendo una cantidad moderada de vodka.

—¿Es que no me ha oído? —insistió Laurent.

Ella continuó guardando silencio, fingiendo una afectación exagerada y mecánica, sumida en apariencia en un abismo de reflexiones. Desenroscó un botellín de agua tónica casi helada y añadió la mitad al contenido de su vaso.

—Basta de comedia, Elena —cortó con firmeza Laurent—; deje inmediatamente este vaso y vaya a telefonear a su padre.

La muchacha pareció emerger de un sueño y miró a Laurent de pies a cabeza, en una mezcla de arrogancia y picardía.

—Pido una entrevista privada —anunció ella—. Ruego a Girardin y a Mary Jane que empiecen sin nosotros; la cosa podría prolongarse.

—¿Qué diablos está maquinando ahora? No tengo nada que decirle ni nada que escuchar de usted, de manera que limítese a obedecer.

Elena se plantó frente a Laurent, impertinente:

—Quiero hablarle de Sabine, Laurent, y no puede negarse a escucharme.

—Discúlpenos —dijo Laurent—; volveremos en seguida.

Los dos tomaron el sendero que conducía a la piscina.

—Venga ya —ordenó Laurent, con brusquedad—. Le doy cinco minutos.

—Me niego a volver con mis padres. Considero que puedo serle de utilidad aquí.

—Ni hablar, está loca de remate.

—Ni mucho menos. He comprendido a la perfección; además, en París me aburro.

—Mi investigación no pretende servir de distracción a una chiquilla que se aburre. Basta ya de niñerías.

—¡Pues bastante le ha alegrado encontrar a la niña aburrida! ¡Hace chasquear los dedos, y nosotras a seguirle en mitad de la noche! Ahora se acabó, y usted, considerando que no puedo serle útil, me da la patada. Por mi parte no me hago ilusiones, y sé que mañana o el otro mi presencia será otra vez necesaria para verificar una hipótesis, y vuelta a empezar. Le repito que lo he comprendido todo.

—¿Me gustaría saber qué es lo que ha comprendido?

—Hemos permanecido secuestradas en Córcega. Sabine, Joyce y Gertrud están todavía allí, y nadie, excepto usted y yo, tiene la menor sospecha de ello. Sólo Mary Jane hubiera podido comprenderlo, pero la pobre es tonta.

—¡Pues sí que hablas bien de tus amigas!

—Ella no es mi amiga; y no es mala fe, sino el simple enunciado de una evidencia.

—Sea lo que fuere, no quiero saber nada de este asunto. Vamos ya.

Elena modificó la actitud y el tono de la voz, expresándose con una austeridad solemne y razonada. Laurent no pudo menos de admirar la inteligencia maliciosa que permitía a Elena desplegar con tal perfección su enorme talento dramático. De golpe se había convertido en la colaboradora ponderada, que por su prudencia refrena los impulsos entusiastas y confusos de su camarada.

—Reflexione, Laurent. El misterio de que rodea a todos sus actos significa que teme que ocurra lo peor, caso de que el secreto dejara de serlo. Y cuando digo lo peor me refiero a mis amigas. Tal vez dé con el barco; pero con eso no puede saber con seguridad dónde se encuentran detenidas. Es fácil que a usted se le escape algún detalle que yo puedo ver, olfatear, oír e incluso palpar. No me cabe duda de que rastreará Córcega de norte a sur. Pues bien, en Córcega una pareja pasará completamente desapercibida con los restantes turistas, mientras que un hombre solo llama más la atención. A mí me resultaría fácil cambiar de fisonomía; basta con que me tiña de negro el cabello, que me lo corte y que me ponga unos lentes de cristal neutro. Además, por si eso puede aplacar sus escrúpulos, le prometo esfumarme a la primera señal de peligro.

La muchacha llevaba razón, y Laurent se vio forzado a admitirlo. Doblegado en su decisión previa, pasó al terreno de las condiciones anexas.

—Elena, le prevengo que habrá de obedecerme sin rechistar, y sin hacer preguntas. Cualesquiera que sean mis órdenes...

Radiante de gozo, Elena se lanzó al cuello de Laurent y lo besó en ambas mejillas.

Lord Cubitt llegó a las 17 y partió de nuevo sin demora, tras haber dado palabra de que él y su hija no mencionarían en absoluto su viaje. En cuanto a Laurent y Elena, tras hacer el equipaje a toda prisa, se hicieron llevar al aeropuerto de Niza; allí se despidieron del chófer de Charles-André Fargeau tras agradecerle sus servicios.

Laurent entró en la oficina de Europ-Car. Minutos más tarde le era entregado un R-16 TS, prácticamente nuevo. Instalaron el sumario equipaje en el maletero del coche y Laurent, en una maniobra que rondaba la imprudencia, dio la vuelta por el parknig principal haciendo rechinar los neumáticos. Se lanzó a toda velocidad por el túnel que atraviesa la carretera y, sin respetar el stop, pese a lo denso de la circulación, emergió en la vía doble que desemboca en la autopista.

No eran todavía las 18 cuando dejaban el automóvil aparcado en la plaza de l'Estaque, en Cannes, en una zona de aparcamiento prohibido. Iban ya a empujar la puerta de «Navimer» cuando Laurent cambió de parecer, y, agarrando a Elena por el brazo, retrocedieron juntos una veintena de metros. La peluquería para señoras se disponía a cerrar, pero Laurent logró convencer a una de las empleadas para que hiciera una hora suplementaria y arreglara los cabellos a Elena.

—No quiero que la reconozcan —se limitó a decir antes de abandonar a Elena.

Girardin estaba esperándole solo. Por una vez su esposa y los empleados habían podido salir a la hora de cierre según el horario oficial. El director de la empresa estaba hablando por teléfono en italiano. Con el lápiz que sostenía en la mano derecha le señaló una silla y luego continuó tomando notas. Cuando hubo colgado el teléfono, se acercó a Laurent sonriendo.

—De los astilleros han salido cuatrocientos cuarenta Bagliettos del tipo «Ischia». Tal como me rogó, he mandado averiguar los nombres de los primeros que compraron la embarcación. En estos momentos deben estar apareciendo abajo, en el télex.

—Se lo agradezco de veras, Girardin; me está haciendo ganar un tiempo precioso.

—Digamos que usted no hace sino aprovecharse de las cordiales relaciones que mantengo con la firma italiana. Por otra parte, cuando usted ha entrado estaba en contacto desde hacía casi una hora con la dirección de Aduanas. También allí tengo buenas amistades y he anotado todas las exportaciones de este modelo de embarcación hasta el año 1973.

—¿Conoce usted a casi todos los propietarios europeos de esos yates?

—No exageremos la nota, pero, en efecto, creo poder localizar con exactitud a una buena parte. Este es el abecé de mi oficio. No tiene idea de la gente que cada año viene a verme en verano para alquilar un yate de más de doscientos mil dólares, a pesar de los esfuerzos que tienen que hacer para pagar las letras de su Simca 1000 de ocasión. Esto justifica mi fichero, este que vamos a consultar.

Los dos pusieron manos a la obra con ayuda de la lista inicial, del parte de aduanas y del considerable fichero de «Navimer».

Laurent se había olvidado de Elena y cuando la muchacha llamó a la puerta de cristal transparente, Girardin no la reconoció, haciéndole señas de que estaba cerrado. Laurent cayó en la cuenta de la identidad de la chica y se levantó para abrir la puerta cerrada con llave.

Elena no había perdido encanto ni feminidad. El ambiguo atractivo mezcla de sexualidad y recato, que fluía de su cuerpo, se reflejaba más que nunca a través de la sonriente hermosura de su semblante, que la transformación operada no había alterado, pese a que era imposible reconocerla. Se había hecho cortar, casi diríamos mejor afeitar, los cabellos a un centímetro, tiñéndose luego de oscuro el caparazón regular y flexible así obtenido.

A modo de broma se caló los lentes sin montura de Girardin, abandonados sobre la mesa de trabajo. Su aspecto general era el de una *cover-girl* a la última moda.

—Vaya a buscar unos bocadillos y algo de beber— pidió Laurent.

A las tres de la madrugada sólo quedaban siete nombres en la lista. Laurent y Girardin habían seleccionado primero dieciséis nombres, sin excesivo trabajo; pero el tránsito de los dieciséis a la relación de siete aludida, había sido duro en verdad.

Elena dormía en un sillón y Laurent se sentía agotado. En el transcurso de la noche había sentido varias veces la tentación de llamar a Savigny para señalarle los nombres de la lista. No dudaba de la discreción del jefe de la SDECE, pero Martin sabía que no podría impedirle realizar pesquisas por su lado, lo cual le llevaría muy pronto a comprender la realidad de la situación y, como era lógico, a tomar iniciativas. Y esto Laurent quería evitarlo a toda costa, pues desde que había entrevisto la verdad estaba madurando en su mente un plan de acción que ninguna jerarquía oficial se atrevería a patrocinar.

Pero, por encima de todo, Laurent contaba con su instinto. Hacía ya varias horas que su atención se centraba en el tercer nombre de la lista. El llamado Adrien Tardets, agricultor, nacido en Vialar, en el mismo corazón de los montes Quarsenis, comprador de un «Ischia» de ocasión matriculado en Bastia, le intrigaba profundamente. Los indicios afluían a su cerebro: las chicas habían sido halladas en Córcega; Tardets poseía el único yate Baglietto de la isla. Y de otro lado, ¿por qué un agricultor tenía que invertir más de cuarenta millones en un barco tan lujoso cuando Girardin no conocía su nombre en tanto que aficionado a la navegación deportiva?

Una simple llamada telefónica a la DST habría permitido a Laurent Martin comprobar en pocos minutos la veracidad de su intuición. Por fuerza un colono acaudalado procedente de Argelia y establecido en Córcega tenía que constar en los archivos del cuerpo. Pero Laurent no realizó esta llamada, sino que optó por una vía mucho más incierta.

—¿Tiene usted un anuario del Var, Girardin? —solicitó—. Después le dejo en libertad.

Laurent abrió el anuario en la página de los abonados de Toulon, encendió un cigarrillo y marcó un número. La voz de la mujer que cogió el teléfono, al otro extremo del hilo, quedaba apagada en buena parte por la música chillona de una máquina de discos que difundía una canción muy oída. La mujer casi tenía que gritar para hacerse oír:

—¿El señor Antoine? ¿Quién le llama?... ¿El capitán qué?...

La voz de Antoine Morachini se dejó oír.

—¡Ah! ¿Eres tú, mi capitán? ¡Vaya sorpresa! Espera...

Laurent oyó las palabras terminantes de su interlocutor:

—¿Es que no podéis parar la música cuando yo hablo?

Laurent sonrió. El acento corso era tan pronunciado que las frases más banales de Morachini semejaban humoradas al estilo de Ajaccio.

Laurent se limitó a declarar:

—Espéreme; no tardaré ni una hora.

El Bar des Amis se encontraba detrás del arsenal, en una de las calles del barrio chino de Toulon. Elena durmió durante el trayecto y Laurent tuvo que sacudirla en el momento en que tomaba el bulevar de Strasbourg.

—Tengo que ir a un bar de fulanas, en un barrio de mala nota —expuso—. ¿Quiere que la lleve al hotel o prefiere disfrutar del folklore?

—¿Qué hora es? —preguntó con tono apagado la chica.

—Las cuatro y cinco.

—No, voy con usted; le acompaño.

El establecimiento se hallaba sumido en la habitual penumbra rojiza. Era la hora opresiva del diario desespero que acechaba a los fulleros del placer; la amenazadora proximidad del alba que, implacablemente fulminaría aquel delirio artificial en el que, noche tras noche, se sumergían los truhanes profesionales.

Sentadas a la barra, aturdidas, se encontraban dos veteranas, mientras que en una mesilla aparte la típica jovencita bretona se afanaba, víctima eterna de su inconsciente ingenuidad, con un utópico cliente del tipo de los que jamás aciertan a «calentarse»: los borrachines insomnes.

En cambio, Antoine Morachini nunca era víctima de las sutilezas melancólicas de aquel ambiente. Tendió a Laurent los brazos abiertos, como si de un ritual se tratase, y lo abrigó por tres veces consecutivas. En el ojal lucía el emblema de la Legión de Honor, que le había sido concedida en Argelia, tras la pérdida de la pierna izquierda.

La sonrisa de amable acogida desdibujóse y el cojo bramó:

—¡Largáos ya los cuatro! Dejad la cuenta, la casa paga... ¿Tu esposa? —preguntó, señalando a Elena.

—No, una amiga casual —contestó con ironía Laurent.

Morachini insistió en que le acompañaran hasta su «casa de campo», una casa de relumbrón, asentada en las alturas de Claret. Se hacía ya de día cuando Laurent, sentado a la mesa de cocina, expuso su petición:

—Necesito de forma urgente, muy urgente, una serie de datos acerca de un *pied noir* establecido en Córcega, en la región de Ghisonaccia. Su nombre es Tardets, Adrien Tardets.

—Sabrás todo dentro de pocos minutos, mi capitán. Pero antes tomemos un poco de café.

—Antoine, se trata de algo serio, muy serio. Es preciso guardar el secreto.

—¡A mí capitán! ¡A mí me hablas de secreto! Vivo del silencio; es mi oficio.

—No estoy pensando en ti, Antoine.

—¡Lo mismo vale con mis amigos! De otro modo, no serían amigos míos o estarían muertos, lo sabes perfectamente.

Después del café, el cojo reclamó un número a la operadora de Bastia y luego inició una interminable charla en el incomprensible dialecto corso. Cuando hubo colgado el aparato, comentó pensativo:

—El tal Tardets es un cerdo, te lo digo yo. Conozco la propiedad que compró en 1960, antes de la independencia. Sólo por esto ya es un cerdo. Lo ha construido todo de nuevo y reformado completamente. Es viejo, sesenta años o más. No emplea a ninguno de los de la isla, sólo «ratones». Mandó construir un muro de piedra en torno a la casa como si fuésemos unos apestados. Tiene un barco muy grande en Bastia, y en él tampoco hay marinos corsos, ¡todo cabritos!... Un cerdo, mi capitán.

—Creo que tendré que ir a hacer un poco de turismo a Córcega —concluyó Laurent, con aire meditabundo.

30

Hacam sorbió con prisas el poso de café con leche que no habían absorbido las numerosas migajas de pan esponjoso que tenía por costumbre desmenuzar sobre su brebaje matinal. Con el filo de su navaja de resorte, extrajo varias veces del fondo del tazón la amalgama viscosa formada por las migajas sin empapar. Luego eruptó, satisfecho al tiempo que en un movimiento instintivo dejaba colgar la cabeza sobre el hombro izquierdo, secándose a continuación con el borde de la mano los labios y la barba de seis días que sombreaba su barbilla. Por último, indicó.

—¡Vamos ya!

Seguido por Kirkbane, Cheikh y Kateb, sacó el cerrojo de la puerta ojival del despacho de Tardets y se introdujo en la escalerilla que conducía a la cueva.

Las tres muchachas se encontraban en un estado de postración permanente. Cada día, por la mañana y por la tarde, tendían la mano para recibir la gragea de Valium. Apenas se preocupaban ya de su higiene, y en pocas ocasiones utilizaban el jabón y el agua que tenían siempre a su disposición. La toma diaria e ininterrumpida del tranquilizante había terminado por afectar su sistema nervioso, privándolas de toda función muscular. Así pues, permanecían echadas en una especie de modorra lúcida, rehusando llevar a cabo cualquier movimiento destinado a un objetivo concreto que requiriera esfuerzo.

—Haga el favor de seguirnos, señorita Fargeau —ordenó Hacam.

Sabine se levantó con movimiento apático y dócil; mirando fijamente a sus carceleros con sus ojos blanquecinos que traslucían una cruel resignación murmuró con tono de irritada indiferencia:

—¿Van a matarme?

—No, no —la tranquilizó Hacam, con una sonrisa—. Sólo vamos a hacer otro poco de cine.

Todo estaba ya dispuesto. Sabine se sentó maquinalmente ante el micro dispuesto sobre la mesa de madera de tosca ejecución. Hacam colocó ante ella varias hojas mecanografiadas. Sabine se dispuso a iniciar la lectura, pero Hacam colocando suavemente el índice bajo el mentón de la muchacha, la obligó a levantar la cabeza, al tiempo que explicó:

—No, hoy leerá directamente delante de la cámara. Ahora va a enterarse de una noticia importante y quiero filmar su reacción. Enciende, Kirkbane. Cheikh, Kateb, ¿listos?

Los haces luminosos de los cuatro focos convergieron en la figura y el rostro de Sabine. Kirkbane se acercó con la claqueta y, situándola ante la cámara, anunció: «Operación Rosebud, primera toma», al tiempo que hacía chasquear nerviosamente las dos maderas.

—Adelante —ordenó imperiosamente Hacam.

Sabine empezó la lectura:

—Tomo conocimiento de este texto mientras se lo estoy leyendo a ustedes. En esta ocasión mis raptores se han negado a dejármelo leer previamente. Así pues, yo, Sabine Fargeau, me entero en el mismo momento que les hablo de que, irrevocablemente, aun en el caso de que la última exigencia que voy a exponerles se cumpla al pie de la letra, yo, digo, Sabine Fargeau, no seré liberada hasta transcurrido un año a contar del día de la fecha.

La joven alzó la cabeza y clavó los ojos en Hacam, quien intencionadamente se había situado junto al objetivo de la cámara. El iris verdiazul de los ojos de la chica parecía insensible a la brutal intensidad de los proyectores; pero sus labios resecos se separaron con lentitud, en un reflejo de mudo estupor.

Por tres veces, y con una ligera rotación de la cabeza, expresó una pueril negativa a creer en aquella atrocidad que le habían inducido a proclamar. De manera inconsciente se dio cuenta de que, a raíz del drama acontecido, la esperanza —esta esperanza que en pocas palabras acababan de arrebatarle— era lo único que le permitía resistir el cautiverio. En aquel instante, un año significaba para ella tanto como un siglo o la eternidad.

Siempre con los labios entreabiertos, trató en vano de articular algún sonido inteligible, pero ni encontraba las palabras, ni en cualquier caso tenía fuerzas bastantes para proferirlas. La muchacha era por completo ajena a los movimientos que, entremezclándose con aquella extraña fijeza en la mirada, sacudían su cabeza, inconsciente también de las lágrimas que bañaban su semblante. Las facciones del rostro y los músculos permanecían como agarrotados, y aquella impasibilidad formaba un agudo contraste con el aturdimiento, la angustia y la lastimera imploración que expresaban sus ojos. La muchacha logró extraer de lo más hondo una especie de fuerza comprimida que le permitió emitir algunas sílabas, inteligibles a pesar de la inmovilidad de los labios.

—Mamá, piedad. Mamá. ¡No! Piedad... ¡No! —Luego continuó hilvanando mecánicamente, como si el cerebro transmitiera directamente a los labios—: Abuelo, ¡diles que me maten! No puedo más, haz que me maten.

Hacam esperaba que en este momento la muchacha se derrumbara, y en buena lógica había confiado en que se dejaría caer sobre la mesa, sacudida por el llanto. El árabe tenía previsto filmar una crisis de nervios, pero la reacción de Sabine tras los balbuceos iniciales de desespero era imprevisible. Su rostro quedó como petrificado, produciendo la sensación de que los músculos del semblante y del cuerpo se hubiesen paralizado en forma irremediable. La chica mantenía la mirada fija en el objetivo de la cámara, que continuaba rodando la escena, y gruesas lágrimas comenzaban a formarse bajo el velo húmedo que empañaba los ojos de Sabine. La imagen era la de una estatua que lloraba.

Deslizándose por la húmeda piel, las últimas gotas alcanzaron el cuello y el inicio de la garganta.

—¡Corte! —vociferó Hacam, palmeando con ambas manos.

Kirkbane, el hombre que tantas veces matara a sangre fría, miró con desprecio a su jefe y sin bajar la mirada, hostil y desdeñosa, escupió a sus pies. Su actitud sólo suscitó un encogimiento de hombros por parte de Hacam, el cual vertió en un vaso un trago de alcohol de higo, indicando a Sabine que lo bebiera. Con un esfuerzo, la muchacha obedeció y dio tres sorbos. El brusco apagón de los proyectores la había hecho salir de su sopor.

—Le concedo cinco minutos para reponerse —añadió Hacam—. Aprovéchelos para echar un vistazo al texto. Ahora me interesa que se entienda lo que diga.

Los hombres esperaron un cuarto de hora antes de volver a encender los proyectores y empezar a filmar. Sabine, con voz impersonal y resignada, dio comienzo a la lectura:

«Hablo en nombre del Movimiento de Liberación de Palestina. Puesto que las propuestas fruto de la tentativa de consulta popular exigida con anterioridad por nosotros han resultado ser lamentables, grotescas, ingenuas, indignantes o injuriosas, deducimos que en todo el mundo occidental no hay una sola alma capaz de comprendernos. Más desdichados y repugnantes nos han parecido todavía los que en lugar de volcarse para contemplar el drama injusto y trágico que sufre nuestro pueblo han tratado de obtener un lucro personal amparándose en la honesta apertura que por nuestra parte hemos querido realizar.

»A causa de este fracaso, volvemos a asumir la dirección de las operaciones. Este mensaje y el ultimátum que comporta serán los últimos. La liberación de las tres chicas que todavía tenemos en nuestro poder sólo dependerá del cumplimiento de este último requisito. Por desgracia, van a ser necesarios largos meses antes de poder decidir si nuestras condiciones se han cumplido a instancia de la muestra general de buena voluntad y comprensión que nosotros recabamos.

»Si las reacciones satisfacen nuestros deseos, al cabo de cuatro meses, ni un día más ni un día menos, pondremos en libertad, sana y salva, a Gertrud Fryer; luego, cuatro meses después, a Joyce Donnavan y, finalmente, al término del doceavo mes, a Sabine Fargeau.

»Creemos que, llegados a este punto de nuestra proclama, deben contarse por decenas de millones las personas que contemplan intrigadas y curiosas la imagen de nuestro portavoz; pero lo estarán mucho más cuando conozcan lo que sigue, ya que no nos cabe la menor duda de que nuestra exigencia va a parecerles a un tiempo justa e irrisoria. De hecho, nos contentaremos con pedirles que cumplan fielmente una de las leyes que ustedes han elaborado y que, en el caso que abordamos, es vituperada, pisoteada o ignorada a sabiendas, aun cuando sea común al conjunto de las naciones occidentales.

»Les pedimos que lleven a cabo un boicot total de las importaciones israelíes en el mundo occidental, ya que cualquier producto nacido de la tierra palestina, cualquier producto fabricado en suelo palestino, está estrechamente vinculado al más bajo y al más cobarde de los robos a mano armada, un robo que afecta a toda una nación, a una patria, y que padecen tres millones de mártires.

»Estamos convencidos de que hoy, por vez primera, serán numerosísimos aquellos de ustedes que van a tomar conciencia de estas nociones irrefutables, y a ellos muy en especial nos dirigimos con este mensaje. Queremos recordarles una regla sagrada de la defensa de toda sociedad: el que consume, el que se aprovecha y el que disfruta del producto de un robo, recibe el nombre de encubridor. Los juristas más eminentes han considerado siempre, desde siglos atrás, al encubridor más culpable y miserable que el propio ladrón, y ante la ley son sancionados con la misma pena.

»A partir de hoy, saben ya que comer una naranja israelí les convierte en encubridores, en cómplices abyectos e infames del robo más odioso, más repugnante y más cruel de la historia contemporánea.

»Sabemos que, llegados a este punto, surge ante nosotros una paradoja. Sí, Israel viola otra de sus leyes: la que obliga a todo producto a ostentar su marca de origen. Israel engaña, enmascara numerosas exportaciones, y disimula el origen de sus productos, contando con la complicidad de los intermediarios occidentales. ¿Cómo saber entonces la verdad? Vamos a decírselo, y lamentamos muy de veras no poder sugerirles más que un sistema exento de nobleza; pero no nos queda otra elección. Se trata de que todos aquellos que hoy comprenden nuestra postura no vacilen en denunciar a los desdichados que nada entienden y a los miserables que se aprovechan de ello.

»Las exportaciones israelíes afectan anualmente a más de ochenta mil toneladas de plátanos, treinta millones de cajas de naranjas y pomelos, centenares de miles de toneladas de agrios, grasa, huevos y remolacha azucarera, decenas de millones de flores, miles millones de dólares de mercancías diversas, fortunas inimaginables en diamantes industriales, géneros textiles, vestidos, algodón, caucho, bebidas, metales, productos químicos, minerales no ferrosos, madera, papel y muy pronto petróleo, automóviles, productos plásticos, máquinas eléctricas.

»Inútil pensar que ignoramos que los judíos trabajan duro. Se escuentran en la situación de un asesino que hubiera degollado a una familia para apoderarse de un enorme diamante y que se viera obligado a tener que trabajarlo, incluso penosamente y por largo tiempo, para llegar a pulirlo, mejorarlo y aumentar su precio antes de revenderlo. Pero su tarea, por dura que haya sido, no les exime en modo alguno del crimen cometido.

»Y ahora nos dirigimos a usted, señor Charles-André Fargeau. Ponga todo el poder de su fortuna al servicio de la verdad. Publique los nombres de los organismos encubridores, desde los más potentes hasta los más modestos. Imprima y distribuya carteles indicando el origen de los productos israelíes. Que nuestros partidarios no vacilen en pegarlos en los escaparates y vitrinas de los comerciantes encubridores. En una palabra, que cada consumidor, que cada persona que se beneficia de estos productos tome conciencia de su acto y sepa que está especulando o aprovechándose de un producto salido de nuestra tierra.

»No daremos a conocer nuevos comunicados públicos. A partir de ahora nos convertiremos en espectadores. Que todos cuantos nos comprenden, así se lo pedimos, se esfuercen para que un día pueda prescindirse del odioso método del rapto y del chantaje al que no hemos tenido más remedio que recurrir para dejar oír nuestra voz. Estos métodos nos indignan y nos desesperan tanto o más que a uno cualquiera de ustedes; pero el simple hecho de que desde hace casi media hora todo el mundo puede escuchar nuestros gritos de dolor, justifica la implacable crueldad del medio que nos ha sido impuesto.»

A una señal de Hacam, los cuatro fedayin se situaron detrás de Sabine Fargeau. La cámara y el magnetófono seguían funcionando. Hacam asió el micro y, situándolo a la altura de los labios, tomó la palabra con tono arrogante, mirando fijamente el objetivo.

—Me llamo Abdel Mejid Hacam, y estos son mis camaradas: Kirkbane, Cheikh y Kateb. Ya no tiene ningún sentido que nos ocultemos. Si algún día se encuentran con uno de nosotros, nos pasarán factura y no escaparemos al castigo. Pero no olviden lo siguiente: tenemos en nuestro poder a tres jóvenes rehenes, y mis compañeros son también tres. Si rechazan nuestro ultimátum, uno de nosotros dará muerte a una de las chicas y acto seguido se suicidará. Cada vez encontrarán dos cuerpos, el de la mártir y el de su verdugo. Yo seré el último, y juro solemnemente no seguir con vida, ya que nuestro acto no tendría ningún sentido si damos más valor o importancia a nuestras vidas que a las de estas desdichadas muchachas.

Cheik contornó la mesa y cortó la filmación, el sonido y los proyectores con la imagen insólita de Sabine, aturdida, y de los cuatro fedayin erguidos con orgullo ante el objetivo de la cámara.

31

Laurent decidió instalarse en Porto-Vecchio. Encontró un *bungalow* en la urbanización turística, sita en el extremo sur del golfo. La vivienda, semejante a todas las que proliferan en creciente auge en todas las costas mediterráneas, poseía una comodidad elemental, de circunstancias, pero suficiente para que los prospectos publicitarios pudieran anunciar: «Bungalow, a diez metros del mar, seis personas, ducha, cocina y terraza sombreada.»

En realidad, el *bungalow* estaba formado por una minúscula pieza de dos camas y una habitación principal, en la que se habían instalado cuatro literas, dos a cada lado. Contaba en efecto con una ducha, de la que goteaba un poco de agua, y de una cocinilla a gas butano. Elena parecía estar la mar de satisfecha. El folleto sólo mentía en lo relativo a la distancia del mar.

Laurent abandonó a la muchacha el tiempo suficiente para dirigirse a las oficinas del club y liquidar la modalidad de alquiler de la vivienda. Se inscribió con el nombre de señor y señora Laurent Martin, y pagó por anticipado todos los gastos previsibles durante un mes. El encargado corso pidió la documentación. Laurent le entregó su carnet de identidad y, tras haber deslizado discretamente en la mano del gerente un billete de cien francos, dijo:

—El número de carnet de mi esposa es 14216, expedido en París el 4 de octubre de 1972. Ya lo hago constar en la ficha.

El gerente se embolsó el billete con la misma destreza de un camaleón para atrapar una mosca e interrogó, por decir algo:

—No será menor, ¿verdad?

—Por desgracia, sí —repuso Laurent—; ¡por desgracia!

—Ya son ustedes bien raros en el continente —comentó sonriente el corso—. Yo entiendo de mujeres. Con esta que le acompaña, dentro de treinta años la gente se volverá todavía para mirarla...

Laurent interrumpió la charla extasiada del encargado:

—Diga, ¿podría hablar con París?

—Diantre, ¡pues claro! Ahora ya hay línea directa. Sigue estando a la misma distancia, pero uno ya no puede descargarse mandando a la porra a la encargada de la centralita de Bastia.

Laurent tuvo suerte y logró comunicar casi instantáneamente con el coronel Savigny.

—Martin, ¡hombre de Dios! —bramó el jefe del SDECE. Esté donde esté, vuelva en seguida. La ORTF acaba de recibir una nueva película de los raptores. En menos de una hora dispondré de una copia aquí, en el bulevar Mortier. Hemos previsto otro pase en presencia de Hamlekh, Wycherley, Schloss, Saudners y los padres de las tres chicas, para esta noche a los ocho. ¿Podrá estar aquí?

Laurent consultó el reloj.

—Sí, creo que sí.

—Bien, hasta luego. Quiero indicarle que se ha suscitado una animosidad en su contra que va en aumento de hora en hora. Se me ha pedido oficialmente que le requiera a entregar un informe. Si usted se niega, el Elíseo tiene intención de apartarle del caso.

—Perfecto, mi coronel. Mándeme su ultimátum a casa. No cuente conmigo esta noche.

—No sea ridículo, Martin; yo le guardo las espaldas. Simplemente le participo lo que ocurre para que sepa a qué atenerse esta noche respecto a los funcionarios y a las familias.

Elena nadaba mar adentro y Laurent tuvo que gritar fuerte para atraer su atención. Luego, agitando con fuerza los brazos, le hizo señas de que regresara a la playa. La muchacha salió del agua, chorreando, los cabellos cortos pegados en la nuca y sobre la frente. Llevaba un minúsculo bikini de tela, color tabaco rubio, lo bastante transparente para que, mojado, dejara entrever las sombras formadas por las aureolas de los senos y la vellosa protección del pubis. Había extendido sobre la arena una toalla de baño, en la que reposaban unos lentes de elegante montura y cristales neutros, que compró en Marsella a primera hora de la mañana. Laurent apreció la inteligencia de la muchacha, que adoptaba los hábitos de una enferma de la vista.

—Tengo que dejarla —anunció—. Debo pasar algunas horas en París y supongo que estaré de vuelta mañana con el primer avión que salga de allí; creo que llega a las 8,30. Me marcho en seguida; tengo el tiempo justo para coger el que sale de Bastia a las cinco de la tarde.

—¿Quiere que le lleve?

—Pero, ¿sabe conducir?

La muchacha hizo un gesto, encogiéndose de hombros.

La luz de la sala de proyecciones del SDECE se encendió. La formulación de la última exigencia de los palestinos no había borrado la emoción creada por la turbadora aparición de Sabine Fargeau en la pantalla. Un singular sentimiento de incómoda desazón se había adueñado de los espectadores durante la secuencia final, cuando los fedayin llevaban a cabo su gesto grandilocuente de abnegación.

Los oficiales, con el ceño fruncido, silenciosos y pensativos, se levantaron y abandonaron la sala. Por tácito acuerdo, fingieron ignorar a Charles-André Fargeau, que permanecía hundido en la butaca. El anciano millonario se había derrumbado en el curso de la proyección y lloraba, con el rostro sepultado entre las manos. La curva estirada de su espalda se hallaba sacudida por lentos espasmos de congoja.

Diversos delegados de los ministerios del Interior, Asuntos Exteriores y Justicia asistieron al pase de la película, reuniéndose a continuación en una sala de trabajo del primer piso. Savigny no había exagerado cuando avisó a Laurent sobre la inquina general que parecía converger sobre su persona.

El senador Donnavan fue quien abrió el fuego:

—Hablo en nombre de las principales víctimas: Fargeau, Fryer y yo. Antes de acudir a esta asamblea hemos intercambiado impresiones y conminamos al señor Martin a que nos dé a conocer el resultado de sus pesquisas. Una de dos: o nos oculta ciertos elementos o nos está zarandeando de un lado a otro inútilmente.

—Les repito —interrumpió el coronel Savigny— que sé tanto como ustedes y que, a pesar de ello, Martin goza de toda mi confianza.

—Usted no tiene las mismas razones que nosotros para inquietarse —contestó Fryer.

El argumento era de los que no admitían réplica.

—Tienen razón. Hable, Martin, ahora es una orden.

Charles-André Fargeau entró en aquellos momentos en la habitación. Su piel tenía una palidez cadavérica. Los esfuerzos que realizaba para mantenerse erguido y dar consistencia a su figura eran de una emotiva puerilidad.

—Lo siento, señor —repuso Laurent—, pero me niego a ello. La aflicción les nubla a los tres. Yo previne desde el primer momento a la presidencia de la República. Si se me obliga a dar parte de mis conclusiones presentaré la dimisión. Les ruego no consideren esta actitud como prueba de tozudez o ganas de fastidiar, pero, dada la situación, soy el único juez para decidir sobre la oportunidad de mis actos. Le repito que todas mis iniciativas sólo tienden a la salvación de los rehenes.

Donnavan se acercó con gesto agresivo.

—También usted nos hace objeto de chantaje. Está bien, Martin, cederemos, pero juro que le haré pagar caro si se produce un error.

—Si para desgracia mía fracaso en la empresa, sabrán disculparme cuando conozcan mis razones. Dicho esto, estoy perdiendo un tiempo precioso. Pueden convenir sin mi presencia las modalidades relativas a la difusión de la nueva película. Quiero señalar que exijo esta difusión, o mejor aún, que el buen desarrollo de mi plan lo exige.

Una mirada furtiva a Hamlekh dio a entender al agente israelí que Laurent quería hablarle a solas. Los dos hombres salieron por separado del cuartel del bulevar Mortier y se encontraron, como por azar, en la Porte des Lilas.

—¿Puede llevarme a mi hotel, Martin?

—Con mucho gusto. Sígame...

Durante el trayecto en el taxi que les conducía al Quai Voltaire, ambos hombres no intercambiaron ni media palabra, sino que Hamlekh esperó hasta hallarse instalado en un sillón del apartamento de Martin. Entonces expuso sus primeras reacciones:

—¡Este Scheidemann es un demonio! Ahora ha descubierto las cartas, y la cosa huele cada vez peor. No le quepa duda de que el boicot a Israel provocará una oleada de antisemitismo. En todo el mundo surgirán infelices judíos que se sentirán ultrajados, y que con noble e ingenuo afán se negarán a aceptar el ultimátum creyendo que ayudan al sionismo, proclamando con agresividad su apoyo incondicional a la nación israelí. Seguirán el juego a estos buitres que tenemos por enemigo sin que podamos hacer nada para evitarlo. Yo estoy viendo los cristales rotos de los escaparates, las milicias punitivas, las huelgas contra los patronos israelíes de cierto tipo de industrias, el incendio de las sinagogas y el lento y trágico camino que conduce a los pogroms.

—No dramatice, Hamlekh.

—No; es el único objetivo que persigue Scheidemann. Dispone de sostenes en todo Occidente, no lo olvide. Cada nación goza del triste privilegio de cobijar a un centenar de jóvenes utopistas al estilo Patrice Thibaud, tribunos demagogos que saben convencer y arrastrar a las masas escupiendo sus delirios paranoicos. Scheidemann controla los suficientes para poner en marcha a una muchedumbre de adeptos estúpidos. Recuerde esta máxima de Chamfort: «Se deja en paz a los que promueven el incendio y se persigue a los que dan la alarma.» Todo ello es la mecánica infalible que conduce a los pogroms. Martin, no crea que ignoro la tesis de los judíos antisionistas como Scheidemann: el poder del pueblo judío reside en su dispersión y en las persecuciones de las que es objeto. Y este postulado no es del todo falso: Israel se erigió sobre los mártires del nacionalsocialismo...

Hamlekh continuó hablando todavía largo rato. Laurent le escuchaba con atención, a pesar de la somnolencia que le invadía de sus propias reflexiones. Por fin se decidió a interrumpir al jefe del «Shin-Beth»; estaba dispuesto a confiar en él. Así, al cabo de unos minutos Hamlekh sabía todo lo concerniente a las pesquisas y averiguaciones últimas del agente francés.

Los dos hombres pasaron parte de la noche preparando el plan de contrataque. Hamlekh habló siete veces por teléfono con Tel-Aviv, y Laurent comunicó con Morachini, el proxeneta de Toulon. Uno y otro sólo durmieron una hora, pero cuando llegaron a Orly la contraofensiva había sido planeada en sus menores detalles.

Mientras el Caravelle con destino a Bastia emprendía el vuelo, Laurent se dejó sumir en la modorra.

32

Laurent había optado por no indicar a Elena la hora de su regreso. Él y Hamlekh alquilaron un segundo Renault 16 y tomaron la nacional del Sur. Laurent extrajo de la guantera una carta procedente de Córcega, que tendió a Hamlekh.

—Compruebe los datos de Morachini. El pueblo se llama Libbia di Pietra Bianca; se llega a él por una pista sin asfaltar situada entre el puerto de montaña de Guardia y el de Paraxa.

—Exacto —respondió con premura el israelí, alzando la vista del mapa antes de contestar—. No hay problema, ya le iré indicando.

Laurent consultó su reloj sin abandonar el volante. Eran las 9,25. Llegarían puntuales.

—¿Conoce bien a este coronel Santi? —preguntó Hamlekh.

—No, pero he oído hablar de él. Es una especie de héroe de historietas, como de vez en cuando aparecen tras la estela de la Legión. Santi es un luchador nato, un jefe de comandos cuyos espectaculares golpes de mano dejaron huella en la guerra de Indochina. Por lo que a nosotros respecta, es el colaborador ideal. Al pedir la baja vino a instalarse en su pueblo natal, rodeado de una aureola casi divina. Lo poquísimo que sé sobre sus acciones de guerrilla nos garantiza discreción absoluta.

Tras abandonar la nacional, recorrieron unos quince kilómetros por una carrretera de montaña en pésimo estado. En las últimas curvas descubrieron, arrebujado contra la roca como un pulgón, el pueblecito de Libbia di Pietra Bianca.

Entre los enjambres bullentes de turistas que cada año se abatían sobre la isla, jamás había nadie que se aventurara hasta allí. Los habitantes debían de tener la misma forma de vida desde hacía más de un siglo.

Laurent detuvo el vehículo ante la minúscula iglesia. Ante la delegación de Correos, que aparte de las funciones postales desempeñaba las muy poco oficiales de establecimiento de bebidas, había tres hombres sentados ante una mesa. Los bebedores tenían a sus pies sendos fusiles de caza. Los perros gruñeron ante la presencia de los recién llegados.

—¿Podrían indicarnos dónde está la casa del coronel Santi? —inquirió Laurent.

La pregunta provocó un intercambio de frases en dialecto corso y luego uno de los cazadores respondió:

—No sabemos.

—Me espera a las once y media —insistió Laurent.

—No es asunto nuestro.

—¿Capitán Martin?

Los dos agentes se volvieron. Allí estaba Santi, un hombre bajito de fornida contextura y robusta nuca, el cual les escrutaba con ojuelos de ave de presa.

—Vengan conmigo.

Fueron tras sus pasos, siguiendo el sinuoso recorrido de una calle escalonada, y penetraron al fin en una casa que al igual que las restantes del pueblo parecía fundirse con la montaña. El coronel Santi les rogó que tomaran asiento en el interior de una espaciosa cocina. Una anciana sirvió sobre una mesa maciza un surtido de charcutería y vino del país.

Laurent habló por espacio de una media hora sin que nadie le interrumpiera. Luego, Santi llenó por tercera vez los vasos de vino. Después del brindis, el legionario contestó:

—Tendrán lo que piden. Quedemos citados para mañana al mediodía, ante la iglesia del pueblo de Cagnallela, que les voy a mostrar en el mapa. François Locci, el alcalde, es un amigo. Explota una finca que no creo que se encuentre a más de quince kilómetros de la propiedad de ese Tardets. Le garantizo que François Locci albergará a los doce hombres de su equipo. De todos modos, es mejor que se reúnan con nosotros por la noche. El material de que me hablan podría suscitar una curiosidad poco recomendable.

—Por esto no se inquiete. Mis hombres tendrán todo el aspecto de turistas —interrumpió Hamlekh—. Viajarán en un Volkswagen alquilado en Milán, y que en estos momentos marcha hacia Génova, donde por la noche aterrizará el avión que transporta equipo y material.

—¿Está seguro de que podrá embarcar tres coches en el buque Génova-Bastia, sin reserva previa?

—No ha sido fácil, pero la cosa está hecha.

—Pues quedamos así. Mañana a partir del mediodía podrán ustedes estudiar los planos del departamento Forestal e Hidráulico y los del catastro.

Después de cenar pasaron a sentarse bajo la enramada. Desde la puesta del sol, el canto quejumbroso de las cigarras se había hecho más insistente. Elena soñaba despierta, repantingada en una hamaca, a la cual imprimía un ligero balanceo con el dedo índice que tocaba el suelo.

François Locci, sentado en un sillón de mimbre, fumaba en una pipa corta. En dos sillones similares, el coronel

Santi y Laurent disfrutaban de la tibia y fragante calma de la campiña corsa.

Hamlekh había salido por la tarde, para recibir a los miembros de su equipo. La mujer y la cuñada del alcalde se movían con la indecisa febrilidad de un insecto. Elena había intentado en vano colaborar en las faenas domésticas, pero Santi se limitó a indicarle, lacónico:

—Lo considerarían como una ofensa.

El grupo percibió el murmullo lejano de los motores. Al poco rato divisaron las luces de los faros, levantándose todos cuando se hubo detenido el último vehículo.

Hamlekh presentó a los doce hombres, ostensiblemente incómodos con su disfraz de excursionistas. Mientras François Locci les conducía hasta el granero, que aquella misma tarde había hecho habilitar como dormitorio, Laurent fingió no reparar en la cara de decepción de Elena cuando fue invitada a volver a su habitación y descartada de la operación en marcha.

El equipo fue depositado en el cobertizo. Los dieciséis hombres se sentaron en el suelo, formando un círculo. Bajo el resplandor de tres lámparas de butano, el coronel Santi desplegó los planos y los mapas que aquella tarde se había agenciado.

El jefe del grupo, Saul Yaari, era un hombre de unos treinta años, flaco, de cuerpo huesudo, y usaba unas gafas sin montura sujetas por la arista muy marcada de una nariz semejante a la del usurero clásico. Después de haber obtenido el título de ingeniero en la Universidad Científica de Nuevo México, en la especialidad de prospecciones petrolíferas, Saul Yaari había realizado un período de prácticas de tres años en una explotación venezolana de la Royal Deutch Shell, y por último se trasladó a Israel, donde fue uno de los pioneros del hallazgo de los yacimientos petrolíferos de Helets, en la región de Ashgelon.

Esta noche, la atención de todo el grupo se hallaba concentrada en él. Tras una hora larga de estudio detenido y de discusiones, levantó la cabeza, encendió un purito y declaró:

—Creo que puede hacerse; aquí, en este punto exactamente.

Una sensación de alivio se apoderó de todos los presentes en la pieza.

—Perfecto —subrayó François Locci—. De este modo, tan pronto alboree podremos empezar el trabajo. La colina de Solena les ocultará por completo, y hallándonos a tres kilómetros y pico de la casa de Tardets, será muy difícil que se entere de nada por más ruidos que hagan sus motores.

—El ruido de los motores será insignificante, habida cuenta de que entrarán en funcionamiento en la profundidad de la fosa que vamos a cavar.

—Otra cosa —continuó Locci, señalando un mapa militar—; los coches llegarán sin dificultades hasta el lindero del bosque, pero luego habrá que andar algo más de tres kilómetros. ¿Cuánto pesa el material?

—Viene desmontado en cajas. Las más pesadas no sobrepasan los sesenta kilos.

—¿Cuántas cajas?

—Seis.

—Está bien. Cuando claree, cargaré seis asnos en el camión de transporte de ganado. Deberán estar listos para salir a las siete de la mañana.

Sólo hubo un cuarto de hora de retraso en relación con las previsiones del alcalde. El claro del bosque al que llegaron con la impedimenta, pareció ideal a Saul para llevar a cabo su tarea. Se encontraban en mitad de un bosque denso y desierto; habría sido un milagro que les descubrieran.

Elena consiguió que le permitieran acompañar al grupo. Sentada aparte, en compañía de Laurent y Hamlekh, admiró la competencia y silenciosa eficacia de los técnicos israelíes. Un primer equipo había elegido científicamente el punto exacto para efectuar el trabajo de zapa; acto seguido otro grupo, tras arrancar un pequeño cedro, empezó a cavar la tierra. Un tercer equipo, con movimientos precisos, había abierto las cajas y montado las diversas piezas del material a utilizar.

A las nueve de la mañana, seis hombres empezaron a cavar una zanja de cuatro metros de largo por dos de ancho. A las 10,30, todo el equipo participó en la tarea de aplanar la tierra. Laurent, Hamlekh, el coronel Santi y François Locci se turnaban por orden. A la una del mediodía, Elena preparó algunos alimentos, que todos engulleron a toda prisa. Acto seguido, y a pesar del sol, que daba de lleno en las nucas de los hombres a través del espeso manto forestal, continuaron la pesada tarea de topos.

Al atardecer aparecieron los conductos de agua que buscaban, a una profundidad de casi cuatro metros. Fue preciso todavía trabajar intensamente para desgajarlos del todo. Fue entonces cuando empezó la delicada operación derivada de lo que los especialistas en la instalación de oleoductos llaman *hot tapping*.

Primero se procedió a bajar con cuidado hasta la fosa uno de los grupos electrógenos de 5 CV Diesel, destinado a suministrar electricidad para el manejo de una sierra circular y de un taladro de perforación. Con una destreza y competencia que admiraba a los profanos, los técnicos seccionaron la conducción de agua, dejando un conducto móvil, por el que dejaron fluir el agua libremente; en la parte superior de la tubería empalmaron un contador, que tenía por objeto averiguar el caudal de agua de la propiedad de Tardets. Sólo les faltaba preparar el material restante y esperar la caída de la noche.

Los componentes del grupo se tumbaron sobre la hierba. Hamlekh, que hasta el momento se había entregado febrilmente a la acción, se vio sacudido por una sensación de angustia retrospectiva.

—Martin, ¿y si todo no fuera más que una serie de coincidencias? —comentó, secándose la frente con un trapo viejo—. ¿Se imagina usted?

—Por supuesto que sí. Pero, si no actuamos ante tal

acopio de pruebas, es preferible recurrir a la ayuda policial habitual. No querrá que aparezcan provistos con una orden de registro y que vengan con sus CRS y sus altavoces a montar un asedio en toda regla, ¿verdad? Entre arriesgar mi carrera y la vida de las chicas, prefiero jugarme el puesto. —Luego añadió, sonriente—: Es exactamente lo que tengo pensado decir al presidente del tribunal militar que me juzgará, si estoy en un error; pero no tengo dudas acerca de mis hipótesis.

—Que Isaías le escuche.

Saul, el ingeniero, permanecía sentado en el fondo de la zanja, con los ojos clavados en el contador. A las 19 horas el caudal de agua se aceleró y luego, a partir de las 20,30, aumentó considerablemente a lo largo de veinte minutos ininterrumpidos.

—Probablemente estarán limpiando los cacharros de la cocina —declaró Saul.

A las 21 horas, el agua dejó de fluir. Todos se agruparon al borde de la zanja. Saul miraba furtivamente, iluminando el contador con su linterna: la aguja no se movía. A medianoche no se había movido.

—¡Adelante! —decidió Laurent—. Disponen de tres horas.

Sin pérdida de tiempo, Saul bloqueó el flujo de agua, y en seguida se procedió a cortar un trozo de tubería de unos dos metros de largo. Aun cuando la vivienda se hallaba en un plano superior al del corte, el agua almacenada en los tres kilómetros de cañería que mediaban hasta la hacienda Tardets no se escapó, puesto que no había ninguna entrada de aire en ningún extremo. Entonces empezó la operación del *gas lift*, la cual consiste en la inyección de aire, a través de un tubo muy fino, por el extremo obturado de una conducción llena.

Los miembros del equipo israelí dispusieron frente a la boca de la conducción seccionada el tubo interminable, transportado a lomos de un asno, enrollado en un carrete giratorio. El finísimo y flexible cable ahuecado, cuyo diámetro no era mayor que el de un auricular de juguete, estaba hecho a base de una especie de teflón guarnecido, lo suficientemente rígido para que se pudiera introducir en el interior de un oleoducto, y lo suficientemente flexible para acoplarse a las sinuosidades de las canalizaciones.

Dos horas necesitaron para poder deslizar el tubo por el interior de la cañería. Cuando encontraron resistencia se habían introducido 3.241,62 metros de cable. Saul llegó a la conclusión de que, si los planos del catastro y los del departamento Forestal e Hidráulico se adaptaban a la realidad —suposición por lo demás lógica—, lo más probable es que el extremo del cable topara ahora con una cañería interior de la vivienda. La cosa no tenía mayor importancia.

Seccionaron el larguísimo serpentín y Saul interrogó a Martin, iluminándolo por unos instantes con su lámpara.

—¡Adelante! —ordenó Laurent, tras haber echado un vistazo al reloj.

A uno de los extremos del conducto interno se conectó una bomba que inyectó aire a una fuerte presión hasta el extremo lejano de la instalación. El agua empezó a salir inmediatamente, inundando la fosa, que se convirtió en un lodazal. Tras esperar bastante rato el caudal fue decreciendo, hasta que dejó de fluir el agua. Saul explicó:

—He aquí lo ocurrido: el aire ha expulsado suficiente líquido para permitirnos inyectar el gas. Ahora vamos a propulsar el corrosivo.

—¿Está usted seguro de que se extenderá por todas las canalizaciones interiores de la casa? —preguntó Laurent—. Le repito la pregunta porque se trata de un detalle esencial.

—Vea, señor —aclaró Saul, estoicamente—; aquí obturamos herméticamente el conducto grande y conectamos al pequeño una bomba provista de contador. El gas corrosivo que vamos a enviar bajo presión se extenderá por toda la conducción, desde aquí hasta allí abajo. Basta con que el gas entre en contacto con el agua que todavía permanece en la mayoría de las cañerías para que se corroan las juntas de los grifos. Le garantizo que cederán al cabo de pocos minutos; pero, de todos modos, el contador nos lo confirmará.

En efecto, las juntas de goma fueron cediendo casi en el mismo intervalo. Así lo atestiguaba el contador, que a la sazón controlaba la inyección de gas corrosivo.

Tras desempalmar la enorme bomba de gas corrosivo, los técnicos israelíes la sustituyeron por un segundo fluido a presión. Esta parte del plan era la que más inquietaba a Laurent, el cual insistió:

—¿Está usted seguro? Le pido todavía que se detenga si existe una duda, por pequeña que sea...

Saul le interrumpió con un encogimiento de hombros:

—Se lo repito por centésima vez: este gas no es perjudicial. La vitamina C tiene la misma propiedad en todos los casos y el organismo rechaza el sobrante. No andamos a ciegas, sino que lo hemos constatado. Podemos conseguir dormir a un individuo, sea cual fuere su estado de salud, dejándole respirar la atmósfera creada por este gas. Bastaría alimentarle con inyecciones para que este sueño artificial se prolongara indefinidamente. No le quepa duda de que dentro de un cuarto de hora, todo lo que respira en esta casa dormirá apacible y profundamente, y, créame, sin el menor peligro. Adelante, inyectad.

Con los ojos pegados al contador que controlaba el paso del gas narcótico, Saul concluyó:

—En mi opinión, el fluido se extiende a través de por lo menos catorce orificios. Como es inodoro y la difusión debe ser silenciosa, a partir de ahora puede entrar en la casa cantando.

—En tal caso, vamos allá —decidió Martin—. Señor Locci, iremos detrás de usted. Yefet Arafat, entregue las armas.

Los hombres atravesaron el paraje boscoso que se interponía a modo de pantalla entre el grupo y la finca Tardets. Locci conocía el terreno palmo a palmo: desde niño, en aquella zona cazaba jabalíes.

33

Alboreaba ya cuando François Locci agrupó a los hombres, quienes se ocultaron en una oquedad rocosa. El alcalde avanzó a gatas algunos metros y examinó la casa con ayuda de unos prismáticos; luego se levantó y prosiguió la tarea de observación, ya sin ningún género de precauciones. Llamó en voz alta a Martin y le tendió los potentes gemelos.

—¡Mire! Se ven dos perros que duermen sobre la hierba del jardín. Tal vez el gas se haya escapado por alguna ventana abierta.

Martin inspeccionó a su vez cada metro cuadrado de la casa, antes de responder.

—También veo algunos mirlos sobre el césped. Probablemente el gas se ha filtrado por la boca de riego. Bien, allá voy. No se muevan bajo ningún pretexto mientras no les haga señales.

Con la ayuda de un transmisor portátil, Saul avisó al técnico que había permanecido en la zanja que detuviera la propulsión de gas narcótico.

Laurent se colgó a la espalda una mochila sin bastidor, colocó en bandolera, por el hombro izquierdo, una ametralladora Thompson, y alrededor del hombro derecho enrolló una cuerda de diez metros, provista de un gancho. Finalmente, se puso una careta de gas. Hamlekh comprobó la hermeticidad de la misma y preguntó:

—¿De verdad se empeña en hacerlo solo?

Laurent asintió con un movimiento de cabeza y se lanzó por la pendiente que llevaba hasta el muro de piedra que circundaba la casa.

A la segunda intentona logró, sin mayores dificultades, enganchar el hierro contra el reborde del muro. Con agilidad y tirando de la cuerda ascendió tres metros. El contorno del muro se hallaba protegido con vidrios de cascos de botella. Para asegurarse, Laurent se enrolló la cuerda en torno al puño izquierdo y rompió los vidrios con la cultada de su arma, pero a pesar de ello se hirió levemente en la rodilla cuando, con un rápido impulso, se colocó en el reborde del muro. Insensible al dolor, inspeccionó el tipo de terreno y saltó dentro de la propiedad. Todo parecía en calma. Laurent introdujo una bala en la recámara de la metralleta y avanzó con prudencia en dirección a la casa.

La ventana de la cocina se hallaba entreabierta. Tras empujarla un poco, Laurent miró a través de los cristales de la máscara y, por instinto, se apartó, pegándose a la pared. El espectáculo que acababa de entrever suscitó en él una viva ansiedad. En fracciones de segundo había captado el conjunto de la pieza: un hombre yacía a menos de dos metros de la pila de la cocina, con la mano crispada sobre una metralleta. Era evidente que el arma había disparado una ráfaga antes de que el que la manejaba perdiera el conocimiento. La dirección del cañón, los restos de tazas y botellas rotos, las señales en la parte inferior de la pared, atestiguaban que el hombre se había derrumbado mientras apretaba el gatillo de su arma.

Laurent notó un escozor bajo la careta antigás: las gotas de sudor que pese a la hermeticidad de la goma intentaban formarse en la frente, le producían una molesta sensación de picazón. Tras llenar los pulmones de aire filtrado, retuvo la respiración, se arrancó la máscara y se limpió el rostro con el reverso de la manga de su camisa; hecho lo cual, saltó ágilmente por la ventana.

Con el pie empujó al cuerpo caído. El fedayin dormía, con los ojos abiertos y vidriosos; el semblante permanecía contraído en una mueca de estupor. El agente no se sorprendió en absoluto al descubrir que se trataba del pequeño Kirkbane.

Laurent Martin se arrodilló y, poniendo toda la atención en los ojos del durmiente, fue despegándole los dedos que ceñían con fuerza la culata de la metralleta. Acto seguido dio un patadón al arma, alejándola, y extrajo de la mochila unas esposas. Por último, con rápido gesto, dio de nuevo la vuelta al cuerpo del fedayin y le atenazó ambas manos con las esposas de acero.

Entró en el vestíbulo, donde estaba tumbado Hacam, vestido sólo con calzoncillos. En su mano sujetaba una Parabellum. La postura en que se encontraba indicaba sin lugar a dudas que su caída se produjo en plena carrera. Laurent percibió la suave transpiración que mojaba sus cejas. Ahora se daba cuenta de que todo había ocurrido en pocos segundos, y que nada se había producido conforme a lo previsto. El centinela, sin duda el hombre hallado en la cocina, había llegado a dar la alarma. Si el gas no hubiera actuado con tanta rapidez, hubiera podido acontecer lo peor.

Laurent esposó a Hacam. La puerta del despacho de Tardets estaba abierta. Laurent descubrió allí a los dos restantes fedayin, inertes y sumidos en el sueño artificial al pie de sus yacijas. De nuevo se oyó por dos veces el chasquido de las esposas. Martin echó un rápido vistazo a las habitaciones restantes. Tardets dormía plácidamente en su lecho, ya que en la habitación había un lavabo. El espectáculo se repitió en la estancia contigua, donde también la esposa de Tardets había quedado fulminada en pleno sueño.

Ahora sólo le faltaba encontrar la entrada a la cueva. Tras unos instantes de tanteo se dio cuenta de que la escalerilla del sótano nacía detrás de la pequeña puerta ojival del despacho. Registró los bolsillos de los caídos y aprovechó para desposeerlos de las restantes armas. Las llaves estaban en el bolsillo del pantalón de Hacam. Dos minutos más tarde Laurent encendió las luces de la cueva y descubrió a Gertrud Fryer, Joyce Donnavan y Sabine Fargeau durmiendo tranquilamente en sus camastros.

Martin se precipitó hacia ellas y se aseguró de la regularidad del pulso. Ya enteramente tranquilizado, sacó su intercomunicador, desplegó la antena incorporada, pulsó el botón del contacto y acercó los labios a la caja:

—LM llama a YH; LM llamando a YH...

La respuesta resonó de forma inmediata:

—Le oigo perfectamente, LM; cambio.

—Balance óptimo. Venga; le cubro por el este, por si acaso se produjera una llegada imprevista. No hay nada que temer, que venga también la chica Nikolaos. Pida a la base que mande oxígeno por las cañerías. Todos están neutralizados.

—Entendido, LM. En seguida estamos aquí; ¡bravo!

—Bravo para usted, amigo. Termino.

Laurent dio un respingo al oír un agudo silbido que rompió el silencio reinante, pero en el acto cayó en la cuenta de que se trataba del oxígeno a presión inyectado a través de la conducción de agua y que se escapaba por los grifos. Recorrió otra vez la casa, abrió del todo los grifos y las ventanas; luego consultó el reloj y concluyó que transcurridos diez minutos podría liberarse de la caretas antigás. Laurent aprovechó este lapso de tiempo para acarrear a las tres muchachas hasta el vestíbulo y arrastrar los cuerpos de los fedayin hasta el despacho. Sólo entonces se apostó en la ventana de la cocina, alerta ante la eventualidad de una sorpresa.

Hamlekh no consideró necesario que los componentes del grupo entraran protegidos con la máscara, y sin mayores precauciones penetraron en el interior.

El matrimonio árabe que cuidaba de la casa llegó a las ocho y fue conducido, aterrorizado, a la cocina. Su interrogatorio confirmó los informes facilitados por François Locci: aparte de ellos, ninguna otra persona franqueaba la verja del parque. Sus correligionarios que trabajaban la tierra de la hacienda eran inofensivas familias que jamás tenían el menor contacto con el propietario. La explicación parecía a todas luces lógica, ya que ni Tardets ni Hacam hubieran permitido en modo alguno que sus hipotéticos cómplices entraran y salieran libremente, caso de que alguno hubiera estado al corriente del secuestro.

Dirigiéndose a Hamlekh, Martin indicó:

—Puede usted despedir a sus colaboradores. El coronel Santi y François Locci permanecerán con nosotros. En cuanto a vosotros —prosiguió, dirigiéndose a los criados—, iréis esta noche al pueblo y diréis que en los próximos días os quedaréis en la casa bajo el pretexto de que la señora Tardets no se encuentra bien.

—¿Qué es este barullo? —interrumpió Elena, sorprendida—. Ahora todo ha terminado, ¿no? Mis amigas se despertarán dentro de unas horas. Basta con prevenir a sus familias.

—Acordamos que no me haría preguntas, Elena —cortó Laurent, con sequedad.

—Yo prometí obedecerle hasta el final de la operación. Ahora déjeme avisar al señor Fargeau.

—Usted no llamará a nadie y se quedará quieta aquí, aunque tenga que atarla.

—Pero, ¿qué clase de monstruo es usted, Laurent? No entiendo su actitud. Conociendo su bondadoso espíritu, supongo que debe de ocultar algún proyecto tortuoso; pero no hay nada que justifique prolongar la ansiedad de las familias.

—Para mí, el asunto todavía no está zanjado.

Cuando el pequeño Kirkbane empezó a salir de su postración, el sol ya se había ocultado detrás de los contrafuertes montañosos. El guerrillero se meneó sin fuerza, sintiendo de forma inconsciente la traba de sus muñecas. Por pura casualidad, Laurent descubrió una importante reserva de agua mineral y vació el contenido de una botella sobre el rostro del palestino. Por instinto, el hombre había cerrado los párpados, abriéndolos y entornándolos varias veces consecutivas. Un destello de vivacidad aniquiló la fijeza de la mirada, hizo un movimiento de hombros y cayó en la cuenta de la situación.

—Todo ha terminado, amiguete —se limitó a decir Laurent.

Apoyándose en los riñones el fedayin se incorporó un tanto, sacudió la cabeza y descubrió a su alrededor a sus compañeros esposados.

—¡Alá lo ha querido así! —masculló por lo bajo.

—Y yo le he echado una mano, puedes creerme —espetó Laurent.

Media hora más tarde los tres restantes habían recobrado el conocimiento. Mientras Laurent les apoyaba contra cada una de las paredes de la pieza, en la habitación contigua Elena vigilaba en espera de que sus amigas diesen las primeras señales de vida. Hamlekh había dicho que la ingestión prolongada de tranquilizantes reforzaba los efectos del narcótico.

El matrimonio Tardets también despertó. Laurent y Hamlekh acordaron dejar en libertad de movimientos a la anciana Marta, mientras que Adrien Tardets fue esposado y conducido al lado de sus cómplices. El viejo colono dio también pruebas de un estoico fatalismo. Sólo la palidez del rostro delataba la ansiedad que le poseía.

—¿Cuánto tiempo tardará la policía en venir a buscarnos? —preguntó.

—He decidido prolongar sus vacaciones por unos días; no tenemos ninguna prisa —contestó Laurent.

—¿Es que van a matarnos ustedes mismos?

—No; pero le aseguro que no sentiría escrúpulos de

conciencia. Y ahora cállese, no tengo nada más que decirle.

Las tres muchachas fueron trasladadas a una habitación en la que había dos camas grandes. Gertrud y Joyce ocupaban una de ellas. Elena se encontraba a la cabecera del otro lecho, junto a Sabine. Allí permaneció desde el mediodía hasta la tarde, acechando el menor signo, la más pequeña reacción de su amiga.

Desde hacía un cuarto de hora, Sabine se agitaba, sacudida por estremecimientos desmayados. Varias veces emitió una serie de gemidos. Una vez más, Elena llevó a cabo el gesto que tantas veces había realizado durante la tarde, yendo de una cama a otra: humedeció los labios de Sabine con una cucharadita de agua mineral. Pero en esta ocasión se produjo una reacción distinta. Los labios resecos de Sabine se entreabrieron y, dormida aún, se tragó la cucharadita de agua. Sosteniéndola por la nuca, Elena le llevó un vaso a los labios. Sabine logró dar un par de tragos, pero en seguida expulsó el líquido, sacudida por un conato de tos.

La muchacha abrió los ojos y, por unos instantes, pareció haber recobrado del todo su lucidez, pero sus párpados se entornaron y volvió a sumirse en el sueño. Hacia las diez de la noche empezó a recobrarse muy lentamente. Asustada y completamente aturdida, clavó la mirada en el rostro de Elena, quien le sonreía con los ojos velados en llanto.

Sabine abrió desmesuradamente los ojos, paseando la velada mirada por la habitación, que no conocía. Luego balbuceó:

—Sueño, todavía estoy soñando...

—Despierta, Sabine —susurró Elena, abrazando a su amiga y acariciando suavemente su semblante—. Despierta, no estás soñando... Todo ha terminado, despierta.

En un movimiento instintivo, Sabine asió el brazo de Elena, acentuando la presión de la mano. Ahora se hallaba completamente despierta y lúcida, pero todavía se negaba a creer que no estaba soñando.

—¿Ya vuelve en sí?

Laurent acababa de entrar, seguido de Hamlekh. Vació el agua sobrante de una botella sobre una toalla, empapándola, y la tendió a Elena, quien la pasó suavemente por el rostro de Sabine. Ésta, por puro instinto, prosiguió sola el movimiento, apretando la toalla para acentuar el contacto húmedo con la piel. Finalmente descubrió a Gertrud y Joyce, tendidas en la cama de al lado.

—Se acabó, Sabine; estás en libertad... No corres ningún peligro. Estamos rodeadas de amigos... Los raptores están prisioneros.

—¿Dónde estamos? —murmuró Sabine—. ¿Qué haces aquí?

—Estamos en Córcega, querida mía. Nunca estuvimos en el Oriente Medio, como habíamos creído.

—¡No! ¡Es otra pesadilla! ¡No es posible! ¿Por qué has vuelto?

—Ya te lo explicaré. Espera, Joyce está despertando.

A medianoche se reunieron todos en la cocina. Las chicas todavía estaban amodorradas, pero ninguna pensaba en dormir. No comprendían que Martin, aquel extraño personaje, no les permitiera telefonear a su familia. Laurent explicó:

—Los hombres que acabamos de encerrar en la cueva son meros cómplices, personajes insignificantes. Si anunciamos oficialmente su liberación, los verdaderos jefes, los cerebros de la organización, tendrán tiempo de escapar. Por ello me veo en la precisión de imponerles esta prueba tan penosa para ustedes como cruel para sus padres.

—¿Y por qué no llamar a mi abuelo? —balbuceó Sabine—. Seguro que comprenderá y sabrá callarse.

Pálida y delgada, Sabine ponía en juego toda su fuerza de voluntad para mantenerse erguida en el banco de madera que flanqueaba la mesa de la cocina, pero el cuerpo ya no le obedecía y vacilaba ligeramente.

—Ciertamente, hay nueve probabilidades sobre diez de que así sea; pero no tengo derecho a arriesgarme con la décima. Sus familias están tan angustiadas que es imposible saber a ciencia exacta cómo van a reaccionar. Les pido un margen de confianza.

—Supongo que no podemos elegir —exclamó indignada Sabine, levantando penosamente la cabeza y clavando su mirada en la de Martin.

—No, en efecto; pero me gustaría que tomara las cosas por otro lado. He corrido muchos riesgos para llegar hasta ustedes, y para ello he tenido que valerme de argucias que ningún organismo oficial hubiera tolerado.

—De acuerdo, le obedeceremos —claudicó Sabine.

Laurent hizo una señal a Hamlekh. El agente israelí se dirigió al despacho, descolgó el aparato y pidió comunicación con un número de Tel-Aviv.

Puesto en contacto con David Fulham, se limitó a decir:

—Luz verde, David. Adelante.

34

A las dos en punto de la madrugada, el coronel David Fulham puso en marcha la operación «Renegados». Dieciocho cazas Phantom F4C MacDonnel despegaron simultáneamente, en tres grupos, de seis de los aeródromos del Sinaí y de Galilea. Al penetrar en el Líbano, los cazas supersónicos se esparcieron, y un cuarto de hora más tarde iniciábase un incomprensible carrusel. Al llegar a los 2 *mach,* los Phantom se lanzaban en picado, remontaban el vuelo, viraban sobre el ala, y luego se lanzaban de nuevo en picado tras haber alcanzado la altura suficiente.

En los aeropuertos libaneses sonaron las señales de alarma. Dos Mig despegaron para detener al enemigo, pero los distintos aparatos de radar marchaban alocados, sin que los técnicos más competentes supieran a qué atenerse, sumergidos en una confusión total. Fuc prccisamente el momento que escogieron los dos aparatos Transals, que habían despegado de la base militar de Haifa en dirección al lago Tiberíades, para infiltrarse a través de aquella estrepitosa confusión. Siguiendo una línea quebrada, en vuelo rasante, avanzaron hacia el norte, a lo largo de la frontera entre Siria y Líbano. Rozando casi las cimas de las montañas, sobrevolaron la cordillera siria del Djebel Ech Cheikh Mandour, antes de volver a cruzar la frontera al este de Kefer Zabad.

Los aviones llevaban en sus voluminosas panzas una cuarentena de impasibles figuras encasquetadas. Sujeta la barbilla por una correa doble, guarnecidos con el cuero y el acero reluciente y oscuro de sus armas, las botas sujetas firmemente a los tobillos, los paracaidistas permanecían en completa calma, tensos, dispuestos al salto. En la parte trasera de los aparatos se abría el pozo sin fondo por el que dentro de breves instantes se precipitarían en apretado racimo.

Muy cerca del portillón de salto, el teniente Samuel Sharef lanzó la última bocanada de humo y luego arrojó al suelo de aluminio el cigarrillo, pisoteando la ceniza y el tabaco con la bota. Miró el cronómetro, a continuación sus ojos se clavaron en las dos protuberancias de plástico, roja y verde, del lado opuesto.

La luz roja empezó a destellar y los cuarenta hombres se levantaron con un movimiento mecánico y sincronizado. Cuarenta fusiles produjeron un chasquido que hizo vibrar los dos cables trenzados que corrían paralelos de un lado a otro de la cabina. La luz pasó del rojo al verde, y con un solo espasmo el enorme monstruo vomitó la carga.

El terreno era tan accidentado que tres paracaidistas sufrieron leves daños: una luxación de espalda y dos esguinces del tobillo. Por desgracia, un hombre se había fracturado una pierna y los huesos rotos habían desgarrado la carne.

A pesar de las órdenes terminantes del coronel Fulham, su futuro suegro, el teniente Sharef decidió consagrar algunos minutos al infortunado soldado, al que se vería obligado a abandonar. El viejo Youri, como todos le llamaban, todavía no había cumplido los treinta y cinco años, pese a lo cual era el componente más antiguo del primer comando de paracaidistas. Youri clavó la mirada en el oficial arrodillado junto a él. Los ojos de ambos se concentraron en la herida. La tibia rota había desgarrado la tela del pantalón.

—¿Quieres morfina? —susurró el teniente.

—De ningún modo, Samuel; termino en seguida.

—No tengo otro remedio que hacerlo. ¿No quieres decirme nada?

—Mi madre... Tú sabrás mejor que yo... Te compadezco, Samuel; no será fácil.

—¡*Shalom,* Youri!

—¡*Shalom,* oficial!

El teniente giró sobre sí mismo, con movimiento mecánico, pero el herido volvió a llamarle:

—¡Samuel!

El oficial se acercó de nuevo. Youri balbuceó:

—Lo que me molesta es la ceremonia esa; échame una mano.

Transcurrida una pausa, añadió:

—Perdona, Sam.

El teniente tiró de las correas del paracaídas hasta sujetar la seda. Luego se inclinó sobre Youri y desabrochó la solapa de la funda de cuero que abrigaba un Colt 11,43. Sabía que en el cañón del arma había una bala a punto. Formando en torno de la pistola una protección blanduzca con el centro de la arrugada tela del paracaídas, alargó al herido la empuñadura del arma. Youri asió la culata y puso el pulgar de la mano derecha en el guardamontes. Con la izquierda palpó a través de la tela hasta dar con el cañón de la pistola. Tuvo que abrir la boca tanto como pudo para poder introducir en ella el tapón de seda. Con el brazo izquierdo atrajo hacia la boca otra porción de tela y crispó el puño izquierdo.

La detonación sonó tan amortiguada que no pudo oírse a cinco metros de distancia. El teniente se inclinó sobre el cuerpo, extrayendo el arma de la blanca y arrugada tela de seda que todavía exhalaba el ocre olor de la pólvora quemada. Samuel cerró los ojos de Youri y se unió a los miembros del grupo.

Al alba llegaron a la guarida de los fedayin. El comando ascendió por la ladera boscosa sin topar con ningún obstáculo. Sólo un centinela adormilado vigilaba en teoría la casona. Por lo visto, ni Scheidemann ni sus cómplices habían imaginado la posibilidad de que alguien intentara atacar aquel nido de águila.

En contra de todas las normas militares, el propio teniente se acercó por la espalda al centinela que permanecía agachado cerca de la puerta, con gesto apático y el fusil entre los pies.

Centímetro a centímetro, el oficial israelita se iba deslizando hacia su víctima. Se hallaba a menos de dos metros del árabe cuando las puntas de sus dedos, que iban palpando el terreno, tropezaron con una piedra bastante gruesa. La mano izquierda de Samuel cerróse sobre ella. Entonces dio un salto, estrelló con furia la piedra contra el cráneo del centinela y éste cayó silenciosamente. Con un gesto superfluo de odio, Samuel hundió simultáneamente su puñal hasta la empuñadura en la cavidad renal del árabe.

Los israelíes se deslizaron con sigilo en el interior de la casa. Inspeccionaron las habitaciones y no tardaron en descubrir a los europeos: tres alemanes, la chica y Patrice Thibaud, tendidos en unas yacijas sobre el mismo suelo. Un bien sincronizado enjambre se volcó sobre ellos y, antes de que se dieran cuenta, ya habían sido esposados. Acto seguido, con una simple seña del teniente Sharef, se desencadenó el mismo infierno. En pocos segundos, doce combatientes palestinos fueron aniquilados por las ráfagas de los fusiles ametralladores. Sólo cuatro de ellos acertaron a dar un paso antes de desplomarse sobre el pavimento. Samuel Sharef echó un vistazo al reloj y constató que llevaban once minutos de avance sobre sus previsiones.

—¡Asesinos! —vociferó Patrice Thibaud.

El joven profesor estaba de pie, con las piernas separadas para asegurar el equilibrio, mirando con odio y expresión despreciativa al oficial israelí. Sharef se aproximó a él y lanzó la bota con fulgurante fuerza contra los testículos del francés. Patrice cayó de rodillas, con los ojos en blanco, antes de desplomarse, desvanecido.

El sordo ruido de los motores de los helicópteros se dejó oír hasta el momento en que un torbellino de polvo rojizo se levantó: los aparatos se posaron en la cima entre una densa nube huracanada.

Entre tanto, en pleno corazón del Líbano, a unos pocos kilómetros de Zahlé, en el centro operacional de la defensa aérea y en las dependencias que albergan el puesto de mando de detección y alerta, el general Abdou Saouane comprendió que le habían estado burlando durante toda la noche. El general empezó a pregonar esta evidencia a grito pelado, como si él no fuera el responsable principal.

—¡Hay que buscar en otra parte! ¡Los cazas sólo eran una maniobra de distracción!

Esta deducción llegó exactamente nueve minutos demasiado tarde. Los cuatro Super-Frelon SA 312 acababan de pasar por encima de Tabigha.

Con la frente pegada en la ventanilla, el teniente Samuel Sharef contemplaba las sombras móviles e irregulares que proyectaban las palas del helicóptero contra las pálidas aguas del lago Tiberíades.

[illegible] situados [illegible] sobre nuestras [illegible].

Las nueve [illegible].

El coronel profesor [illegible] las alternativas [illegible] para asegurar el equilibrio [illegible] con [illegible] representativa [illegible] [illegible] contra los [illegible] tanques [illegible], con los [illegible] desplegados [illegible].

El sordo [illegible] de los helicópteros [illegible] [illegible] se levantó [illegible] en la [illegible].

[illegible] en pleno corazón del Líbano [illegible] al centro [illegible] general [illegible]. [illegible]

Hay que [illegible] otra parte. Los [illegible].

[illegible] exactamente [illegible] [illegible] de pasar [illegible].

[illegible] la frontera [illegible] el coronel [illegible] contemplaba la [illegible] sombra [illegible] del [illegible].

Epílogo

El sol bañaba las oficinas del «Shin-Beth», provocando destellos en el papel de celofán que protegía el mapa clavado en la pared. De pie, y provisto de un largo puntero, el coronel David Fulham realizaba el *debriefing* de la operación «Renegados». Instalados en dos sillones, Laurent Martin y Hamlekh le escuchaban un tanto distraídamente mientras degustaban a pequeños sorbos una cerveza. De las calles de Tel-Aviv subía una oleada de calor asfixiante.

Habían transcurrido veinticuatro horas desde la invasión de la residencia de Tardets y la captura de Sheidemann. Laurent y Hamlekh habían salido de Córcega la víspera, por la noche, con destino a Israel, dejando a Elena, Sabine y sus dos amigas en manos del coronel Santi.

Antes de la partida se había desarrollado una escena bastante violenta entre los agentes especiales y las chicas liberadas. Las muchachas no comprendían por qué los dos «babosos» —con este término despreciativo acabaron bautizándolos— les obligaban a prolongar su detención sin poder comunicar con sus familiares, al objeto de tranquilizarlos. Elena había sido la que se mostrara más virulenta. A la sazón actuaba como si Laurent Martin fuera propiedad suya. Sus exaltadas intervenciones habían hecho sonreír varias veces a Hamlekh, al que el embarazo de Martin divertía visiblemente.

Laurent terminó por enseñar los triunfos y reveló a Sabine Fargeau la visita realizada a Scheidemann y la decisión de Patrice Thibaud. La joven había estallado en sollozos y continuado llorando amargamente durante un buen rato; la cabeza apoyada entre las manos, que descansaban sobre la larga mesa de madera de la cocina de los Tardets, y el cuerpo sacudido por estremecimientos incontrolados. Sabine no sabía a quién compadecer más, si a ella misma, amada pero sacrificada por su amante, o a la fidelidad de Patrice para sus ideas. Entonces Hamlekh se había acercado a ella y, rodeando con sus brazos las espaldas de aquel cuerpo tembloroso, intentó tranquilizarla:

—Domínate, pequeña mía —dijo—. Muy pronto habrá terminado tu pesadilla y yo me comprometo a que vuelvas a sentirte tan dichosa como antes de acontecer esta tragedia. Pero para ello es preciso que hagas lo que Laurent os pide.

Sabine terminó por aceptar.

Ahora, en el vetusto despacho de Hamlekh, iba a levantarse el telón del último acto de la operación «Rosebud». El coronel Fulham dio una estentórea orden y dos paracaidistas armados empujaron a Scheidemann al interior de la pieza. Luego, impasibles e indiferentes, se pegaron a dos paredes opuestas, mientras con sus pistolas ametralladoras seguían los menores movimientos del prisionero.

Desde su captura, Scheidemann había permanecido incomunicado. Nadie le interrogó ni le dirigió la palabra. Los soldados se limitaron a encerrarle en una celda sin más abertura que la puerta. Una tabla adosada al muro y un retrete a ras del suelo constituían todo el espacio disponible. En el techo, una bombilla brillaba constantemente. Los carceleros abrieron la puerta de la celda en dos ocasiones para traerle agua y alimentos en recipientes de plástico. El alemán bebió unos sorbos del líquido, pero no probó los alimentos.

Scheidemann dio unos pasos por la estancia inundada por el sol. Parecía todavía más desgalichado y esquelético que cuando Martin le vio por vez primera. Sus grandes ojos llameantes pestañeaban sin contemplar a nadie en concreto; las manos descarnadas temblaban de rabia. Evidentemente, en la celda había tenido tiempo suficiente para preparar un largo discurso.

—¡Pobres imbéciles! —gritó con voz sobreaguda—. ¿De modo que no han comprendido nada? Sirviéndose de sus mismas armas, de su prensa corrompida y de su televisión embrutecedora he puesto en marcha una máquina a la que nada puede detener. ¿Cómo pueden suponer que yo no he previsto todas las contingencias y pensado en todas las opciones?

Scheidemann aspiró profundamente una larga bocanada de aire y lanzó una nueva ráfaga de palabras entrecortadas:

—¡Realmente no sirven para otra cosa que para lanzar a sus paracaidistas! Son sólo unos asesinos, pero de la peor especie: la de los carniceros sin cerebro. De un instante al otro, el comando que guarda en su poder a las chicas tendrá noticia de mi detención. En consecuencia, la próxima exigencia televisada reclamará mi liberación. Los millones de estúpidos que tiemblan con una inquietud mórbida ante el espectáculo sin par que yo les procuro les obligarán a arrastrarse de rodillas ante mí.

—Oye, papaíto, ¿no podrías calmarte un poco? —le soltó Martin sin moverse del sillón y sacudiendo la ceniza del cigarrillo sobre la raída alfombra—. Toma, mira.

Y con un vivo gesto, lanzó a los pies de Scheidemann un puñado de fotografías. Las imágenes de las chicas, sentadas en la cocina de los Tardets frente a Hacam y Kirkbane esposados, brillaron al sol.

Con un movimiento imprevisto y rápido, Scheidemann se lanzó sobre Laurent con la cabeza gacha, pero el agente francés esquivó el golpe fácilmente haciendo girar el sillón en que estaba sentado. El revolucionario perdió el equilibrio y se desplomó hacia adelante, sin poder amortiguar su caída con las manos trabadas por las esposas: al chocar con el brazo del sillón se fracturó la nariz. El escupitajo que lanzó con la furia del odio, contra Laurent, estaba manchado con la sangre que fluía, formando un hilillo, de las ventanas de su nariz.

—Pobre poli —dijo con sorna—. ¡Cree que basta con apoderarse de los culpables para que todo vuelva a sus cauces! Las ideas no conocen barreras, ¡poli! ¡No se puede destruirlas ni torturarlas ni encerrarlas entre cuatro paredes! Conozco las leyes por las que se rigen ustedes; o mejor dicho, el pánico ante la opinión pública. Aun cuando me mate a mí, no tendrá más remedio que juzgar a los fedayin de los que me he valido. Han sido detenidos en Francia y no pueden asesinarlos como a perros.

—En esto lleva razón —hizo observar Martin, dirigiéndose a Hamlekh—. Su guirigay continúa aburriéndome en el alma, pero hay que reconocer que en el fondo su razonamiento es exacto. Realmente, el muy cerdo lo ha previsto todo.

Scheidemann le lanzó una mirada de profundo desprecio, y a pesar del calor agobiante empezó a girar mecánicamente en torno a la habitación, con paso rápido, indiferente ante el continuo movimiento de las armas que seguían su paso circular.

—Lo que cuenta es lo que cree la masa, y ella se ha tragado entero todo el anzuelo. Por más que hagan los que ustedes llaman mis «cómplices», se les antojan como los apóstoles de una causa justa. ¡Fusílenlos si se atreven! Se plantarán tiesos y orgullosos ante el pelotón de ejecución, se negarán a que se les vende los ojos y gritarán «¡Viva la libertad; viva Palestina!», antes de caer atravesados por las balas. Luego, esto no hace falta decirlo, tendrán que ceder de nuevo: entregarán los cuerpos, que serán embarcados en un avión en Le Bourget, en féretros recubiertos con la bandera palestina. Una compañía de la legión rendirá honores, y las cámaras de televisión enfocarán en un primer plano la lágrima que resbalará por la cicatriz en el rostro de un suboficial alcohólico que estará al frente del pelotón que rinda este tributo. Las televisiones de todo el mundo ofrecerán la imagen de los funerales a escala nacional que tendrán lugar en El Cairo, Beirut o Trípoli, donde los féretros de los mártires serán acarreados por una muchedumbre compuesta por millones de delirantes fanáticos.

Scheidemann se había detenido en medio de la habitación. Los iris inmensos, pálidos y azules, se habían agrandado todavía más de lo común, cobrando una fijeza casi mística. Con intensa exultación, el prisionero se frotaba nerviosamente las largas manos huesudas, haciendo tintinear las esposas con cada movimiento. La sangre continuaba escapándose por la nariz. La imagen que ofrecía Scheidemann era a la vez hermosa, lastimera, patética y grotesca.

—No habrá proceso —dijo Martin—. En estos momentos tus cuatro marionetas están a bordo de un barco israelí que se dirige hacia Haifa.

Scheidemann tardó varios segundos en darse cuenta de lo que significaban estas palabras.

—De manera que por fin se han atrevido.

—¿Atrevido? —fulminó Fulham— ¿Atrevido, dices? ¿Y eres tú el que tiene la caradura de utilizar esta palabra?, ¡basura!

El insulto puso de nuevo en marcha la inexorable mecánica del joven revolucionario.

—¿Y cómo van a explicar este rapto a la opinión pública? ¿Cuántas veces habré de decirles que he destrozado su sistema. Después de lo del «Rosebud» ya nada volverá a ser como antes. El mundo entero querrá saber cuál ha sido la suerte de Hacam, Kirkbane y los demás. En la televisión dieron prueba convincente de su valor y abnegación.

Hamlekh, que hasta entonces seguía la discusión en silencio, se levantó con desgana.

—Se equivoca, Scheidemann —dijo—. Sus cómplices no son, como parece usted creer, caballeros sin tacha. Son cuatro crápulas que han aceptado una vergonzosa y sórdida negociación para salvar la piel y agenciarse un poco de dinero antes de largarse a otro sitio a que les parta un rayo.

—¡Miente! —aulló Scheidemann—. Yo mismo elegí a estos hombres. Son puros, revolucionarios místicos, dispuestos a soportar el martirio.

Esta vez estaba seguro de su triunfo. Pero Hamlekh consultó con gesto ampuloso su reloj de pulsera, que marcaba las 13,10. De dos zancadas se acercó a una mesa, donde un pequeño televisor Sony en color, que contrastaba con la vetusta apariencia de la habitación, se mantenía en precario equilibrio sobre un montón de carpetas. Hamlekh apretó el botón de contacto.

—Ya que tanta afición tiene a la televisión, Scheidemann, vea esto —dijo.

El semblante de Sabine Fargeau invadió la pequeña pantalla: tenía la misma expresión patética de su última aparición. Si bien las facciones parecían más serenas, al contemplar los ojos hinchados de la chica uno se daba cuenta de que había estado llorando. Habló con voz monocorde y, simultáneamente, apareció la traducción en hebreo al pie de la imagen.

—Debido a circunstancias que no conocemos con exactitud, nuestros raptores se ven obligados a anular las últimas exigencias formuladas. A cambio de ello, y si se aceptan sus nuevas demandas, los fedayin se comprometen a ponernos en libertad en el plazo más breve posible.

En singular contraste con estas palabras, gruesas lágrimas empezaron a deslizarse por sus mejillas. La muchacha prosiguió:

—Por correo aparte, se ha remitido a mi abuelo una

carta en la que se precisa el importe y modalidades de pago de una cantidad que deberá ser depositada en un banco suizo. Nuestros raptores piden que esta suma sea transferida lo más pronto posible y que el gobierno suizo deje en paz a los hombres que acudan a retirarla. Esta última exigencia se debe a una serie de infames y cobardes traiciones acaecidas en la dirección de la Organización. A pesar de ello, los guerrilleros palestinos esperan volver a emprender algún día su justa lucha en pro de la liberación del torturado pueblo palestino.

El semblante de Sabine se esfumó y cedió el puesto al de una locutora, de rostro ovalado, que sonreía a la vez que dejaba oír su voz gutural.

—¡Se acabó! —exclamó Hamlekh, apagando el televisor—. Fin de la operación «Rosebud».

Laurent Martin notó que se le hacía un nudo en la garganta. Scheidemann caminó con paso vacilante hacia uno de los sillones. Su rostro lívido y manchado de sangre parecía el de un cadáver. La llama que antes fulguraba en sus ojos se había extinguido de repente.

—No, ¡no es posible! —acertó a decir— ¡Sabine Fargeau no puede hacernos esto! Sus relaciones con Patrice Thibaud la inclinan en favor de nuestras ideas...

Laurent se inclinó sobre él y le quitó las esposas.

—Atiende —de su voz había desaparecido todo matiz de sarcasmo o de ira—. Primero raptas a una chica, luego la atiborras de *Valium,* le comunicas que pasará un año encerrada en una cueva sólo porque te gusta ir armando gresca por esos mundos, ¡y encima pretendes que te dé las gracias! Pues bien, muchacho, no te lo creerás, pero tú eres quien lleva razón. Cuando hablé con Sabine me mandó a paseo. Le supliqué que no institucionalizara los beneficios del chantaje y que impidiera que los raptos y amenazas de muerte se convirtieran en métodos al uso plenamente glorificados. Le dije que ella estaba en libertad, pero que tal vez mañana mismo otras personas, niños tal vez, podían ocupar su puesto. En una palabra: puse toda la carne en el asador. ¡Tiempo perdido! Oyéndola hablar me parecía estar escuchándote a ti: «Los fedayin luchan por una causa justa y noble... Preferirán la muerte a una degradante desmitificación... Me niego a participar en una infame maquinación...» En fin, que me hizo el mismo numerito que la reina Ana en el cadalso proclamando las virtudes de Enrique VIII.

—¿Entonces? —preguntó Scheidemann, con un soplo de voz.

—Pues que eres demasiado joven para todo este tinglado. ¿Cómo quieres modelar la vida si no la conoces? ¿Cómo pretendes reconstruir el mundo si no sabes hacer otra cosa que encajonarlo en moldes abstractos? Tu idealismo te ha perdido. Has cometido un solo error: Patrice Thibaud. Te satisfizo demasiado comprobar como el ideal triunfaba sobre el amor. Pero eso era cierto en el caso de él, no en el de Sabine. Sabine quería recuperar a Patrice y nosotros no podíamos ponerle en libertad mientras la opinión pública siguiera pensando que erais unos mártires justicieros y no unos delincuentes vulgares, movidos por el afán de lucro. Saca las conclusiones que quieras.

—¡Cerdos! ¡Sois unos verdaderos cerdos!

—No, Scheidemann; son las reglas del juego. Yo tenía el problema de pulverizar la imagen épica que habías conseguido dar de un grupo de cretinos iluminados. Y he cumplido mi tarea, eso es todo. En cuanto a ti, raptas, matas y chantajeas, pero no por ello te considero un cerdo.

Cuando Laurent llegó a Orly era ya de noche. Tras cruzar las puertas de llegada en la zona de vuelos internacionales, torció a la derecha y, deteniéndose en el quiosco, pidió a la dependienta todas las ediciones sucesivas del «France-Soir».

En la última campeaba un titular en grandes caracteres: LAS TRES MUCHACHAS ENCONTRADAS EN EL CABO CÓRCEGA. La primera edición, impresa después de que Sabine apareciera en todas las pantallas del mundo, ostentaba este titular: LA «OPERACIÓN "ROSEBUD"» ACABA EN UN DELITO DE DERECHO COMÚN.

Con una vaga sonrisa dibujada en los labios, Laurent leyó las primeras líneas del editorial, que era idéntico en ambas ediciones: «Los raptores, acorralados y sin escape posible, se comportan al fin como vulgares delincuentes...» El artículo iba firmado por Fernand Dobert. El papel desempeñado por el viejo periodista en la difusión de la primera película a través de la televisión, le devolvió por algún tiempo notoriedad. Sentado en la redacción, acabó de corregir las pruebas del texto que aparecería por la mañana. Luego se levantó, apagó el transistor, que emitía con estridencia las últimas noticias del asunto «Rosebud», y se encaminó hacia el pasillo. Pese a tratarse de una hora tardía, el indicador del ascensor estaba encendido, como siempre. Con paso lento, debido al cansancio que sentía, Dobert descendió la amplia escalera con barandilla de hierro forjado y se encontró en la calle Réaumur, envuelta en la oscuridad de la noche.

En torno a los vendedores de diarios pululaban todavía los curiosos. Dobert se mezcló con ellos. Las gentes parecían decepcionadas y a la vez complacidas: repuesta de sus emociones, la sociedad de consumo se aprestaba a digerir una vez más las oscuras tragedias que periódicamente la sacudían.